THE CARBON DIARIES

식수
전쟁 2017

THE CARBON DIARIES

식수전쟁 2017

새시 로이드 지음 ㅡ 김현수 옮김

살림Friends

『카본 다이어리 2015』에 쏟아진 찬사

『카본 다이어리 2015』는 처음에는 에코 히피 같은 분위기를 풍긴다. 하지만 몇 페이지만 읽다 보면 웃기는 얘기들이 쏟아져 나오기 시작하는데 몹시 심각한 연설문이 신랄하면서도 배꼽을 잡게 하는, 페이소스 넘치는 오락물로 둔갑하는 느낌이다. 마치 『비밀일기』의 아드리안 몰이 세상의 종말을 얘기하는 것만 같다.

중산층의 위기가 자아내는 코미디가 폭풍우와 폭동, 홍수라는 배경에 맞서 툭툭 터져 나온다. 포복절도할 내용 사이사이에는 진짜 공포도 도사리고 있다.

「파이낸셜 타임스」

첫 장부터 마지막까지 완벽한 책이다. 이 책은 내게 올해 최고의 책이다. 독창적이고, 재치 있고, 웃기면서도 구성이 탄탄하기 때문이다. 소설의 모든 부분이 쉽게 눈앞에 그려지고, 따뜻한 등장인물들과 날카로운 문체는 독자들을 매료시킨다. 악전고투하는 한 가족(그리고 국가)의 모습을 묘사하고 있지만 힘겹거나 우울하지 않고, 오히려 희망과 열정 그리고 상상력이 샘솟는다.

치크리시(영국 십 대 소설 사이트)의 알렉산드라

최근에 읽은 책 중 가장 유쾌하고 재미있는 청소년 소설일 뿐만 아니라 세상에 경종을 울리기까지 하는 진짜, 진짜, 진짜 재치 넘치는 책. 강추!

더 북백(The Bookbag)의 질 머피

청소년 드라마와 음산한 영국 SF장르가 멋지게 버무려진 책이며, 『비밀일기』의 주인공 아드리안 몰과 가장 논쟁적인 작가 가운데 한 사람인 J. G. 발라드의 이상적인 결합물이다. 시의적절한 이슈—탄소 배출량과 정부의 위기관리 능력—를 밝게, 상상력을 가미해서 다룬 이 책에서 눈을 뗄 수가 없다.

「워터슨스 북 쿼털리」

중대한 사안을 유머로 가볍게 터치하며 접근했다. 「선데이 익스프레스」

로라는 〈소위 나의 인생이라는 것(My So Called Life- 미국 십 대 드라마)〉의 계보를 잇는 일기 쓰는 소녀. 냉소적이고 자기 비하가 심한 주인공은 탄소 배급제에 적응해 나가는 동안 자신이 떠안아야만 하는 '고난 기본 패키지'가 괴롭다. 이기적인 언니, 늘 옥신각신하는 부모, 밴드 멤버들과의 예술적 견해차, 난감한 영국의 A레벨 코스, 대단치도 않은 주제에 속만 썩이는 남자 친구. 동남부 런던의 친숙한 배경과 현실성 있는 캐릭터는 독자들의 정곡을 찌르는 메시지를 전달하는 구실을 톡톡히 해낸다. 「옵서버 제랄딘 브레넌」

중요한 메시지를 재미있는 소설에 심어 넣는 방법을 보여 준 완벽한 사례다.

「인디펜던트」

신선하고 대단히 인상적이며 술술 읽히는 책이다.
코스타 최종 후보에 오를 만한 충분한 가치가 있다.

「아이리쉬 타임스」

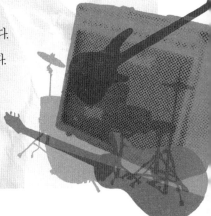

빅터 유고 다자(17세)와
카를로 줄리아니(22세)에게

그리고 인권을 지키다 사라져 간 다른 모든 이들을 추모하며
이 책을 바친다.

머리말

3년 전쯤, 신문 가판대 앞을 지나는데 어느 신문의 머리기사가 눈에 들어왔다. 우리가 기후 변화 문제에 적극적으로 대처하지 않으면 타 죽든지 얼어 죽든지 둘 중 하나가 될 거라는 내용이었다. '와우! 둘 중 어느 게 될까?' 하고 궁금해 했던 기억이 난다. 우리가 이 지구를 어찌나 망쳐 놓았던지, 곧바로 착수한 자료조사 과정 내내 나쁜 소식들로 이어진 롤러코스터를 타는 것 같았다. 그런데 참 이상하게도 더 많이 알게 될수록 두려운 마음은 점점 사그라지고 미래를 위해 싸우고 싶은 마음이 드는 것이었다. 아무리 우리에게 비운이 닥쳤다고 해도 웃음을 잃고 싶진 않았다. 내가 십 대였을 때는 이 세상에 대해 중대한 의문을 제기하는 책들에 끌리기도 했지만, 웃기는 책들, 특히 절대로 나를 가르치려 들지 않는 주인공이 등장하는 책을 무척 좋아했다. 홀든 콜필드, 아드리안 몰 그리고 허클베리 핀처럼.

내가 자기의 일기를 출판했다는 사실을 알면 로라 브라운이 펄펄 뛸 거다. 당분간은 비밀로 해야 할 것 같다.

2009년, 새시 로이드

오늘의 초점: 세계 물 위기. 2017년 세계 최초로 식수 전쟁이 벌어질 것인가?

미국: 오갈라라 대수층

현 상황: 수명이 5년 남음.
미국 농장수 1/5의 공급원.
추출량: 매년 12,000,000 세제곱미터.

갈등상황: 시민 폭동으로 2016년에만 군 병력 네 번 동원됨.

스페인: 에브로 강

현 상황: 최저치 기록함.
스페인 남부 지역으로 물길을 돌리기 위해 2014년에 완료된 물길 프로젝트가 이 지역을 위기 상황으로 몰고 감.

갈등상황: 심각한 시민 폭동—카탈로니아, 아라곤 전역의 시위 | 프랑스와의 접경 분쟁.

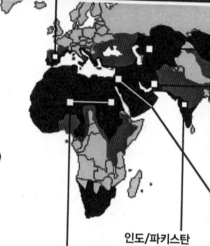

멕시코시티

현 상황: 깨끗한 물이 조달되지 않음. 2015, 2016년에 심각한 콜레라 발병. 대수층의 물을 과도하게 끌어다 쓰며 도시 전체가 지반 침하의 위험에 처함.

갈등상황: 각 지역 주민들을 강제 퇴거시키고 있음.

브라질/파라과이

이타이푸 댐, 물리적 충돌

인도/파키스탄

현 상황: 갠지스강, 분쟁.

아프리카: 나일 강, 차드 호

현 상황: 여러 지역에 극심한 가뭄. 유사 이래 나일 강 수위 최저치 기록. 수자원 확보를 위한 치열한 경쟁이 계속됨. 중앙아프리카 지역의 차드 호 수량은 전년도의 2퍼센트에 불과함.

갈등상황: 이집트 군대가 2015년 나일 강 방어에 들어감. 에티오피아와 수단 간의 접경 분쟁. 니제르, 차드, 카메룬에 강 정찰 민병대 활동 시작됨. 1억 5천만으로 추산되는 인구가 추방되거나 기아에 허덕이다가 유럽 여러 나라로 밀입국 시도.

수분 부족 지표

| 양호/약간 부족 | 부족 | 매우 부족 |

황허 강

: 강 하류가 420일간 계속 말라 있음.
부 평야의 지하수면은 매년 2미터
하고 있음.

황: 양쯔 강과 황허 강 프로젝
인해 1,260만 명 강제 이주함. 약
만 명이 굶주리고 있는 것으로 추

베키스탄/카자흐스탄

황: 아랄 해, 완전히 사막화.

크

황: 습지 파괴.

오스트레일리아

현 상황: 달링 강, 위기.

라엘/팔레스타인

황: 깨끗한 물이 조달되지 않음.
2016년에 심각한 콜레라 발병. 대
물을 과도하게 끌어다 쓰며 도
체가 극도로 위험한 상태에 빠짐.

상황: 대규모 시민 폭동에 이
엘 군대가 가자 지구 공격. 요
접경지역의 갈등 고조됨.

기온이 다시 0.35도 상승
이제 전 세계가 탄소 배급 카드 사용에 동참해야 할 때

**오늘 밴쿠버에서 역사적인 협의가 이루어졌다.
160 국가가 이산화탄소 배출을 억제하기 위한
글로벌 탄소 배급 카드와 거래 허가제에 서명한 것이다.**

밴쿠버 긴급기후회의 마지막 날, 각국 환경부 장관들은 11시간 동안 계속된 밤샘 회의 끝에 극적으로 이산화탄소 배출량 감소를 위한 협의에 이르렀다. 이 협의안은 공기 중 온실가스가 사상 최고치인 400ppm에 달하고, 지구 평균 기온이 벌써 5년째 상승하고 있다는 새로운 연구자료에 대한 발 빠른 대응이라고 할 수 있다.

협의안의 두 가지 큰 골자

1) 전 세계적으로 구축된 인프라 안에서 시민들은 국제 사회가 지정한 목표에 따라 탄소 배출량을 제한하는 '탄소 배급 카드'를 발급받게 된다. 이 시스템은 유로존(유로를 쓰는 유럽연합 국가들)에 기반을 둔다.

2) 전 세계적인 온실가스 배출 제한 기준은 산업에 따른 이산화탄소 오염에도 동일하게 적용된다. 화석 연료를 추출하고 정제하는 기업들에게는 허가증이 발급될 예정이다. 만약 임의로

지난 이야기

특보! 영국, 유럽연합 국가 중 최초로 탄소 배급제 시행 전격발표!?

2015년 영국 정부는 급변하는 환경오염과 기후변화에 대처하기 위해 유럽연합 국가 중 최초로 탄소 배급제를 시행하기로 한다. 컴퓨터와 텔레비전은 하루에 두 시간만 이용 가능, 샤워 시간은 단 5분, 심지어 목욕은 주말에만 할 수 있다. 탄소 카드가 없이는 마을버스조차 탈 수 없으며 해외여행은 꿈도 못 꾼다. 탄소 포인트 부족에 시달리던 사람들은 돼지를 키우거나, 이슬을 모아 마실 물을 만든다. 완전히 원시시대로 돌아간 것과 다름없다. 8월 최고 기온은 43도. 아무리 아껴도 밥 먹듯 단전이 되는 통에 지독한 폭염에도 에어컨조차 틀 수 없다.

그러던 어느 날, 여름이 가시고 한숨 돌리는가 싶었던 영국에 폭우를 동반한 폭풍이 불어 닥쳤다. 지구온난화로 기상 이변이 일어난 것이다. 온 동네의 하수구는 역류했고 템스 강 수위가 높아져 도시 자체가 물에 잠길 뻔했다. 폭풍이 지나간 뒤에는 전염병이 도시를 휩쓸고 마는데…….

탄소 배급제란?

1인당 탄소 배출량을 제한하기 위한 제도로서 한 달에 에너지 사용량이 200포인트로 제한되어 있는 포인트 카드를 발급하고, 각 가정에는 의무적으로 스마트 미터기를 설치하도록 하는 환경 제도다. 스마트 미터기는 집 안의 모든 가전제품의 에너지 소비를 측정하고 자동 조절하게 하는 장치다. 탄소 배급제가 시행되면 해외여행은 물론이고 공산품을 구입하는 것까지 제약을 받게 된다.

더티 에인절스 주인공 로라와 로라의 친구들이 멤버로 활동하는 펑크 밴드. 투어에 참가하기 위해 백방으로 알아보고 있지만 중요한 순간에 항상 문제가 터진다. 이번엔 제대로 할 수 있을까?

로라 브라운 일기장의 주인. 정신없는 사건들 사이에서 제정신을 차리고 있으려 애쓰는 활발하고 당찬 소녀다.

래비 로라의 전 남자친구. 멋지고 활동적이며 매력 넘치는 남자 아이로, 극적으로 사귀게 되었지만 환경 운동에 너무 열중한 나머지 어느 순간 말도 없이 로라 곁을 떠나 버린다.

애디 밴드의 기타리스트이자 로라의 현재 남자친구. 오랜 동료로 지내면서 사랑이 싹텄다. 어떤 상황에서든 시니컬하게 웃을 줄 아는 멋쟁이 아웃사이더.

로라의 가족들

닉 브라운 로라의 아빠. 온유하지만 엉뚱한 성격. 로라의 엄마 몰래 사브 하이브리드 차량과 돼지를 바꾸었다. 오, 이런!

줄리아 브라운 로라의 엄마. 아빠가 자신이 아끼던 차량을 말도 없이 처분해 버린 순간, 도저히 참지 못하고 가출해 버린다.

킴 브라운 자유분방한 성격으로 어른들 앞에서도 할 말은 하고야 마는 당돌한 언니. 로라는 언니가 싸가지 없고 무엇이든 제멋대로인 것이 영 마음에 들지 않지만, 킴이 입바른 소리를 할 때만큼은 대단하다고 생각한다.

키란 킴과 함께 카본 데이팅 회사에서 일하는 센스 만점의 아저씨. 카본 데이팅이란 탄소 배급제가 정착된 이후 외출조차 제대로 할 수 없도록 척박해진 환경에 걸맞은 데이트를 기획하는 일이다.

그웬 선생님 로라와 친구들을 가르쳤던 담임으로, 지난 홍수에 온 영국이 물에 잠겼을 때 온 동네 사람들을 구한 강한 여성이다. 페미니스트이자 강경파 사회운동가이기도 하다.

아서 할아버지 옆집 할아버지. 늙은 노병 같은 꿋꿋함, 오랜 연륜에서 묻어나는 지혜로움으로 로라의 가족들에게 마음의 언덕이 되어 주셨다. 안타깝게도 지금은 돌아가시고 없다.

January

1월 2일 월요일

완전 뻗어 버렸다. 마을의 '섣달그믐 유기농 거위 축제'가 끝나고 우리 식구들은 죽은 듯이 잠만 퍼잤다. 고기 포식으로 혼수상태 지경이 됐다가 이틀 만에 깨어난 나는, 침대에서 겨우 몸을 일으켜 세일 중인 물건들을 둘러보려고 애빙던까지 5킬로미터나 걸어갔다. 시장 광장에 들어서자마자 기분 나쁘게 딩동거리는 종소리가 들려오더니, 모리스(영국 전통 춤의 하나—옮긴이) 춤꾼들이 떼거지로 모여 리본과 종을 매단 채 바보같이 춤을 추는 것이 보였다. 나는 좀 더 가까이 다가가 그 아저씨들의 쭉 찢어진 눈과 불룩한 배를 쳐다봤다. 너무 후진 춤이라 이곳에서도 사라진 전통인데 귀향한 도시 사람들이 되살리고 있다. 온 동네가 도시에서 온 사람들 천지다.

집에 돌아왔을 때는 아빠 기분이 엄청 좋아 보였다. 아빠는 내가 마당 문으로 들어오는걸 보시고는 부엌 창을 여셨다.

"킴이 이메일 보냈더라. 얼른 들어와!"

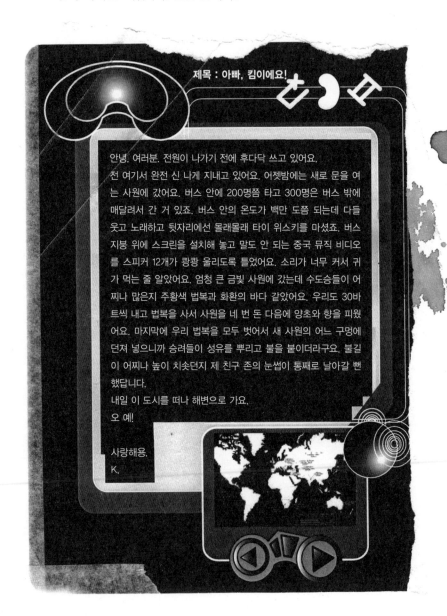

제목 : 아빠, 킴이에요!

안녕, 여러분. 전원이 나가기 전에 후다닥 쓰고 있어요.
전 여기서 완전 신 나게 지내고 있어요. 어젯밤에는 새로 문을 여는 사원에 갔어요. 버스 안에 200명쯤 타고 300명은 버스 밖에 매달려서 간 거죠. 버스 안의 온도가 백만 도쯤 되는데 다들 웃고 노래하고 뒷자리에선 몰래몰래 타이 위스키를 마셨죠. 버스 지붕 위에 스크린을 설치해 놓고 말도 안 되는 중국 뮤직 비디오를 스피커 12개가 쾅쾅 울리도록 틀었어요. 소리가 너무 커서 귀가 먹는 줄 알았어요. 엄청 큰 금빛 사원에 갔는데 수도승들이 어찌나 많은지 주황색 법복과 화환의 바다 같았어요. 우리도 30바트씩 내고 법복을 사서 사원을 네 번 돈 다음에 양초와 향을 피웠어요. 마지막에 우리 법복을 모두 벗어서 새 사원의 어느 구멍에 던져 넣으니까 승려들이 성유를 뿌리고 불을 붙이더라구요. 불길이 어찌나 높이 치솟던지 제 친구 존의 눈썹이 통째로 날아갈 뻔했답니다.
내일 이 도시를 떠나 해변으로 가요.
오 예!

사랑해용.
K.

우울한 마음으로 터덜터덜 현관으로 향했다.

나중에 침대에 누워 생각하다 보니 화가 치밀었다. 어떻게 킴 언니는 저런 삶을 누릴 수 있단 말인가! 언니는 작년 여름에 키란과 함께하던 '키란 탄소 데이팅' 회사의 기획 일을 그만두고 러브웍스(LoveWorks)라는 태국의 환경·생태 여행사에 취직했다. 그 회사는 죄책감을 느끼는 백인들을 태국으로 싣고 가서 열대우림의 **삐삐** 마른 원주민들을 위한 엉성한 오두막집을 짓게 해 주고 기본 5천 유로씩 받아먹는 곳이다. 아무튼 언니는 50도짜리 타이 위스키를 정신 나갈 때까지 퍼마시며 놀고 있고, 방년 18세인 나는 여기 옥스퍼드 주의 시골 농장에 처박혀 혼자 침대에 누워 있다. 원래는 애디와 함께 글래스고에서 열리는 끝내주는 송년 파티에 갈 계획이었는데, 누구누구 모친께서 내 탄소 카드를 배낭과 함께 강력세탁 모드로 돌려 버리셨다. 그 카드를 다시 손에 넣기 전까지는 꼼짝없이 집에 갇혀 있어야 한다. 요즘은 돈만으로는 생활이 안 된다. 탄소 카드가 필요하다.

1월 4일 수요일

여기를 떠날 때가 된 게 분명하다. 오늘 아침에 아래층으로 내려가 보니 부엌에서 이 지역 농장 사람들의 모임이 열리고 있었다. 내가 들어서니 마침 아빠가 노트북에서 눈을 떼고 사람들 쪽으로 몸을 돌렸다. "여러분께 드릴 말씀이 있습니다. 여기 모인 분 중에 많은 분들이 돼지를 키우고 계시죠. 그렇다면 우리가 시설을 확충해서…… 그래서……." 아빠는 엄마의 얼굴을 힐끗 보더니 다시 이야기를 이어갔다. "그래서, 돼지 배설물로 원유를 만드는 사업을 시작하면 어떨까 합니다."

엄마는 자기도 모르게 움찔했다. "맙소사."

아빠는 계속 밀어붙였다. "지금 기름이랑 가스 값은 사상 최고가를 기록하고 있어요. 기름은 1배럴에 250달러고 앞으로도 계속 오를 일만 남았어요. 이렇게 극심한 불황에는 연료를 우리 손으로 만드는 수밖에 없어요. 1970년 석유파동 때도 연료를 직접 만든 사람들이 있으니 그 기술을 사용하면 돼요. 자, 여길 보세요." 아빠가 노트북 화면을 클릭하자 화면이 살아나면서 요상하게 생긴 기계가 나타났다. 사람들이 웅성거렸다.

"자그마한 열 화학 전환 기기 하나만 장만하시면 됩니다. 돼지의…… 음, 그거…… 에다가 일정한 열과 압력만 가하면 긴 탄화수소 사슬을 짧게 줄일 수 있다는 겁니다."

"그게 대체 무슨 말이죠?" 대니얼이 물었다. 대니얼은 내가 유일하게 이름을 아는 사람이다. 무지 잘생겼기 때문이다. 밤색 곱슬머리에 적갈색 눈의 대니얼은 예전에 도시에서 부동산 중개 일을 했고, 지금은 늪지에 있는 오두막에서 레이첼이라는 금발머리 여자한테 꽉 잡혀서 산다. 레이첼은 일라마 사슴들을 키우는데, 앞니가 대문짝만 하다(레이첼의 앞니가 그렇다는 거다. 일라마는 아주 귀엽다).

"저도 구체적인 내용은 잘 모르지만, 여기 보면 거름 5리터당 1리터의 기름을 만들 수 있다고 나와 있어요. 돼지만 충분히 있다면 기름을 자급자족할 수 있다는 거죠."

'왕 이빨 여사님'께서 일라마 털이 잔뜩 붙어 있는 레깅스에 손을 올리며 말했다. "그러면 돼지가 몇 마리나 필요한 건가요? 몇백 마리 정도면 되나요?"

아빠가 고개를 끄덕였다. "맞아요, 레이첼. 약간의 차이는 있을지 몰라도."

엄마가 신음 소리를 냈다. "아, 여보, 제발…… 농담하는 거지?"

아빠가 엄마를 돌아봤다. 다른 사람들도 엄마를 빤히 봤다. 아무도 웃지 않았다. 그리고 '왕 이빨 여사님'께서 엄마를 돌아보며 마치 말귀 못 알아듣는 사람을 가르치듯 또박또박 말했다. "지금 경제가 이 모양이잖아요. 실업에, 인플레이션에, 대홍수에다가 도시에서 사람들이 다 빠져나와서 땅값이 올라가는 건 말할 것도 없고요." '왕 이빨 여사'는 엄마가 제대로 이해를 하고 있는지 확인하려고 한 번 더 빤히 쳐다보더니 말했다. "상황이 이런데, 해 볼 수 있는 건 다 해 봐야 하지 않겠어요?"

아, 불쌍한 우리 엄마.

1월 5일 목요일

오늘 새 카드를 받았다. 자유다. 그렇다고 이번 달에 포인트가 남아 있다는 얘기는 아니다. 엄마 아빠가 농장의 똥을 여기저기로 나르려면 밴을 쓰셔야 하기 때문에 내 포인트를 왕창 드려야 했다. 산타 할아버지가 순록을 활용한 건 정말 현명한 선택이었다.

1월 6일 금요일

오후에 돼지 라킨에게 감자를 몇 알 던져 주려고 몰래 빠져나왔다 (정말이지 지금 내 삶은 너무 변화무쌍하다). 돼지이긴 하지만 이 녀석은 좀 특별하다. 런던의 홍수 난리 속에서 2주 동안이나 실종됐다가 집을 찾아온 동물이 또 있을까? 아무튼 감자를 다 주고 라킨의 귀를 긁어 주고 있는데 아빠가 갑자기 나타났다. "같이 있어 줄까?"

나는 겉으론 다정하게 웃어 보였지만 속으론 아빠가 돼지의 '돼'자를 꺼낼 때까지 과연 몇 초나 걸리나 세고 있었다. 1, 2, 3, 4······.

아빠는 돼지우리 문에 손을 올려놓고는 물었다. "내 돼지거름 사업에 대해 넌 어떻게 생각하니?"

대단도 하시지. 아빠 머리가 어떻게 된 건 아닌가, 라는 생각은 전에도 해 봤다. 아빠는 가끔 어느 한 분야에만 번뜩이는 재능을 가진 자폐증 천재들처럼 무언가에 집착하곤 한다. 차이점이라면 그런 사람들이 걸출한 분야는 보통 피아노 연주나 분자물리학인데, 우리 아빠의 번뜩이는 분야는 돼지라는 것일 뿐이다. 그 점이 좀 스타일을 구긴다. 아무도 아빠의 일생에 관한 영화를 만들진 않을 거다.

나는 아빠를 올려다봤다. "아빠, 기름 공장을 시작하고 싶어 하시는 건 좋아요. 그렇지만 다른 사람들이 엄마한테 함부로 하게 내버려 두면 안 되잖아요. 그 일라마 털투성이 아줌마가 엄마한테 그런 식으로 말한 건 너무 심했어요."

아빠는 웃음을 참으며 말했다. "맞아. 하지만…… 너희 엄마는 이 일에 아예 끼려고 하질 않잖니……."

"당연하죠, 아빠! 엄마는 남은 인생을 돼지 똥에 파묻혀 살고 싶지 않을 뿐이에요. 아빠는 정말 한 번도 엄마가 평범한 사람이라는 생각은 안 해 보셨어요?"

"하지만 그게…… 그러니까……."

"뭔데요?"

아빠는 미간을 찌푸렸다. "평범한 것, 그런 건 이제 더 이상 없어."

우리는 잠시 아무 말도 하지 못했다. 깊은 침묵이 흘렀다. 그때 라킨이 내게 윙크를 날렸다. 맹세컨대 진짜다. 이런 장난꾸러기 꿀돼지 같으니라고.

1월 7일 토요일

짐을 싸고 있는데 엄마가 들어와 침대에 걸터앉았더니 양말 한 짝을 집어 들었다.

"정말 부럽다. 런던으로 돌아가고."

이런! 무슨 말씀을 하시려고! 나는 조용히 티셔츠를 개켰다.

"너희 아빠는 이 시골구석에 묻혀 사는 게 진짜 행복한가 봐."

"엄마 도서관 일은 어때요?"

엄마는 짝짝이로 양말 두 짝을 묶었다. "괜찮아. 진짜…… 좋아. 물론 출판 일은 아니지만…… 내가 직장이 있다는 게 너무나 감사해. 하지만……" 엄마는 잠시 말을 멈췄다.

하지만. 세상 사람들에게는 모두 저마다의 '하지만'이 있는 것 같다. 그때 밖에서 울린 경적 소리가 나를 구했다. 엄마는 벌떡 일어섰다. "으, 이런. 통근 버스야!" 엄마는 나를 꽉 끌어안았다. "언제 한번 널 보러 가도 되겠지?"

놀란 내 눈이 커다래졌지만, 엄마는 그냥 내게 입을 맞추고 달려 나갔다. 출근하는 사람들이 잔뜩 탄, 작은 고물 미니밴에 엄마가 기어오르는 것을 창밖으로 내다봤다. 뒷줄에 탄 남자가 올려다보더니 내게 손을 흔들었다. 마치 특수교육 받는 애들이 타고 다니는 학교 버스 같다. 마음이 짠하다.

1월 9일 월요일

어젯밤 엄마는 송별 저녁상을 차렸고, 아빠는 특별히 집에서 담근 빈티지 당근 와인 한 병을 땄다. 그러곤 집에서 만든 도자기 잔 세 개에 아빠가 손수 그 몹쓸 액체를 따라 주시더니 내게 돌아섰다. 아빠의 두 눈이 부옇게 차올랐다.

"다시 빅 스모크(런던의 별칭-옮긴이)로 돌아가는구나. 이 잔은 너를 위해!"

엄마도 잔을 들었다. "사랑하는 우리 딸을 위해!" 엄마의 목소리가 떨렸다.

나는 뭘 위해 건배해야 할지 알 수가 없었다. 돼지기름 사업의 성공? 결혼생활의 지속? 그래서 그냥 웃고 와인만 한 모금 마셨다. 셰익스피어 작품에서 악당들이 사람들을 독살하려고 잔에다 타 넣는 약의 맛이 이렇지 싶었다. 와인이 목에 걸리지 않길 기도하며 식탁만 뚫어져라 보다가 고개를 들어 보니 두 분 다 나를 너무 빤히 보고 계셔서 아무 말이라도 해야 했다.

나는 울퉁불퉁한 잔을 들어 보이며 말했다. "미래를 위하여!"

"그만!" 엄마는 잔을 떨어뜨리고(오, 머리 좋은데?), 아빠 가슴에 얼굴을 묻더니 팔을 뻗어 나를 끔찍한 단체 포옹에 끌어넣었다. 축축한 옷에 숨이 막힐 듯 서 있는데, 이상한 일이었다. 내 마음이 온통 물렁해지는 것이었다. 그렇다. 엄마, 아빠가 제 정신이 아니고, 이제는 이상한 냄새까지 나기 시작하지만, 누가 뭐라 해도 두 분은 완전 내 거다.

1월 10일 화요일

런던으로 돌아가는데 기분이 울적해졌다. 나와 애디 사이가 어딘가 심상치 않은 데다, 애디와 얘기를 나눈 지도 꽤 오래된 것 같다. 실은 크리스마스를 핑계로 떠나올 수 있어서 차라리 좋았다. 내 힘으론 해결이 안 된다. 애디를 사랑하지만, 모든 게 너무 순탄하게만 느껴진다. 우리가 사귄 지도 이제 1년이 다 됐는데…… 아, 모르겠다. 애디는 지난 9월 학기가 시작했을 때 나와 함께 살고 싶어 했지만, 나는 그때 이미 엘러펀트 앤 캐슬 지역에 방을 구한 후였다. 게다가 애디가 다닐 퀸 메리 대학은 마일 엔드에 있으니 너무 멀어서 안 되겠다고 했다. 애디를 볼 생각을 하니 정말 들뜬다. 진심이다. 하지만……. 이런, 또 '하지만'이군.

그러곤 밴드로 생각이 옮겨 갔다. 표면상으로는 다 잘돼 가고 있다. 유일하게 인정받는 음악 사이트, '포트'에 히트곡도 몇 곡 올라오기 시작했고, 무대에서 공연도 열심히 해 왔다. 지난 6개월 동안 우리는 여러 대학에서 공연을 했다. UEL(University of East London), 런던 메트, 웨스트민스터, LSC(런던 상업 대학), 캠버웰. 하지만 언제나 묘한 긴장감이 흐른다. 표현은 안 하지만 애디는 밴드 활동이 바보 같다고 생각하는 것 같다. 고등학교 다닐 때는 좋았는데 이제는 맘이 떠난 것이다. 대놓고 솔직하게 말을 안 하는 것일 뿐. 그런가 하면 클레어는 UEL에서 저널리즘을 공부한 이후로 엄청 강경한 정치색을 띠게 됐다. 스테이시는 드럼만 치니까, 밴드를 꾸려 가는 일은 어쩌다 보니 늘 내 몫이 되었다. 크리스마스 직전에는 더티 에인절스라는 이름을 놓고 심한 말다툼이 벌어졌다. 애디는 그게 우리가 겨우 열다섯에 생각해 낸 바보 같은 이름이라고 했다. "시대는 변한다고, 클레어."

클레어는 애디를 똑바로 쳐다보며 말했다. "사람이 변하는 거겠지. 나는 이 밴드를 장난으로 하는 게 아냐, 너는 어떨지 몰라도." 그러곤 나를 힐끗 보더니 이렇게 말했다. "어쩌면 우리가 왜 이 짓을 하고 있는지 모두 다시 생각해 봐야 할지도 모르겠어."

나는 두 손을 들어 보였다. "모두? 나는 왜 끼워 넣는데?"

"왜냐하면 너희 둘은 커플이시잖니. 하나 사면 하난 덤으로 따라오는."

그 이후 줄곧 그 말이 언짢다. 어떨 땐 우리가 무슨 결혼이라도 한 것 같은 느낌이다.

지금은 기차가 런던의 교외를 달리고 있다. 이곳은 믿을 수 없을 만큼 많이 변했다. 다시 장벽을 세우고 있긴 하지만 늘 돈과 기술이 문제다. 홍수가 난 지 1년이 지난 지금, 근본적으로 도시 전체가 엄청난 위험에 처해 있다. 그리고 수면이 계속 상승하고 있다. 작년에는 템스 강이 34번이나 범람했다. 매번 강이 범람할 때마다 더 많은 사람들이 떠난다. 범람에 취약한 지역의 땅값은 말도 안 되는 수준으로 떨어졌다. 모두들 햄프스테드나 슈터스 힐 같은 언덕 쪽에 살려고 아우성이다. 브롬리의 방 네 개짜리 집은 런던의 가장 고지대에 있다는 이유로 8백만 유로까지 치솟았다. 우리 가족은 현명하게도 첫 번째 홍수가 난 직후 엄마 아빠가 집을 재빨리 수리한 후 도시를 벗어났다. 나는 5월까지 클레어와 지내면서 시험을 마친 뒤, 애빙던에 계신 부모님과 합류할 수 있었다. 부모님은 내가 공부하러 런던으로 돌아오는 걸 원치 않았지만 여기야말로 내 집이라는 생각이 든다. 시골로 이사 나가기로 결정한 건 부모님이지 내가 아니다.

워털루에 도착한 뒤, 집까지는 걸어가기로 했다. 동네로 들어서서 100미터쯤 걸었을까. 나는 열쇠를 꺼내다가 그 자리에 얼어붙고 말았다. 현관과 창문들이 모두 두꺼운 철판으로 막혀 있었다. 그 상황을 받아들이기까지 몇 초가 걸렸다. 그러고 나서 전화기를 들어 전화를 걸었다. 바로 음성사서함으로 넘어갔다. 나는 심호흡을 하고 소리를 질렀다. "이 나쁜 놈들아. 집세 왜 안 냈어!" 그러곤 끊어 버렸다.

돌아서서 문을 발로 찼다. 꿈쩍도 안 했다. '압류 해결사'라는 회사의 긴급 연락처가 현관문에 세로로 길게 붙어 있었다. 거기 전화를 했다. 또 이놈의 음성사서함. 이번에는 기계 인간의 목소리다.

"지금은 압류 해결사에서 전화를 받을 수 없습니다. 업무 시간은 평일 오전 9시부터 오후 4시 30분까지입니다. 불편을 드려 대단히 죄송합니다." 뚝.

불편? 나는 공포감을 떨쳐 보려고 전화기로 이마를 툭툭 쳤다. 누구한테 전화를 해야 하나? 내일이면 애디가 온다는 걸 알았지만, 다른 사람들은 모두 아직 휴가 중이다. 몸이 떨렸다. 어두워지기 시작했다. 전화를 걸 사람은 한 명뿐이었다.

한숨을 쉬고, 전화를 걸었다. "여보세요…… 나야."

"어."

"저기, 우리 할 얘기들이 좀 있다는 건 아는데, 오늘 너희 집에서 좀 자도 될까? 루랑 그레그, 그 나쁜 놈들이 튀어 버렸어. 집이 폐쇄됐어."

잠시 침묵, 그러곤 "좋아."

안도감이 밀려왔다. "클레어, 넌 내 구세주야."

클레어는 한숨을 쉬더니, "그래, 로얄 알버트 역에서 7시에 만나. 늦으면 안 돼, 그 담에 약속이 있어."

한 시간 뒤, 나는 기차에서 내려 암흑천지의 플랫폼에 들어섰다.

"클레어? 친구?"

"이쪽이야. 계단 보여?"

나는 한 발 내디뎠다가 휘청했다. "아니!"

"기다려."

뭔가 부드러운 것이 내 머리를 훑고 지나간 뒤, 손이 다가와 내 어깨를 잡았다. "야! 찾았다……. 좀 심하지? 여긴 몇 달째 불이 안 들어와."

주차장을 지나 부둣가를 끼고 오른쪽으로 가니, 엑셀 센터의 거대하고 컴컴한 모습이 보였다. 그다음 보도 아래로 몸을 수그리고 가다가 창고 건물 앞에서 멈췄다. 클레어는 비밀번호를 누른 뒤 두 개의 문을 더 통과했다.

"여기 장난 아니다. 어디가 어딘지 어떻게 알아?" 내가 물었다.

클레어는 어깨를 으쓱했다. "금방 익숙해져. 거의 다 왔다."

우리는 마지막으로 계단을 올라가 다시 보도로 나왔고, 원래는 베란다였던 철책과 목재 부분에 함께 머리를 박았다. 축 늘어진 목재 해먹처럼 생겨서는 엄청 위험해 보였다. 유리창은 모두 깨져 있었고, 칠이 벗겨진 나무는 반만 달려 있었다. 더럽고 낡은 것 투성이였다. 문마다 5, 10, 20개의 퇴거 통지서가 못으로 박힌 채 바람에 펄럭였다.

클레어가 내 쪽을 보더니 말했다. "런던 재건축 기관에서 붙인 거야. 일종의 명예 훈장이랄까. 퇴거 통지문이 많을수록 더 오래 맞서 싸웠단 뜻이거든. 어쨌든, 누가 여기까지 와서 우릴 내몰겠어? 완전 홍수 도신데."

"시도도 안 해? 충돌이 좀 있다고 들었는데."

"아냐. 그리고 나가게 되더라도 그냥 불법거주 위원회랑 얘기해서 좀 더 아래쪽의 빈 건물로 옮겨 가면 돼." 클레어는 철문 앞에 멈춰 서더니 자물쇠를 더듬었다. 녹슨 문은 끼익 소리를 내며 열렸다. "짜잔! 들어와……. 잠깐 기다려. 전기를 또 끊어 버렸네."

클레어가 성냥을 켜자 손에 들고 있던 파라핀 램프에서 빛이 나와 온 방을 채웠다. 민짜 식탁과 물로 얼룩진 가죽 의자 두 개만 놓인 아파트는 깜빡이는 불빛과 길게 흔들리는 그림자 속에서 거대하고 휑한 분위기를 풍겼다.

나는 방을 둘러봤다. "와."

클레어는 램프를 식탁에 놓았다. "그치? 몇 년 전만 해도 이런 아파트를 얻으려면 200만 유로는 줘야 했을걸?"

식탁을 바라보다가 나는 예전의 모습을 상상해 봤다. 앞날이 창창한 어느 커플이 도시의 야경을 창밖으로 내다보곤 했겠지.

클레어가 시계를 들여다봤다. "나 곧 나가야 돼. 네가 있고 싶을 때까지 여기 있어. 근데, 네 물건은 어떡할 거야?"

"몰라. 압류 회사가 전화번호를 남겨 놨는데, 거기 전화하는 것밖에 할 수 있는 일이 없어. 그래도 완전히 절망적이지 않은 건 크리스마스 전에 내 베이스랑 음악 파일을 애디한테 맡겨 놨다는 거야."

"친구, 여기 이렇게 공짜 방이 많은데 왜 아직도 월세를 내고 있냐? 엑셀에 있는 런던 파트너십 센터로 가서 타노 아딜이란 사람만 만나면 돼. 그리고 면접을 보면……." 클레어의 전화가 진동하기 시작했다.

나는 클레어를 쿡 찔렀다. "누구야?"

클레어가 낄낄댔다. "누군지 말하면 깜짝 놀랄걸. 기다려 봐." 클레어가 전화를 받았다. "회의에 올 거지? …… 뭐?" 클레어가 획 돌아섰다.

"하지만 젝스, 약속했잖아. 와야 한다니까. 지금 독스 미디어보다 중요한 건 없단 말야⋯⋯. 독립 DIY 방송은 지금 엄청난 속도로 세상에 퍼지고 있다고. 시작은 주류 방송에 대한 불만 때문이었지만, 이젠 기업형 방송의 도움을 받지 않고 정보 배급을 하기 위해 모든 단체들이 자기들만의 채널을 만들고 있는 거야. 알아?"

바로 이래서 내가 아직도 월세를 내는 거다. 저런 대화를 참아 내는 건 공짜 방을 쓰기 위해 치르는 대가 치고는 너무 크다.

1월 11일 수요일

점심 무렵에 애디네 집에 도착했다. 문을 두드리고 조금 기다리니 위층 창문이 열리며 네이선이 마구 뻗친 머리를 내밀고 그 특유의 큰 웃음을 지어 보였다.

"어이, 로라!"

"애디 집에 있어? 전화 안 받아."

네이선은 고개를 가로저었다. "그래, 통화 안 되더라. 걔 친구가 전화해 보니까 지금 오는 중이긴 한데 아직도 북쪽에 있대."

"뭐야, 아직도 스코틀랜드에 있단 말야?"

네이선이 웃었다. "아냐, 토튼햄. 오늘 늦게 도착할 거래. 무슨 일이야?"

"들어가도 돼?"

"그럼. 근데⋯⋯."

"뭐?"

"잔소리하기 없기야. 알았어?"

나는 어이없는 표정을 지었다. "암말 안 할게."

애디와 네이선의 방은 박테리아가 집 안을 어떻게 초토화하는지 보여 주는 건강과 안전 캠페인 광고 같았다.

몇 분 후, 나는 더러운 옷가지와 망가진 엔진 부품, 피자 상자, 물때에 찌든 접시, 엔진 오일, 담배꽁초, 싸구려 과자들이 내 오감을 집어삼키지 못하도록 벽에 붙은 체 게바라 포스터의 왼쪽 눈만 뚫어져라 보고 있었다.

그러곤 애디의 침대 끝에 걸터앉았다. "요즘 어떻게 지내?"

네이선은 옆에 있는 아무 엔진이나 어루만졌다. "별거 없어. 난 셰비 밴에 많은 시간을 투자하고 있지. 얘는 이제 순종 전기차야."

나는 웃음을 참았다. 네이선은 고등학교 때부터 그 밴을 손보고 있다. "나 어젯밤에 독스(한때 세계 최대의 항구였던 곳으로 주로 상업, 거주 지역으로 재개발했다 - 옮긴이)에 갔었어."

"그랬는데?"

"너 거기 잠깐 살았잖아, 그치? 거기, 사람들 어때?"

네이선은 스위치를 만지작거리더니 눈동자를 굴렸다. "불량 청소년, 인간쓰레기, 강도, 부랑자, 건달, 성도착자, 히로뽕 중독자, 아시안 바이러스 갱놈들, 고스족, 덜 떨어진 새끼들, 알콜 중독자, 노상강도, 범죄자, 세라토닌(항우울제) 중독자, 흑인 결사대, 연예인 광팬, 마약 중독자, 유행 추종자, 하드코어 펑크주의자, 크리스탈 메스 중독자, 폭력주의자,

괴짜, 자전거주의자, 반체제 운동가, 평생 안 씻고 사는 사람, LSD(강력 환각제) 중독자, 지저분한 놈들, 떠돌이들, 짐승 같은 놈들, 인디 키즈, 테러리스트들, 그리고 매트릭스 닐."

"누구?"

"대학 입시반 때 긴 가죽 코트만 입고 다니던 바보 놈 말이야, 알지?"

"아. 그래도 거기 공짜잖아?"

네이선은 침대에 벌렁 누웠다. "그래……. 하지만 거기엔 온갖 운동 가들이 다 있어. 내가 몇 달 전에 거기서 무슨 동물권리보호 운동하는 놈들이 하는 파티에 갔었거든. 근데 걔들이 애완용으로 키우는 쥐들이 야채 칠리가 담긴 통 안으로 다이빙하고, 사방으로 뛰어 다니고 난리도 아니더라고."

"그게 애완용인지 어떻게 알아?"

"목줄. 쥐들이 목에 뭘 하나씩 걸고 있었거든."

"확실해?"

네이선은 잠깐 머뭇했다. "아니. 그 무렵엔 나도 제정신이 아니었으니까."

오후가 되고 시간이 계속 흘렀지만 애디는 여전히 나타날 기미가 없다. 네이선은 5시쯤 사라졌고 나는 잠이 들었던 것 같다. 한밤중에 깨어 보니 옆에 애디가 느껴졌다. 나는 팔을 뻗어 애디를 감쌌고, 애디가 곁에 있을 때는 언제나 그렇듯 마음이 편안해졌다.

1월 12일 목요일

오늘은 압류 해결사, 시 의회, 경찰에 무려 일곱 시간이나 전화를 해

댔다. 이제 영국은 완전히 기계들에 의해 굴러가고 있다. 하루 종일 ARS 기계하고만 통화한 것 같다. 인간과는 단 한 마디도 얘기하지 못했다.

1월 13일 금요일

또 ARS 기계랑만 얘기했다. 해결된 건 없다. 네이선이 여자를 데려온 바람에 두 시간밖에 못 잤다. 오후에는 시 의회에 있는 여자랑 간신히 연결이 됐다. 그 여자는 한 30초간 내 얘기를 듣고 내 귓구멍에 대고 완전 크게 웃어 대더니 다시 ARS로 돌려 버렸다. 고귀하신 인종께서 손수 하실 일이 아닌가 보다.

나는 전화를 끊고 손으로 머릴 감쌌다.

"내 물건은 절대로 못 찾을 거야. 2주 있으면 학기가 시작되는데 살 데도 없어."

애디가 어깨를 으쓱했다. "여기에 원하는 만큼 있어도 돼. 너도 알잖아."

나는 방 꼬라지를 쓱 돌아봤다. "악의는 없어, 하지만……."

"그럼 어떻게 할 거야? 부모님한테 손 벌리진 않을 거 아냐."

"안 돼, 절대 안 되지. 한 가지 방법밖에 없어." 나는 숨을 크게 들이마셨다. "독스로 갈 거야."

"농담이지? 여기를 놔두고 거길 가겠다고?"

"몇 달만 묵으면서 보증금을 모으면 돼. 학자금은 이달 말에나 나오고 탄소 카드 포인트도 거의 바닥났어. 그리고 거기 그렇게 나쁘진 않아. 며칠 전에 거기서 묵었어."

"그렇군."

"이 얘긴 이미 끝냈잖아. 우리 사이에 문제가 있는 건 아니야······. 내가 아직 동거할 마음의 준비가 안 됐어." 나는 팔로 애디의 몸을 감쌌다. "내가 따로 살 공간을 마련할 거야. 클레어 같은 돌연변이 생물체랑 같이 안 살아도 된다고."

애디는 내 팔을 풀고 빠져나갔다. "로라, 네가 거기 갔을 땐 밤이었잖아. 낮에 어떤 모습일지는 안 보는 편이 나을걸. 비가 오거나 만조 때만 되면 그곳 전체가 반쯤 물에 잠긴다고. 거대한 쓰레기더미나 마찬가지야."

"쓰레기? 지금 네 방 꼴은 보고 하는 소리야?"

애디는 웃지 않으려 애쓰는 것 같았지만 입 꼬리가 저절로 올라갔다.

"애디, 월요일에 나랑 거기 같이 갈래?"

"어디?"

"엑셀 센터. 전람회나 비즈니스 학회 같은 거 하던 데 알지? 클레어 말로는 거기에 타노 어쩌고 하는 사람이 내가 살 만한 곳을 찾아 줄 거래."

애디는 싫다고 말하려다가 내 얼굴을 보더니 곧 한숨을 쉬었다. "알았어."

1월 16일 월요일

오늘 아침에 애디네 동네에서 불미스러운 일이 있었다. 버스를 기다리고 있는데 갑자기 어디선가 스킨헤드 다섯 명이 나타났다. 거들먹거리며 걸어 다니다가 인도 영화배우들이 그려진 발리우드 영화 포스터를 보더니 침을 찍 뱉었다. 한 명씩 차례차례. 마치 개들이 자기 영역 표시를 하듯. "나치 놈들. 보수주의자들이 기승이야."

"저런 애들을 크게 신경 쓰는 사람은 없어."

"나는 신경 써!" 애디는 버스 정류장에 스프레이로 그려진 나치 표시를 가리켰다. "이런 게 이런 데 그려져 있고, 내 얼굴에도 새겨져 있다고. 여기서 얼마 떨어지지 않은 데서는 피부색이 다르거나, 피부색은 같아도 다른 억양을 쓴다는 이유로 병에 얻어맞기도 한다고. 유나이티드 프런트(United Front) 놈들이 이제 취업 자리도 넉넉히 돌아가지 않는다고 떠들면서 사람들을 동요시키고 있어. 너는 이런 게 아무 상관없겠지만……."

"그렇지 않아. 어떻게 그렇게 말할 수가 있어?"

애디는 두 손을 들어 보였다. "알았어, 미안해. 하지만 네가 영원히 이해하지 못할 것들도 있어. 완전히는 말야."

로얄 알버트 다리에 도착했을 때는 이미 한낮이었다. 우리는 빗속에 잠시 서서 독스를 바라봤다. 엑셀 센터 맞은편에 다 무너져 가는 건물 벽에다 누군가가 스프레이로 커다랗게 써 놓은 글씨가 빗물에 흘러내리고 있었다.

애디가 내 손을 잡았다. "맞는 말이네."

우리는 낡은 주차장을 가로질러 엑셀 센터 입구로 가기로 했다.

"저건 뭐지?" 내가 턱으로 앞을 가리켰다. 배의 녹슨 몸체가 물에 반쯤 잠긴 채 눈앞에 나타났다.

"예전에 호텔이었던 것 같다. 그래, 봐봐." 애디가 표지판 앞에 멈춰 섰다. 여기저기 갉힌 합판 위로 누렇게 된 포스터가 붙어 있었다.

애디는 포스터의 문구 몇 줄을 읽으려고 고개를 비스듬히 했다. '가까운 거리에 레저 명소 밀집, 관광객을 위한 최적의 장소.' 애디는 주위의 진흙탕을 한번 휙 둘러봤다. "로라, 가자. 뭘 그러고 섰어?"

우리는 황량하고 으스스한 엑셀 센터로 들어섰다. 한때 가판대와 비즈니스 룸, 컨퍼런스 룸이 있던 그곳은 금방이라도 외계인이나 괴물이 튀어나올 것만 같은, 소리만 크게 울리는 텅 빈 곳이 돼 버렸다. 콘크리트 바닥 한쪽 면에는 빈 캔, 플라스틱, 옷가지와 함께 엄청난 양의 물이 이리저리 찰랑이며 흐르고 있어서 우린 왼쪽으로 붙어서 걸어야 했다. 마치 거대한 난파선 같았다.

내가 멈춰 섰다. "이건 정말 말도 안 돼."

애디가 저 앞을 가리켰다. "저기 제일 끝에, 물기 없는 쪽 사무실에서 불빛이 보여……." 애디가 눈을 가늘게 떴다. "런던 파트너십."

"저기다, 클레어가 가 보라고 한 바로 거기야."

한 200미터를 철벅거리며 걸어간 뒤, 사무실 문을 열고 들어갔다. "안녕하세요, 게타노, 아니 타노 씨를 찾는데요."

책상에 앉아 있던 곱슬머리의 자그마한 남자가 우리를 올려다봤다. "씨(Si), 전데요, 타노 아딜." 그는 내게 들어오라고 손짓했다.

"맞아요, 타노 아딜. 독스에 방을 구해 주실 수 있다고 들었어요."

타노가 얼굴을 찌푸렸다. "내가 그걸 어떻게 하나. 여기에 있는 아파트들은 전부 소유주가 있거나 곧 철거 예정인데."

나는 그를 빤히 봤다. "하지만 불법 거주 건물이 있잖아요."

그도 표정 변화 없이 날 빤히 보며 맞받아쳤다. "아가씨, 그건 불법이지. 여기는 정부 산하 주택 자문 센터라고."

"아." 내 얼굴이 빨개지기 시작했다. "클레어가 그렇게 말했는데……."

"무슨 클레어?"

"클레어 코너요. 에인절스 밴드의……."

갑자기 그의 얼굴에 수줍은 미소가 번졌다. "아휴, 진작 그렇게 말하지. 클레어가 가 보라고 했어요?" 그가 내 손을 잡았다. "좋아요, 그럼 여왕 마마를 만나러 가자고."

"누구요?"

"따라와요."

우리는 타노가 안내하는 대로 매서운 바람 속으로 나가, 물이 다시 빠져나간 아파트들이 있는 구역을 향해 걸었다. 계단 두 개를 오르고, 통로 한 곳을 지나, 타노는 어느 철문 앞에 멈춰 문을 두드렸다.

잠시 후 누군가의 목소리가 들렸다. "누구세요?"

타노는 얼굴을 철문에 바짝 댔다. "나. 누굴 좀 데려왔어……. 클레어 코너의 아미카."

나는 타노를 빤히 봤다.

타노는 손바닥을 펴보였다. "미안해요. 클레어의 친구라고 말한 거예요. 내가 시칠리아에서 온 지 10년이 됐는데 아직도 영어 반, 이탈리아어 반, 짬뽕으로 쓴다니까."

문의 빗장이 풀리며 금속끼리 긁히는 소리가 났다. 문이 열렸고 30대 초반의 여자가 빛으로 둘러싸인 채 서 있었다. 여자의 큰 키와 마른 몸은 커다란 카키색 군복 바지 때문에 헐렁하고 거대한 모습과 뒤섞여 괴상해 보였다. 예전보다 머리가 많이 자랐지만 나는 그녀가 누군지 알 수 있었다. 나의 선생님이자 홍수 때 우리 동네 전체를 구한 그웬 패리 존스였다.

그웬 선생님이 웃기 시작했다. "이런, 이런. 로라 브라운 아니신가!"

나는 입이 떨어지질 않았다.

그웬 선생님은 내 뒤를 흘긋 봤다. "애디도 왔네. 친목계라도 하러 온 거야, 아니면 둘 다 방을 구하는 거야?"

애디가 나를 쿡 찔렀다.

"아, 아니에요. 저만이에요." 대답하는데 목소리가 쩍 갈라졌다.

"마음을 확실히 못 정한 것처럼 들리는데?"

타노가 목청을 가다듬었다. "두 사람이 오랜 친구 사이 같아 보이니, 그럼……." 타노는 애디를 향했다. "자넨 'Viene(비에네)'야, 'Va(바)'야?"

"Va(바)가 '가'예요?"

타노가 끄덕였다.

"그렇다면 당근 Va(바)!" 애디는 나를 향해 살짝 웃어 줬다. "2시 반에 수업이 있으니까 그다음에 전화할게."

나는 애디에게 키스해 주었다. "고마워."

그웬 선생님이 능글맞게 웃었다. "준비되면 부르셔."

애디와 타노가 복도 끝으로 걸어 내려갔고 나는 심호흡을 길게 하고 그웬 선생님을 따라 들어갔다. 문이 내 뒤로 무겁게 쿵하며 닫혔다. 그웬 선생님은 부엌 쪽에 기대어 섰다. "귀신이라도 본 것처럼 그렇게 계속 쳐다볼 거야? 내가 그렇게 싫은 거야?"

나는 웃었다. "아뇨, 싫어하긴요, 당연히 안 싫어해요……. 그냥…… 근데, 언제 여기로 오셨어요?"

"실은, 홍수 뒤에 바로 왔어. 예전의 평범한 삶으로 돌아갈 수가 없더라고. 그 일 뒤에 다시 선생 노릇을 한다는 게…… 독스가 어떤 상태인지 본 다음 어떤 무리와 합류했거든…… 그러다 여기까지 온 거야."

"와."

"그래, 근데 넌 어쩌다가 여기로 온 거야? 부모님들이 여길 떠나신지 한참 됐다고 들었는데."

"네, 애빙턴 근처에서 농장을 하시는데, 저는 학교 때문에 돌아왔어요. 저는 첨부터 떠날 맘도 없었고요."

그웬 선생님이 웃었다. "런던 걸이로구나. 그렇지?"

"뭐 비슷해요. 근데 제가 살던 곳에서 쫓겨났어요. 그리고……."

"왜?"

"그게, 집세를 안 냈거든요. 그게 좀 복잡해요."

그웬 선생님이 얼굴을 찌푸렸다. "복잡할 게 뭐 있어. 집세를 내는 사람이거나 내지 않는 사람이거나 둘 중 하나지. 너는 어느 쪽이야?"

"네?"

"나는 빨리 결정을 봐야 해. 이런 데는 잘 내는 사람과 내지 않는 사람이 있어. 주는 사람과 받는 사람이 있고. 하지만 일단 사람을 들이고 나면 어떻게 할 수가 없단 말야."

"선생님께 돈을 내야 해요?"

"아니, 이 사람아. 나한테 돈을 내는 건 아니지만, 네가 원하는 게 완전히 공짜로 지내는 거라면 해로즈 창고에 무정부주의자 집합촌이 있으니 거기 가서 알아봐. 우리는 이런저런 걸 공유하는 단체 비슷하고 가스나 전기, 수도를 관리하는 위원회도 있어……. 어떤 사람들은 식당에 모여 같이 밥을 하기도 하지만, 꼭 그래야 하는 건 아냐. 네가 사람들과 얼마나 어울리고 싶으냐에 달린 일이고, 그리고…… 네가 가진 돈이 얼마나 되느냐에 따라 결정할 일이야. 많이 내야 하는 건 아니고, 다 합해서 1주일에 1칠러 정도일 거야. 자꾸만 전기랑 수도를 끊어 버리기 때문에 그러는 거야. 그 나쁜 놈들한테 더 이상 의지하지 않아도 되게 자급자족하려고 노력 중이거든." 그웬 선생님이 내 얼굴을 살폈다. "어때?"

"그렇다면 저는 내는 사람이에요."

"별로 확신 없는 말처럼 들린다. 그래도 네가 믿을 수 있는 사람이란 정도는 알고 있다고 생각해. 정치적 견해는 있니?"

"어…… 없어요……."

그웬 선생님은 내 두개골을 뚫어 구멍이라도 낼 듯이 나를 쳐다봤다. "너희들…… 너희가 적극적으로 활동해야 할 필요는 없지만 어떤 방식으로는 도움이 돼야 해. 그러니까, 그렇지 않았다면 애초에 여기에는 왜 와서 살려고 하는 거야?"

그 질문이 아무래도 내 얼굴 전체에 도배가 돼 있나 보다.

그웬 선생님이 씩 웃었다. "좋게 생각하면, 그래도 조금이나마 평범한 사람을 곁에 두는 게 좋긴 하다. 너는 적어도 네 억양을 그대로 쓰니까."

"그럼 제가 누구 억양을 쓰겠어요?"

"하하. 여기엔 사랑받고 자란 중산층 학생들이 우글우글한데, 걔들은 전부 무슨 자기가 날 때부터 이스트 엔드(노동자 계급이 사는 런던 동부 지역-옮긴이)의 양동이에 버려졌던 애들 같은 억양을 쓴다니까."

픽 웃음이 나며, 갑자기 내가 선생님을 좋아했다는 사실이 기억났다. "그러니까 클레어처럼요?"

그웬 선생님은 한쪽 눈썹을 추켜올렸다. "어쨌든, 좋아. 일단 한 달만 사는 거야. 그리고 일을 도와야 해. 할당량이 있어. 동의하는 거지?"

"네."

그웬 선생님은 열쇠 뭉치를 집어 들었다. "그럼, 따라와. 31A로 들어 가. 그게 1단계야."

"그게 뭐예요?"

"진짜 작은 방 하나짜리 아파트야. 젊은 도시 커플에게 딱 좋은, 부 동산 사다리의 첫 단계인 거지. 근데 지금 집 안이 좀 흉할 거야. 모니 카라는 애가 좀 더러운데 걔가 지난 두 달간 거기 살았거든. 다시 돌 아올지 모르겠어."

"지금 어디 있는데요?"

선생님은 갑자기 런던 사투리를 썼다.

"교도소에 있지 않갔음? 에어버스에 고의적 기기를 훼손했다는 죄목 으로 징역 6개월 선고를 받았어. 개트윅 공항에서."

내가 살 곳은 7층이었는데 현관문을 열자 악취가 진동했다. 가슴이 내려앉았다.

"마음대로 치워도 돼. 기본적인 건 처리해 놨어. 변기에 부어 놓은 시 멘트는 드릴로 뚫었고, 수도랑 전기도 살려 뒀어. 전보다는 훨씬 나은 거야. 석 달 전만 해도 씻으려면 수영장까지 가야 했으니까. 맞다, 보증 금이 25유로야."

그웬 선생님이 내 얼굴에 나타난 표정을 봤다. "내일 줘. 얘, 기운 내. 보기보단 괜찮아."

선생님이 떠난 뒤, 나는 집 안을 돌아다녔다. 만지면 미끌미끌한, 보 이지 않는 더러운 필름이 집 안 모든 것에 착 붙어 있는 것만 같았다.

발코니로 나가는 문을 막고 있는 쓰레기 더미를 발로 차 버리고, 문을 밀어젖혀서 밖으로 나갔다. 바람이 철사줄처럼 나를 관통했다. 누구에게 조언을 구해야 할까? 나의 이웃이었던 미친 게이 키란의 모습이 머리에 떠올랐다. 키란은 언제나 나의 구세주였다. 나는 전화 다이얼을 돌렸다.

벨이 세 번 울리자 키란이 전화를 받았다. "키란의 미라지 하우스입니다."

"됐고! 저 로란데요, 지금 예전에 살던 데선 쫓겨났고, 물건은 모두 압류됐고, 이제 세 가지 선택이 남았어요. A) 독스로 들어가서 문제를 해결할 때까지 공짜로 살기, B) 지금 사이가 좀 그렇고 그래도 애디네 집으로 들어가기, C) 완전 처절 모드로 엄마 아빠한테 구제해 달라고 하기."

"흠. 독스라면, 줄무늬 옷을 입고 다니는 미친 과격 녹색주의자랑 마빡에 피어싱한 애들이 사는 그 무정부 상태 불법 거주 건물 말하는 거야?"

나는 주먹을 불끈 쥐었다. "맞아요."

이어진 긴 침묵. 바람에 날아온 먼지가 눈 안에 들어갔다. "아저씨?"

"문제는 네가 선택할 수 있는 상황이 아니라는 거야. 너는 남한테 비비는 스타일도 아니고 처절하지도 않기 때문에 B랑 C는 아웃이야. 결국 A밖에 없네. 거기 살면 곡 쓰는 덴 영양가가 있을 거야. 그건 확실하다고."

나는 한숨을 쉬었다. "당분간 영양가 있는 음식은 구경도 못 할 것 같은데."

키란이 웃었다. "그래, 이제야 내 친구 같네. 힘내, 모험심은 다 어디로 갔어?"

"압류 해결사들이 박스에 넣어서 창고에 처박아 둔 모양이죠."

"허튼소리. 가서 괴짜들이랑 재미나게 살아 봐." 키란이 헉 소리를 냈다. "벌써 시간이 이렇게 된 거야? 미안, 끊어야겠다. 카본 데이팅에서는 기다려 주는 법이 없거든."

"이번 주는 어디에 있어요?"

"스콘소프(잉글랜드 노스 링컨 샤이어의 마을—옮긴이). 좀 끔찍하긴 해도 이몸도 먹고살아야 하니까."

"알았어요, 또 연락해도 되죠?"

"물론, 한 달 정도 있으면 다시 런던으로 돌아갈 거야. 아…… 로라?"

"네?"

"새해 복 많이 받아!"

키란은 전화를 끊었다.

키란이 너무 너무 그립다. 언니가 떠난 뒤에는 카본 데이팅 현장을 혼자서 다 뛰어다녀야 하기 때문에 키란은 런던에 붙어 있을 새가 없었다. 독스의 더러운 공기를 뱃속 깊이 들이마시고는 돌아서서 아파트 안으로 들어서는데, 마침 까만 새끼 쥐 떼가 복도를 지나 쪼르르 내려가는 것이 눈에 들어왔다. 정말 단란한 가정이로군!

새벽 3시. 그웬 선생님! 완전 어이 상실이다!

1월 20일 금요일

물때를 제거하느라 일주일을 통째로 다 날렸다. 바닥을 하도 문질러 대느라 허물이 벗겨져 이제 내 두 손은 내 몸의 다른 부분보다 5년쯤 어려졌다. 클레어의 활약은 눈부셨다. 평상시엔 그 아이 자체가 살아 있는 악몽이지만 내가 힘든 상황에선 정말 진정한 친구로 변신한다. 우리는 같이 쓰레기 수거함 여러 개와 자선단체의 중고품 가게를 뒤졌다. 이제 내겐 소파 1개, 의자 3개, 이불 2개, 스쿠비두 이불커버 1개, 요가 매트 1개, 볶음용 프라이팬 1개, 접시 3개, 컵 2개, 깡통 따개 1개, 오렌지 6개, 보드카 1병이 있다. 애디도 도왔다. 애디는 소파를 계단 위로 밀어 올려야 하는 타이밍에 맞춰 혜성처럼 나타나 우릴 도와줬다.

이제 자정이고 집 정리는 다 끝났다. 애디와 나는 오래된 커플처럼 소파에 축 늘어져서 새로운 야경을 내다보고 있다. 정말 이상한 광경이다. 카나리 워프 빌딩의 반짝이는 불빛이 보이고, 그 너머엔 아무것도 없다. 동쪽으로 어둠만이 펼쳐져 있다.

애디가 보드카를 쭉 들이켰다. "경찰청에 새 청장이 부임했는데, 그 사람이 자기는 하느님이랑 직접 대화를 나눈다고 했대."

"갑자기 그 얘긴 왜 해?"

애디가 어깨를 으쓱했다. "몰라, 그냥 그 사람에 대해 생각하고 있었어. 어쩌면 그 남자도 다른 창문을 통해 도시를 내려다보고 있을지도 모르지. 자기가 신의 이름으로 이 도시를 청소할 수 있다고 생각하면서. 미친 거지."

오늘 같기만 하다면 나는 언제나 둘이 함께 있어도 좋을 것 같다.

1월 23일 월요일

30분 안에 끔찍한 소식을 세 개나 접했다. 첫째로, 학생 대출 금융 회사에서 대출이 모두 지연돼서 3월 5일이나 돼야 돈을 받을 수 있을 거라는 소식. 그 편지를 읽고 나서 내 상황을 파악해 보려고 옷을 되는 대로 걸치고 학교로 갔다. 먼저 학생 조합 미터기에 내 탄소 카드를 긁어 봤다.

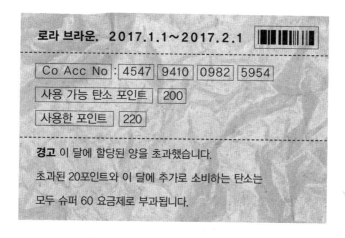

로라 브라운. 2017.1.1~2017.2.1

Co Acc No : 4547 9410 0982 5954
사용 가능 탄소 포인트 200
사용한 포인트 220

경고 이 달에 할당된 양을 초과했습니다.
초과된 20포인트와 이 달에 추가로 소비하는 탄소는
모두 슈퍼 60 요금제로 부과됩니다.

아으.

그다음에는 현금지급기로 가서 덜덜 떨리는 손으로 신용 카드를 집어넣었다. 잔액 97유로. 계산해 보니 2월까지 하루에 대략 6유로와 0탄소로 버텨야 한다. 계산을 끝내고 소름끼치는 두려움을 이겨 내기 위해 손가락으로 손바닥을 후벼 팠다. 으아, 애당초 왜 집을 떠났을까!

스트리츠(Streets)가 부른 노래 중에 침대에서 기어 나왔다가 하루를 다 망쳤다는 내용의 옛날 곡이 생각났다. 아, 이불 속에 그냥 처박혀 있을걸.

1월 24일 화요일

하루 종일 통틀어 먹은 거라곤 통감자뿐이다. 종업원이 안에 뭘 넣어 먹겠냐고 묻기에 됐다고 하니까, 자비심 가득한 표정으로 날 보더니 마가린을 잔뜩 줬다.

1월 25일 수요일

으아, 허기가 밀려온다. 죽을 것 같다. 도서관에서 돌아오는 길에 치킨집 앞을 지나다가 그 앞에 죽은 듯이 멈춰 서서 들짐승처럼 코를 벌름거렸다. 독스로 돌아와 보니 물은 또 넘쳐 있었고, 잿빛 하늘에 걸린 흐릿한 원반 같은 해 주위로 검은 안개가 엷게 깔려 있었다.

잠을 잘 수도 없는 것이, 여기엔 카펫도 없고 커튼도 없는 데다 다른 집의 모든 소리가 다 들린다. 어젯밤에는 사람들이 잠자리에 드는 소리—투덜거리고, 속삭이고, 뒤척이고, 신음하는 소리—를 들으며 몇 시간이나 깨어 있었다. 잠이 든 후에도 창문을 두들겨 대는 빗소리 때문에 한밤중에 깨어나 떨어야 했다. 엄청 외로웠다. 1년 전만 해도 내 집에서 지내며 엄마가 빨래도 다 해 줬는데. 어린 시절은 이제 끝났다. 어쨌든 나는 도와달라고 손을 내밀진 않는다. 부모님께도, 애디에게도,

그 누구에게도.

1월 27일 금요일

배고픔이 나를 불법 거주지의 행정본부로 이끌었다. 아침에 일어났을 때 너무나 춥고 배가 고파 더 이상 아무것도 개의치 않게 됐다. 독스 식당의 벨을 네 번쯤 누른 뒤, 문을 마구 두드리니 그웬 선생님이 맥도날드 앞치마를 두른 채 나타났다.

"벨은 고장 났어. 여기 도와주러 온 거야?"

나는 고개를 끄덕이고 선생님을 따라 들어갔다. 그 안은 망가진 의자들과, 학교 책상, 그리고 벽에 붙은 더 클래쉬의 포스터 때문에 약간 평키해 보였다. 포스터 바로 옆에는 이런 문구가 붙어 있었다. '바쁜 것 같으면 얼른 닦아, 이 게으름뱅이야. 그래, 바로 너!'

그웬 선생님은 주위에 손을 흔들어 보였다. "기본적으로 채식주의 싸구려 스낵바라고 보면 돼. 첫 달 일한 후 곰팡이는 없애고 전자 음악은 버렸지만 정치적 신념은 지켰지. 모두들 일주일에 한 번씩은 근무해…… 그리고 서로를 씹기 위해 한 달에 한 번 모임을 가져." 그웬 선생님은 손을 청바지에 문질렀다. "계속 굴리기엔 인력이 부족하지만 그냥 그만두려니 내가 좀 고집이 세서."

그웬 선생님은 나를 야채 뿌리 잘라내는 일에 배치했다. 빨간 레게 머리를 한 남자애가 이를 활짝 드러내며 인사를 건네더니 다시 하던 칼질을 계속했다. 그 애는 이 팟(e-pod)에 완전히 꽂혀 있었다. 헤드폰을 뚫고 나오는 메가데스의 거친 노래 소리만 들려오는데 그 애가 떠드는 타입이 아닌 게 반가웠다. 우리는 '함께' 빵부스러기를 얹은 파스닙 스튜 80인분을 만들었다. 참으로 어려운 시기다.

잠시 후, 나는 한 입 한 입 분노에 떨며 먹었다. 집을 같이 쓰던 그레그와 루를 다시 만나면 죽여 버릴 것이다. 파스닙으로. 천천히.

1월 28일 토요일

스테이시 이모네 집에서 리허설을 했다. 도착하니 부엌 조리대에 식은 피자 몇 조각이 들어 있는 15인치짜리 피자 상자가 놓여 있었고, 내 눈은 통제가 안 되는 슈퍼마켓 카트 바퀴처럼 자꾸만 그쪽으로 돌아갔다.

클레어가 이 팟에서 눈을 들었다. "그럼, 모두 다음 공연 준비된 거지?"

내가 한숨을 쉬었다. "나는 입을 옷도 하나 없어."

"내가 구해 줄 수 있어."

"하지만……."

"로라, 이거 왜 이래……. 무슨 패셔니스타였던 것도 아니면서."

스테이시가 웃었다. "맞아, 친구. 내 기억으론 넌 작년 내내 블랙 스키니진만 입었어."

"좋아, 스테이시. 네 옷 중에 아무거나 빌려 입자." 나는 애디의 귀를 살짝 당겼다. "편 좀 들어 주면 어디가 덧나?"

"응? 난 그 블랙진 진짜 좋아해. 내 마음에 안 드는 건 우리 사운드야. 지난번 공연은 정말 거지 같았어. 좀 더 좋은 앰프랑 사운드 엔지니어가 필요해."

클레어가 말을 끊었다. "이것 봐. 이건 사운드가 문제가 아니라 자세의 문제야. 매크라렌(밴드 섹스 피스톨, 뉴욕 돌스의 기획자, 연주가-옮긴이)이 펑크에 대해 얘기했듯이, 음악이 전부였다면 펑크 음악은 6개월도 안 돼 사라졌을 거라고."

나는 고개를 떨궜다. 현재 시점의 나는 노령연금수령자의 자세가 돼 있다. 지금 당장 난방기와 셰퍼드 파이(으깬 감자 안에 다진 고기를 넣어 만든 파이-옮긴이)가 잔뜩 들어 있는 전자레인지만 있다면 더 바랄 게 없을 것 같다.

클레어는 달력을 살폈다. "그쪽에서는 로즈 클럽에서 여는 아웃사이더의 밤, 2월 1일 수요일 공연에 우리를 불렀어. 꽤 큰 공연이야."

스테이시가 얼굴을 찡그렸다. "캐닝 타운에 있는 로즈 말하는 거야? 거기는 지금 잔혹 공포영화 배경 같아. 물이 차 있는 데다가 그 쪽 사람들 얼굴에선 썩은 살덩어리가 뚝뚝 떨어진다고."

"아, 정말 왜 이래, 설마 방송에서 떠드는 쓰레기 같은 말을 믿는 건 아니겠지."

스테이시가 볼을 부풀렸다. "그 동네는 진짜 무법천지야. 사람들이 매일 총칼에 맞는다고. 내 친구 하나도 거기서 엄청 두들겨 맞았어."

클레어가 코웃음을 쳤다. "나도 몇 번 갔었는데 그 정도는 아니었어."

애디가 팔짱을 꼈다. "그 아웃사이더라는 데에 오는 애들은 어떤 애들인데?"

"예전엔 주로 그 지역 흑인 애들이었지만, 이젠 범위가 좀 넓어졌지.

지금은 백인 애들이나 여자애들도 가는 완전 쿨한 곳이라고. 솔직히, 여자애들을 무대에 올리는 데가 몇 군데나 되니? 요즘은 이 분야도 너무 마초적이 됐다니까."

"무대는 얼마나 큰데?"

"850."

애디가 휘파람을 불었다. "크네."

"물론! 이거 따내느라고 얼마나 힘들었는데……. 그럼 하는 거지?"

나는 천천히 고개를 끄덕였고 애디도 그렇게 했다.

스테이시는 스틱을 무릎에서 한 바퀴 돌렸다. "모두가 그렇다면 나도 할래. 하지만 미리 말해 두는데 작년 여름에 내가 갔을 때는 바도 없었고 화장실도 없었어. 그리고 아까 네가 말한 백인 애들? 걔들은 원래 도시에서는 꽤 잘살던 애들이었는데, 지금 홍수천지가 된 도시를 빈민가로 만드는 애들이 바로 걔들이라고."

"그럼, 우리 같은 애들?" 애디가 중얼거렸다.

1월 30일 월요일

오후에 누가 문을 두드렸다. 문을 열어 보니 그웬 선생님이 난로를 들고 문 앞에 서 있었다.

"쓰레기 수거함에서 찾아서 고쳤어."

"하지만 쓸 수 없어요. 탄소 카드 포인트가 거의 바닥이라서요."

선생님은 어깨를 으쓱했다. "누가 카드 포인트가 있어야 한대? 어둠의 경로를 통해 공급되는 게 좀 있어. 우리의 음흉한 시칠리아인의 선물이야."

"누구요?"

"타노지 누구긴 누구야. 자물쇠로 잠가 놓지만 않으면 너희 엄마도 훔쳐갈 수 있는 사람이야. 지금은 테이트&라일(영국의 식품회사-옮긴이) 공장의 주 공급망에 해킹해 들어갔어……. 오래 안 걸릴 거야. 그러니까 쓸 수 있을 때 쓰라고." 그웬 선생님은 교활한 표정을 지어 보였다. "그런데 한 가지 조건이 있어. 이번 목요일에 독스 센터 모임에 올래?"

"존스 선생님, 전 지금 너무 추워서 이가 덜덜덜 갈린다고요. 이건 정말 너무하잖아요."

그웬 선생님이 웃었다. "존스 선생님? 너 아직도 내가 좀 무섭구나, 그치?"

"아뇨!"

"그래? 그럼 담에 와서 증명해 봐."

나는 선생님과 눈을 맞췄다. "시간이 되면 갈게요."

"그래, 바로 그거야." 그웬 선생님으로부터 난로를 넘겨받자마자 안으로 뛰어 들어와서 코드를 꽂았다. 여섯 시간이 지난 지금에서야 마침내 내 몸은 오래된 크리스마스 칠면조처럼 녹기 시작했다.

선생님이 무섭냐고? 선생님은 내 혈관을 흐르는 피까지 얼어붙게 할 인간이다.

1월 31일 화요일

완전 도마뱀 새끼 같다. 독스 식당에 가서 일한 시간을 빼면(46인분의 피망 속 채우기) 난로 옆에서 꼼짝도 하지 않았다.

February

2월 2일 목요일

망할 놈의 독스 모임이 오늘 밤이었다. 몸을 겨우 난로로부터 떼어 내 목줄을 달고 있는 정체 모를 개를 따라, 모임이 열리는 엑셀 센터 1층의 낡은 사무실로 갔다. 모임이 이미 시작됐기에 슬쩍 들어가서 뒤쪽에 앉았다. 한 500명쯤 모여 있는 것 같았다. 머리를 바싹 자르고 흉하게 한 가닥만 쥐꼬리처럼 남겨 기른, 빼빼 마른 남자가 얘기하고 있었다. "좋아요, 안건 중 3번을 논의해 보죠. 〈현재 정치적 분위기 속에서 혁명을 촉진시킬 수 있는 트렌드는 무엇인가?〉" 그는 방 안을 둘러봤다. "높은 실업률과 원자력 발전소에 대한 대중의 반발, 경기 침체, 정부의 뉴 그린 딜 정책의 실패, 이 모든 상황들이 노동자를 위한 새로운 미래 건설에 매우 희망적으로 작용하고 있습니다."

나는 이 모든 게 농담이길 바라며 얼른 고개를 들었지만, 웃는 사람은 아무도 없었다. 노동자들? 혁명? 빨간 레게 머리의 파스닙 소년이 손을 들었다. "그러니까…… 어……. 이 모든 면을 고려할 때 이런…… 류의 얘기를 모임에서 하는 건 그러니까…… 어…… 불필요해요. 우리는 마땅히…… 행동해야 해요. 그러니까 저는…… 우리 중 몇 명이나 어…… 런던…… 에서…… 맨체스터까지의 노동자 행군을…… 기본적으로다가…… 지지하는지…… 알고 싶어요."

그 애가 말하기 시작하자마자 그 억양이 자기 억양이 아님을 나는 대번에 알아챘다. 길거리 영어를 쓰고 있긴 했지만 상류층 언어가 자꾸만 튀어나왔다. 갑자기 누군가가 나를 쳐다보고 있다는 느낌이 들었다. 그웬 선생님은 '그것 봐' 하는 눈짓을 했다.

30분간 지겹게 웅얼대는 소리를 듣다가 살짝 빠져나왔다. 모퉁이를 얼른 돌아 오래된 게시판에 기대서서 숨을 깊이 들이마셨다. 왜 나는 이렇게 반응하는 걸까? 이 사람들은 사실 좋은 사람들이지 않은가. 이 사람들은 그냥 손 놓고 구경만 하고 있는 사람과 다르다. 그들은 스스로 연료를 만들고, 독스 위원회를 꾸려 나가고, 시위 피켓을 만들고 데모에 참여하는 데 삶을 통째로 바치고 있다. 왜 나는 그들보다 내가 잘났다고 생각하는 걸까? 그들의 눈빛 때문일지도 모르겠다……. 이 사람들은 그 일을 사랑한다. 어딘가에 속해 있다는 기분을 사랑하는 것이다. 바로 그거다. 그들은 새사람으로 거듭난 기독교인, 혹은 컬트를 상기시킨다.

갑자기 어떤 목소리가 들렸다. "내 말 잘 들어. 이번엔 상황이 달라.

놈들이 그 남자 머리를 내리쳤다고……. 그 남자 몸에 나치 표식을 그렸고……. 그러더니 그 남자 귀를 잘라 내고는 가까운 담 벽에다 스프레이로 이렇게 썼지. '하나 넘어뜨렸다. 이제 100만 명 남았다.'"

나는 누가 얘기하는지 보려고 줄지어 늘어선 사무실 쪽을 봤다. 복도의 중간쯤에 창문이 열려 있는 곳이 있었다. 두 번째 목소리가 끼어들었다. "나치 괴블 박사가 한 말을 기억해야 해. '거리를 지배하는 자가 마지막에 승리한다.' 지금 거리를 지배하는 놈들은 바로 유나이티드 프런트 놈들이라고. 경찰이 우리를 보호해 주지 못할 거란 건 확실해."

다시 첫 번째 목소리가 들렸다. "이젠 더 이상 물러설 수 없어."

"맞아. 이젠 우리가 힘을 쓸 때가 됐어."

"나도 찬성이야. 하지만 깃발이나 흔드는 바보짓은 안 할 거야. 강경하게 나가야 한다고."

갑자기 창문 밖으로 손이 하나 나오더니 담배꽁초가 내 앞을 스치며 날아갔다. 나는 몸을 게시판 쪽에 더 바싹 붙였다.

"모임에 다시 가 봐야지."

"왜 거기 계속 가야 하는지도 모르겠……."

"왜냐하면 그래야 우리의 정체를 드러내지 않고도 행동의 중심에 있을 수 있기 때문이야. 게다가……." 그 남자는 빨간 레게 머리 남자애를 흉내 냈다. "우리는…… 어……. 그러니까…… 어……. 행동해야…… 하니까……."

나는 살짝 빠져나와 골똘히 생각에 잠겨 방으로 돌아갔다. 그 사람들은 도대체 누굴까?

2월 3일 금요일

옆집 사는 알콜 중독자 커플 밥과 수가 바깥 길에서 미친 듯이 싸우는 소리에 깼다. 수는 이렇게 소리를 질렀다. "우리 왜 이러고 사는 고야? 더 이상은 참을 수가 없다고…… 만날 싸우기만 하고, 약 아니면 술타령에, 문은 발로 차고 창문은 깨부수고, 그리고 저 똥개들, 봐, 보라고오! 몇백 마리씩 이 슈레기 더미 위로 어슬렁대고 있다고!"

나는 길게 심호흡을 하고 키란과 실종된 나의 모험심에 대해 생각해 봤다. 내가 무슨 해리 포터도 아니고, 지금 뭐하는 거지? 이런. 하하. 문제는 내가 아직 이런 상황에 준비돼 있지 않다는 거다. 마치 내가 런던 동물원 야간조에 참여 한 것 같은 기분이다. 반짝이는 커다란 눈망울의 동물들을 가둬 놓고 미치게 만드는 바로 그곳에.

2월 5일 일요일

포기하는 건 질색이다. 매서운 바람과 날리는 눈발 속으로, PJ 하비(잉글랜드 뮤지션, 싱어송 라이터)의 음울한 옛 노래를 들으며 알버트와 빅토리아 항구를 돌아 다리까지 달렸다. 계단 끝까지 올라간 뒤에 난간에 기대어 다 쓰러져 가는 독스와 캐너리 와프(런던 동쪽의 비즈니스와 쇼핑 개발 지구, 런던에서 가장 높은 3개의 건물로 이루어짐-옮긴이) 저 너머를 바라봤다. 겨우 5킬로미터 거리일 뿐인데, 주류 세계로부터 백만 킬로미터 이상 떨어져 있는 것 같다. 반쯤 물에 잠긴 채 버려진 거대한 빌딩들의 모습은 마치 도심의 불빛을 향해 썩소를 날리는 난파된 자본주의와 탐욕을 대변하는 것 같다. 갑자기 뒤에서 발자국 소리가 들려와 돌아보니 타노가 황혼 속에서 다가오고 있었다. 그는 고개를 한 번 끄덕하고 지나가다가, 내 얼굴을 봤는지 잠시 멈춰 섰다.

"여어, 로라, 어떻게 지내?"

나는 어깨만 으쓱했다.

우리는 잠시 침묵 속에 서 있었다. 타노가 목청을 가다듬었다.

"여기 사람들, 다 좋은 사람들이야."

"어떻게 알았어요? 내가……."

"얼굴에 다 쓰여 있어."

"그 정도예요?"

타노는 수줍게 웃었다. "너만의 방식을 찾아내는 거야. 그럼 다 돼."

"만약에 나만의 방식이 없어서 찾을 수도 없다면요? 하는 일이라곤 사람들을 비판하는 것뿐이에요."

타노는 자기 손을 내 팔에 얹었다. "너는 그냥 무조건 따라하지 않는 것뿐이야. 네게 꼭 맞는 것을 스스로 찾아봐."

"만약에 내가……."

"맞는 데가 없다면?" 타노는 고개를 저었다. "사람 일이란 게 숫자놀음 같지는 않지. 시간이 걸리는 거야……. 그리고 가장 중요한 건 우리는 자유롭고, 우리의 생각도 그렇다는 거야. 자유롭다고." 그는 슬픈 듯이 항구 너머를 바라봤다. "우리의 자유가 얼마나 연약하고 아름다운 것인지 우린 너무 쉽게 잊어버려. 곧 자유를 위해 싸워야만 할 거야."

나는 무슨 말을 해야 할지 알 수 없었다. 타노의 말은 마음속의 토로일 뿐 내게 하는 말처럼 느껴지지 않았다. 하지만 침대 속에서 일기를 쓰는 지금, 마치 어떤 압박이 사라진 듯, 마음이 한결 편하다. 아빠 말이 맞다. 이제 평범한 것은 없다. 어쨌든 평범하던 시절에도 나는 평범함을 결코 좋아하지 않았다. 그 어느 때보다도 강하게 에인절스 활동을 해 나가야 한다는 생각이 든다. 적어도 오늘은 2월분 탄소 포인트를 받았다. 내가 마침내 빚더미 속에서 헤어나기 시작했다는 건 좋은 소식이다. 여기 독스에서 사니까 탄소 포인트를 엄청나게 절약할 수 있다.

2월 6일 월요일

학기 시작 첫날, 첫 번째 프로젝트에 들어갔다. 사람들이 자동차를 타는 이유와 방식을 전환하기 위한 직접적인 행동 캠페인을 만들어야 했다. n제곱의 힘 따위에는 하품이나 날리련다. 혁명적인 슬로건 일색이었던 지난번 프로젝트는 정말 멋졌는데, 이제는 이 따위 짓이나 시키고 있다.

2월 7일 화요일

애디가 전화를 걸어서, 압류 해결사 사람들이 방금 애디네 집 문을 쾅쾅 두드리고는 편지를 남기고 갔다고 알려 줬다. 주소를 대체 왜 적어준 건지. 그 사람들이 나를 찾아내면 집세 미납으로 재판장에 끌고 갈 거다. 2,566유로 더하기 1,750유로가 내가 법적으로 지불해야 할 돈이다. 적어도 문제가 간단해지긴 했다. 여기에서 그냥 살든지 집세 미납으로 감옥에 가든지 둘 중 하나다.

그건 그렇고, 너무 흥분한 나머지 한밤중에 깼다. 바로 내일이 공연이다. 내일까지 어떻게 기다리지?

2월 8일 수요일

알고 보니 내가 사는 곳에서 로즈클럽까진 꽤 가까워서 걸어갔는데, 도착해 보니 우리 밴드의 사운드 점검이 이미 끝나 있었다. 클레어에게 왜 나를 기다리지 않았냐고 물었다.

"얘기했잖아. 자세의 문제라고. 사운드 점검은 꽉 막힌 사람들이나 하지, 여기서 누가 사운드를 신경 써?" 클레어는 가슴을 쿡쿡 찔렀다. "중요한 건 이 안에 있다고."

나는 한숨을 쉬었다. 클레어는 군대 모드에 빠져 있는 게 분명하다. 토달기를 포기하고 애디를 찾으러 밖으로 나갔다. 애디는 네이선과 맥주를 마시고 있었다.

놀라서 눈이 동그래졌다. "네이선, 여긴 웬일이야?"

"소수자의 반발에 힘을 실어 달라면서 네 남친이 날 끌고 왔다. 요즘은 어떤 노랠 불러 대고 다니냐?"

내가 미소 지었다. "우리 스타일 다 알잖아, 이 무례한 놈아. 그리고 첫째로, 여기가 백인 일색은 아니거든. 아시아인하고 흑인 애들도 엄청 많아. 그리고 둘째로, 조용히 좀 말해. 여기에는 우리 공연 단골로 보러 오는 애들도 많단 말이야."

네이선은 애디의 팔을 툭 쳤다. "그래, 애디. 뭐야 대체? 어차피 펑크는 여기 음악이 아니잖아. 여기는 캐닝 타운(영국의 소득 수준 하위 5퍼센트에 해당하는 가장 빈곤한 지역으로 이 지역 주민들은 낮은 교육 수준과 빈곤에 시달리고 있다.-옮긴이)이지, 음악학교 중퇴생들이 몰려드는 데가 아니라고."

애디가 얼굴을 찌푸렸다. "왜 날 네 맘대로 끼워 맞추려고 해? 난 흑인 갱스터 나부랭이에는 아무 관심 없다고. 그라임(2000년 쯤 길거리에서 시작된 영국의 서민 흑인 음악-옮긴이), 펑크, 흑인 음악, 백인 음악…… 이 시작은 다 같아. 최고의 음악은 모두 거리에서 시작되는 거야."

네이선이 손바닥을 문질렀다. "맞아. 그라임이 잘나가던 때 생각나? 그때 난 어린애였지만 우리 형은 골수였지. 그게 바로 음악이었어. 뒤섞인 드럼과 베이스 소리, 비트와 개라지(1990년대에 영국에서 시작된 일렉트로닉 댄스 음악의 한 형태-옮긴이), 이 모두가 130bpm까지 올라갔지. 이따위 백인 애들의 펑크 나부랭이가 아닌, 냉정하고 깔끔한, 우리 거리의 소리였다고. 진정한 생존에 대한 노래들이었지. 난 파우(레탈 비즐의 첫 싱글로 주류 방송사에서 방송 금지를 당했다.-옮긴이)만 계속 듣고파."

"뭐? 레탈 비즐? 너 완전 옛날 얘기 하고 있구나."

"무슨 상관?" 네이선은 롤러스케이트를 신고 있는 애들을 엄지로 가리켰다. "쟤들이 뭘 알겠어?"

애디가 네이선 쪽을 향했다. "쟤들도 알 만큼 알아. 이젠 상황이 달라졌어. 우린 다 같이 이 엿 같은 세상에 처박혀 있다고. 그리고 어쨌든," 애디가 한숨을 쉬었다. "너도 무슨 갱스터는 아니잖아. 너도 나처럼 정치 과학을 공부하고 있고, 그리고 풋로커(스포츠 웨어와 신발을 판매하는 미국 회사-옮긴이)에서 일해 본 적 없다고 말할 생각은 하지도 마."

잠시 후, 둘 다 웃기 시작했다.

네이선은 손가락을 치켜들었다. "맞다!"

네이선이 떠난 후 나는 애디를 툭 쳤다. "여기 싫어하는 거 아녔어?"

애디는 맥주병을 끝을 올려 맥주를 마셨다. "오해는 말아, 여기가 더 럽다는 생각은 변함없지만, 적어도 여기엔 분노가 있으니까. 체제에 대한 진정한 분노."

내가 애디를 흘깃 봤다. "친구, 점점 클레어를 닮아 가는걸."

애디가 웃을 거라 생각했지만 애디는 그냥 다시 나를 빤히 볼 뿐이었다. 예전의 내 남자는 어디로 간 걸까?

무대 위로 조명이 떨어졌다. 나는 군더더기 없이 베이스 파트를 연주하기 시작했다. 클레어가 무대 위로 뛰어올라 외쳤다. "두 주먹을 높이!" 그러자 스테이시가 드럼을 치기 시작했고 관객들이 뒤집어졌다. 얼마 후, 클레어가 뛰어다니며 부른 '스틱 잇(stick it)'이라는 노래에선 이런 가사가 이어졌다.

두 자리 숫자 인플레이션

다시 고갤 드는 좌절

그들은 우릴 조종하고 있어.

파멸이 우릴 가둬

타락이 우릴 가둬

그들은 우릴 조종하고 있어

그곳의 모든 사람들이 클레어를 따라 소리칠 때까지. 땀, 피, 열정. 누가 클레어를 거부할 수 있을까. 무대 위에서 클레어는 완전 미쳤다. 이게 바로 무대 아래에서의 클레어가 짜증나는 이유다. 마치 자기 최고의 장점, 가장 격렬한 부분을 잃어버리는 것만 같다.

우리 순서가 끝나고 조명이 잠깐 위로 올라가며, 음악이 잠잠해지자 갑자기 흑인 애들과 아시아 애들이 앞쪽으로 물밀듯 몰려왔다. 다음 공연은 오늘의 스타인, 깡마르고 무섭게 생긴 포레스트 게이트 출신의 열다섯 살짜리, '프레데터(Predator)' 차례였기 때문이다. 나는 무대 뒤에서 그가 아이처럼 어색하게 몸을 움직이는 걸 지켜봤다. 그러던 그 애가 입을 열자, 적대감과 분노가 미친 듯이 쏟아져 나왔다. 그애의 목소리가 마치 톱처럼 허공을 갈랐다. 멀리 뒤쪽에 있던 예술학교 애들도 열광해서 그 애가 내뱉는 가사를 따라하려고 애썼다. 앞쪽에 있는 사람들은 노래의 처음부터 끝까지 한목소리로 따라 불렀다. 아이들이 소리 지르고 몸을 던지며 공연장이 거대한 한 덩어리가 됐다……. 그러다가 점점 그 덩어리가 깨지기 시작하더니 술병, 운동화, 침이 날아다니기 시작했다……. 마치 원자 분열을 지켜보는 느낌이었다.

나는 무대 뒷문을 통해 빠져나와 비상구 문을 확 잡아당겨 차가운 공기를 크게 한 숨 들이마셨다. 사우나 같은 곳에 있다가 나오니 바깥이 좀 비현실적으로 느껴진다.

누군가가 내 팔을 툭툭 쳤다. "맥주 마실래?"

누군가 보려고 돌아서니, 같은 수업을 듣는 샘이라는 남자애였다.

"안녕, 너 여기 웬일이야?"

"나 로즈에 자주 와." 샘은 맥주 한 병을 내밀었다. 나는 그걸 받아 한 모금 들이켰다.

"참, 너 아까 정말 대단하더라, 멋졌어." 샘의 짙은 눈동자는 흥분으로 반짝거렸다.

나는 얼굴을 붉혔다. "그래, 그래. 픽이나."

"아냐, 진짜야. 나도 밴드 몇 군데서 기타를 치긴 하는데, 뭔가 더 괜찮은 걸 찾고 있어. 저기…… 에인절스에는 자리가 없겠지?"

"응, 없어. 애디가……."

샘이 손을 내저었다. "괜찮아, 괜찮아. 하지만 수업의 새 프로젝트는 같이할 맘 있어?" 샘이 웃었다. "하룻밤에 두 번씩 거절하는 건 너무 하잖아."

갑자기 어둠 속에서 네이선이 나타나 내 팔을 덥석 잡았다. "내가 방금 뭘 봤는지 넌 죽어도 모를걸……. 저쪽 건물 지붕에서 개싸움이 벌어졌어. 어떤 애들이 날 데리고 갔는데, 거기에 울프라는 이름의 이따만한 투견용 개랑 흰색 아르헨티나 개가 있더라. 개들이 더 미쳐 날뛰기 전에 떼어 놓느라고 쇠봉까지 동원해야 했다니까. 로라, 여기는 세상의 끝 같아."

네이선을 바라보고 주변을 둘러보는데, 갑자기 네이선의 눈동자에 가득한 흥분이 내게도 물결처럼 밀려오는 느낌이 들었다.

2월 9일 목요일

죽기 일보 직전이다. 내가 만약 이 어둠 속에서 생을 마치면 부검 자료에는 사인이 이렇게 적힐 거다. A) 유독성 숙취로 인한 치사, B) 자기공명분과영상(MRSI)결과, 지옥 같은 클레어의 부엌에서 나온 대왕 벌레에 의한 감염. 어젯밤 우리는 굶주린 늑대들처럼 밖에서 몇 시간을 헤매다 클레어의 집으로 들어갔다. 클레어와 내가 부엌으로 들어간 사이 다른 애들은 다른 방에서 음악을 연주하기 시작했다. 농담이 아니라 진짜로 클레어의 집은 애디네 집보다 더 더럽다. 아무래도 클레어를 재소자 석방 전에 실시하는 사회 적응 훈련에 투입해야 할 것 같다. 나는 일단 어두운 부엌의 구석구석을 살핀 후에, 마카로니 한 팩과 치즈 여섯 조각, 밀가루 약간, 그리고 제조일자가 약 2008년경인 초고온 살균 가공 우유를 찾아내 한데 모았다.

"좋았어! 느으으으끼한 파스타를 만들자!" 클레어가 마카로니 봉지를 확 집어 들며 외치는데, 알고 보니 봉지가 터져 있어서 파스타 조각들이 바닥으로 흩날리며 죄다 떨어졌다.

나는 그 조각들을 응시하다가 먼지 풀풀 나는 바닥 위로 주저앉았다. "안 돼!"

클레어가 웃기 시작했다.

나는 손을 주머니 속에 넣고 꼼지락댔다. "우리…… 저거 못 먹어. 편의점에 가서 더 사 오자……. 난 60센트밖에 없는데. 너 돈 있어?"

클레어가 낄낄댔다. "아니, 넘 여자인 척 깔끔 떨지 마셔."

나는 허리를 굽히고 바닥을 허우적거리며 파스타 조각들을 집어 올려 싱크대에 던져 넣고 그 위로 뜨거운 물을 틀었다.

"뭐하는 거야?" 클레어가 어깨 너머로 들여다봤다.

"더러운 거 씻어 내는 거야……." 나는 비틀거리며 가스레인지로 가서 가스에 불을 붙이려 했다.

"쓰레기…… 쓰레기……." 클레어가 흥얼거렸다. "오, 로라, 이런 걸 만들려는 거였어?"

나는 라이터를 내려놓고 싱크대로 달려갔다. 뜨거운 물세례를 받은 마카로니가 다 녹아서 하나의 하얀 덩어리가 돼 있었다.

나는 고개를 끄덕였다. "좋아, 완벽해." 나는 물이 끓는 냄비에 그 외계 물체를 던져 넣었다. 그러고는 치즈 소스를 뿌렸다. 모든 게 잘돼가고 있었는데 난데없이 클레어가 가라테 발차기를 날리는 바람에 내 팔이 앞으로 밀리며 밀가루가 슈욱 하고 냄비 안으로 홀랑 다 쏟아졌다. 맹세컨대 그 순간, 무수한 작은 벌레들이 공중으로 날아올랐다.

"뭐하는 짓이야?" 나는 필사적으로 밀가루를 퍼냈지만, 때는 이미 늦었다.

클레어가 다가오더니 손가락으로 그걸 찍어 먹었다.

"흠……. 이게 뭘까? 흠, 이건…… 이건 풀이다! 로라, 네가 느끼한 치즈 풀을 만들었구나!"

나는 모두에게 그걸 억지로 먹였다. 역시 나는 울엄마 딸이다.

2월 10일 금요일

호랑이도 제 말 하면 온다더니. 오후에 전화가 세 번이나 울렸는데,

아직도 제정신이 돌아오지 않은지라 그냥 음성 사서함으로 넘어가게 놔뒀다. 그리고 이제 막 확인했다.

'안녕, 얘야, 엄마야! 통화한 지 한참 된 것 같네. 여기도 작은 사건이 좀 있어. 템스 워터 사 저수지 때문에 온 마을이 다 들고 일어날 태세야. 사람들이 그러는데 그 둑이 곧 무너질 거고 우린 다 빠져 죽을 거래. 근데, 너 언니 소식은 좀 들었니? 엄마는 전혀 못 들었는데 점점 더 걱정이 된다. 걘 태국에 처박혀 있는데 미국은 이라크에서 또 석유 전쟁을 일으키고 싶어 안달이 난 모양이야. 너한텐 언제든지 연락할 수 있다는 게 어찌나 다행인지, 근데 넌 대체 왜 독스에 살고 있는 거야? 우리한테 말도 안 하고. 키란한테 들어서 알았잖니……. 어쨌든, 제발, 제발 이거 듣는 대로 연락…… 삐이이이…….'

도저히 엄마한테 전화할 용기가 없다. 어쨌거나 지금은 돈이 없어서 걸 수도 없다. 아하, 이럴 땐 가난도 쓸모가 있구나.

2월 13일 월요일

하루 종일 학교 워크숍에서 샘과 새로운 디자인 프로젝트 작업을 했다. 싫다고 해도 듣지 않을 것 같아 그냥 샘과 함께 작업하기로 했다. 쉬는 시간에 복도에서 날 만나자 바로 무릎을 꿇으며 자기 가슴을 부여잡고 말했다. "그녀가 날 버렸어. 그녀는 날 사랑하지 않아. 콱 죽어 버릴까?"

그런데 같이 하길 넘 잘한 것 같다. 샘은 재능이 장난이 아닌 데다

재미있기까지 하다. 우리는 스케치를 잔뜩 한 끝에 뭔가 하나 건졌다. 일종의 '안티 자동차 조크 종합 선물 세트'가 될 것 같다. 샘이 포토샵으로 상자 뚜껑의 모형을 만들었다. 나는 내일부터 쓰레기 수거함이나 빈 아파트를 뒤지기 시작할 거다. 어쩌면 이 프로젝트로 좋은 성적을 받을 수도 있을 것 같다.

2월 15일 수요일

집에 오는 길에 불타 버린 차에서 전선을 한 아름 건졌다. 그걸 집까지 질질 끌고 오다가 그웬 선생님과 마주쳤다. 이 아줌마는 정말이지 동에 번쩍 서에 번쩍이다.

선생님은 날 위아래로 훑어봤다. "이게 다 뭐니?"

"학교에서 하는 3D 프로젝트예요."

"그런 거라면 타노한테 얘기해 봐. 지금 타노는 템스 강이랑 독스가 넘쳤을 때 쓸 수 있는 태양열 배를 만들고 있어. 정말 대단해."

나는 썩소를 지어 보였다. "네, 봐서요……."

그웬 선생님은 손을 허리에 올렸다. "그런데……. 넌 날 믿지 않는구나. 내가 널 세뇌시키려 한다고 생각하는 거 다 알아."

"안 그래요. 저는 선생님처럼 모든 게 흑과 백으로 딱딱 구분되지 않을 뿐이에요."

"내가 뭘 믿는지 네가 어떻게 알아? 나를 판단하기 전에 나에 대해 먼저 알아보는 게 좋겠다."

"선생님도 마찬가지예요."

선생님은 껌을 찾으려고 주머니를 뒤졌다. "이봐, 나도 너만큼이나 독스 모임에 나오는 애들을 참아 주기 힘들다고. 너는 걔들과는 달라. 나도 알아. 하지만, 그렇다고 그게 너의 소극적인 행동에 변명이 되진 않아."

"소극적이요?" 말을 거의 내뱉듯 해 버렸다. "에인절스 공연을 보기나 하고 하는 소리예요?"

"그래, 한 번. 오해는 하지 마. 네가 가만히 있지 않는다는 거 알아. 하지만 그걸로 충분하다고 생각하니?"

나는 어깨를 으쓱했다. "아닌가 보네요, 그웬 선생님. 대체 저한테 뭘 원하시는 거예요?"

선생님은 나를 정면으로 처다봤다. "좀 더 적극적으로 나섰으면 좋겠어. 하루만 독스 미디어 센터에 와 봐. 거기에 좀 있으면서, 우리가 뭘 하는지 보라고. 그때 가서 싫다고 해도 늦지 않잖아."

나는 손가락으로 전선을 구부리며 한참 선생님을 빤히 쳐다봤다.

"꽤 긴 침묵이로구나."

나는 한숨을 폭 쉬었다. "언젠데요?"

"다음 토요일. 우리한테는 꽤 큰 행사야."

"갈게요. 대신 이제 그만 좀 들볶으세요."

선생님은 미소를 짓더니 돌아섰다. "약속하지."

알 게 뭐야. 미친 그웬 패리 존스이지만, 그래도 이 여자는 자기 나름의 스타일이 있다. 게다가 선생님이 우리 동네 사람들을 구해 낸 후로는 내가 빚을 진 셈이니까.

2월 16일 목요일

아침에 클레어가 잡지를 둘둘 말아 쥐고는 우리 집 문을 두드렸다.

"공연 리뷰야! 네가 읽어. 난 너무 긴장 돼서."

클레어는 잡지를 내게 던지고 소파에 주저앉았다. "12페이지."

"평이 정말 잘 나왔네! '클레어 코너는 무언가에 홀린 짐승 같다.' 이 기자랑 너랑 아는 사이야?"

"닥쳐." 클레어가 내 팔을 쳤다. "근데, 정말 좋지? 이런 평가를 계속 받아야 해. 하나 더 있어, 이게 진짜 중요한 건데……. 수지 K가 뭐라고 썼는지 보자."

"헉, 수지 K가 왔었단 말야? 그 여자는 완전……."

"전설이지. 그리고 엄청 신비롭지. 나도 내 친구 대몬이 그 여자를 알

DEAD OR ALIVE

화요일 밤, 더 로즈에서 열린 '더 터미네이션', '프레데터', '더티 에인절스'라는 결코 어울리지 않을 것 같던 세 팀의 공연이 많은 사람들의 마음을 뒤흔들어 놓았다. 거기엔 나도 포함된다. 심장을 멎게 만들던 새로운 그라임에서부터 펑크 그 이상의 음악 스타일과 문화를 섞어 버무려 낸 곡들은 관객들을 깜짝 놀라게 했다. 이곳, 런던의 제일 끝자락에 위치한 캐닝 타운에서 흑인과 백인, 이성애자와 동성애자, 고스족(어둡고 병적인 가사가 특징인 록 음악, 혹은 고스 음악을 하는 사람이나 팬을 지칭-옮긴이)과 단순 오빠 부대들이 서로 으르렁거리며 함께 완전히 새로운 미래를 맞이했다.

실험적인 이 무대는 위험하기도 했다. 공연 중에 어떤 예쁘장한 남자 아이가 그 동네 갱스터들에게 너무 가까이 다가가 심기를 건드렸을 때는 칼날이 번쩍이는 것이 목격되기도 했다. 하지만 결국 모두를 하나로 묶어 준 건 음악이었다.

그들이 열기 속에서 얼마만큼의 땀을 만들어 내는지 보는 것도 밴드를 평가하는 가장 좋은 방법일 수 있다. 이런 기준으로 평가할 때, 에인절스는 지표 저 아래에 있다. 그리고 아래에 있는 것은 좋은 뜻이다. 저 밑바닥은 바로 폭풍우가 우르릉거리며 몰아치는 곳이

기 때문이다. 클레어 코너는 무언가에 홀린 짐승 같다. 그녀의 눈동자는 복부를 강타당한 것처럼 튀어나온 데다 그녀의 포효는 따를 자가 없다. 그녀는 선사 시대 도마뱀과 같은 눈빛을 가졌다. 이 밴드가 '세상은 엉망이야(messed up world)'라는 마음을 뒤흔드는 곡을 시작하자 클럽은, 300개의 입이 하나 되어 노래하는 사람들로 하나의 거대한 소용돌이가 됐다. 유일한 단점은 귀를 찢어 놓는 것 같은 밴드의 싸구려 사운드 시스템이었다.

관중들이 그날의 최고의 스타가 등장하길 기다리는 동안에는, 예술학교 학생들이 동네 젊은이들한테 길을 내주기 위해 뒤쪽으로 움직이며, 클럽에 긴장감이 돌기도 했다. 또 한 번 칼과 스크류드라이버가 눈에 띄기도 했지만 뭔가 사건이 터지기 전에, 포레스트 게이트 출신의 열다섯 살짜리 천재, 프레데터가 무대로 모습을 드러냈다. 그는 마이크를 잡더니 코러스 걸들에게 돌아서서 "엉덩이로 쫓아하지 못할 부분은 입으로도 부르지 마."라고 말했다. 관중들은 웃음을 터뜨렸고 바로 그 순간, 굵고 커다란 비트가 대서양의 파도처럼 몰아치기 시작했다.

아봐서 그 여자가 왔다는 걸 알았어."

"걔는 그 여잘 어떻게 안대?"

"걔도 아는 사인 아냐. 근데 수지 K는 오른쪽 귀에 진주와 뼈로 만든
괴상한 귀걸이를 하고 다니는 걸로 유명하거든."

클레어가 이 팟(e-pod)을 켜고 인터넷이 뜰 때까지 기다리는데 심
장이 뛰기 시작했다. 수지 K는 「모스트 원티드(most wanted)」라는 잡
지의 영향력이 엄청난, 무시무시한 기자로, 그 여자의 독설을 따를 자
가 없다. 하지만 그 여자를 내 편으로 만들기만 한다면……

화면이 떴다.

나는 소파 위로 무너졌다.

클레어는 손으로 머릴 감쌌다. "우릴 매장시켰어."

무거운 침묵이 흐른 뒤, 클레어가 갑자기 벌떡 일어나 재킷을 입었
다. "좋아, 지금 당장 가 볼 거야!"

"어딜?"

"「모스트 원티드」 사무실로. 쇼디치 지역에 있어."

나는 손을 내저었다. "강제로 호평을 쓰게 만들 수는 없어."

"상관없어. 그 말라깽이 여자한테 할 말은 해야겠어." 클레어는 이 팟
을 탁 닫아 버렸다. "수지, 진짜 혹독한 게 뭔지 보여 주겠어."

"하지만 클레어, 틀린 말은 아니잖아. 애디가 한참 전부터 계속 우리
사운드가 안 좋다고 얘기했었다고."

"그래서?"

나는 아무 말도 하지 않았다. 감히 할 엄두가 안 났다.

수지 K 포스팅

더티 에인절스의 로즈 공연

일단 이건 확실히 해 두자. 나는 펑크 음악을 사랑한다. 펑크는 프랑스 초 현실주의와 마르크스의 정치사상에서 영향을 받았다. 진정한 펑크는 분노 가 서린, 흥미진진하고 강렬한 메시지를 담고 있다. 누가 진짜 적인지 간파 하고 우리 시대의 위기를 고스란히 드러내는 음악인 것이다.

현재 더티 에인절스(얘들아, 이름이 심하게 후지구나)는 새로운 펑크 뮤지 션을 꿈꾸는 아이들이다. 이 밴드는 모든 요건을 갖췄다. 분노, 허세, 증오 를 씹어 뱉는 적대감, 하지만 진심이 담겨 있는지는 잘 모르겠다. 펑크의 단 점도 많이 드러냈다. 사운드는 거지 같았다. 7곡 모두 계속 하울링이 났고 베이스 소리는 아예 묻혀서 들리지도 않았다.

그들의 기상은 느낄 수 있었지만—사람들을 잡아끄는 무언가가 있었다—하 지만 그들은 아직 더 증명해 보여야 할 것들이 너무 많다. 또 한 가지, 에 인절스가 음악을 진지하게 추구한다면, 무대 사운드를 잡아 주고 혹독하게 관리해 줄 누군가가 절실하다.

2월 17일 금요일

저녁때까지 클레어의 연락을 기다렸지만, 아무 얘기가 없다. 결국 내 가 전화를 걸었다. "어떻게 됐어?"

긴 침묵. "건물 안으로도 들여보내 주지도 않더라. 내가 아무 존재도 아닌 것처럼 밖에 버려뒀어. 사운드를 망쳐 놨다는 거 나도 알아, 로라. 하지만 이 밴드는…… 전부라고……. 모든 게 괜찮았던 그때부터 해 왔던 거잖아……. 포기할 수가 없어."

그러더니 끊어 버렸다. 내가 다시 걸었지만, 바로 음성 사서함으로 넘어갔다. 삐 소리가 나자마자 내가 소리쳤다. "우리 사운드가 거지 같다는 수지 말이 맞아. 그러니까 병신 짓 그만하고 사운드 엔지니어나 구해. 왜냐하면 너는 정말 멋진 애고, 우리도 정말 멋지니까. 아무도 우리릴 막을 수 없어, 지금이나 그 언제라도!"

돈이 없다는 건 정말 최악이다. 애디가 자기네 집에 오라며, 버스비도 내준다고 했지만 그러기엔 난 자존심이 너무 세다……. 그래서 나는 금요일 저녁에 부둣가의 불법 거주 건물에 들어앉아 추위에 달달 떨며 포트 음악 사이트의 다운로드 탑 20이나 듣고 있다. 이건 정말 광고쟁이들한테 속아 내 것이 될 거라 꿈꿨던 삶과는 거리가 멀다.

2월 18일 토요일

늦게 일어나 잿빛 하늘을 내다보며 이불 속에 누워 있었다. 테이트 & 라일사가 타노가 전기를 해킹한 사실을 알아내는 바람에 우리는 다시 얼어 죽게 생겼다. 나는 지금 툰드라 동토를 헤매는 늑대 같다. 이제는 더 이상 배 속의 꾸르륵거림도 느껴지지 않는다. 애디 말로는 압류 회사에서 사람이 두 번이나 왔다 갔지만, 곧 제풀에 지칠 것 같다고 했다. 나쁜 점이라면 내 물건을 영영 찾을 수 없게 됐다라는 거다. 머릿속으로 내가 잃어버린 것들의 목록을 작성했다. 가슴이 아프지만 몇 주 전만큼은 아니다. 어쩌면 이것이 열반의 경지로 가는 과정일지도 모르겠다.

다시 잠을 자려고 하는데 갑자기 생각이 났다. 그웬 선생님한테 오늘 아침, 독스 미디어 센터로 가겠다고 약속했었지! 끙 소리를 내며 침대에서 빠져나와 옷을 입고 커피를 몇 모금 마셨다. 마당을 건너가기 위해 계단 맨 아래에서 운동화를 벗고 바지를 걷어올려야 했다.

도착했을 때는 거의 2시였다. 나는 입구에 잠깐 서서 목도리를 풀어 가방에 쑤셔 넣었다. 사람들은 여기저기 떼지어 서서 질문을 하거나 대답을 하고, 종이를 들고 여기저기 뛰어다니고, 낡은 사무실에서 의자를 앞뒤로 까닥이며 앉아 있었다.

"로라!" 그웬 선생님이 파일 뭉치 위에 커피 잔을 올린 채 휙 지나갔다. "이리 와, 오늘 시위 생중계 준비하는 중이야. 에마뉴엘, 어떤 게 들어왔어?"

휙 돌아섰다. 빨간 레게 머리 파스닙 소년이 내 뒤에 서 있었다.

에마뉴엘? 그 애가 손가락을 꼽아 내려갔다. "어, 그게, 어······. 일링 지역 자원부 장관······ 반내 시위······. 어······ 런던으로 행진하는······ 어······ 노동자들······ 에 대한 거랑······. 음······ 개트윅 근처······ 이민자 센터의 시위. 아, 젠장, 저 지금······ 어······ 완전······ 빨리 가야 해요. 버스가 5시에 떠나요."

어떤 여자애가 방 저쪽에서 소리쳤다. "에만! 버스, 지금! 리치는 길이 막혀 꼼짝도 못 한대……. 그웬, 한 시간만 맡아 줄래요? 생방은 10분 뒤에 시작하나요?"

"물론." 그웬 선생님이 나를 쳐다봤다. "같이할래? 우리는 전국에서 들어오는 기사를 받아 보고 있어. 전화, 웹, 푸쉬(push: 통신 회사가 소비자에게 콘텐츠를 밀어주는 것. 인터넷 브라우저에서 채택하고 있는 이 기술은 이용자가 어떤 조건의 정보를 받을 것인지 지정해 두면 그에 따라 사용자에게 정보가 배달된다.-옮긴이), 포탈……. 뭘 통해 들어오든 그걸 다 몇 줄로 요약해서 시위 면에 바로 올리고 전 세계가 다 보게끔 하는 거지."

그웬 선생님이 나를 데리고 방을 가로질렀다.

나는 온 방을 둘러봤다. "규모가 이렇게 큰 줄은 정말 몰랐어요."

"그치? 하루에 조회 수가 대략 100만 건이 넘어. 전 세계에서 들어와. 여기 모든 물건은 기증받았거나 직접 만든 거야. 사이트 접속량이 급증하면 다른 선을 대서 연결하지. 백업 프로그램이 있긴 하지만, 여전히 연결이 잘 끊겨."

그웬 선생님은 전선과 회로 속에 파묻혀 있는 컴퓨터광 같은 남자애들 몇 명을 가리켰다. "지미와 루크가 우리 자료가 계속해서 공개된 채 있도록 하루 종일 일하고 있지. 무슨 미친 음모론자처럼 들릴지 모르겠지만 정부는 우리 사이트 연결을 끊으려고 난리야. 지금 온라인이 얼마나 통제되고 있는지 모르지? 그래서 지미가 그 일을 맡고 있어. 해킹이나 경로변경을 통해 정부가 침해하려는 우리의 자유를 지켜주는

DoX media
독스 > 시위 > 라이브 업데이트

14:10〉 시위대는 이제 모두 개트윅 공항 밖 집회 장소에 집결. 시위대 수는 2,000명에서 5,000명 사이로 추산. 경찰 수가 늘고 있지만 아직 큰 문제 없음.

14:20〉 노동자들의 행진이 럭비 마을에 도착. 행진 나흘째. 인쇄 공장의 대규모 파업 참가자 수 급증. 현재 참가자 수가 20,000명으로 집계됨. 경찰 사진을 찍은 후 이름과 신상 명세를 알려 주길 거부했다는 이유로 사진사 체포됨.

14:30〉 13:20 일링 지역 체포 건에 대한 업데이트─억류자들이 정보 경찰을 촬영하다가 대 테러법안 Sec. 56428에 의해 체포됨.

14:35〉 500명의 시위대가 A23을 출발. 개트윅 복합 단지에 진입. 삼엄한 보안에도 불구하고 분위기는 괜찮음.

14:48〉 일링 상황 업데이트: 현장에 경찰 밴 2대 도착. 시위대가 소리를 높이고 있음. 3미터짜리 깃발이 보임. "에너지는 우리 모두의 것, 부자들의 전유물이 아니다." 에너지부 장관이 몇 분 이내로 나타날 예정. 현재 800명의 인파와 100여 명의 경찰 집결.

14:50〉 개트윅에서 또 다른 시위 시작. 시위대는 포커스 5본부 바깥에 모임. '위험 인물' 강제 추방에 반대하는 이민국 주요 도급업자들. '강제 추방 반대'라는 깃발이 게이트에 걸려 있음. 아직까지 경찰 병력은 없으나 곧 상황이 변할 가능성이 큼.

14:52〉 노동자 시위대가 럭비 중앙역에서 시위 시작. 현재 시위대와 현지 상점주인들 사이에 충돌 발생. 많은 상점들의 창문과 입구가 망가짐. 약탈이 눈에 띔.

15:20〉 포커스 5본부 밖에서 시위가 계속되고 있음. 경찰 병력이 늘고 있지만 시위대는 전단지를 배포함. "불법인 인간은 없다!" "국경도 허물고, 국가도 따지지 말라!"라는 깃발이 보임. 경찰서 주변을 벗어난 시위대 일부가 억류됨. 경찰과 협상 중.

15:22〉 에너지부 장관 일링에 도착. 시위대가 폭력적 반응을 보이고, 경찰은 방패로 대응. 장관은 지난주 국회에서 한 약속을 무시하고 시위대와 대화 시도조차 하지 않음.

15:56〉 망명 신청자 하나가 포커스 5본부를 떠나며 흥분하기 시작. 현재 수가 많아진 경찰 병력은 그 사람을 에워싸고 거칠게 바닥으로 밀침. 망명 신청자가 극도로 분노했음을 알 수 있음. 경찰이 그의 손을 등 뒤로 해서 수갑을 채우고 얼굴을 바닥으로 눕히며 부상 유발.

거지."

10분쯤 지났을 때, 나와 그웬 선생님, 그리고 다른 두 사람은 전화기 여러 대와 메신저, 푸셔를 앞에 놓고 동그랗게 바싹 붙어 앉아 있었다. 수시로 아무나 상황을 생중계해 줬고, 여자애 둘이 전화를 받고, 문자나 메신저 메시지, 이 메일을 읽어 그웬 선생님에게 전달하면, 선생님이 몇 줄로 줄인 다음 나에게 넘겨주고 내가 그걸 입력해 생중계하는 방식으로 일했다. 정말 긴박한 작업이었다.

그웬 선생님이 한숨을 쉬었다. "이젠 어디서나 일어나는 일이야. 이래서 정부가 늘 하던 대로 사실을 은폐하고 거짓말하지 못하도록 우리가 나서야 하는 거야."

집으로 오는 길에 캐닝 타운의 맥도널드에 슬쩍 들어가 오늘 예산을 다 털어서 해피밀을 사 먹었다. 세상살이의 균형을 잡기 위해 그런 거다. 아따, 그 여자 너무 심각하잖아.

2월 21일 화요일

아, 이런, 저녁에 뉴스를 틀었더니 엄청난 양의 물이 애빙던 저수지 벽을 뚫고 콸콸 흘러가는 게 나왔다. 겁에 질려 집에 전화를 걸었다.

엄마가 전화를 받더니, "아하! 그러니까 우리 걱정을 하기는 하는구나." 하고 잘난 척을 했다.

"괜찮아요? 물이 얼마나 심하게 넘친 거예요?"

"우린 언덕 꼭대기로 대피했고, 이젠 물길이 어느 정도 잡혀 가나 봐. 하지만 아주 낮은 쪽에 살고 있던 사람들은 우리보다 피해가 커, 당연히 그렇겠지." 엄마가 웃고 있는 것처럼 들렸다.

"엄마, 대체 왜 그러는데?"

"이러지 말고, 내가 사진을 하나 전송해 줄게. 그럼 확실히 알 수 있을 거야." 엄마는 내가 대답도 하기 전에 끊어 버렸다.

나는 엄마가 어느 정신 병동에서 유령 보트의 노를 젓고 있는 모습을 그려 보며, 떨리는 손으로 접속을 했다. 얼마 후, 엄마의 메시지가 떴다. 나는 첨부 파일을 클릭했다.

너무 심하게 웃는 바람에 눈의 혈관이 진짜로 터져 버렸다.

엄마 파이팅!

2월 22일 수요일

무전 잡음과 얘기 소리가 내 꿈속으로 끼어들어 오는 바람에 새벽에 잠을 깼다. 벌떡 일어나 창문 쪽으로 발소리를 죽이며 걸어갔다. 밖은 아직 밝기 전이었지만, 경찰 3명과 10명 정도의 공무원이 엑셀 센터 입구 주위를 살금살금 걸어 다니며 퇴거 통지서를 살피고, 사진을 찍거나 촬영을 하고 있었다. 그런데 갑자기 누군가가 반대편 건물에서 소리를 지르자 모두 차에 올라타더니 쏜살같이 그 자리를 떠났다.

지금 내 삶이 너무나 극적이긴 하지만 이제 조금씩 적응이 되기 시작했다. 내가 영화 속 주인공이 된 것 같다. 어제는 홍수, 오늘은 경찰들, 그리고 하루에 쓸 수 있는 돈은 6.33유로. 마지막 경찰차의 백라이트가 사라지는 것을 본 후, 나는 그냥 어깨만 으쓱하고는 춥고 배고픈 침대 속으로 다시 기어들어 갔다. 마치 다음 먹잇감을 기다리는 악어처럼.

2월 24일 금요일

샘이 오후에 우리 집에 와서 함께 실제 크기로 조크 키트의 첫 번째 모형 작업을 했다. 제법 그럴듯하다. 지금까지 한 것 중에 내 맘에 제일

드는 건 타이어를 찌르는 칼 조크다.

프로젝트에 완전히 몰입할 때가 너무 좋다. 칼 손잡이를 풀로 다 붙였을 때 샘의 전화가 진동했다. 샘은 액정을 보더니 찡그렸다. "이런, 울 엄마야."

나는 샘을 쳐다봤다. "왜, 사이가 안 좋아?"

"아냐, 내일 밤에 작은 공연을 하는데 엄마는 꼭 내가 연주하는 걸 와서 보고 싶어 하셔." 샘은 눈을 가늘게 떴다. "엄마는 록 부모야."

"으, 안됐다. 혹시 HD 카메라를 들고 어둠 속에 숨어 계시고 그래?"

"더 심해. 춤을 추시거든."

"도대체 우릴 반대하던 부모님들은 다 어디로 간 거야? 부모님들이 우릴 싫어하게 하려면 어떻게 해야 되지?"

샘이 웃었다. "실은 내가 이 현상에 대한 이론을 정립했어. 들어 봐, 문제는 우리 엄마 세대가 더 강하다는 거야. 우리는 나이키 신발이나 빅 브라더 옷에 파묻혀 약하게 자랐다고. 하지만 우리 부모님들은 BCCTV거든."

"뭐?"

"Before CCTV, 그러니까 CCTV 이전 세대라고. 그땐 더 자유로웠지. 내 생각에 울 엄마는 술 먹고 토하거나 약을 하고, 화장실에서 추잡한 짓을 쭉 하며 살다가, 자식이랑 주택 담보대출에 발목이 잡힌 거지."

"그러니까 네 말은 우리도 더 세게 막 나가야 한다는 거야?"

"물론이지. 오늘날 록 스타를 꿈꾸는 아이들에게 좀 더 혹독한 기준을 마련해야 한다고. 예를 들면, 밴드 멤버들에게 아무 때나 갑자기 약물 검사를 실시하는 거야. 불법 약물 복용 사례가 없으면 공연을 못 한달까……."

"공연을 대낮에 하는 건 어때? 그러면 애들은 학교를 땡땡이 쳐야 하고 부모들은 거짓 병가를 내야만 공연장에 올 수 있게 되겠지. 그럼 똑바른 사람들을 솎아 내게 될걸."

샘이 눈을 가늘게 떴다. "네 생각이 맘에 쏙 들어, 미스 브라운."

2월 25일 토요일

아침에 침실 불을 켰는데 아무것도 들어오지 않는다. 심장이 내려 앉았다. 단전은 정말, 정말 싫다. 애디의 낡은 스웨트 셔츠를 입고 다른 아파트들은 어떤지 살펴보기 위해 조깅을 하러 나갔다. 알키 밥이 현 관문에 기대서서 통통하게 말은 담배를 피우고 있었다. 양배추 잎을 태우는 것 같은 냄새가 난다.

알키 밥이 고개를 저었다. "없어. 전혀 없다고."

"응?" 나는 담배연기 구름 속에 멈춰 섰다.

"전기 말이야. 끊겼다고. 독스 회의실에서 10시에 모임이 있어."

내가 거기 도착했을 땐, 가득 찬 방에서 그웬 페리 존스 선생님이 사 람들에게 들리도록 맨 앞에서 소릴 질러대고 있었다.

"그래요, 요금 연체로 전기가 끊겼다는 말이 맞아요, 이곳 전체 다 해서 2,450유로를 지불해야 된대요."

"그래서 어떻게 할 거예요?"

"어, 늘 그랬던 것처럼 지불하려고 애를 써 봐야죠. 문제는 우리가 지 불하지 않으려고 한 게 아니라, 저들이 우리에게 공급하기 싫으니까 계 속 우리 계좌를 동결하는 거라고요. 그러니까 모두들 조금씩 돈을 내 서 이 문제를 크게 만들지 말자고요. 계속 이래야 하는 건 아니에요. 타노와 일하는 팀이 두 번째 배전관을 만들고 있어요. 처음 만들었던 거랑 엑셀 센터 지붕에 있는 금속판으로 만드는 전기를 모으면 60퍼 센트를 자급할 수 있어요. 그러면 정부 에너지망으로부터 독립할 수 있어요. 다만 시간이 좀 더 걸릴 뿐이에요."

에만이 얼굴이 벌게져서 일어섰다. "나는…… 어…… 그 나쁜 놈들한테는…… 한 푼도 내기 싫어요. 내가 여기 어 온…… 근본적인…… 어…… 어…… 이유가…… 그거예요."

저렇게 화가 난 사람이 저렇게 느리게 말하는 걸 들으니 정말 이상하다. 마치 입대한 나무늘보 같다.

그웬 선생님이 어깨를 으쓱했다. "그럼 얼어 죽을 준비부터 해야 해. 할 수 있겠어?"

"얼어 죽어요? 어떻게요? 만약 우리가…… 어……. 매번…… 그들이…… 그러니까 우릴 위협할 때마다 돈을 내면……. 그러면……. 우리는 어…… 맞서 싸워야 해요."

그웬 선생님은 계속 침착하게 말했다. "우린 어떤 전쟁을 할지 선택해야 해요. 길거리에서 경찰들과 전투를 벌이는 게 아니라, 법을 바꾸기 위해 일해야 한다고."

"그들이 설사…… 어…… 법을 바꾼다 쳐요. 그러면요? 아무것도…… 달라지지 않아요. 몇 번…… 좀 웃어 주고, 몇 번…… 어…… 그러니까 완전…… 어…… 사탕발림 약속들……. 그래 봐야…… 탄소 배출량은 계속…… 어…… 올라간다고요."

"일은 시간이 걸리는 법이야."

"우린…… 그러니까…… 어…… 시간이 없어요."

그웬 선생님이 한숨을 쉬었다. "좋아, 투표합시다. 돈을 내지 않길 원하는 사람은 모두 손을 들어 주세요."

하나, 둘, 다섯, 열 개의 손이 올라갔다. 나머지, 적어도 100명쯤은 그냥 있었다.

에만이 허공에 주먹을 휘둘러 댔다. "겁쟁이들. 우리는 지금 완전…… 어……. 일어나…… 싸워야 해요!"

그웬 선생님이 돌아섰다. "싸우자. 그게 당신들은 허구한 날 그러지. 당신들 중에 누구 한 명이라도 전쟁터에 가 봤어? 죽은 사람을 봤어? 폭탄이 바로 옆에서 터지는 느낌을 알아?"

방 안이 조용했다. 그웬 선생님이 문을 쿵 닫고 나가는 소리만 크게 울렸다.

저 여자가 언제부터 저렇게 과격해진 거지?

2월 26일 일요일

오늘 밤, 아주, 아주, 홀륭한 밴드 미팅이 있었다. 클레어가 소리를 질러대며 방으로 뛰어들었다. "어떤 기획자가 방금 전화를 해서 여러 밴드가 함께 가는 유럽 투어에 참가할 생각이 있냐고 물어봤어. 4월 중순에 투어 오디션이 있을 거래."

스테이시가 함성을 질렀다. "갈래, 갈래, 가고 싶어!"

클레어가 고개를 뒤로 젖히고 웃었다. "더 끝내주는 건 이 투어의 스타가 바로 '타이니 체인소우 인더 디스턴스(Tiny Chainsw in the Distance)'라는 거야. 걔들 정말 죽여!"

스테이시는 손을 높이 들어 박수를 쳐댔다. "뻥이지? 나 걔들 완전 사랑한단 말이야!"

클레어도 소리를 질렀다. "그러니까. 나도, 나도야."

나는 애디를 쳐다봤다. 애디는 기타 손잡이를 천으로 닦고 있었다.

"좋은 척이라도 좀 해 봐."

애디는 반쯤 웃어 보였다. "척은……. 나도 좋아……. 난 그냥 사운드를 좀 잘 잡았으면 좋겠어."

클레어가 손을 들었다. "맞아, 사실 너희들 모두한테 할 말이 있어. 사운드 말인데……. 너희들이 계속 사운드가 엉망이라고 말했었는데 내가 너무 무시했지. 하지만 수지 K가 쓴 공연 리뷰를 보고서야 알았어. 내가 틀렸어. 그리고 사과의 의미로…… 사운드 엔지니어를 구했어." 클레어가 문 쪽을 향해 돌아섰다. "들어와, 친구!"

몸을 홱 돌려서 보니, 거기에 깨끗하게 감은 머리를 새로 땋아 내린 에만이 서 있었다.

그는 천천히 손을 올려 보였다. "어……. 어, 그러니까…… 안녕."

2월 28일 화요일

프로젝트의 또 다른 디자인을 방금 끝마쳤다. 런던 중심부에서 3명 이하의 인원이 차를 타고도 벌금을 피하기 위한 장비 키트다. 이 키트의 기본 품목은 마네킹 3개, 가발 세트, 마네킹을 꾸미기 위한 쫌쇠와 안경이다. 혼자 운전하고 가다가 잡힐 일은 이제 없다.

March

3월 1일 수요일

저녁때 현관문에 열쇠를 꽂아서 돌리고 있는데 문 안쪽에서 사람 목소리가 들렸다. 부엌으로 들어가 보니 클레어가 식탁에 앉아 내 또래거나 좀 더 많을 법한, 마르고, 어두운 피부색의 여자애와 한창 얘기 중이었다. 그 여자애가 나를 올려다봤다.

"내 열쇠로 열었어. 나, 전에 여기 살았거든. 모니카라고 해."

"아, 그래."

모니카는 마치 벽에 토사물이 발라져 있기라도 하다는 듯 방 안을 둘러봤다. "네가 방을 바꾸는 짓거리를 좀 했나 보더라."

그 말은 그냥 참아 넘겼다. "그래서, 여기 들어와 살 거야?"

"응, 몇 달 간만. 괜찮아?"

나는 미소를 지었다. "물론, 워낙에 네가 살던 곳이잖아……."

모니카는 살짝 고개를 끄떡해 보이더니 클레어 쪽으로 돌아앉았다.

"어쨌든, 가장 중요한 건 늘 접속 상태를 유지해야 한다는 거야. 걔들은 정말 에너지망 전체를 차단하려고 혈안이 됐다니까." 모니카가 큰소리로 불평해 대기 시작하자 나는 귀를 닫아 버렸고 그 애가 어떻게 생겼는지 살펴봤다. 모니카는 예쁘고—못생긴 여자애였다. 그러니까 한 번 보면 '으악, 못생겼어' 했다가, 그쪽이 미소를 지으면 다시 '아냐, 예뻐' 하게 되는 그런 복잡한, 아주 복잡한 부류다. 나는 다시 그들의 대화에 집중했다. 클레어가 말했다. "하지만 여기, 유럽에서는 안 그러잖아?"

"미얀마, 중국, 러시아, 이란, 사우디에서는 늘 그래."

"그래, 하지만 그런 나라들은 그러니까……. 민주주의 국가는 아니잖아."

녹슨 문이 삐걱대는 소리 같은 게 모니카의 코에서 흘러나왔다. 웃음소리인가 보다. "너는 이 체제를 굳게 믿는 모양이구나. 개인적으로 나는 대기업의 검색 엔진도 잘 안 써. 거기서도 좀 민감한 정보는 CIA나 MI5(영국 정보국 보안부)에 넘겨 버리거든."

"진짜?" 클레어가 신이 나서 물었다.

"타노 아딜은 감옥에 두 달 갇혀 있었어. 나는 전에 여섯 달 수감됐었고. 기소의 증거는 우리가 주고받은 이메일 말고는 새어 나갈 데가 없었어."

나는 놀라서 쳐다봤다. 타노가 감옥에 다녀 온지는 몰랐다.

모니카는 손톱을 씹었다. "나는 이제 중요한 일은 전화로 얘기 안 해."

"그건 너무 편집증 아닐까?" 내가 물었다. 모니카라는 애는 정말 짜증 그 자체다.

모니카는 손톱 조각을 씹어 뱉었다. "로라라고 했지?"

나는 고개를 끄덕였다.

"이건 장난이 아니야. 나는 감방에 들어간 게 이번이 처음은 아니라고, 알아? 그런데 이번에는 날 박스에 가뒀어. 그게 뭔지 알기나 해? 가로 2미터, 세로 3미터짜리 방이야. 침대도 없고, 침상도 없고, 화장실도 없어. 그냥 바닥에 구멍 하나만 있을 뿐이야. 5년 전에 상원의회에서 불법이라고 선언했지만 아직도 그런 게 있다고. 누가 거기 들어가는가 하면 녹색 운동가, 탄소 배출량을 더 빨리 줄이기 위해 무력도 불사할 준비가 된 사람들이야."

나는 위층으로 올라왔다. 지금 침대에 누워 있는데도 문 사이로 모니카가 낮게 웅웅거리는 소리가 다 들린다. 정말 환상이군. 이젠 내 집에 체 게바라님께서 함께 기거하시게 됐다. 정말 정치는 질색이다.

새벽 6시. 배가 고파 잠에서 깼다. 오, 신이시여, 학자금 대출은 언제나 나옵니까?

3월 4일 토요일

학교 프로젝트 기한이 이틀밖에 남지 않아서, 마지막 작업을 위해 타노의 창고에서 샘과 만나기로 했다. 햇빛이 무척 좋아서 독스 쪽으로 돌아가기로 하고, 도시가 내려다보이는 인도교 위로 기어올라 갔다. 햇빛 속에서 런던은 반짝반짝 빛났다. 마치 나쁜 일은 하나도 일어나지 않았던 것처럼. 나는 신선한 공기를 폐부 한껏 들이마시고 짧은 행복감을 느꼈다. 순수한 행복이었다. 스트랭글러스(The Stranglers)의 '노 모어 히어로즈(No More Heroes)'를 들으며 달렸다. 나는 춥지도 않았고, 배고프지도 않았고, 정신도 말짱했다. 행복했다! 그리고 가사 중에 레온 트로츠키의 머리에 도끼가 찍히는 부분에서는 세상 모든 거짓말쟁이의 심장을 정조준해서 거침없는 가라테 하이킥을 날렸다(허리가 두 동강이 날 뻔했다). 좋았어! 예전 스필러스 건물에 있는 타노의 창고에 도착할 때까지 나는 멈추지 않았고, 도착했을 때는 숨이 턱에 찼지만, 산뜻하고 새로운 기분이었다. 샘은 먼저 와서 문에 기대서 있었다. 샘은 나를 위아래로 훑어보았다.

"햄버거라도 몇 개 섭취해야겠다. 몸이 그게 뭐야."

"너…… 나…… 잘…… 하…… 세…… 요." 나는 헉헉거렸다.

알고 보니 타노의 창고는 5층의 사무실 전용 공간이었다. 안내 데스크에는 '벨을 눌러 주세요.'라는 팻말과 함께 벨이 놓여 있었다. 템스강이 2층 높이까지 차올라 건물 전체를 쓸어 버린 게 현실이 아니고 그저 직원들이 잠시 점심 먹으러 나가기라도 한 것처럼.

나는 벨을 눈으로 가리켰다. "저거 되는 걸까?"

샘이 어깨를 으쓱했다. "눌러 봐."

나는 몸을 숙이고 벨을 눌렀다. 복도를 따라 뉴욕 경찰차에서 울리는 소리 같은 게 나더니 잠시 후, 타노가 걸레에 기름 묻은 손을 닦으며 나타났다. 우리를 보자 타노의 얼굴이 밝아졌다. "여, 혁명 디자이너들!"

타노는 우리에게 안쪽으로 들어오라는 손짓을 했고 우리는 양쪽으로 사무실이 늘어선 복도를 따라 타노를 쫓아갔다. 꽤 여러 개의 사무실에서 모임이 진행중이었다.

나는 가까운 유리문을 들여다보았다. "이 사람들은 다 뭐예요?"

타노는 손을 흔들어 보였다. "매번 달라. 안티 유나이티드 프런트, 재활용 단체, 재건 단체, 시위 단체……. 다양한 사람들이 여기에 오지."

마지막 문이 나올 때까지 들어가는데 샘이 갑자기 멈춰 서더니 두 팔을 벌렸다. "심봤다!"

나도 샘의 어깨 너머로 눈을 돌렸다. 우리는 내부가 벽으로 나뉘어지지 않은 사무실 중심부에 서 있었고, 우리 수백 미터 앞까지 금속판, 타일, 와이어, 케이블, 타이어, 납, 모터, 플라스틱, 상자들이 널려 있었다. 내가 원하는 모든 게 그곳에 있었다. 나는 한동안 가만히 서 있었다.

"아, 타노……. 여긴 천국이에요!"

타노가 웃더니 우리를 오른쪽에 깨끗한 공간으로 데려갔다. 그곳에는 뒷부분에 긴 프로펠러가 달린 납작한 배가 만들다 만 채로 놓여 있었다. 타노는 배의 나뭇결을 쓰다듬었다. "태국에서 볼 수 있는 롱 테일 보트야. 이건 물에서 돌아가는 모터랑 태양열만으로 움직인다고."

샘이 타노를 쳐다봤다. "정말로 에너지 공급망으로부터 완전히 독립할 수 있다고 생각하는 거예요?"

"씨(Si), 안 될 것 같아? 인간은 한번 맘먹은 건 다 해낼 수 있어. 적응력 하나는 우리 인간이 최고잖아. 그건 그렇고, 너희 작품 좀 보자."

진지한 작업이 진행되고 있는 이곳에서 우리의 조크 키트 프로젝트를 꺼내기가 좀 민망했는데, 타노는 우리의 발상을 정말 좋아했고, 우리는 곧 작업에 들어갔다. 솔직히, 나는 우리 프로젝트가 정말로 자랑스럽다. 새롭게 만드는 것 하나하나가 내 맘에 쏙 든다. 오늘 한 건 '자동차 스크래치 스티커'다. 그 세트에는 글자가 많이 들어 있기 때문에 원하는 메시지를 자유자재로 쓸 수 있다. 예를 들면 이런 거다.

8시쯤 우리가 작업을 끝냈을 때, 타노가 맥주를 들고 나타났다. 샘

이 뚜껑을 따고 타이어 더미에 몸을 기대며 한숨을 내쉬었다. 그러고
는 우리 왼쪽에 있는 모니터로 폭동 장면을 편집하고 있는 애를 머리
로 가리켰다.

"쟤는 오후 내내 저 일을 하고 있던데. 유나이티드 프런트가 포레스
트 게이트까지 행진하는 거죠? 아시아 사람들, 흑인 사회, 동유럽 사
람들을 죄다 조롱했다고 들었는데……. 일자리를 빼앗지 말고 자기 나
라로 돌아가라고 소릴 질렀다고. 정부에서 저걸 허락했다는 게 믿기질
않아요."

타노가 맥주를 한 모금 넘겼다. "믿어."

어떤 때는 타노가 전혀 다른 사람처럼, 엄청 진지해 보인다. 화면 속
에선 싸움이 벌어졌고 카메라가 스무 명의 UF 스킨헤드 무리를 집중
해서 보여줬다.

"저게 지휘군단이야, 쟤들은 평범한 싸움꾼들이 아니야……. 아니지,
쟤들은 거의 군인급이야."

이번에는 카메라가 방향을 틀어 UF에게 병을 던지는 시위자 무리
를 비췄다. 시위자들은 모두 검정색 옷을 입고 얼굴을 가리고 있었다.

"검정 마스크를 쓴 저 사람들은 누구예요?" 내가 물었다.

타노는 엄지로 입을 툭툭 쳤다. "확실히는 몰라."

샘이 눈을 가늘게 떴다. "**2** 서포터스 아닌가요?"

나는 샘을 돌아봤다. "**2**가 대체 뭔데?"

"전 세계적인 녹색 지하 조직이야."

"근데, 이름이 그게 뭐냐?"

"기온이 2도만 더 올라가면 영구 동토층이 녹으며 엄청난 양의 메탄을 발산할 거고, 그러면 기본적으로 기후 변화를 되돌릴 수 없기 때문에 우리가 티핑 포인트(작은 변화들이 일정 기간을 두고 쌓여, 작은 충격 하나만으로도 갑자기 큰 변화를 초래할 수 있게 된 상태-옮긴이) 단계에 도달한다는 이론 있잖아. 세상의 종말 뭐 그런 거. 어쨌든, 2는 예전의 무정부주의 '블랙 블록'에서 파생된 것 같은데 더 급진적이야. 사람들 말로는 작년에 베네수엘라에서 열린 G30 에너지 회담장을 폭파한 것도 그들이라고 하더라고."

"나는 왜 한 번도 못 들어봤지?"

"모르지. 아마도 보안이 엄청 철저하고 아주 작은 단위의 조직으로 운영되기 때문일 거야. 내가 아는 건 이게 다야."

"뭐…… 녹색 테러리스트 같은 거야?" 나는 엄지로 화면을 가리켰다. "하지만 그럼 어떻게 저 사람들이 공개적으로 거리에 나와 있는 걸 볼 수 있는 거지?"

"개입의 정도에도 단계가 있는 것 같아." 샘이 얘길 시작했다.

타노가 그만두라는 손짓을 했다. "아유, 얘기만 무성하지 실제로 증거라 할 만한 건 아무것도 없어……." 타노는 한숨을 쉬었다. "내 생각을 말하면, 나는 저런 모습 보기 싫어……. 그게 누구든 간에. 저렇게 복면을 쓰고 길거리로 나가는 거, 너무 위험해. 저러면 인종 차별주의자나 경찰이 우리한테 잠입하기도 아주 쉬워진다고."

"왜요?"

"왜냐하면 복면 뒤에 누가 있는지는 우리도 알 수가 없기 때문이야.

나쁜 사람들일 수도 있다고. 싸움이 시작됐을 땐 이미 너무 늦은 경우가 많지."

화면 속에서 붉은 연기 폭탄이 허공을 가득 메웠다.

갑자기 그 순간 정말로 슬픈 느낌이 들었다. 타노는 작년에 돌아가신 나의 예전 옆집 이웃, 아서 할아버지를 자꾸 떠올리게 한다. 비슷한 유머 감각, 용기, 그리고……. 잘 모르겠다. …… 삶에 대한 열정이랄까.

얼마 뒤 나는, 애디가 CD에 노래 몇 곡 굽는 것을 기다리며 내 방 침대 위에 웅크리고 있었다.

"오늘 샘이랑 안티 UF 충돌을 찍은 화면을 봤어. 좀 극단적이더라."

애디가 소리를 무음으로 눌러 놓고 돌아앉았다. "그게 뭐 어때서? 누군가는 UF에 제대로 맞서야 한다고. 지난 6개월간 난 거의 모든 시위에 참가했어, 알지? 가면 매번 똑같아. 빼빼 마른 순진한 이상주의자들이 팔을 휘두르며 감상적인 구호나 외치며 지나가면 경찰들이 왼쪽에 서서 심드렁하게 쳐다볼 뿐이야. 그런 식으로 계속, 계속, 계속 되풀이할 뿐이지. 애디는 한숨을 쉬더니 갑자기 음흉한 웃음을 지어 보였다.

"그건 그렇고, 너랑 그 남자애 사이에는 무슨 일이 벌어지고 있는 거야? 걘 네 상대로는 너무 이쁘장하게 생긴 거 아냐?"

"누구? 샘? 우린 그냥 친구일 뿐이야. 다 알면서."

애디는 침대로 뛰어오르더니 이불 밑으로 들어왔다. "걔가 아무 시도도 안 한다면 제정신이 아닌 거지."

나는 온기를 좀 더 확보하려고 팔을 애디에게 둘렀다. "농담하는 거지? 그치?"

애디가 나를 돌아봤다. "하, 하."

나는 애디의 코에 입을 맞췄다. "투어 생각에 들뜨긴 해?"

애디는 고개를 끄덕였지만 대답은 하지 않았다.

"이제 밴드는 관심이 없어진 거야? 나한테는 얘기해도 되잖아, 안 그래?"

"이젠 내가 무엇에 대해 어떤 걸 느끼는지도 잘 모르겠어." 애디는 내게 키스했다. "너만 빼고. 내 삶에 단 한 가지 확실한 건 너뿐이야."

내일은 학자금 대출이 나온다!

3월 5일 일요일

더럽지만 매력적인 돈이여! 아침 댓바람부터 자릴 박차고 일어나 버스를 타고 캐닝타운에 있는 가장 가까운 현금지급기로 갔다. 화면에 뜨는 숫자를 믿을 수가 없었다. 2,800유로. 나는 슈퍼모델처럼 거들먹거리는 걸음걸이로 슈퍼마켓에 들어가 베이컨, 계란, 소시지, 버섯, 커피를 잔뜩 담아 나온 후, 나와 내 남친을 위한 세계 최고의 기름진 식사를 만들기 위해 다시 버스에 올랐다. 아, 내 머리에 밴 베이컨의 기름 냄새! 다시 굶주리게 되면 앞머리에 바르고 다닐 수 있게 이 냄새를 병에 담아 보관해야겠다.

3월 6일 화요일

야호. 다시 인간다운 삶을 되찾았다! 포인트가 엄청 많다. 다 독스에 사는 덕분이다.

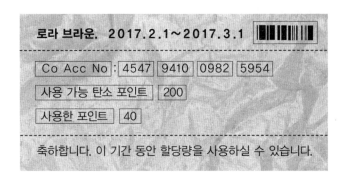

로라 브라운. 2017.2.1~2017.3.1

Co Acc No : 4547 9410 0982 5954

사용 가능 탄소 포인트 200

사용한 포인트 40

축하합니다. 이 기간 동안 할당량을 사용하실 수 있습니다.

3월 8일 수요일

집 돌아가는 꼴이 심히 맘에 안 든다. 하루 24시간 일주일 7일 내내, 부엌에서 정치적 모임이 이어지고 있다. 애디는 여기 올 때마다 거기 붙어 있다. 이사를 나가야 하나……. 하지만 이젠 좀 괜찮은 것도 같다. 나는 모니카가 나가기만을 초조하게 기다리며 내 방에 몰래 숨어 있다. 어제 밤에는 위층으로 올라오다가 모니카가 이스터에서 열리는 기후 회의에 시위를 하러 간다는 얘기를 엿듣고 그 즉시 다이어리를 체크했다. 6주나 더 있어야 하다니. 그렇게 오래 견딜 수 있을지 의문이다.

3월 9일 목요일

저녁때 전화가 울렸다. 전화기를 쳐다봤다. 아빠다. 이상하다. 조심스럽게 전화기를 집어 들었다.

"아빠, 무슨 일이에요?"

"아무것도 아냐, 그냥 네 생각을 하다가."

"그렇겠죠……."

내 평생을 통틀어 아빠랑 전화로 얘기한 건 총 세 번 정도인 것 같다. 엄마가 나를 잡으려고 아빠를 미끼로 이용하는 게 분명하다. 나는 강바닥에 붙어 있는 수줍은 송어처럼, 가만히 다음 말을 기다렸다.

아빠가 목청을 가다듬으셨다. "실은 할 얘기가 있긴 해……. 에핑 포레스트에 당일치기로 다녀올까 생각 중이야. 알겠지만 거긴 네가 있는 데랑 가깝잖니. 나방을 잡으러 가는 거야."

나는 눈을 깜빡였다. 아무리 아빠가 특이하다고 해도 이건 좀 이상하다. 왜 아빠는 나방까지 동원하시는 걸까?

"어, 글쎄요, 아빠." 내가 얘기를 시작하는데 갑자기 뒤에서 거칠게 속삭이는 소리가 들려오더니 엄마가 아빠로부터 수화기를 빼앗으며 빠드득 하는 소리가 났다. 사냥꾼이 모습을 드러냈군.

"로라, 애야!" 엄마의 초강력 목소리는 주위의 모든 분자들에 부딪혀 울려 퍼졌다. "도대체 거기 무슨 일이 일어나고 있는 거야? 뉴스에 계속 나와. 행진, 낙서, 조직 싸움……. 난 지금 네가 못마땅하다고 말할 수밖에 없구나." 그러더니 엄마는 원래 작전을 상기한 듯 갑자기 말을 멈췄다. "그러니까 내 말은……. 아, 내가 한 소릴 또 하고 있구나. 아빠 다시 바꿔 줄게. 아빠랑 하던 이야기 마저 해 봐. 내 생각엔 그렇게 하면 아빠가 아주 좋아하실 것 같은데. 아빠가 요즘 기분이 약간 가라앉은 상태거든. 안녀어엉!"

다시 아빠 목소리. "그래, 그럼 이 달 23일에 시간 비니? 목요일인 것 같네."

나는 한숨을 쉬었다. "네."

나는 나의 부모님의 그물에 걸린 한 마리 나방이다.

3월 11일 토요일

오늘밤, UEL(University of East London)에서 공연을 했다. 학생 조합에 들어갔을 때 멋진 포스터들이 사방에 붙어 있었다.

"이게 다 어디서 났어?" 스테이시가 물었다.

클레어가 웃었다. "진짜 괜찮지, 그치? 로라 친구 샘한테 해 달라고 했지."

애디가 나를 쳐다봤지만 아무 말도 하진 않았다.

공연은 멋졌다. 에만이 사운드를 맡아 주니 완전 다른 밴드처럼 들린다. 공연이 끝난 후에 나는 에만을 만나러 사운드 부스로 기어올라 갔다. 그는 전선줄과 전선 조각, 금속 판을 온몸에 뒤집어쓰고 있었다. 나는 그의 어깨를 두드렸다. "고마워, 에만. 정말 훌륭해. 소리가 이렇게 만 나온다면 그 유럽 투어에 가는 건 아무 문제 없겠어."

에만은 가까운 쪽 귀마개를 잠깐 뽑더니 고개를 까딱해 보였다. "어……. 그래, 어…… 그래, 그러니까." 그러곤 잠깐 가만히 있더니 다시 귀마개를 다시 꼽고 자기 진짜 친구들인 사운드 쪽 사람들에게로 돌아섰다. 에만 쟤도 보통 특이한 애는 아니다.

3월 13일 월요일

도대체 언제나 끝날까? 오늘 프로젝트 과제를 제출하려고 학교에 갔는데 정부가 학생 융자를 50퍼센트 삭감하고 자유 여행을 금지할 것이라는 뉴스로 캠퍼스가 온통 시끌시끌했다. 이대로 간다면 교육은 부자들의 전유물이 될 거다.

오후 5시. 옥스퍼드 대학생 5,000명이 오후에 거리로 나왔고, 브리스톨, 배스, 엑스터, 그리고 옥스퍼드 지역의 아이들이 학교에서 나가기를 거부하고 있다. 그 아이들은 항의의 의미로 주말을 학교에서 보낼 거라고 한다. 그렇게 하면 국회를 이겨 먹을 수 있기라도 한 것처럼.

3월 14일 화요일

흠. 140개 학교와 60개 대학에서 시위가 벌어졌다.

3월 15일 수요일

파업 사흘째. 우리 학교도 시위에 나섰으니까, 나도 공식적으로는 파업 중이다. 집에 먹을 게 하나도 없어서 몰래 빠져나가 더러운 자본주의 슈퍼마켓에서 장을 보기로 했다. 사람들이 알면 나를 십자가에 매달아 버릴 것이므로 독스에서는 이런 일을 비밀리에 해야 한다.

어쨌든, 벡톤에 도착해 버스에서 내리자 애들이 사방에 모여, 전철역 출구와 버스 정류장을 막아선 것이 보였다. 교복을 입은 학생들 틈을 비집고 나가려는 사람들을 보는 건 정말 웃겼다. 하지만 최고의 구경은 슈퍼마켓 안에서 했다. 어디선가 고함치는 소리가 나서 진열된 비스킷들 사이로 내다보니 입구 쪽에 사람들이 뒤엉켜 있었다. 흑인 소녀 셋이 패거리를 이끌고 문 사이로 들어오려고 했다. 여자 매니저는 그들을 막으려 했지만, 패거리는 그 여자를 밀쳐 내고 안으로 쏟아져 들어오더니 주먹을 휘두르면서 구호를 외쳤다.

그러더니 그 애들이 순식간에 상점을 점령해 버렸다. 나와 가장 가까이에 있던 무리가 이스라엘 산 아보카도 상자 위에 올라가 쿵쾅거리기 시작했을 때, 경찰차 사이렌 소리가 상점 내부로 새어 들어왔고, 아이들은 모두 출구로 빠져나갔다. 끼익 하고 멈춰 경찰 밴들에서 선 경찰들이 뛰어내리는 모습을 창문을 통해 지켜봤다. 그들은 모두 팔을 쭉 뻗어 아이들을 막으려고 했지만, 경찰 하나당 아이 열 명이 마치 꿈틀거리며 도망치는 뱀장어처럼 흩어졌다. 정말 대단했다.

나오면서 보니, 아이들이 유리창에 스프레이로 뿌려 놓은 것이 보였다.

'고객은 언제나 옳다'

누가 요즘 학생들이 하향평준화되었다고 했는가. 저런 문구는 중학생들의 머리로 했다고 믿기엔 너무나 고급 말장난이다.

3월 16일 목요일

나흘째. 교육부 장관이 학생들에게 학업으로 돌아가라고 명령했다. 그는 '정부는 절대로 겁을 먹고 정책을 바꿀 수 없으며 바꾸지도 않을 것'이라고 말했다.

이제 학생들은 철저한 정전 시위에 돌입했으며 많은 수의 교사들도 학생들을 지지하고 나섰다(놀기 위해서라면 무슨 일이라도 하는 게지).

저녁에 슬그머니 나와 스테이시네 집에 영화를 보러 갔다. 시위대를 피하기 위해 모자를 깊이 내려 썼다. 스테이시에게 도대체 어떻게 시위를 피해 다니는지 물었다.

"로라, 나는 드러머야. 다들 날 센 여자라고 생각한다고. 아무도 날 귀찮게 안 해." 스테이시는 꿍 하는 소리를 내더니, 팝콘을 한 주먹 가득 입에 쑤셔 넣었다.

나도 팝콘 통으로 손을 뻗었다. "클레어하고 애디가 계속 저렇게 종일 시위만 한다면 유럽 투어 준비는 절대로 할 수 없을 거야."

"아, 걱정 마, 몇 주씩 그러고 있는 것도 아니잖아. 이제 입 좀 다물어. 내 친구가 바로 이 장면에서 저 여자가 도끼로 들개 머리를 찍는다고 했어."

눈을 감았지만, 이미 너무 늦었다. 처절한 울부짖음이 온 방 안을 채웠다.

3월 17일 금요일

닷새째. 정부와 학생들이 만났지만, 장관은 '학생들의 요구사항은 이행이 불가능하고, 정부는 물러서지 않을 것이며, 이런 어려운 시기에는 우리 모두가 희생해야 한다.'고 같은 말만 반복할 뿐이다. 장관은 그래도 괜찮겠지, 그 사람은 이미 공부를 마쳤으니까. 어쨌든, 일이 엄청 커졌다. 6,000개의 학교, 칼리지, 대학들이 문을 닫았다. 방송에서는 이를 텔레토비 세대 폭동이라고 부르고 있다.

3월 18일 토요일

클레어가 전화를 해서 UEL에서 열리는 철야 집회에 가자고 했다. 나도 가야 한다는 걸 안다. 내가 아무 관심이 없는 건 아니고 그냥 시위가 정말 싫고, 시위하는 사람들이 싫고, 그 모든 구호들이 싫고, 거기서 나눠주는 허브차도 싫고, 그들의 눈빛이 싫을 뿐이다. 하지만 절대로 클레어에게 이렇게 말할 수는 없으니 지금 생리통이 너무 심하다고 말해 버렸다.

전화를 끊었는데 누군가 문을 두드렸다. 샘이었다.

샘이 웃었다. "포켓볼 칠래?" 내가 고개를 끄덕이자 샘이 뭔가를 건네 줬다. "좋아 그럼, 이 모자를 푹 눌러 써. 이곳을 빠져나가야 하니까."

나도 웃었다. "기다려, 재킷 가지고 나올게."

오늘 내게 신이 내린 것 같았다. 집중력이 최고조에 달했고(럼앤 코크를 더블로 두 잔 마심), 나는 그 기회를 놓치지 않았다. 마치 내 마음대로 공을 놀릴 수 있는 것 같았다. 내가 3번이나 샘을 박살 내 버리자 샘이 큐대를 당구대에 집어던졌다.

"너무 심하게 잘하는 거 아냐? 당황스럽다야."

"왜? 내가 여자라서?"

"아아니. 여자애가 못생겼다면야 지는 거 상관없어. 하지만 귀여운 애가 나를 이기는 건 옳지 않아. 그러면 우주가 균형을 잃는 것 같거든."

"아." 나는 샘이 한 말을 따져 보았다. 문제는 얘 말 중에 어느 게 농담이고 어느 게 진담인지 감을 못 잡겠다는 거다. 샘은 계속 가볍게 집적거리는 것과 진지한 태도 사이를 왔다 갔다 하고 있다.

샘은 뒷주머니에 손을 넣었다. "한 판 더 할래?" 샘이 지갑을 꺼낼 때, 종이 한 장이 바닥에 떨어졌다.

내가 손을 뻗었다. "이게 뭐야?"

샘이 얼굴을 붉혔다. "아, 아무것도……. 요즘 작업 중인 안티 UF 낙서인데…… 좀 후져. 한 쪽 팔은 그렸는데 다른 팔 하나를 잘 못 그리겠어. 팔이 자꾸 뒤쪽으로 나가."

나는 미간을 찌푸렸다. "그래, 그리고 왜 수류탄 위에 UF글자를 새

2X
RUM+COKES

UF

겠어? 좀 헷갈릴 것 같아. 꼭 토끼가 나치인 것 같잖아.

샘이 종이를 빼앗으려고 했다. "알았다고."

나는 종이를 더 높이 들어올렸다. "그래도 멋진걸!"

샘의 얼굴이 확 밝아졌다. "진짜?"

"응, 진짜로. 근데 얠 그려서 뭘 할 건데?"

"글쎄, 잘 완성하게 되면 유나이티드 프런트 구역에다 스프레이로 그려 놓으려고. 럼포드 쯤을 생각하고 있어. 그냥 좀 놀려 주려는 거야.

"좀 위험할 것 같은데."

샘이 어깨를 으쓱했다. "그래서? 도와주게?"

나는 잠깐 생각해 보고 씩 웃었다. "물론."

샘은 유로 동전을 테이블에 힘차게 내려놓았다.

"좋아, 돈 걸어. 이번 게임에선 널 박살 내 줄게. 이기는 사람이 다 먹기."

백인 우파 동네 사람들 약 올리기? 그게 나만의 시위 방식이다.

3월 20일 월요일

영국의 모든 학교, 칼리지, 대학들이 파업에 들어갔다. 거의 500만 명의 학생들과 교사들이 참가했다.

애디를 못 본 지 100만 년쯤 된 것 같다. 전화를 할 때마다 무슨 회의에 처박혀 있는 건지 캠퍼스에서 경찰견들과 씨름을 하는 건지 음성 사서함으로 바로 넘어간다.

아, 그래도 오늘은 좋은 일이 딱 하나 있었다. 아빠가 전화해서 나방 건을 취소하셨다.

돼지들에게 무슨 일이 생긴 모양이다. 하도 나쁜 일만 일어나다 보면 좋은 일도 하나쯤은 생기는 법이다.

3월 21일 화요일

믿을 수가 없다! 정말 놀랐다. 정부가 꼬리를 내렸다. 우리는 학자금 대출과 자유 여행을 유지하게 됐다. 시위를 통해 무언가를 이뤄 내는 걸 나는 이번에 처음 봤다. 함께 행동하지 않았다는 죄책감이 좀 든다.

어찌됐건 나는 마침내 애디를 잡아 붙들었고 내일 저녁에 만나기로 했다. 그동안 모아 둔 30유로로 애디에게 멕시코 요리를 사 주고 기분을 좀 달래 줄 생각이다. 앗, 이런. 난 지금 부부 관계의 생기를 되살리려고 애쓰는 잔소리꾼 아내 꼴이다.

3월 22일 수요일

오늘 프로젝트 성적이 나왔다. 82퍼센트. 야호! 완전 자랑스럽다. 집까지 쉬지 않고 뛰어서 와 보니 애디가 먼저 와 있었다. 뛰어들어 가는데 거실에서 애디의 목소리가 새어 나왔다. 나는 애디를 깜짝 놀라게 해 주려고 문을 가만히 닫고 복도를 기다시피 들어갔다. 거의 다 비운 보드카 한 병을 사이에 놓고 애디와 모니카가 소파에 앉아 깊은 대화를 나누고 있다는 걸 알아차린 순간, 나는 그 자리에 얼어붙었다. 질투가 온몸을 휘감았다. 나는 문틀에 기대서 아이처럼 엿들었다.

모니카는 두 다리를 벽에 떠받치고 반쯤 누워 있었다. 짙은색의 밀리터리 재킷과 부츠 때문에, 모니카는 영화에서 튀어나온 혁명 전사처럼 보였다. 그 애는 보드카를 병째 한 번 들이켰다. "급진 세력은 비밀 조직이 되기 전에 영향력을 키워야 해. 쿠바 혁명을 주도한 피델 카스트로의 초창기처럼 말야. 카스트로는 아바나 캠퍼스 안에서만 놀지 않았다고. 그러니까 그를 추격하는 군에 쫓겨 산맥으로 숨어들었을 때쯤엔 이미 유명세를 타서 사람들이 그를 따르고 있었던 거잖아."

애디는 창문 쪽을 향해 팔을 휘둘렀다. "맞아, 여기는 어차피 숨을 데도 별로 없어."

"위장 기술을 이용하면 도시에서도 숨을 곳은 얼마든지 있어." 모니카는 초조한 듯 술병을 두드렸다. "더는 물러설 수 없어. UF 놈들은 열흘 안에 아시안 브릭 레인을 행진할 생각이야. 전쟁 선포나 다름없지.

우리는 안 된다고 말해야 해. 필요할 땐 이용해 먹다가 상황이 나빠지면 버리는 건 용납할 수 없어. 싸워야 한다고. 하지만 '우리'가 싸울 땐 그냥 이름 없는 군중이 되면 안 돼. 우리는 영리한 군중이 될 거야. 정부나 경찰이 우릴 막기는 정말 힘들 거야. 왜냐하면 우리에겐 리더도 없고, 중심 세력도 없을 테니까. 급습하거나 폐쇄할 만한 장소도 따로 없지. 단지 몇 천개의 전화기, 푸셔, 포탈만이 있을 뿐."

애디는 눈을 가늘게 뜨고 병으로 손을 뻗었다. "어떻게 하다가 대학을 그만둔 거야?"

모니카는 어깨를 으쓱했다. "18개월 전, 다섯 번째로 체포됐을 때 낙제했어."

모니카는 웃음을 터뜨렸다. "다른 애들은 다 시험 보는데 나만 감방에 있었던 거지."

대놓고 떠드는군. 난 쟤가 정말 싫다.

더 이상 멕시코 요리를 먹고 싶은 생각이 들지 않았다. 그냥 식욕이 싹 사라졌다.

3월 23일 목요일

아침에 베이스 가방에서 줄 몇 개를 끄집어내다가 안쪽 주머니에서 반쯤 찢어진 예전 잡지 기사를 찾아냈다.

"야, 이것 좀 봐." 나는 그 기사를 침대에 있는 애디에게 던져 줬다.

애디가 그걸 읽더니 웃었다. "마스코트 블랙 보이?"

"정답이야, 우리가 널 뽑은 유일한 이유는 단지 네가 귀엽기 때문이

WE ROCK!

대형 기획사 밴드에서 마스코트 역할로 뽑는
여자 베이시스트 따위는 그만 잊어라.

지, 얼굴마담."

애디가 굴러서 내 위로 올라왔다. "진짜?"

갑자기 누가 방문을 두드렸다. 모니카였다.

"애디? 십 분 있다가 패션 스트리트 센터에 가려고 하는데, 같이 갈래?"

애디가 일어나 앉았다. "아, 이런. 로라…… 실은 네이선이랑 거기서
만나기로 약속했었어……."

나는 한숨을 쉬었다. "그래, 그렇겠지."

"그러지 말고요. 안티 UF 행진이 끝날 때까지 만이야."

나는 잡지 기사를 접었다. "그래도 리허설에도 오고, 4월에 유럽 투어도 같이 가는 거지? 너 아직 우리한테 대답 안 했어."

"걱정 마, 밴드는 당근 계속할 거야. 그냥 2, 3주 정도만 좀 빡세게 보내고, 다시 너의 남자로 돌아갈게."

"나의 마스코트 블랙 보이로?"

"100퍼센트." 그는 내게 키스하고 침대에서 벌떡 일어났다.

애디가 떠난 텅 빈 집은 깜깜했다. 이 어둠은 퓨즈가 나가 버렸을 때만큼이나 충격적이다.

3월 24일 금요일

오, 이런, 이런, 이런. 정말 어찌해야 좋을지 모르겠다! 이 모든 게 아침에 걸려온 전화 한 통으로 시작됐다.

"로라, 나야! 나 런던으로 돌아왔어."

"키란 아저씨?"

"그래, 그래. 아, 네가 와서 좀 도와줘야겠어, 제바아아알."

키란이 끙끙거렸다. "벨벳에 질식해 버릴 것 같아. 카본 데이팅의 새로운 슬로우 데이트의 밤 때문인데……. 몇 주씩이나 그 준비를 하던 중이었는데, 모두들 마지막 순간에 나를 실망시켰어! 난 해내지 못 할 거야. 아, 다 미끄러지잖아!"

"뭐가요?"

"저 망할 놈의 암청색 벨벳 커튼 말이야. 바닥이 다 커튼 천지야. 망했어. 로라, 제발."

나는 낄낄 웃었다. "당연히 도와드려야죠, 바보 게이 아저씨. 뭘 해
주면 되는데요?"

"소호에 우리가 늘 만나던 데로 와 줄래?"

"네, 최대한 빨리 갈게요."

한 시간 뒤 나는 브루어 가 끄트머리의 레오파드 앞에 서 있었다. 뒤
에서 고함치는 소리가 들렸다. "로라 브라운, 와 있었구나!" 그러곤 순
식간에 나는 어깨들이나 하는 거대한 포옹을 당했다. 우리는 한참 동
안 그렇게 있었다. 키란을 다시 보니 정말 좋았다.

"이제 됐어!" 몸을 빼고 눈가를 훔치며 키란이 말했다. "자, 얼른 와!
이렇게 영화나 찍고 있을 시간이 없다고. 따라와." 우리는 건물 안으로
들어갔다. 맨 마지막 계단에 오르기 직전에 키란이 껑충 앞서 올라갔
다. "잠깐 여기서 기다려. 내가 이걸 먼저 가리면 그다음에 들어와." 몇
분 뒤에 키란이 다시 나타났다. "좋아……. 이제 눈 감아." 키란은 심호
흡을 하고 나를 이끌고 문을 통과했다. "자, 이제…… 눈 떠!"

나는 눈을 뜨고 헉 소리를 냈다. "와, 정말……. 멋져요!"

"정말로, 진짜로?"

나는 방 안을 둘러봤다. 완전 제대로 해냈다. 높은 무대는 무거운 벨
벳으로 덮여 있었고, 화려한 장식의 아름다운 거울이 방의 절반을 차
지하고 있었다. 그리고 방의 한가운데는 반짝이는 촛불과 식기, 유리
잔이 놓인 긴 연회 테이블이 있었고, 거대한 장미와 백합 다발로 장식
이 마무리돼 있었다. 나는 숨을 깊이 들이마셨다. 이런 호화로움을 맛
본 지 수십 년은 된 듯 느껴졌다.

"고풍스러운 화려함의 느낌을 내려고 해······. 모던함의 반대라고나 할까. 이게 바로 슬로우 데이트야. 다섯 가지 코스가 나올 예정이고, 그 사이 사이 남자들이 두 번 자리를 옮기지. 아, 그리고 춤추는 시간도 있어. 볼룸댄스랑 왈츠."

"저기, 아흔 살 안 된 사람 중에 볼룸댄스를 아는 사람이 있기나 할까요?"

"우리 모두가 알게 될 거야. 에두아르도가 이끄는 대로 움직이기만 하면. 그 사람은 베네수엘란가 어딘가에서 온 끝내주는 밴드 리더야." 갑자기 키란의 얼굴이 구겨졌다. "아, 이런, 초조해 죽겠어!" 그러더니 갑자기 발을 동동 굴렀다. "아니라니까! 정말 끝까지 이러기야! 셔벗은 마지막에 나오는 거라고 했잖아."

나는 잠시 키란이 미친 게 아닌가 생각했는데, 돌아서서 보니 머리에 피어싱을 한 뚱뚱한 애가 셔벗을 담은 쟁반을 들고 기분 나쁜 표정으로 무대 옆에 서 있었다. 그 애는 부루퉁한 얼굴로 돌아섰다. "깜빡했어요."

"레드 와인은 땄어? 공기를 좀 쐬어 줘야 한다고."

그 애는 코를 팠다. "몰라요."

키란은 판토마임의 악역 배우처럼 그 애 머리를 찰싹 때렸다.

"봤지? 나, 도움이. 필요해. 당장."

나는 전화기를 열었다. "여기저기 전화 좀 해 볼게요."

저녁 8시, 결국 나는 긴 테이블의 끝에 서서 샘이 마지막 초를 밝히는 모습을 보고 있었다. 샘은 이런 천박한 임무를 맡아 달라고 부탁할 엄두를 낼 수 있는 유일한 사람이다(스테이시는 다른 동네에 가 있었다).

"너 정말 멋져." 내가 속삭였다.

샘이 날 올려다보더니 씩 웃었다. "멋진데. 나도 여기 왔을 것 같아. 내가 만약……."

"만약 뭐? 처절한 상황이라면? 서른이 넘었더라면?"

"내가 애인을 찾고 있었다면…… 이라고 말하려고 했어. 어쩌면 벌써 그러는 중인지도 모르지."

흠. 또 이런다. 애매모호한 녀석 같으니라고.

"여러분!" 키란이 폴 스미스 정장에 분홍 행커치프를 삼각 모양으로 접어 넣고 불쑥 나타나서는 외쳤다. "이제 시작할 시간이에요." 그러곤 에두아르도에게 고갯짓을 했다. "다들 준비됐어요? 좋아요, 시작합시다!" 키란은 크게 심호흡을 하고 입구로 걸어가서 장대한 동작으로 문을 활짝 열어젖혔다. 하지만 아무도 없었다. 단 한 명도. 밴드 멤버들은 자기 발만 내려다봤다. 우리는 모두 무거운 침묵 속에 서 있었다. 1분, 2분, 3분, 4분……. 째깍, 째깍, 째깍.

"아, 이런, 분위기 장난 아니네." 샘이 중얼거렸다.

키란은 여전히 계단 맨 위쪽에 장난감 모형처럼 꼼짝 않고 꼿꼿하게 서 있었다. 그런데 저 멀리에서 발자국 소리가 들려왔다.

"여기로 와야 할 텐데." 샘이 어금니를 악문 채 복화술로 말했다. 키란은 몇 걸음 앞으로 나아갔다. 그때 기적처럼 바짝 긴장한 여자 셋과 남자 넷이 방 안으로 들어왔다.

"연주 시작해!" 키란이 낮은 소리로 말했다. 키란이 어느 시대 사람인지 나는 정말로 모르겠다. 하지만 어차피 에두아르도도 같은 시대에서 왔기 때문에 별 상관은 없다. 이 노숙한 젊은이가 손가락으로 신호를 보내자, 그의 밴드는 세 번째 곡을 시작했고, 방 안은 와인 잔을 들고 백인 스타일로 몸을 흔들어 대며 서로를 탐색하는 중년의 남녀로 가득 찼다. 나이가 들면 사람들에게 무슨 일이 일어나는 걸까? 도대체 몇 살쯤 되면 엉덩이 부분이 저렇게 요상해지는 걸까? 내 또래들 중에 엉덩이를 저렇게 돌릴 수 있는 사람은 아무도 없다. 아무리 길게 잡아도 나는 15년 안에 저걸 마스터해야 한다.

30분 후에 키란이 무대 위로 뛰어올라 갔다. "신사 숙녀 여러분, 제 1회 슬로우 데이트의 밤에 오신 것을 환영합니다. 슬로우 데이트는 새로운 시대의 사랑입니다. 앞으로도 계속해서 슬로우 데이트의 밤이 이어지길 기원합니다!" 방 안의 늙은이들이 모두 환호성과 함께 박수를 치는데 그 모습이 어쩌나 새로운 희망에 잔뜩 부풀어 있는지 눈물이 날 지경이었다. 3시간 후, 다섯 가지 코스에 커피까지 서빙을 다 끝내고 나는 샘과 함께 비상계단을 통해 밖으로 나갔다. 난간에 기대어 별들을 올려다보고 있었는데, 일이 벌어졌다. 샘이 나에게 키스를 한 것이다. 나는 깜짝 놀라 밀어냈다……. 그러고는 몇 초 후 나는 다시 앞으로 기대며 샘에게 키스를 해 버렸다. 사방에 사랑의 기운이 너무 충만했던 게 문제다. 그게 나의 유일한 변명거리고 나는 그걸 고수하고 있다.

아, 하느님. 죄책감 때문에 죽을 것 같다. 내일 밴드 연습 시간에 애디를 만나야 하는데.

3월 25일 토요일

애디가 엄청 늦게 도착했다.

"친구, 기타는 어디 있어?" 클레어가 물었다.

애디는 어색한 표정을 짓고 그냥 서 있다가 고개를 저었다. "못 하겠어."

"뭘?"

"다음주 토요일 유럽 투어 오디션. UF에서 브릭 레인 행진을 방금 같은 날로 변경했어. 우리의 허를 찌르려고 막판에 변경한 거야. 나, 나는 물러설 수가 없어. 사람들이 나한테 많이 의지해, 엄청. 안 좋은 소식인 건 아는데, 어쩔 수 없어. 미안해."

클레어가 마이크를 테이블에 내동댕이쳤다. "이게 말이 된다고 생각해, 애디? 이건 보통 오디션이 아니야. 투어를 위한 거란 말이야. 안 할 순 없다고."

"선택의 여지가 없어."

"선택의 여지가 왜 없어? 이제 밴드는 아무 상관도 없다 이거지? 차라리 밴드를 그만두고 우리가 새로 사람을 뽑게 해 주지 그래?"

클레어는 쿵쾅거리며 나가 버렸고, 남은 사람들은 서로 얼굴만 쳐다봤다. 스테이시가 손가락으로 머리카락을 만졌다. "어휴, 애디, 너 엄청 급진적이 됐구나. 다음에는 네가 2에 입단했다는 소릴 듣겠다야."

"그만해." 애디가 나를 쳐다봤다. "로라?"

나는 말문이 막힌 채 서 있었다. 얘가 어떻게 우리에게, 나에게 이럴 수가 있지? 하지만 어제 그런 짓을 해 놓고 내가 무슨 말을 할 수 있겠는가? 분노와 죄책감이 내 안에서 서로 치고받았다. 애디의 눈빛이 나를 꿰뚫고 들어오는 것 같았다. 나는 주머니에 손을 집어넣었다.

"난……. 이해해, 애디, 너한텐 엄청 중요한 일이니까."

"뭐, 뭐라고?" 스테이시가 소리쳤다.

애디가 나를 붙들었다. "진짜야?"

나는 고개를 끄떡였다. "밴드가 두 번째로 밀려날 때도 있는 거겠지."

스테이시는 두 손을 들어올렸다. "빽이 간다 빽이 가. 우리는 지금 투어를 날려 버리고 있다고. 너희들 대체 왜 그래?"

죄책감, 엄청난 죄책감. 그것 땜에 그런다.

3월 27일 월요일

미쳐, 미쳐, 미쳐. 키란에게 메시지를 보냈다.

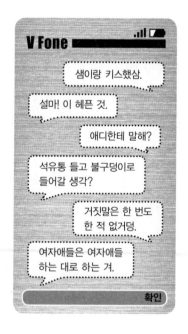

116

헐. 이건 뭐 여장 남자한테 연애 상담을 받는 기분이다.

애디를 잡을 수가 없다. 애디에게 100번쯤 걸었지만 전화 안 받는다. 난 그저 아직 들통나지는 않았는지 확인 차 애디 목소리를 들어보고 싶을 뿐이다.

지난 일들을 머릿속에서 계속 되돌려보느라 한 6분밖에 못 잤나 보다. 마음을 통제해야만 한다. 젠장, 남자한테 키스 한번 한 거지, 내가 누굴 죽인 것도 아니잖아. 내일 일어나자마자 샘에게 메시지를 보내야겠다. 오늘 새벽 3시부터 5시까지 무슨 말을 어떻게 할 건지 궁리했다. 그리고 결정했다. 이제 무슨 말을 해야 할지 안다. 마음도 차분해지고 시원해졌다. 통제 가능.

3월 29일 수요일

아침 일찍부터 전화해 대는 미친 사이코 소녀처럼 보이기 싫어서 10시까지 억지로 참았다가 샘에게 전화하기로 했다. 처음에 걸었을 때는 음성 사서함으로 바로 넘어가기에 그냥 끊었다. 나는 방 안을 서성이며 주먹을 우두둑 꺾은 후 다시 걸었다. 이번에는 바로 삐 소리가 나서 한숨을 쉬고, 샘의 메시지를 기다리는데 다른 전화가 들어왔다. 엄마였다. 나는 급당황해서 둘 다 끊어 버렸다. 오, 하나님. 이건 내가 추구하던 쿨한 스타일이 아니다. 나는 발코니로 뛰어가 문을 열어젖히고 소리를 질렀다. 그때 전화가 다시 울리기 시작해서 전화를 받았다.

"여보세요."

"로라? 나야, 샘. 방금 나한테 전화했었어?"

"어, 그래. 안녕?"

"어, 안녕. 저기." 샘이 잠시 말을 멈췄다. "지난번 일은 완전 실수였어…… 미안해. 그게 우리는 그럴 수가……."

나는 독스의 반짝이는 물을 내려다보았다.

"내 생각도 그래."

샘의 목소리에서 안도감이 전해졌다. "정말? 너도 괜찮은 거야?"

"뭐야, 내가 너랑 사랑에 빠지기라도 한 줄 알았어?"

"아니, 하지만……."

"근데 뭐? 잘난 척 좀 그만해."

"좋아."

"나도 좋거든!"

우리는 동시에 전화를 끊었다.

몹쓸 년이다, 난. 어떻게 애디한테 그런 짓을 했을까?

밤 11시. 샘이 내가 할 말을 가로채서 열받는다. 아무 일도 아니었다고 말할 사람은 그 자식이 아니라 나였다.

3월 30일 목요일

오늘 밤 클레어가 문을 두드렸다. 문을 여니까 무슨 허리케인 카트리나처럼 방으로 휙 들어왔다. "정말 이해가 안 가. 너희들 다. 무슨 일 있는 거야? 그렇지 않고는 네가 그런 식으로 애디 편을 들어 줄 리가 없어. 대체 뭔 일이야?"

"아무 일 없어."

클레어는 고개를 저었다. "뻥 치시네. 애디가 공연을 하게 만들어야 돼."

"그럴 수 없어. 걘 내 노예가 아니라고."

"네가 원했다면 하게 만들 수 있었어. 너도 알잖아."

나는 손가락만 쭉 폈다. "못 해."

클레어가 머리를 문질렀다. "어이가 없군. 나는 에인절스가 네 전문 줄 알았어."

"아직 기회가 있지 않을까? 기획자한테 전화해서……"

"뭐? 행진 때문에 못 간다 그래?" 클레어가 나를 쏘아봤다. "철 좀 들어, 로라."

클레어 말이 맞다. 우리를 이렇게 저버린 애디를 내가 용서할 수나 있을지 모르겠다. 나 자신도 마찬가지. 죄책감만 아녔다면 총을 들이대고 협박했을지도 모른다.

3월 31일 금요일

애디가 오후에 전화해서 내일 나도 올 거냐고 물었다. "보통 때 같으면 묻지 않았을 테지만 이번 행진은 정말 내게 큰 의미가 있어서 그래. 개인적인 감정이긴 하지만."

나는 자연스럽게 들리도록 노력했다. "물론 가야지, 근데 계획이 어떻게 돼?"

"정부 쪽에서는 바리케이드를 쳐서 우리를 흩어 놓으려고 할 거니까, 우리는 다른 장소에 소그룹을 보내서 마치 정부 쪽에서 우릴 흩어 놓은 것처럼 위장할 거야. UF 행진은 빅토리아 공원에서 시작하니까 거기에도 가긴 할 거지만 몇 명 안 보낼 거고, 우리는 다른 데서 비밀리에 모일 거야. 브릭 레인이 그 중심이야."

"애디······." 나는 겨우 말을 이었다. "그런 일은 없겠지······. 네가 다치거나 뭐 어떻게 된다든지."

잠시 침묵. "그럴 계획은 없어. 하지만, 로라, 더 이상은 이대로 두고 볼 수가 없어." 애디가 한숨을 쉬었다. "너무 걱정하지 마. 다 잘될 거야. 일찍 와. 그래야 우리 무리를 놓치지 않지. 알았지?"

"그래, 7시쯤 갈게."

"좋아. 근처에 오면 전화해. 로라, 공연 생각하면 정말 마음이 아파. 하지만 이번 일은 너무 중요한 일이라서."

"알아. 내일 봐."

밴드와 투어에 대한 생각을 떨치기 위해 눈을 감았다. 일단 내일을 넘기고 봐야겠다. 그담에 기획자 전화번호를 알아내서 우리에게 다시 기회를 줄 때까지 스토킹할 생각이다. 내 잘못을 보상해야만 한다.

April

4월 1일 토요일

7시에 집에서 나와 어둡고 고요한 독스를 걸었다. 지하철은 완전 느려 터진 데다가 서쪽 행 센트럴 노선이 중지됐다며 모두 내리라고 하는 바람에 한 시간을 다 잡아먹고서야 마일 엔드에 도착했다. 지상으로 올라와 보니 길은 세워 둔 전차, 자동차, 자전거, 그리고 수천 만의 인파로 가득 차 있었다. 바로 애디가 전화를 해서는 어디냐고 물었다.

"마일 엔드 근처야. 중간에 지하철에서 내려야 했어."

"사람은 몇 명쯤 돼?"

"잘 모르겠어. 5,000명쯤 되려나. 사람들이 무진장 많아. 스킨헤드들만 있는 게 아니라 평범해 보이는 사람들도 무지 많아." 나는 시계를 봤다. "이제 겨우 8신데. 그쪽은 어때?"

"긴박해. 경찰이 새벽 3시에 우리 본부를 덮쳤지만, 우리도 제보를 받은 게 있어서 어젯밤에 다 싸들고 나왔어. 상점들은 전부 문을 닫았고, 상점 주인들이 창문에도 판자를 덧대는 중이야. 주위에 바리케이드랑 경찰이 깔렸어. 듣자 하니 대형 버스에 잔뜩 실어서 남동쪽에서부터 태워 왔다고 하더라고. 저지선을 통과하고 싶으면 서둘러 이쪽으로 오는 게 좋을 거야. 로라, 그러니까 빅토리아 공원으로는 가지 마."

"절대 안 가." 테니스 코트 쪽에서 연설 소리가 들려왔다. 내용이 들린 건 아니고, 억양과 리듬만 들리는 정도다. 듣기 좋은 소리는 아니었다.

결국은 브릭 레인을 향해 가는 사람들 틈에 뒤섞여 천천히 걸어가는 수밖에 없었다. 사람들은 웃고 노래하고 있었고, 거리의 분위기는 좋았다. 리버풀 가 근처에 도착했을 때는 10시였다. 애디에게 전화했지만 신호가 잡히지 않았고, 전화기에는 통신망 혼잡이라는 표시가 떴다. 너무 정신이 없었고, 꼼짝도 할 수가 없었다. 모든 방면의 길이 다 막혀 버려서 패션 스트리트 센터로 갈 수 없다는 건 확실했다. 잠깐 커머셜 가에 서서 어떻게 해야 하나 궁리하고 있는데 누군가가 내 이름을 불렀다. 그쪽을 보니 클레어가 스핏필드 마켓 입구 옆에 서 있었다. 그쪽으로 가려고 길을 건너는데 경찰이 나를 막으려고 다가왔다.

"걘 여기서 일하는 애예요." 클레어가 붉은 완장을 내보이며 소리쳤다.

경찰은 잠깐 머뭇하더니 얼른 줄 밑으로 기어 나가라는 몸짓을 했다. 우리는 잠시 조용히 길가에 서 있었다.

내가 미소를 지어 보이려고 애썼다. "여기서 만날 줄은 몰랐네."

"나도 마찬가지야. 너도 올해의 행동주의자는 아니었잖아, 친구." 클레어가 마켓 쪽으로 돌아섰다.

나는 손을 내밀었다. "클레어, 걔는 내 말을 듣지 않았을 거야……. 이번 일로 나도 너 못지않게 맘이 아파. 투어에 참가하기 위해서 내가 할 수 있는 건 다 할게. 약속해."

클레어가 고개를 끄덕였다. "이제야 너도 관심 좀 가진 것처럼 들리기 시작하는구나. 근데, 너랑 애디랑 도대체 무슨 일이야? 걘 네가 죽으라면 죽는 시늉도 했었잖아."

"나도 알면 좋겠다."

클레어가 한숨을 쉬었다. "뭐, 내가 무슨 상관이야, 가자. 일단은 오늘 일에 집중해야지."

클레어를 따라 상점 문을 통과하니 그쪽에 독스에서 온 사람들이 들것, 붕대 상자, 부목, 주사기를 꺼내며 응급 처치 센터를 차리고 있었다. 클레어가 나에게 장갑을 건네줬다. "저기 봐, 그웬 선생님 저기 있다……. 저 상자들 푸는 거 도와드릴래?"

처음으로 두려움에 몸이 전율했다. "상황이 더 안 좋아질까?"

"몰라, 하지만 전에 네이선을 만나서 들었는데, UF 집단은 몹쓸 물건을 많이 갖고 있었대. 사슬, 칼, 쇠파이프."

클레어는 시선을 떨어뜨렸다. "우리가 여기 있는 건 잘하는 일이야. 나도 알아, 하지만……."

나는 손을 뻗었다. "클레어, 무슨 말인지 알아."

작업을 다 끝냈을 때는 1시가 넘어 있었다. 다시 애디에게 전화를 걸었을 때는 통신망이 완전히 죽어 있었다. 안보 신호나 뭐 그런 것 때문에 끊긴 것 같았다. 모니카와 그 똘똘하신 무리의 작전은 아무래도 틀어진 모양이다. 누군가가 애디와 네이션을 불과 한 시간 전에 패션 스트리트 센터 앞에서 봤다고 했다. 심장이 뒤틀리는 것 같았지만, 도저히 그쪽으로 갈 방법이 없었다.

"이리 와, 경찰들이 진행 요원을 더 보내 달라고 하니까 행진 경로로 가 보자고."

우리는 사람들 사이를 뚫고 커머셜 가와 쇼디치 가의 교차로까지 갔다. 그렇게 많은 경찰을 본 건 처음이었다. 파란색의 탄탄하고 밀집된 열이 길을 따라 쭉 뻗어 있는데, 그 모두가 유나이티드 프런트 놈들을 보호하려는 수작이었다. 바로 그때, 저 멀리서 행진 북소리가 들려왔다. 그들이 오고 있었다!

우리는 짐을 든 채 잔뜩 긴장하고 서 있었다. 마침내 행진의 선두가 나타났다. 스킨헤드 두 명이 바람에 나부끼는 거대한 UF깃발을 들어 올리느라 기를 쓰고 있었다.

공포와 혐오감이 등골을 타고 올라왔다. 내 주위 사람들은 경찰들 쪽을 세게 압박하면서 앞쪽으로 확 밀치고 나갔다.

200미터 떨어진, 쇼디치 하이 가가 커머셜 가와 만나는 지점에는 도로 공사 구간이 있는데 시위대의 선두가 그곳에 도착하자 UF 행진 무리들이 우리 쪽 무리에 의해 눌리고, 밀리는 것을 볼 수 있었다. 경찰들이 길을 넓혀 주려고 작정한 것 같았다. 하지만 대뜸 우리를 밀어대기 시작했다. 우리 열이 망가지면서 5미터쯤 밀려나긴 했지만, 몇 분 뒤, 경찰이 물러났고 우리는 다시 앞으로 밀고 나갔다.

그웬 선생님이 나를 쿡 찔렀다. "저것 봐."

선생님의 시선을 따라갔다. 우리로부터 가장 가까운 골목길은 아시아 학생들로 가득했다. 몇몇 나이 든 사람들, 엄마, 아빠, 할머니, 할아버지도 뒤섞여 있었다. 그들은 일단은 조용히, 지켜보며 기다리고 있었다. 목구멍이 죄여 왔다.

이때까지는 행진이 침착한 편이었다. 구호와 북소리가 하늘을 메웠다. 어떻게 사람들이 저렇게 증오심을 품을 수 있을까 의아해하며 나는 잠깐 그들을 바라봤다. 온 가족이, 심지어 아이들까지 나와 행진하고 있는데, 그들은 너무나 어리고 착하게 생겨서 머리를 밀고 문신을 한 사람들 옆에 서 있는 것이 너무나도 이상해 보였다. 우리 바로 앞쪽으로 행진 대열은 인도계 가게가 분명한, 방글라데시인의 신문 가판대에 도달했다. UF 지도자들이 멈춰 서더니 가게를 향해 고함을 치고 침을 뱉었다. 그러고 나니 스킨헤드 무리가 경찰들을 뚫고 앞으로 나가 상점 창문에 몸을 던졌다. 물건이 마구 날아다니며 거리는 순식간에 몸싸움을 벌이는 사람들로 가득 찼다. 나는 허리를 굽히고 몸을 이리저리 돌리며 우리들 머리 너머 아시아 애들이 반쪽짜리 벽돌을 UF 대열로 던지는 모습을 지켜봤다. 그러고 나자 진짜 전쟁이 시작됐다.

경찰은 우리 쪽 시위대와 UF 행진 세력 사이에 껴 버렸다. 경찰들은 아시아 애들에게 다가가기 위해 우리에게 달려들려고 했지만 우리 사이를 비집고 그쪽으로 갔을 때, 아시아 남자 아이들은 이미 뒷길로 사라진 후였다. 나중에 뉴스를 보니 경찰이 우리를 갈라놓고 통제할 작전을 세웠지만 그대로 수행하지 못했다고 한다.

그러는 사이 그웬 선생님과 나는 트루먼 브루어리 뒤 쪽의 넓게 펼쳐진 광장으로 가는 커다란 무리에 휩쓸렸다.

"이런 거 정말 싫어." 우리가 다시 작디작은 공간으로 밀려 들어가고 있을 때 그웬 선생님이 중얼거렸다. 3면이 파란색의 굳건한 열에 닿아 있었고 네 번째 면은 줄 지어 있는 창고들로 꽉 막혀 있었다. 모두들 겁을 내기 시작하는 것처럼 보였지만 그래도 여전히 통제는 되고 있었다. 모두 그냥 청바지에 티셔츠 차림이었을 뿐, 무기나 장비를 들고 있는 사람은 아무도 없었다.

클레어가 어느새 우리 곁으로 왔다. 그리고 내 손을 잡았다. "뭐야, 이게 무슨 데모야, 전투지. 저쪽에선 뭘 가지고 있죠?"

그웬 선생님이 저쪽 열을 훑어봤다. "없는 게 없다. 짧은 방패, 긴 방패, 헬멧, 곤봉, 개, 전기 충격기."

벽돌 조각이 클레어의 발에 떨어져 부서졌다. "대체 이게……?"

콘크리트 덩어리가 날아와 바닥으로 떨어졌다. 우리는 얼굴을 가리며 쭈그리고 앉았다.

"뭔 일이야?"

그웬 선생님이 소리쳤다. "우리 쪽에서 던지는 것들이야. 우리 머리 너머 경찰들한테 막 던지고 있어."

클레어는 두 손을 입 앞에 동그랗게 모았다. "그만둬. 우리한테 날아오……!"

못이 촘촘히 박혀 있는 나무판자가 우리 쪽을 향해 날아왔다.

"젠장!"

나는 주변을 둘러봤다. 좁은 공간에 사람이 너무 많이 밀린 나머지 가장자리의 시위자들은 우릴 둘러싸고 있는 경찰 라인으로 밀려들어 갈 지경이었고, 머리 위로 날아가는 벽돌과 돌은 경찰의 방패를 맞고 우리들 얼굴로 바로 튕겨져 나왔다. 앞줄에 있는 사람들이 돌 던지는 사람들한테 멈추라고 소리쳤지만, 그때 다시 밀리기 시작하면서 나는 어느새 거대한 급류 한가운데로 휩쓸렸다. 나보다 2, 3미터 앞에 있던 에만이 긴 방패로 얻어맞는 것이 보였다. 그리고 금방 밀림 현상은 와해됐고 우리는 또다시 그 전 상황처럼 서로를 마주하고 서 있게 됐다. 에만이 허벅지를 문지르며, 고통으로 고개를 숙인 채, 절뚝거리며 뒤로 물러났다.

"괜찮아?" 클레어가 물었다.

에만이 고개를 끄덕였다. "응……. 어…… 엄청, 그러니까…… 어, 완전…… 어 다리가……."

그때, 바로 정면에서 경찰 열의 한가운데가 열리면서 50명쯤 되는 말을 탄 경찰들이 우리를 향해 달려왔다. 모두가 비명을 지르며 뒤쪽으로, 양옆으로, 피할 수 있는 곳이라면 어디든 뛰기 시작했다. 나는 그웬 선생님과 클레어를 꽉 잡고 매달리다시피 해서 트루먼 브루어리를 향해 갔다. 곧장 나를 향해 달려오는 말들은, 정말로 괴물 같았단 말이다. 그리고 그때, 또 한 번 아무 경고도 없이 경찰은 다시 우리 쪽을 압박해 왔다.

이제 더 이상 갈 곳이 없었다. 사방이 창고와 경찰로 둘러싸인 채 꼼짝없이 갇혀 버렸다. 도대체 저들의 계획이 무엇인지 이해할 수가 없었다. 도대체 이미 우리를 한곳에 몰아넣고도 왜 자꾸만 압박해 오는 것인지. 이번에는 화가 나서 앞으로 한 번 더 밀어붙였다. 항의의 의미로 밀며 안간힘을 썼다. 경찰은 다시 말을 타고 공격해 왔지만 이번엔 돌과 벽돌을 퍼부으며 맞섰으므로 경찰이 물러날 수밖에 없었다. 공포, 비명, 위협이 공기를 메웠고, 아드레날린이 솟구쳤다. 이것이 전투임을 이젠 모두가 알고 있었다. 그때 경찰 쪽에서 메가폰을 통해 명령이 울려 퍼졌다. "머리는 말고, 몸만."

시위 무리가 오싹할 정도로 조용해졌다. 경찰들이 방패와 곤봉을 들고 우리 앞에 줄 지어 섰다.

그웬 선생님이 속삭였다. "아 이런, 짧은 방패다. 우리를 때리려는 거야."

그러고는 경찰들이 우리를 향해 돌진했다. 순도 100퍼센트의 공포가 광장을 가로질렀다. 사람들이 도망치느라 서로를 짓밟기까지 했지만, 갈 곳이 없었다. 그렇게 경찰들이 우리를 때리기 시작했다. 하나씩 하나씩. 머리는 안 된다고? 웃기고 있네.

우리 중에는 맞서 싸우거나, 적어도 다른 사람이 얻어터지지 않도록 도우려는 사람들이 있었다. 나의 바로 옆에선 바닥에 누운 래스터 패리언(자메이카 종교 신자. 이들은 흑인들이 언젠가는 아프리카로 돌아갈 것이라고 믿고 독특한 복장과 행동 양식을 따른다.-옮긴이)의 가슴 위로 경찰 둘이 올라탔고 다른 경찰 하나는 그 사람의 배를 걷어차고 있었다. 내가 그 사람을 도우려고 했지만, 누가 나를 잡아서 인형 집어던지듯 뒤쪽으로 팽개쳤다. 몇 시간처럼 느껴지던 순간이 지나고, 마침내 우리는 '정키 스타일링'이라는 괴상한 옷집을 부수고 그 위층에 있는 창고 사무실로 들어갈 수 있었다. 거기로 올라가자마자 우리는 손에 잡히는 건 뭐든지 거리로 던지기 시작했다. 의자, 상자, 파일 캐비닛, 책상, 소화기, 심지어 어떤 사람들은 카펫 조각에 불을 붙여 밖으로 내던지기도 했다.

나는 내던질 물건들을 더 찾기 위해 두세 사람과 함께 꼭대기 층으로 뛰어올라 갔다. 우리가 사무실로 막 뛰어들었을 때, 창문이 박살나더니 산탄통 하나가 나무 바닥을 가로질러 먼 벽 쪽으로 날아갔다. 그러고는 폭발했다. 나는 하얀 가스가 뿜어져 나오는 것을 넋 놓고 바라봤다. 갑자기 숨을 쉴 수도, 앞을 볼 수도 없었고, 결국 얼굴을 부여잡고 바닥에 무릎을 꿇었다. 주위에서 폭발음과 기침 소리, 거센 숨소리가 들려왔다.

누군가 소리쳤다. "최루탄이다!"

잠시 정신을 잃은 나를 누군가가 들어 올려 창문가로 질질 끌고 갔다. 그 손이 내 얼굴을 창문 밖으로 내밀었다. "숨을 쉬어!"

공기를 들이마시려고 했지만, 목구멍 전체에 면도날을 꽂아서 피부를 저미는 것 같았다. 내가 할 수 있는 거라곤 창틀에 고꾸라지듯 기대 앉아 바깥의 광기를 지켜보는 것뿐이었다. 경찰은 시위대와 UF들한테서 공격을 받더니 제정신이 아닌 것 같았다. 이제는 잡히는 대로아무나 팼다. 모든 통로, 전화박스, 길모퉁이에서 발길질과 구타가 난무했다. 곤봉이 계속해서 올라갔다 내려오고, 올라갔다 내려오고 했다. 어디서나 머리에서 피를 흘리며 헤매고 돌아다니는 사람들을 볼수 있었다.

나는 또 정신을 잃었나 보다. 깨어나 보니 사방이 어둡고 아래 광장이 텅 비어 있었다. 누군가 내 어깨를 잡았다.

"여기…… 있었구나, 난 어…… 그니까, 어…… 친구들을 찾아 다녔어……. 아…… 어…… 여기저기." 에만이 내 위로 몸을 굽혔다. "너…… 어…… 괜찮아?"

나는 어깨를 으쓱했다.

에만이 내 얼굴을 훑어 봤다. "일어나, 우리……. 그니까…… 아…… 가야지."

목구멍이 아프고 건조해서 힘들게 침을 삼켰다. "다른 애들은 어딨어?"

"체포된…… 것 같아……. 내 생각엔." 에만은 손으로 자기 얼굴을 쓸었다. "정말…… 어…… 어, 그니까……. 어…… 오늘…… 일어난 일을…… 완전…… 못 믿겠어."

나는 광장 쪽을 살폈다. "지금 가면 안전할까?"

"시도는…… 어…… 해 봐야지……." 에만이 고갯짓으로 내 전화를 가리켰다. "신호가……. 어…… 잡혀?"

나는 전화기를 보고 고개를 저었다. "아니, 아직도 죽어 있어. 나 좀 일으켜 줄래? 발목을 다친 것 같아."

"그래, 이거 봐……. 내…… 어…… 다리." 에만이 군복 바지의 찢어진 곳을 열어서 정강이 아래쪽까지 이어진 깊은 상처를 보여 줬다.

나는 움찔했다. "걸을 수 있겠어?"

"안 걸음 어떡해, 가자."

에만이 나를 겨우 일으켜 세웠고 우리는 함께 절뚝거리며 아래층으로 내려갔다.

"내 생각엔 어……. 가장자리로만……. 어…… 그니까 건물들에 바짝 붙어서…… 어…… 남쪽으로……. 아…… 올드 가 뒤쪽으로…… 가는 게 좋겠어."

우리는 그림자 안으로만 숨어들며 걸음을 옮겼다. 네 번인가 다섯 번쯤 방어벽과 경찰들을 발견하기도 했다. 한번은 에만이 가다가 얼어붙었다. "걔들이야. 움직이지 마." 경찰들이 지나갈 때까지 우리는 정류장 뒤의 어둠 속에 숨어 있었다.

마침내 전차에 올랐다. 애디와 다른 애들이 무사한지 너무나 간절히 알고 싶었기에 계속 전화기를 확인했다. 놀랍게도 빨리 독스로 돌아가

고픈 마음뿐이었다. 이제 그곳이 정말 집처럼 느껴진다.

에만은 전차에 털썩 앉았다. "난…… 어……. 정말 이제…… 어…… 그러니까 더 이상 사람들이랑 뭘 하기가 어…… 싫어졌어. 너무…… 추해."

우리가 지친 몸을 이끌고 독스 센터에 겨우 도착했을 때는 이미 시위자들로 바글거리고 있었다. 사방이 피투성이였고, 신음하고 우는 사람들로 그야말로 아수라장이 따로 없었다. 나는 다른 사람들 소식을 기다릴 수가 없어 타노를 찾아 나섰다. 그리고 긴급 구조 구역에서 그를 겨우 발견했다. "애디 소식 못 들었어요?"

타노는 얼른 고개를 끄덕이고는 목소리를 낮췄다. "저기, 문제가 좀 있어."

"무슨 소리예요?"

"싸움이……."

심장이 쿵 하고 내려앉았다. "다쳤나요?"

"확실친 않아, 스무 명이 심각한 부상을 당했다고 뉴햄 제너럴 병원에서 대변인이 전화를 걸어 왔어. 애디가 그중에 있을지도 몰라."

"대변인이라뇨?"

"대변인……. 2의 대변인."

나는 말문이 막혀 잠깐 그냥 서 있었다. "지금 당장 걔한테 가 봐야겠어요."

타노가 내 팔을 잡았다. "안 돼, 로라. 지금 못 가. 경찰이…… 사방에 깔렸어. 네가 지금 병원에 가면 바로 체포될 거야."

"그럼 어때요?"

"그게 애디한테 도움이 될 것 같아?"

"그렇다고 손 놓고 있을 순 없잖아요……. 만약 심하게 다쳤으면 어떡해요?"

타노가 손등으로 이마를 문질렀다. "그래도 오늘밤엔 아무것도 할 수 없어. 무슨 일이 생기면 그 사람이 바로 알려 주겠다고 약속했어."

속이 뒤집어질 것 같은 채 돌아섰다.

4월 2일 일요일

집으로 돌아왔지만 잠을 잘 수가 없어서─아드레날린이 과다 생성되어 몸 안을 돌아다니고 있기 때문이다─6시쯤 잠자는 걸 포기하고 독스 미디어 센터로 내려갔다. 가장 최근 집계로는 체포된 사람이 930명, 부상자는 경찰 82명, 시위자 840명이다. 이는 실제 부상자 수보다 한참 적은 수다. 병원에 가면 체포될 게 뻔해서 아무도 가지 않기 때문이다. 독스 미디어 센터는 안전한 곳이라는 소문이 돌았는지 어젯밤과 오늘 아침 내내 사람들이 밀려들고 있다. 경찰은 온 도시를 헤집고 다니며 시위에 참여한 것처럼 보이는 사람들은 다 잡아들이고 있다. 클레어의 친구 조니라는 애가 웹스 크로스 병원에서 전화를 걸어왔다. 조니 말로는 레이튼까지 갔다가 경찰한테 걸려 경찰 밴 뒷자리에 내던져졌다고 했다. 하지만 그 전에 경찰들이 그 애 발을 밟아 발목을 여기저기 부러뜨려 놓았다고 한다.

클레어는 엄청 충격을 받은 모습으로 9시쯤 돌아왔다.

클레어에게 달려갔다. "괜찮아?"

"응, 근데 감방에서 밤을 보냈어. 오늘 아침에 풀어 주긴 했는데, 재판 때까지 근신 명령이 떨어졌어. 화요일 10시까지 치안 판사 법원으로 가야 해……. 나하고 같이 체포된 200명 모두."

나는 목소리를 낮춰 속삭이기 시작했다. "저기, 클레어…… 애디가 '2'와 엮였나 봐. 그리고 다쳤……."

클레어가 내 팔을 잡았다. "얼마나?"

"몰라. 타노가 그쪽 연락을 받았어."

"완전 하드코어네. 정말, 믿을 수가 없다. 애디가…… 사람들이 어젯밤 감옥에서 '2' 얘길 했어. 이런 큰 싸움을 시작한 게 바로 그 사람들일 거라고 하더라. 복면과 방한모로 얼굴을 다 가리고 10명, 20명씩 조를 짜서 나타났대. 아시아 애들하고 같이 있는 그 무리가 화염병이랑 벽돌을 경찰한테 던지는 걸 나도 똑똑히 봤어."

내 전화가 울렸다. 애디다!

"애디, 괜찮아? 어디야?"

"나 안 다쳤어. 밤새 감방에 있어서 전화 못 한 것뿐이야."

"병원에 있는 게 아녔어? 다쳤다고 하던데."

"아냐, 난 멀쩡해……. 상처 좀 나고 멍든 게 다야. 내가 아니고……." 애디의 목소리가 잠깐 뒤틀렸다. "네이선."

혈관을 타고 격한 안도감이 밀려들다가 곧바로 심한 죄책감(네이선을 향한)이 밀려든다.

"지금 어디야?"

"경찰서 밖이야. 방금 풀려났는데, 지금 곧장 병원으로 가려고."

"심하게 다쳤어?"

긴 침묵. "거기로 와 줄래?"

"타노가 가지 말래. 아마도 경찰이 쫙 깔려 있을 거라고."

"난 상관없어. 제발, 응?"

걱정으로 뱃속이 요동치는 채, 나는 병원으로 걸어갔다. 하지만 막상 응급실로 들어서니 경찰은 하나도 없었다. 다른 곳으로 재배치된 모양이었다. 애디다…… 주황색 플라스틱 의자에 앉아 있는 저 외로운 인간이 곧바로 내 눈에 들어왔다. 다가가서 안아줬다. 애디는 떨고 있었다.

"정신을 잃을 정도로 발길질을 해 댔어." 애디의 얼굴이 일그러졌다. "우릴 짐승 다루듯이 했다고."

"애디…… '우리'가 누구야?"

애디가 자릴 고쳐 앉았다.

나는 그의 얼굴을 살폈다. "타노가 그 단체, '2'로부터 네게 문제가 생겼다는 연락을 받았다고 했어. 너 그 사람들하고 함께 일하는 거야?"

대답이 없다.

"애디?"

한참 뜸을 들이다가 애디가 어깨를 으쓱했다. "그렇게 간단히 말할 수 있는 문제가 아냐……."

"그게 무슨 소리야? 나는 겁이 나서 죽을 지경인데 너는 나한테 솔직하지도 못해?"

"지금 당장 그 얘기는 어려워. 얘기해 줄게, 하지만 나중에. 괜찮지?"

달리 내가 뭘 할 수 있겠는가? 나는 애디의 손을 꽉 잡았다. 그 애는 지금 엉망이다.

부모님이 미치고 팔짝 뛰지 않으시도록 문자 메시지를 만들어 내느라 거의 한 시간을 보냈다. 결국은 고전적인 방법인, 새빨간 거짓말을 택하고 말았다.

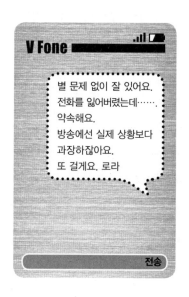

4월 4일 화요일

어제는 종일 병원에서 보냈다. 나는 병실 문의 유리를 통해 잠깐 네이선을 봤다. 그 애의 얼굴도 얼핏 봤다. 완전 잿빛에, 파란 혈관과 허연 입술. 정신이 들었다 나갔다 하는 모양이다. 애디는 꼼짝 않고 거기 그대로 앉아, 한 시간 또 한 시간, 네이선의 가족 곁을 지키고 있다.

제출할 것이 있어서 집에 오는 길에 학교에 들렀다가 복도에서 샘과 마주쳤다. 우리는 서로를 와락 껴안았다. 샘의 얼굴을 보니 눈에는 멍이 시커멓게 들었고, 볼에는 긴 상처가 쭉 나 있었다. "무슨 일을 당한 거야?"

"UF 사슬에 당했어. 죽이지?"

"병원엔 가 봤어?"

샘은 한 쪽 눈썹을 추켜 올렸다. "얘가 얘가, 무슨 속셈이야? 더 이상은 문제 만들기 싫어. 그리고 어쨌거나 나는 이걸 전투의 훈장으로 생각하거든."

나는 반쯤 웃었다.

샘이 내 어깨에 팔을 둘렀다. "네이션 얘기는 들었어. 괜찮은 거지?"

턱이 떨려오더니 어느새 나도 모르게 샘의 어깨에서 흐느끼고 있었다.

"나…… 난 무서워, 샘."

샘이 나를 꼭 안아줬다. "그래 알아, 하지만 괜찮아질 거야."

"모두들 그 소리만 해. 하지만 다 거짓말이야. 걘 의식이 없단 말야."

샘은 내 눈물이 멈출 때까지 나를 안아줬다.

"자자, 이제 집에 데려다 줄게."

적어도 이 엉망진창의 상황이 좋은 점도 딱 하나 있다……. 우리가 감당하기 힘든 일이 너무 많아서 서로한테 삐쳐 있거나 낭비할 시간이 전혀 없다는 거다.

4월 5일 수요일

오후에는 억지로라도 강의를 들으러 갔다. 불성실할 정도로 수업을 너무 많이 빼먹었지만, 어쨌거나 '디자인으로 보는 기름의 역사'에 관한 2,500자 에세이가 지금 당장은 그렇게 중요한 일로 느껴지진 않는다.

4월 6일 목요일

내무성(경찰, 방송, 이민자 부문을 다루는 영국 정부 기관-옮긴이)과 런던 경찰청장이 회동을 했다. 경찰청장은 '길거리를 청소하기 위한 비상 조치권'을 요구했다. 정말 화가 난다. 경찰은 우릴 잡으려고 눈이 뒤집혔고, 방송은 우리를 악마로 만들고 있다. 대중도 우릴 미워한다. 대체 왜? 무고한 사람에게 침을 뱉고, 깔아뭉개고, 총을 쏘고, 귀가 터져 피가 날 때까지 두들겨 팬 사람들은 우리가 아니다. 더 타임스의 머리기사를 보고 너무 열이 받쳐서 내 머리카락을 쥐어뜯었다.

나는 바보 같은 음모론을 신봉하고 짭새들을 증오하는 독스 미디어의 무정부주의 애들처럼 되고 싶지는 않다. 경찰들도 결국은 평범한 사람들이고, 그들도 그저 자기 일을 할 뿐이고 어쩌고저쩌고……. 뭐 그런 거 나도 다 안다. 하지만, 왜 경찰들은 언제나 정부 편만 드는 것일까? 우리도 보호해야 할 시민 아닌가?

이제 머리통이 아프다. 머릴 쥐어뜯는다고 이렇게 아플 줄은 몰랐다.

4월 7일 금요일

애디에게서 문자가 왔다. 네이선이 일어나 앉아 썰렁한 잡소리도 한단다.

회복되기 시작한 게 분명하다.

4월 8일 토요일

키란이 저녁에 전화를 해서는 이렇게 말했다. "나야, 근데 진짜로 나는 아니야……."

"으잉?"

"공식적으로는 너희 엄마가 보내신 사절이야."

"아으 정말, 아저씨. 엄만 왜 그냥 진정하시질 못하는 거예요?"

"왜냐하면 너희 엄만 걱정으로 정신 줄 놓으셨기 때문이야. 이것 봐, 너희 엄마랑 나랑 협상을 했어……. 네가 괜찮은지 내가 알아보는 대신 너희 엄마는 널 납치할 생각으로 애빙던 아줌마 부대를 이끌고 오는 걸 포기하기로 했어."

"내가 다 괜찮다고 얘기했단 말예요."

"그 허접한 문자 한 통으로? 로라, 장난해? 그리고 진짜 괜찮긴 한 거야? 나라고 뭐 네가 거기 있는 걸 쌍수 들고 환영하는 줄 알아?"

나는 한숨을 쉬었다. "알아요. 하지만 여기에 다친 친구들도 있는데 그냥 무작정 걔들을 떠날 수는 없다고요."

키란은 잠시 말이 없었다. "이렇게 하자. 너희 엄마한텐 널 만났는데 네가 잘 있더라고 얘길 할게."

"아 고마워요, 아저씨 정말……."

"잠깐! 내 얘기 아직 안 끝났어. 대신 만약에, 정말 만에 하나 상황이 너무 위험해지면 바로 나한테 전화하기로 약속했다고 말씀드릴 거야. 진짜 상황이 그렇게 되면 내가 가서 널 빼올 거니까."

"하지만……."

"공식 사절은 '하지만'이란 말을 용납하지 않아. 이건 협상이 아니야."

나는 내 입술을 깨물었다. "좋아요."

"약속하는 거지?"

"네."

"그럼, 안녕."

"안녕, 키란 아저씨. 고마워요."

키란은 전화를 끊었다.

나는 고요한 집 안을 여기저기 쳐다보다가 미친 모니카를 못 본 지

며칠이 지났다는 걸 깨달았다. 다시 잡혀 들어갔는지도 모른다. 점점 더 힘들어진다. 집에 가긴 싫지만, 이젠 선택의 여지가 없을지도 모른다.

4월 11일 화요일

독스 미디어 사람 65명이 오늘 재판장에 나타났다. 죄목은 두 가지였다. 위압적인 행동과 공격용 무기 소유. 두 번째 항목은 정말 뭔 소린지 모르겠다. 대체 무슨 무기? 우리에게는 구타를 막기 위한 나무판자와 부서진 상자 쪼가리밖에 없었다. 나는 '원유 에세이'를 쓰기 위해 도서관에 갔다. 반 페이지쯤 써 내려가다가 허공을 바라봤다. 혁명을 공부하는 편이 혁명 속을 살아가는 것보다 훨씬 쉽다.

4월 13일 목요일

한밤중에 깜짝 놀라 잠이 깼다. 애디의 몸이 내 옆에 풀썩 떨어졌다. 내 가엾은 남친.

4월 14일 금요일

오늘 아침, 우리는 함께 네이선을 만나러 갔다. 침대에 앉아 있는 네이선은 좀 멍해 보이는 것만 빼면 원래 모습 그대로였다. 그렇지만 얼굴은 가관이었다. 얼굴 전체가 상처와 멍투성이다. 그날 일은 거의 기억을 못 했다.

네이선은 머리를 흔들었다. "한쪽에선 스킨헤드놈들, 다른 한쪽에선 짭새놈들이 우릴 향해 달려들던 것까진 생각이 나는데 그다음은 내가 이 침대에 누워 있는 것밖에 모르겠어. 오늘이 며칠인지도 몰라서 간호사랑 다른 환자들한테 물어봤어. 폭동이 났었어? 암것도 생각이 안 나."

4월 15일 토요일

이건, 뭐라는 거야?

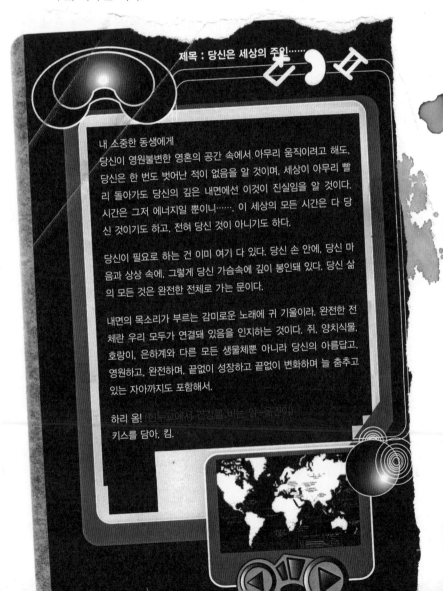

제목 : 당신은 세상의 주인……

내 소중한 동생에게

당신이 영원불변한 영혼의 공간 속에서, 아무리 움직이려고 해도, 당신은 한 번도 벗어난 적이 없음을 알 것이며, 세상이 아무리 빨리 돌아가도 당신의 깊은 내면에선 이것이 진실임을 알 것이다. 시간은 그저 에너지일 뿐이니……. 이 세상의 모든 시간은 다 당신 것이기도 하고, 전혀 당신 것이 아니기도 하다.

당신이 필요로 하는 건 이미 여기 다 있다. 당신 손 안에, 당신 마음과 상상 속에, 그렇게 당신 가슴속에 깊이 봉인돼 있다. 당신 삶의 모든 것은 완전한 전체로 가는 문이다.

내면의 목소리가 부르는 감미로운 노래에 귀 기울이라. 완전한 전체란 우리 모두가 연결돼 있음을 인지하는 것이다. 쥐, 양치식물, 호랑이, 은하계와 다른 모든 생물체뿐 아니라 당신의 아름답고, 영원하고, 완전하며, 끝없이 성장하고 끝없이 변화하며 늘 춤추고 있는 자아까지도 포함해서.

하리 옴! (힌두교에서 건강을 비는 말-옮긴이)
키스를 담아, 킴.

하지만 덕분에 엄청 웃었다. 진짜 많이. 몇 주 만에 첨으로.

4월 16일 일요일

우리 집에서 밴드가 모였다. 모두 조용히 앉아만 있기에 내가 심호흡을 하고 말을 꺼냈다. "그래서 앞으로 어떻게 해야 할까? 투어 공연은 날아갔지만, 아직 포기하긴 이르다고 생각해. 기획자랑 얘기를 다시해보면 어떨까?"

스테이시는 고개를 저었다. "좋아. 하지만 이제 일이 그리 간단하진 않아. 우리가 여기에서 얼마나 버틸 수 있을지도 모를 일이고."

내가 얼굴을 찌푸렸다. "그게 무슨 말이야?"

"여보세요, 어디 다녀오셨어요? 행진 경로와 브릭 레인에 있는 CCTV에 찍힌 학생들이 체포되기 시작했다고. 이 독스가 언제까지 안전할 거라고 생각해? 독스가 시위자들 피난처라는 걸 웬만한 사람은 다 알아. 너 여기서 쫓겨나면 이제 어떡할 건데?"

클레어가 팔짱을 꼈다.

"우리는 계속 전진, 투쟁할 뿐야. 이건 노골적인 억압이야. 우리는 그냥 이렇게……"

"아, 집어치워, 클레어!" 애디가 내뱉듯 말했다. "넌 시위를 위해 에인절스 공연 취소하는 것도 싫어했으면서 이제 와서 웬 미친 게릴라 행세야."

"난 더 이상은 너랑 밴드하기 싫어." 클레어가 애디를 쳐다보며 어찌나 조그맣게 말하는지 거의 못 알아들을 뻔했다.

애디가 끄덕였다. "좋아. 왜냐, 난 관둘 거니까." 애디는 기타 가방을 집어 들더니 주위를 한 번 둘러보지도 않고 나가 버렸다. 그러자 클레어도 마이크를 주머니에 쑤셔 넣고 쿵쾅거리며 나갔고, 나와 스테이시만 덩그러니 남겨져 바보천치처럼 앉아 있었다.

나는 베이스 앰프 옆으로 털썩 주저앉았다. "젠장, 이제 어떡해?"

스테이시는 드럼 스틱을 귓구멍에 꽂았다. "술에 취해야겠다. 쟤들은 만날 싸웠다가 화해하니까 거기에 휘말릴 필요는 절대 없어. 우리가 할 일은 맥주의 힘을 빌려 중립을 지키는 거야."

"이번엔 진짜 심각한 거면 어떡해?"

"그럼, 술로 우리 몸의 긴장을 완화시켜 놓고 충격을 감당하도록 하는 거야."

나는 스테이시를 쳐다봤다. "스테이시, 나 지금 장난 아냐……."

갑자기 샘의 목소리가 밑에서 들려왔다. "어이, 로라, 거기 있어? 한 잔 하러 갈래?"

스테이시의 웃음이 터졌다. "저게 신호야. 오, 하느님 감사합니다." 스테이시가 내 손목을 잡아끌었다. "얼른. 나도 걱정돼. 하지만 너희들은 늘 너무 감정적이야. 적당히 균형을 잡아 주는 게 내 역할이지."

15분 뒤, 우리는 스완에 있는 바에 서 있었다. 스테이시가 돌아서서 자기 병으로 내 병에 쨍하더니 갑자기 얼어붙은 채 속삭였다. "절대 돌아보지 마. 지금 네 뒤에 누가 서 있는지 넌 죽었다 깨나도 모를 거야."

내가 자리에서 들썩했다. "누군데?"

"꼼짝 마, 로라. 저기 문신한 남자애 말야. 야! 쳐다보지 마!"

나는 자연스럽게 돌아봤다. 초절정 꽃미남이 친구와 얘기하며 당구대에 기대서 있었다.

그 애가 하는 얘길 들으려고 나는 인상을 잔뜩 썼다.

"그래, 하얀색 나이키 모자, 추리닝, 에어맥스 90에 낙서만 했담 봐. 그케 함 넌 당장 작가처럼 보일 거고 짭새들은 그땅 거 다 알아."

나는 스테이시 옆구리를 찔렀다. "누군지 모르겠는데?"

갑자기 그 남자애가 우릴 쳐다봤다. "어이, 쌔미군! 마찌?"

스테이시는 샘을 향해 속삭였다. "너 '타이니 체인소우 인 더 더스트'의 미키를 알아?"

샘이 웃더니 우릴 앞으로 이끌었다. "그래, 미키. 그리고 얘들은 에인절스의 로라랑 스테이시야."

미키가 눈을 가늘게 떴다. "그러셔? 니들 평판 좋았는데, 투어 대빵 말이 공연하는 날에 쌩깠다고. 어케 된 거?"

스테이시가 우물쭈물했다. "왜냐하면 우린 모두 안티 UF 행진에 나갔거든."

미키가 휘파람을 불었다. "운동권! 하." 그러곤 코를 문댔다. "쎈데. 투어까지 날린 보람은 있었을라나."

스테이시가 미키의 코앞으로 불쑥 다가섰다. "그래, 있었어. 우린 혁명을 노래하고 혁명에 앞장서거든. 우리는 얼굴이나 반반해서 쓰레기 음악이나 하는 그런 천박하고 약해 빠진, 찌질이 짝퉁 펑크 밴드가 아니라고!"

기나긴 침묵. 그리고 그때 미키가 미소를 지었다. 길고 여유로운 미소였다. "그래, 이름이……?"

"두니 스테이시."

"스테이시! 알써. 너 맘에 든다. 내가 방법 좀 찾아볼게. 콜? 장담은 못 해, 얘긴 넣어 본다고." 그는 쌤에게 끄떡해 보였다. "언제 울 마당에 와서 그림 좀 끄적여 봐, 어?" 그러더니 친구들에게로 돌아갔다. "나만 개인적으로, 밤에 단타 공연 뛸 땐 머리에 검은 띠를 둘러. 하지만……," 그리고 경고하듯 손가락을 들어올렸다. "그게 한다 해도 너무 빤한 건 싫으니까 원래 하던 순서랑 무대 가벽은 바꾸지……. 글고 작은 쌩쥐처럼 파팍 튀어 올라서 내 꼴리는 대로 막 하는 거야."

나는 스테이시를 화장실로 끌고 갔다. "방금 너 어떻게 된 거야?"

스테이시도 놀란 얼굴로 고개를 흔들었다. "몰라. 아무래도 잠깐 혁명 정신에 꽂혔었나 봐. 지금은 완전 후들거려."

"나가서 신선한 공기라도 좀 쐴래?"

"아니, 술 마실 거야." 그러더니 나를 밀쳤다. "신선한 공기? 너 대체 왜 그래?"

애디에게 전활 걸었지만, 대꾸가 없다. 바보.

4월 19일 수요일

오늘 내무성이 경찰에게 시위자들을 처리하기 위한 전면적인 비상 조치권을 부여했다. 심지어 그날 시위에 참가했던 모든 학생들의 탄소 카드를 정지시키는 방안도 논의되고 있다. 상황이 안 좋다. 아무래도 당분간 독스를 떠나 있어야 할 것 같다. 정말이지 여긴 너무 격렬하다. 애디에게 문자를 보내 상황이 좀 진정될 때까지 그쪽에 가서 같이 지내도 되겠냐고 물었다. 내가 필요로 할 때 그 애는 어디에 있는 걸까? 아, 정말 집으로 돌아가긴 싫다. 좋은 점 딱 한 가지는 다음주에는 부활절 휴일이 있으니 적어도 휴일 깜짝 방문으로 위장할 수 있다는 거다. 하! 머리가 녹슬진 않았군.

4월 22일 토요일

도저히 믿을 수가 없다. 애디가 아침 일찍 우리 집에 나타나 급습이 시작될 거라고 소리치며 문을 두드려 댔다. 하지만 우리가 피할 새도 없이 사이렌 소리와 경고음이 창공을 갈랐다. 우린 둘 다 창문으로 달려갔다. 무장한 진압 차량에서 경찰들이 쏟아져 나와 이미 맞은편 건물과 엑셀 센터 안으로 밀려들고 있었다. 건너편 3층 복도에서 쿵 하는 소리가 들려왔다. 올려다보니 조끼를 입은 경찰 한 조가 어느 문 앞에 몰려가 있었다.

"젠장, 그웬 선생님 집이야!"

총을 든 경찰 5명이 곁에 지켜선 가운데 경찰 두어 명이 톱으로 철문을 자르기 시작했다.

복도에는 귀를 찢을 듯한 금속성 소리가 메아리쳤다.

애디가 재빨리 문 쪽으로 갔다.

"어디 가?" 내가 소리쳤다.

"뭐라도 해 봐야지. 그냥 이러고 있을 순 없어."

나는 애디를 붙잡았다. "그래서 뭘 할 건데, 애디? 경찰이 사람들을 발로 걷어차잖아." 애디가 팔을 풀었지만, 내가 더 세게 잡았다. "어떻게 하고 싶은데, 네이선처럼 두드려 맞고 싶어? 그렇게 해서 얻는 게 뭔데?"

"나는 겁쟁이가 아니야."

"그거 증명하겠다고 이러는 거야?"

긴장감이 흘렀고, 나는 내가 이겼음을 알았다. 애디는 창문 옆에 털썩 주저앉았다.

그때쯤 경찰은 그웬 선생님 집 문을 뜯어냈다. 비명 소리와 고함 소리가 안에서 들려오더니 선생님이 끌려나와 벽 앞에 밀어붙여졌다. 등 뒤로한 팔에는 수갑이 채워졌고, 차디찬 콘크리트를 맨발로 밟고 있었다. 그동안 경찰들은 복도를 따라가며 가구, 그림, 옷가지 등 손에 잡히는 것들은 죄다 창밖으로 내던졌다. 얼마 지나지 않아 경찰은 독스 주민들 한 무더기를 한 줄로 세워놓은 뒤, 그들을 모두 경찰 밴에 태웠다. 우리는 엑셀 센터에서 일어나는 소리를 들을 수는 있었지만, 무슨 일이 일어나는지 볼 수는 없었다. 나는 그대로 앉아 우리 복도에서도 군화 소리가 들려올 거라 각오하고 있었다.

그때 클레어한테서 전화가 왔다. "아이고 하느님……. 로라, 경찰이 독스 미디어 센터를 다 뒤집어 놨어……."

"넌 안전한 거야? 난 네가 거기서 자고 있는 줄 알았어."

"아냐, 난 어쩌다 보니 타노네에 가 있었어. 어휴……." 클레어의 목소리가 갈라졌다. "그 안에 수백 명이 숨어 있었단 말야. 너는 괜찮아?"

"응. 우리 블록이 왜 안 당했는진 모르겠는데, 시간문제일 거야. 애디가 나랑 있어. 여길 떠야 할 것 같아."

"타노는 그냥 숨죽이고 있으래……. 뉴스 헬기가 떴기 때문에 경찰들이 곧 접을 거라네."

"확실해?"

"응. 유튜브에 주연으로 생중계될 생각이라면 몰라도. 안전해질 때까지 기다렸다 움직여. 근데 갈 데는 있어?"

나는 한숨을 내쉬었다. "애빙턴."

"젠장."

"내 말이. 넌?"

"몰라 아직. 부모님한테 안 가는 건 확실해. 거의 나랑 인연을 끊으셨어. 여기 어딘가에 숨을 데를 찾아봐야지."

"괜찮겠어? 나랑 같이 가도 괜찮아, 알지?"

"그냥 도망칠 순 없어……. 여기 돌아가는 꼬라지를 봐."

나는 셋까지 셌다. 삶과 죽음이 갈리는 상황에서조차 클레어는 내 속을 뒤집어 놓는 기술이 있다.

"끊어야겠어. 전화해서 어디에 있는지 알려 줘, 알았지?"

나는 전화를 끊고 애디를 봤다. "내가 가방 챙길 때까지 기다렸다가 좀 안전해지면 키란 집으로 가자."

애디가 나를 쳐다봤다. "로라, 나……. 아니…… 나 너랑 못 갈 것 같아."

"무슨 소리야?"

애디는 내 손을 잡으려고 했다. "이제 더 이상은 이렇게 못 살겠어. 현실은 이 꼴인데……. 나만 학교에서, 밴드에서…… 노닥거리고 있는 느낌이야."

"뭐야, 애디, '2' 때문에 이런 개 같은 소리를 하는 거야? 네이선 일 후로, 난 완전히 물러나서 네 맘대로 하게 해 줬지. 이젠 나한테 솔직히 말해 줘. 너 그 일당이랑 한통속이야?"

애디는 주먹을 꼭 쥐었다. "내가 전에 말했지? 일이 좀 복잡하다고."

"네가 전혀 딴 사람인 것처럼 느껴져."

"난 똑같아, 애디야. 어떤 단체에도 속해 있지 않아. 그냥 이대로는 있을 수 없다는 걸 알 뿐이야. 난 떠나야 해……. 생각을 정리해야겠어."

"어디로 떠나? 난 어떡하고?"

애디가 벌떡 일어났다. "그건……. 나도 몰라, 로라. 가혹하게 들리겠지만, 내가 널 사랑한다는 건 믿어 줘야 해."

"웃기지 마, 사랑한다면서 떠날 거라고? 나 예전에도 이런 일 당했어. 애디, 기억 안 나?"

애디가 내 어깨를 잡았다. "아냐. 네 전 남자친구 래비랑 날 비교하면 안 돼. 난 그냥 약간의 시간과 나만의 공간이 좀 필요할 뿐이야, 제발."

나는 애디를 가만히 봤다. 눈물이 그 애의 두 뺨을 타고 흘렀다. 갑자기 나는 아무 느낌도 들지 않았다. 그냥 무감각해졌다. 나는 손을 뻗어 애디의 손을 잡았다.

"알았어. 이해해. 너 필요한 만큼 시간 보내."

"정말?" 애디는 주먹으로 눈가를 훔쳤다. "그러니까, 난 아직 결정한 건 아냐······. 아직도 고민하고 있는 중야."

"괜찮아, 진짜로. 난 부모님한테 가 있을게. 네 생각이 다 정리되면 그때 나한테 와, 그때 얘기하자."

4월 23일 일요일

지금은 자정이고 나는 애빙던에 있는 내 방 침대에 앉아 있다. 모두가 천사 키란과 그의 운명의 스쿠터 덕분이다. 나는 이 무감각함을 떨칠 수가 없다. 정치든, 시위든, 싸움이든 내겐 다 아무 상관없다. 난 잠이나 퍼질러 잘 거다.

4월 26일 수요일

사흘 내내 잠만 잤다. 오늘 오후에 드디어 깨어나 보니 키란이 내 침대 끝에 걸터앉아 신문을 읽고 있었다.

나는 눈의 초점을 모아 천천히 키란을 보았다. "아저씨, 아직도 여기 있었어요?"

키란이 내게 시선을 옮겼다. "오, 드디어 깬 거야?"

"지금 며씨······? 자미 안 깨."

"오후 4시." 키란은 신문지 앞면을 들어 올렸다. "근데 이것 좀 봐······. 런던에서는 학생들이 갇히고, 얻어맞고, 위협당하는데, 여기선 별일 안 일어난다고 생각하고 있다?"

정신들 차려!

학교들이 이 지역 안에서 '용납 불가한 해괴한 옷차림'을 단속하기 시작했다. 월요일에 열린 기자회견에서는 이렇게 밝혔다. "의복에 관한 규칙은 다음과 같다. 셔츠는 바지 안에 집어넣고, 바지는 허리 밑으로 내려 입지 않으며, 장신구나 화장을 하지 않는다." 교장 마틴 스튜어트는 이렇게 덧붙였다. "학생들이 한계선을 계속 넘어서는 데 대한 염려가 크다. 최근 3월에 일어난 학교 폭동을 겪으며, 거친 행동, 규율을 벗어난 행동이 더 이상 통제 불능 상태가 되기 전에 단속하는 것 말고는 다른 선택이 없음을 절감하게 됐다.

아직까지는 학생들에게선 별다른 반응이 없지만, 어니스트 브룸필드와 아미나 리온이 작정한 대로 움직이기 시작하면 상황은 달라질 것이다. 이들은 겨우 3일 만에 학교 측 계획에 저항하는 새로운 저항 캠프, '정신 말짱해'를 구성했다.

아미나 리온은 이렇게 말했다. "너무나 처절한 발상이다. 런던에서 일어나고 있는 일에 잔뜩 겁먹고 우리를 통제하려 드는 게 뻔하다. 복제품처럼 옷을 입힌다고 뭐가 달라지겠는가."

글/카렌 미치슨

나는 신문을 보려고 눈을 찡그렸다. "'정신 말짱해'라고요? 그거 맘에 드는데."

키란은 캠핑카 광고를 가리켰다. "난 이 캠핑카 광고가 맘에 안 들어. 이게 우리의 현실을 말해 주는 거야. 우리는 과거로 돌진하고 있어. 곧 60년대, 50년대, 40년대로 가겠지……. 머지않아 짐승 가죽을 걸치고 다녀야 할걸."

"40년대에서 갑자기 고인돌 가족으로? 너무 멀리 간 거 아녜요?"

키란이 한숨을 쉬었다. "40년대는 제1차 세계대전이 일어났지. 만약 우리도……."

"그만해요." 나는 이불을 목까지 당겼다. "배급 제도를 시작하면 언제나 흉흉해지는 법이에요."

"하지만 이 정도로? 난 그런 UF 행진 같은 건 한 번도 본 적이 없어. 이젠 런던에 더 머물고 싶단 생각도 안 들어. 앞이 너무 캄캄해."

"그럼 어디 갈 데나 있어요?"

"뉴욕으로 와서 카본 데이팅을 시작해 보라는 제의를 받았어. 지금 거기선 배급제를 안 하니까 똑같은 사업은 아닐 테지만……."

나는 힘들게 몸을 일으켰다. "뉴욕? 정말? 거기까지 갈 수나 있어요?"

"화물선 타고."

"그런 걸 탄다고요? 아저씨가?"

키란은 신문지를 접었다. "꼬마 아가씨, 너 말투가 맘에 안 들어. 난 계집애 같은 연약한 남자가 아니라고. 나도 험한 데서 구를 수 있어. 어쨌든, 줄리아가 나를 믿고 있고. 걔가 사전 조사도 다 해 줬다고."

"그랬겠죠. 대서양 한복판쯤 갔을 때 그 여자가 아저씨 짐 가방에서 나올지도 모르니까 조심하는 게 좋을 거예요."

애디가 다음주 주말에 온다는 메일을 보내 왔다. 문자 보관함에 애디 이름이 있는 걸 보고 심장이 다 뜨거워졌다. 나쁜 놈.

4월 27일 목요일

저녁때 아래층으로 내려가서 띵한 상태로 저녁 식사를 하며 부모님과 대면했다. 부모님은 나를 어디 아픈 사람 취급하시는데 아직 덤벼들진 않고 계신다. 나쁠 건 없다 뭐. 라디오 뉴스가 흘러나오고 있었는데, 온통 시위에 참가한 학생들의 학자금 대출을 막겠다는 얘기뿐이었다. 엄마가 눈썹을 추켜 올렸고 아빠는 클래식 FM으로 채널을 돌려버렸다.

자정에 클레어에게서 문자를 받았다.

4월 28일 금요일

감정적으로 완전 최악의 날.

키란이 아침 일찍 떠났다. 먼저 런던으로 갔다가 집이 나가는 대로 뉴욕으로 간단다. 나는 키란이 재킷을 입을 때부터 훌쩍거리기 시작했다. "뭐야, 진짜로 가서 표도 직접 사 온 거예요?"

"'승선권'을 예약했단다, 애야. 정말 멋질 거야."

엄마도 감정을 드러내기 시작했다. "넌 이민자 신세가 될 거야! 그 배에 탔다가는 다시는 돌아오지 못할 거라고. 정말 참을 수가 없어. 첨엔 킴이 가더니 이젠 너까지."

"아이고, 좀 가게 내버려 둬. 겨우 8일 여행하는 거 아냐." 아빠가 짜증을 내더니 엄청 떨리는 소프라노 목소리로 매우 남자다운 척했다. "행운을 빈다, 이 녀석." 그러고는 얼굴이 시뻘게져서 돌아섰다.

나는 라킨의 우리로 가서 모든 걸 일러버렸다. 라킨은 기막혀 하며 씹던 감자 반쪽을 뱉어 냈다. 마치 '그간의 일들을 모두 함께 겪고 혼자 간다고?'라고 말하는 것 같았다. 키란은 이제 우리 식구 같다.

4월 29일 토요일

우연히 아빠가 마당 한가운데서 멍한 눈으로 허공을 응시하는 모습을 봤다. 마치 벼랑 끝에 선 남자 같았다.

내가 그쪽으로 철벅철벅 걸어갔다. "뭐 하세요?"

아빠는 어색한 웃음을 지었다. "응? 아, 아무것도."

"아빠, 뭔데……?"

"유후!" 엄마가 안방 창문을 열어젖혔다. "이거 어때? 저수지 시위에 쓸 거야." 엄마는 '우리 물에서 손 떼'라고 쓴 깃발을 흔들어 보였다.

아빠가 한숨을 쉬었다. "놀라지 마시라. 네 엄마가 또 급진파가 되셨다."

"아빠, 정말 괜찮은 거예요?"

아빠는 팔을 쭉 뻗었다. "그럼, 그럼. 아주 좋아. 맞다, 저쪽 우리도 청소해야 하는데."

나는 주위를 돌아보다가 갑자기 뭔가 달라진 것을 깨달았다. 라킨하고 저 끝에 있는 몇 마리를 빼고는 돼지가 다 없어진 거다. "돼지들이 다 어디로 갔어요?"

"아, 거의 다 팔았지."

"돼지기름 사업이 잘 안 됐어요?"

아빠가 고개를 저었다. "응, 썩 좋진 않았어. 그렇지 뭐." 아빠는 성큼 성큼 걸어 나가다가 갑자기 멈춰 서더니 주머니에서 봉투 하나를 꺼냈다. "아, 깜빡했네. 오늘 아침에 이게 네 앞으로 왔더라."

내가 봉투를 뜯는 동안 아빠가 지켜봤다. "뭐 심각한 건 아니지?"

나는 쭉 읽어 보고 얼른 접어 넣었다. "그럼요, 그냥 도서관 연체료 내라고."

아빠가 웃었다. "그럼, 엄마 눈에 띄지 않도록 해라. 책 늦게 반납하는 꼴은 못 보잖니."

"그럴게요."

아빠가 흙먼지를 헤치고 저벅저벅 걸어가는 걸 지켜보고 난 뒤, 편지를 다시 펴 봤다.

소 환 장

Dept of CO2 Reasoning

rebuilding london

2017년 4월 1일 공공장소 소란 죄
런던 E1, 해크니 자치구, 쇼디치 가
CCTV 판독 결과

런던 경찰청

원고

로라 브라운
OX13 6RS
스티븐톤 마을
애쉬그로브 농장

피고

런던 경찰청장 귀하

상기 피고인을 소환하기 위해서는 소장 송달 익일부터 20일 이내에 피고가
원고의 변호인, 던&맥킨지 에스콰이어에 소장에 관한 답변서를 제출하도록 한다.

소환장과 고소장의 사본을 피고에게 발송하도록 한다.

상기 피고인 귀하

고소장에 대한 답변서를 송달 20일 이내에 상기 기명된 원고의 변호사에게
제출하지 않을 시에는 귀하가 참석하지 않은 상태로 결석 재판을 집행한다.

이런 젠장.

4월 30일 일요일

런던에서 일이 어떻게 돌아가고 있는지 알아보려고 클레어와 스테이시에게 전화를 걸었지만 둘 다 받지 않았다. 절대 겁먹지 말아야지. 정부는 그냥 우리를 겁주려고 하는 것뿐이다. 내가 시위에 참여했다는 거랑 독스에 불법 거주했다는 증거도 없잖아? 있다고 해도 내 뒤통수도 제대로 안 보이는 허접한 영상뿐일 거다.

최악의 시나리오를 그려 봤다. 만약 내 대출금과 계좌를 막아 버리는 사태가 발생하면 부모님께 여름학기까지만 도와달라고 부탁하면 된다. 몇 달만 버티면 끝날 거다.

May

5월 1일 월요일

엄마와 함께한 어처구니없는, 정신 나간 하루.

아침에 눈꺼풀을 들어올려 보니 엄마가 내 머리 위로 말린 생선들이 걸린 긴 줄을 벽에 고정시키고 있었다.

나는 눈을 깜빡였다. "이게 다 뭐예요?"

"옹 와으를 위항 댕던 두이."

"잉?"

엄마는 물고 있던 마지막 빨래집게를 입에서 꺼냈다. "온 마을을 위한 생선 구이." 이렇게 말해도 못 알아듣는 건 마찬가지다. 엄마는 바싹 말린 생선 머리를 줄에 쫙 펴 놓았다. "그건 그렇고, 자 빨리빨리 움직여. 그 정도면 충분히 빈둥댔어. 오늘은 일 좀 해야지."

"별로 내키지 않는데요."

엄마가 이불을 홱 젖혔다. "나를 도와 일을 하든지 아니면 메이폴 (5월제에 꽃등으로 장식한 기념 기둥으로 사람들이 그 주위를 돌며 춤춘다.-옮긴이) 댄싱 그룹의 봄맞이에 참여하든지 둘 중 하나 선택해!"

"어휴."

엄마가 씩 웃었다. "그럼 5분 내로 내려와!"

엄마가 미끄러지듯 방에서 나갔다. 나도 최대한 긍정적으로 생각하려고 애쓰며 활기차게 내려갔지만, 아래층에서 내가 본 건 케이블 TV의 요리 프로그램 세트장 비슷한 거였다. 엄만 책에서 눈을 떼고 말했다. "기본적인 순서만 따라가면 생선을 훈제하는 건 아주 쉬워! 훈제 구이 기계, 연료, 그리고 생선 몇 마리만 있으면 준비 끝!" 엄마는 표를 들여다봤다. "몇 달간 계속 불로만 훈제해 봤지만, 오늘은 좀 새로운 방식으로 할 거야. 예전에 쓰던 냉장고를 이용해서 냉기 훈제에 도전할 거야. 여기엔 이렇게 나와 있어. '요리 시간: 4~6시간, 난이도: 보통'. 흠, 문제없어."

나는 발로 냉장고를 툭 쳤다. "이거 들인 지 얼마 안 됐잖아요."

"그래, 하지만 아빠가 그 빌어먹을 말하는 냉장고로 바꿔 놨어."

"잉?"

엄마가 손을 내저었다. "뭐, 진짜 말을 한다는 건 아니고, 냉장고가 비면 우리 대신 온라인으로 주문을 넣어 주는 기능이 있어."

"농담 아니고?"

"그렇다니까. 장보러 마트까지 가는 건 이제 옛날 얘기지. 냉장고가 온라인으로 거의 모든 주문을 넣는다니까. 에너지 효율이 아주 높긴 한데, 사실 이건 아빠가 날 일에서 제외시키는 또 다른 방법일 뿐이야. 그건 그렇고, 이제 시작해 볼까요?"

조리대 위에 늘어놓은 비늘로 뒤덮인 생선들에서 사방으로 피가 배어 나오고 있었다. 엄마는 가위를 들고 지느러미를 잘라 내기 시작했다. "얘, 저장용 소금물 좀 만들어 볼래?" 그러더니 벽에 붙여 놓은 표를 향해 돌아섰다. "물 한 컵에 소금 두 큰술 넣고 만들어……. 생선 1파운드당 소금물 1쿼트야."

내가 엄마를 빤히 봤다. "엄마, 나 로라예요. 저장용 소금물이니 쿼트니 그런 거 모른다고."

"그냥 소금물이야……. 생선 2분의 1인치당 20분씩. 아주 간단해." 엄마는 그릇을 향해 고개를 끄덕이고는 미소를 지었다. 나는 저 미소를 잘 아는데, 아주 위험한 징조다. 나는 소금을 집었다.

한 10분쯤 지났을까, 나의 미니어처 염전에서 눈을 들어 보니 옛날 냉장고에서 불꽃이 일고 가물거리는 게 보였다. "엄마 지금 장난해? 지금 여기서 거기다 불을 붙이겠단 거예요?"

엄마는 입술을 샐쭉했다. "뭐, 책에는 아주 안전하다고 나와 있고, 플라스틱으로 된 부분을 다 꺼냈는지도 두 번이나 확인했어. 자, 이 튜브만 연결하면……. 그렇지, 봐! 연기가 나잖아!"

나는 원래 양상추가 있던 자리에서 연기가 올라오는 것을 섬뜩한 느낌으로 바라봤다.

그리고 우린 그렇게 즐거운 생산 라인에 서 있었다. 나는 소금을 치고 생선을 철판에 올리는 일을 했고, 엄마는 그걸 받아 불타는 냉장고에 집어넣었다.

내 눈은 철판들을 계속 쫓았다. "도대체 이것들이 다 어디서 났어요?"

엄마가 날 곁눈질 하면서 말했다. "그야, 이 몸이 바로 저수지 수호회의 지역 코디네이터시거든……."

나는 웃음을 터뜨렸다. "엄만 완전 깡패야."

"그래도 누군가는 나서서 이 지역 물을 지키고 그 물을 우리가 쓸 수 있도록 싸워야 하니까. 템스 워터 사에서는 거대한 저수지 하나를 이미 만들어 확보했고 이제는 두 번째 걸 만들 계획이래. 우리를 뭐 런던이 목마를 때마다 물을 대령하는 커다란 물컵 정도로 생각하는 거지." 엄마는 한 쪽 눈썹을 추켜올렸다. "어쨌거나, 엄만 약간 로빈 후드가 된 느낌이야. 부자들로부터 빼앗아서 가난한 자에게 주는 거지……." 엄마는 온도 다이얼을 맞췄다. "됐어, 이렇게 하면 70도 정도로 계속 유지될 테니까 우린 잠깐 떠나 있어도 돼."

"그럼 이제 나도 침대로 가도 된다는 뜻이죠?"

엄마는 한숨을 쉬었다. "맘대로 해, 누가 못 돼먹은 십 대 아니랄까봐."

나는 침대에 다시 누웠고, 잠에 빠져들기 시작했다……. 그런데 꿈속에서 이상한 소음이 들렸다. 울부짖는 소리, 사이렌 소리……. 누군가가 날 마구 흔들었다. "로라, 나가야 해. 당장 일어나!"

잠깐 동안 여기가 어딘지 알 수가 없었다. 집인지, 독스인지, 시위 중인지……. 그러다가 벌떡 일어나 기름내 나는 독한 연기가 뿌옇게 찬 층계를 따라 아래층으로 내려갔다. 마당으로 내려가 소방관들이 북적대는 부엌을 보고 나서야 무슨 상황인지 알 수 있었다. 아래층 냉장고에 불을 붙여 놓고 어떻게 잠을 잘 생각을 했지?

소방관들은 금방 떠났다. 큰불은 아니었지만 냄새가 어찌나 지독한지 우리 집이 마치 불탄 생선 내장으로 지은 집 같았다. 엄마한테로 갔다. 엄마는 두 손으로 머릴 움켜쥐고 담벼락에 앉아 있었다. "아, 아빠가 불쌍해서 어쩌니. 난 그냥 돈을 좀 벌어 보려고 한 것뿐인데. 아빠가 알면 죽고 싶을 거야."

나는 한 팔로 엄마 어깨를 감쌌다. "아유, 됐어, 너무 오버하지 말아요. 지난 몇 년간 비슷한 사고를 계속 쳤으면서 그래."

엄마는 모아 쥐고 있던 두 손으로 머리를 파묻었다. "아냐, 이번엔 달라……."

"뭐가요?"

"안 돼."

"엄마, 말 안 하면 저 냉장고에 다시 불을 지펴서 엄마를 냉기 훈제 시켜 버릴 거예요."

엄마는 두 손을 들었다. "알았어, 그래. 아빠는……. 우리는…… 파산 했어!"

나는 엄마를 빤히 봤다. 대학도, 런던도, 밴드도 다 날아갔다.

엄마가 희미한 미소를 지었다. "돼지 때문에 그랬어. 그 망할 놈의 돼지 들이 결국엔 우릴 요 꼴로 만들었다고. 돼지 콜레라로 일주일에 50마리 가 죽어 나갔어. 라킨이 살아남은 게 천만 다행이지, 안 그랬음 아빠는 무너졌을 거야. 돼지가 거의 하나도 없다는 거 눈치 못 챘니?"

"그게, 좀 그런 것 같긴 했는데." 나는 얼버무렸다. "이제 어떻게 할 거 예요?"

"모르겠어. 이 상황을 이겨 내고 아빠가 제대로 된 직장을 잡아야겠 지."

"뭘 해요? 일자리가 있기나 한 줄 알아요? 엄마, 왜 나한테 말 안 했 어요?"

"걱정시키기 싫었어……. 극복할 수 있어, 아빠가 인버네스에서 하는 풍력 기술자 재교육 계획에 이름을 올려놓으셨어."

"스코틀랜드요? 여기서 거기까지 100만 년은 걸릴 걸요?"

엄마는 어깨를 으쓱했다. "하지만 일자리가 거기에 있으니 어떡해. 서 쪽 해안을 따라 풍력, 파력 발전소가 건설되고 있어. 선택의 여지가 없 지 않겠어? 그리고…… 영원히 거기 살아야 하는 것도 아니고." 엄마는 바지를 추어올리더니 낙천적인 목소리로 말했다. "괜찮아, 로라. 우린 괜찮을 거야. 우리가 거래하는 은행이 국영화 했다니까 법적으로 따지면 은행이 담보권을 실행하기 전에 우리에게 먼저 6개월의 시간을 줘야 해. 그때까진 방법이 생길 거야."

나는 심한 죄책감에 잠을 못 이루고 있다. 나는 완전 지독히 이기적인 십 대의 전형이었다. 엄마 얘기를 듣고 난 내 생각만 했다. 지금 다시 과거로 돌아간다면, 입에 풀칠하기 위해서 남의 집 굴뚝이라도 청소할 거다.

이제는 소환장에 대해선 부모님께 입도 뻥끗 못하게 됐다. 그쪽 상황이 어떻게 돌아가는지 어차피 알지도 못한다.

5월 2일 화요일

아침 밥상에서 엄마 아빠께 학교를 그만두고 일자리를 구해서 두 분을 돕겠다고 말했다. 아빠는 콘프레이크 숟가락을 만지작거리다가 갑자기 벌떡 일어나 웅얼거렸다. "내 눈에 흙 들어가기 전엔 안 돼. 난…… 우린 절대로……. 사랑한다, 로라!" 그러더니 눈물을 왈칵 쏟으시고는 밖으로 나가 버리셨다. 엄마는 삼각 토스트를 부여잡고 그냥 그대로 앉아 있었다. 내가 엄마 말문을 막아 버리는 데 성공한 건 처음이다.

진심이긴 했지만, 내가 무슨 다이애나 황태자비 흉내를 내는 건 아니다. 어쨌거나 학교에서 잘릴 가능성이 높으니까 그럴 바엔 여기 있는 게 차라리 낫다. 잠깐, 내가 지금 무슨 소릴 하는 거야? 젠장, 젠장, 여기에 처박혀서 생선이나 굽고 있을 순 없어. 하지만 이런 상황에서 자식들은 다 그래 왔잖아. 안 돼! 으으! 친구들한테 문자를 100만 개쯤 보냈지만 아무도 답이 없다. 어쩌면 몽땅 잡혀갔는지도 몰라. 어떻게 하지?

5월 3일 수요일

마당을 서성이고 있는데 부엌에서 엄마가 깍깍거리는 소리가 들려왔다. 그러곤 뒷문이 열리더니 클레어 코너가 나타났다.

클레어는 두 팔을 활짝 벌렸다. "아……. 로라, 거길 떠야만 했어. 초절정 강경태세로 나오고 있거든."

나는 바짝 얼었다. "너도 소환장 받았어?"

"이봐 친구, 런던의 학생들은 전부 다 받았다고 보면 된다."

"하지만 누가 무슨 짓을 했는지 어떻게 안대?"

"알긴 뭘 알아. 그냥 죄다 법정에 불러서 신분증이랑 CCTV, 그리고 경찰이 촬영한 동영상을 보고 가려내려는 거야. 시내 여기저기에 카메라가 얼마나 많이 숨어 있는지 상상도 못 해. 어쨌든, 독스 미디어 센터는 폐쇄됐고, 불법 거주지도 다 털렸고……. 우리 부모님은 내 전화 받지도 않아……. 나…… 난 아빠랑 엄마가 정말 미워."

갑자기 클레어의 얼굴이 일그러졌다. "여기 말고는 갈 데가 아무 데도 생각이 안 났어……. 나 여기 있어도 되니?"

"어휴, 당연하지."

나는 풀밭에 앉아 클레어가 흐느끼는 걸 쳐다보고만 있었다. 어쩌다가 이렇게 엉망이 되었는지?

클레어와 나는 새벽까지 쌓인 얘길 하면서 앞으로 어떻게 할 건지 확실한 계획도 세웠다. 법정 소환에는 절대로 응할 수 없다는 결론을 내렸다. 우리가 시위하는 모습은 분명히 눈에 띄었을 거고, 영상 판독을 하면 그게 우린 줄 알아보고 탄소 카드를 정지시켜 버릴 게 뻔하기 때문이다. 하지만 소환에 불응하면 올해만 학교에 작별을 고하면 그만이다. 타격이 좀 크긴 하지만 그 길만이 말썽을 피할 수 있는 확실한 방법이다. 9월까지 기다렸다가 복학을 하고 경찰이 우릴 쫓아오지 않기만 바라는 수밖에. 모두에게 소환장을 보내긴 했어도, 런던에 있는 학생들 하나하날 다 쫓아다닐 순 없을 테니까.

나는 한숨을 쉬었다. "근데 부모님한테 이게 먹힐지가 문제다."

클레어가 웃었다. "그치, 근데 너한테 말 안 한 게 있어. 우리 인생에도 좋은 일이 하나 있어. 어제 스테이시한테서 들었는데, 스테이시가 타이니 체인소우의 미키를 쫓아다녔잖아. 미키가 스테이시에게 전화해서 투어가 연기되는 바람에 6월에 오디션을 보게 됐다면서 하고 싶으면 참가하랬대."

"뻥이지? 왜 여태 말 안했어? 근데 애디는 어떡하지? 걘 그만뒀잖아. 하긴, 너도 그만뒀지."

클레어는 앞머리를 긁적였다. "잘 풀면 되지. 언제나 그랬잖아. 애디는 언제 온대?"

"이랬다저랬다 해. 원래는 이번 주말에 온다고 했는데, 무슨 시위 때문에 며칠 더 미뤘어."

"너희 사이에 대체 뭔 일이 있는 거야?"

나는 어깨를 으쓱했다. "나도 알았으면 좋겠다. 애디는 고민할 게 좀 있는 것 같고, 난…… 모르겠어." 나는 볼을 부풀렸다. "몰라. 애디가 여기 오면 얘길 좀 해 봐야겠지."

"괜찮은 거지, 그치?"

"그럼. 너랑 애디 사이랑 비슷하다고 생각하면 돼. 결국은 해결되거든."

요즘 내 거짓말이 신의 경지에 오른 것 같다.

5월 4일 목요일

아침에 엄마한테 학교로 돌아가기 싫다고 말해 버렸다. 프랑스에서 밴드 공연하는 이미지를 아름답게 그려 보이며 동시에 런던에 돌아가는 게 두렵다는 구실을 곁들였다.

엄마가 미간을 찡그렸다. "너 무슨 일 있니? 원래 넌 뭘 무서워하는 성격은 아니잖아."

나는 고개를 저었다. "지금 당장은 안전하지 않다고 생각하는 것뿐이에요. 아시잖아요, 폭동에, 경찰에……."

"너 무슨 말썽에 휘말린 건 아니지?"

나는 목소리가 뒤집어지지 않도록 안간힘을 썼다. "당연히 아니죠. 말씀드렸잖아요, 엄마." 말이 막 쏟아져 나오려고 했지만, 괜히 말도 안 되는 소리를 떠드는 것보단 침묵이 낫다는 것을 되새기며 나는 기를 쓰고 입을 다물었다.

엄마는 손가락으로 조리대 위를 톡톡 두드렸다. "그래서, 만약 학교를 쉬게 되면 유럽 투어는 확실히 갈 수 있는 거야?"

"오디션만 합격하면요."

"그래서, 자신 있어?"

두려움이 내 속에서 확 일었지만 지금은 그걸 내비칠 타이밍이 아녔다. 나는 초원에서 풀이나 뜯는 양 뻔뻔치게 느긋해야 했다. 내 안의 적을 물리쳐야 하리. "그럼요, 엄마. 정말 좋은 기회고요, 에인절스를 성공시키려면 이런 기회들을 잡아야 해요. 오디션이 6월이니까 여기서 연습하면서 파트타임으로 돈을 벌게요."

"좋아."

나는 팔짝 뛰었다. "정말요?"

엄마가 손을 내밀었다. "두 가지 조건이 있어. 첫째, 9월에 복학할 것. 둘째, 할 거면 진짜 제대로 해. 대충 농땡이나 피우면 안 돼."

"진짜죠?" 나는 숨을 깊이 들이마셨다. "하지만 엄마, 여기 남겠다고 했던 건 진심이었어요. 엄마 아빠가 저를 정말로 필요로 하시면 밴드는 다음으로 미룰게요."

엄마가 내 손을 토닥였다. "너랑 킴 모두 이제 성인이고 네가 좋아하니 엄마도 기뻐. 어디 끝내주게 한번 해 봐, 로라 에멀린 브라운."

마음이 아파 눈을 질끈 감아 버렸다. 저런 얘길 꼭 하셔야 하나? 어쨌든 이제 급선무는 일거릴 찾는 거다. 연습은 다음주에 애디랑 스테이시가 오면 시작하면 된다.

5월 5일 금요일

흠. 쉽지 않군. 일자리 찾기 첫째 날, 아무것도 못 건졌다. 예전엔 아

무도 하려고 들지 않아서 폴란드 사람들한테 떠맡겨지던 감자 캐는 일
도 서로 하겠다고 난리다. 너무 절박한 나머지 도우미 사이트까지 뒤
져 봤다. "좋아, 이건 어때?"

여행/여행사 직원/해외 일자리 도우미

도우미

게시일: 2017. 5.5.

토스카나에 있는 아름다운 집과 수영장, 테니스 코트에서 올 여름을 함께 보낼
분으로, 테니스를 칠 줄 알고 요리를 할 수 있는 열정적인 분을 구합니다. 국제
면허 소지 필수입니다.
장보기, 요리, 청소, 그리고 아이들과 테니스 치는 일을 해 주시면 됩니다.
우리 식구들은 까다로운 사람들이 아니고, 그저 함께 잘 지낼 분을 찾고 있습
니다. 아이들은 17세, 15세, 13세이므로 아기는 아니죠!
주 300유로

엄마가 들어와 내 어깨 너머로 들여다봤다.

"로라 어머니, 어떻게 생각하세요?" 클레어가 물었다.

"그냥 줄리아라고 부르라니깐." 엄마는 화면을 훑어보면서 말했다.
"이런, 이렇게 사는 사람들이 있다는 걸 잊고 있었어. 뭐, 여름 내내 노
예처럼 일하고도 중산층 사모님의 생색까지 다 받아줄 생각이 있음,
한번 지원해 봐."

클레어가 씩 웃었다. "줄리아 아줌만 정말 쿨하시네요. 울 엄마도 아
줌마처럼 좀 쿨하셨으면."

헐.

5월 6일 토요일

사무직에 지원서를 냈지만 답장이 하나도 없다. 심지어 자동 답장조차 하나 없어서 오늘은 케이터링 쪽을 뒤졌다.

클레어는 이 광고를 보고 전화를 해서 오후에 면접을 보기로 했다.

요리사/주방/주방장/케이터링

샌드위치 가게 경력자

게시일: 2017. 5.6.

스카이어스 카페/가게에서 샌드위치 가게 경력자 찾습니다. 경력자만 지원해주세요. 시간 낭비만 할 사람은 사절이고, 샌드위치를 만들어 보고 버거 패티 믹스를 만들어 본 경험자만 받습니다.
전화: 07950 345 699 귀세페를 찾으세요.
파트타임 주 110유로

클레어 저것은 간도 크다. 클레어가 전화로 자신을 새우 샌드위치의 여왕 수준으로 소개하는 게 들려왔다. 내가 얼굴을 찡그렸다. "정말? 내 평생 너 샌드위치 만드는 걸 본 기억이 없는데."

클레어가 코웃음을 쳤다. "됐어, 까짓 거 뭐 얼마나 어려울 거라고."

독스의 클레어네 집 주방이 떠올랐다.

내가 지원한 곳에서는 연락이 하나도 안 와서 오후 늦게 클레어를 만나려고 버스 정류장으로 갔다. 버스가 덜컹거리며 도착하자, 문이 쉭 열리며 클레어가 완전 열받은 얼굴로 쿵쾅쿵쾅 내렸다.

"이런."

"그래, '이런' 맞아." 버스가 덜컹거리며 떠나자 클레어가 씩씩거렸다. "그 귀세펜가 뭔가 완전 변태야. 계속 내 손을 더듬으면서……. '노 시뇨리나, 우리는 그러케는 자르지를 안음미다. 우뤼는 이러케 자룸미다.'"

"그래서 네가 관둔 거야?"

클레어는 돌을 걷어찼다. "아니, 그건 아니고." 클레어가 얼굴을 붉혔다. "로라, 거기 다른 사람도 2명 있었는데……."

"근데?"

"내가 소시지 롤을 떨어뜨린 담에 얼른 주워서 슬쩍 선반에 다시 올려 두려는데 귀세페가 보더니 당장 앞치마 벗고 나가래. 완전 대박 쪽팔린 채로 그 카페를 걸어 나와야 했다고. 난 하류 중에서도 하류야……. 샌드위치 가게에서도 안 받아줘."

나는 볼을 부풀렸다. "완전 루저인 거지."

클레어가 홱 돌아서서 나를 봤고, 눈이 마주치자 둘 다 미친 듯이 웃기 시작했다.

"그래, 하지만 어쩌겠어?" 클레어가 팔을 휘둘렀다.

"공연을 할 때까진 먹고살아야 하니까. 계속 너희 부모님한테 얹혀살 순 없잖아."

"계속 노력해 봐야지."

클레어는 주위의 들판을 둘러봤다. "농장 일을 해 보는 건 어떨까? 누군가는 따야 할 거 아냐……. 이…… 녹색…… 뭔지는 모르겠지만."

맨해튼 스타일이란 곳에서 아만다란 사람이 저녁에 전화를 걸어 왔다. 아만다는 "우리 맨해튼 스타일에서는 유쾌하고, 낙천적이고, 사교적이며 더 멀리 도약하고 싶어 안달인 젊은 인재를 찾고 있어요. 로라, 당신도 바로 이런 사람인가요?" 벌렁거리는 가슴으로 나는 돼지가 있는 뜰을 내려다봤다. 한 20초쯤 아무 말도 하지 않았더니 아만다가 말했다. "그럼, 아니라는 뜻으로 알겠습니다아."

애디가 다음주 토요일에는 반드시 올 거라는 문자를 보냈다. 진짜로 밴드를 떠나고 싶은 거면 어쩌지? 아냐, 그건 말도 안 돼.
……애디가 날 떠나고 싶은 거면 어쩌지? 오오, 이런 일로도 뇌 기능이 정지되는구나. 흥미로운 케이스군.

5월 7일 일요일

아빠가 농장 일은 아예 생각해 볼 필요도 없다고 하신다. 아빠가 6주간 트랙터 운전하는 일을 따낸 것도 다 친구네 농장이라 가능했다고 한다. "그런 건 늙은이들 일이야." 아빠는 부실한 이두박근을 보며 한숨을 쉬었다. "마흔다섯이면 이제 내리막길로 들어선 거지. 이 두 팔을 좀 봐. 다 썼어."

엄마가 그쪽을 건너다 봤다. "이제 그런 소극적인 자세는 그만둘 때도 됐어. 우리가 그럴수록 같은 일을 해도 자꾸만 돈을 덜 주려고 할 거라고."

아빠가 한숨을 쉬었다. "나도 알아, 여보, 하지만…… 먹고는 살아야 하잖아, 안 그래? 그리고 그게 알려지면……."

"뭐가?"

"당신도 알잖아……."

"내가 저수지 수호대의 일원이란 거? 어휴, 닉, 당신은 너무 쉽게 겁을 집어먹어."

아빠는 접시에서 빵 한 조각을 획 집어 올려 삼키더니 들개처럼 혀로 입술을 핥았다.

나는 식탁에 앉아 있는 우리 식구들을 둘러봤다. 우린 가난한 가족이다.

5월 9일 화요일

오늘 이게 올라왔다.

호텔/바/청소/포터

호텔 일자리

게시일: 2017.5.9.

지방의 작은 호스텔/호텔에서 청소 담당, 바 종업원, 도어맨, 주방 직원 포함, 최단 3개월 이상 일할 수 있는 밝고 에너지 넘치는 직원을 구합니다. 청소와 침대 정리가 주요 업무이며 동종 업계 경력 필수입니다.
파티광이나 게으른 사람 사절합니다. 진지한 지원서만 검토합니다.
월 400유로

클레어가 못마땅한 표정을 지었다. "파티광?"

"좀 그렇긴 한데, 오후에 면접을 보자고 하네. 다른 데선 대꾸도 없어."

"어딘데?"

나는 광고 나머지 부분을 훑었다. "어, '애쉬스', 스티븐튼에서 1마일 정도 거리야. 자전거로 가면 돼."

"이거 어째 『페이머스 파이브』(다섯 명의 어린이가 주인공인 영국 어린이 모험 소설 시리즈-옮긴이) 같지 않아? 여기 귀신 나오는 거 아냐? 요리사가 우릴 소풍 보내는 거 아냐?"

"됐고, 예스야 노야?"

클레어가 한숨을 쉬었다. "너 요즘 넘 재미없어진 거 알지? 너…… 그 여자애 이름 뭐지…… 제일 막내 여동생으로 나오는 애."

"앤(『페이머스 파이브』의 등장인물 중에서 가장 겁이 많고 의존적이다-옮긴이). 내가 앤 같다고? 말도 안 돼, 친구."

"그럼 너랑 젤 비슷한 게 누군데? 설마 조지(말괄량이, 모험심이 강한 인물-옮긴이)라고 주장하는 건 아니겠지."

나는 히죽히죽 웃었다. "조지는 그냥 어린애일 뿐이야. 하나 고르라고 하면 나는, 그 성질이 지랄 같은 미치광이 발명가 엉클 퀜틴이야."

클레어가 잠시 나를 쳐다봤다. "로라, 너 정상이 아닌 건 알지?"

나무들 사이로 애쉬스가 보이자 우리는 브레이크를 밟았다. 회색 돌과 뾰족한 지붕의 거대한 빅토리아 풍의 호텔이었다.

클레어가 나를 쿡 찔렀다. "으스스한데. 직원은 왜 더 필요한 거야? 우리 전에 뽑았던 사람들은 어디로 사라진 건데, 응?"

나는 최대한 공포영화 느낌의 목소리를 내 보려고 했다. "살해됐지.

그리고 토막이 난 뒤, 돈가스로 만들어졌어. '가족호텔, 애쉬스' 가까운 상영관에서 만나요오!"

우리는 중앙 로비 앞으로 가서 안으로 들어갔다. 내부는 좀 음침했고 안내 데스크에는 등이 꼿꼿하고 입술이라고는 없는 50대 여자가 있었다. 클레어가 헛기침을 하자 그 여자는 천천히, 가만히 올려다봤다.

"무엇을 도와드릴까요?"

"직원을 구하신다고 해서 왔는데……."

그 여자가 눈을 크게 떴다. "아, 나는 헉스터블이라고 해요, 그쪽은……." 그러고는 손가락으로 서류를 훑어 내려갔다. "클레어와 로라겠군요?"

우리는 무지렁이처럼 고개를 끄덕였다.

그 여자는 커튼을 획 젖히고 들어가 "글레니스!" 하고 소리친 뒤 다시 책상 앞으로 돌아왔다. "전에 이런 일 해 본 거죠? 여긴 정신없이 바빠요. 국내 관광업이 붐이라고요, 당연하지, 비행기를 탈 수가 없게 됐으니." 그 여자가 늙은 웨일스 양처럼 이를 다 드러내고 웃었다.

나는 웃음이 나오려는 걸 참으려 안간힘을 썼다. 하지만 클레어는 이미 낄낄대기 시작한 것 같았다.

몇 분 뒤, 커튼이 다시 열리면서 마치 키란의 아마추어 연극에나 나올 법한 쭈그렁 할망구가 등장했다. 그 할머니는 122센티미터의 키에, 턱에는 엄청 큰 점이 나 있었고, 눈썹은 짙은 반달 모양이었다. 그 점이 어찌나 커다란지 마치 점에도 자아가 있는 것 같았다. 그뿐 아니라 그 점이 목 위에 바로 붙어 있어서 얼굴은 그저 부속품으로 딸려있는 것 같았다.

헉스터블 아줌마께서 떠들기 시작했다. "이제 여러분은 능력 있는 글레니스 손에 맡겨두겠어요. 글레니스는 이 호텔의 역사만큼이나 오래 있었죠. 그렇지 않아요, 글레니스? 하하! 자, 아가씨들, 일단 1주일만 한번 써 보기로 할게요. 내일 8시 반부터 시작하는 거예요. 오전이에요. 그리고 생각해 볼 거예요, 알았죠?" 그러곤 우리를 글레니스와 남겨두고 돌아섰다. 글레니스는 파리 같은 축축하고 음흉한 눈길로 우리를 바라보았다.

"아가씨들, 따라와요."

우리는 글레니스를 따라갔다. 먼저 밖으로 나가더니 우리를 끌고 건물 외부를 돌아서 더러운 문을 지나 몸을 굽히고 들어갔다.

"아랫것들 입구인 거지." 클레어가 속삭였다.

몇 마일씩 쭉쭉 뻗어 있는 낡고 어두운 복도는 안쪽으로 들어갈수록 점점 더워졌다. 우리는 뛰다시피 걸었고, 글레니스가 열쇠 뭉치를 꺼내려고 멈췄을 때 잠깐 기다렸다가 곧 더운 음식 냄새가 가득한 먼지 낀 사무실로 들어갔다.

"우웩." 클레어가 코에 대고 손 부채질을 해 댔다.

글레니스가 휙 돌아서서 몇 분간 우릴 쳐다봤다. 클레어에게 고개를 까딱해 보이더니 "침대." 나에게는 "주방."이라고 했다.

"우리 같이 일하는 거 아니에요?"

글레니스의 눈동자에 사악한 웃음이 어렸다. "아닙니다요, 공주님들. 그렇겐 안 돼요. 다른 질문은?"

우리는 신발만 내려다봤다.

"그럼 여기에 사인하고 가도 좋아요. 내일 8시 반 정각에 여기로 와요."

밖에 나가자마자 클레어가 나를 붙들었다. "나 무서워."

"그래 돈가스는 덩어리가 너무 커다래서 우리 DNA가 고깃덩어리 전체에서 검출될 테니, 우리를 마구 다져 넣을 거야."

클레어는 진짜 두려운 눈으로 나를 쳐다봤다. "그냥 가자. 지금 당장."

"그럴 수 없어, 한 달에 400유로라고. 할 수 있을 거야. 그리고 지금 앤처럼 구는 게 누구야, 이 겁쟁이!"

일자리! 일자릴 구했다! 이제 2단계로 넘어간다. 스테이시와 애디를 데려와 밴드를 제대로 꾸려보는 거다.

5월 10일 수요일

8시 15분에 애쉬스 호텔 주방에 도착해 보니 지옥이 따로 없다. 거대한 주방은 줄 지어 불을 뿜고 있는 오븐들 때문에 그늘도 40도쯤 되는 것 같고, 그 안에서 요리사들이 다지고, 젓고, 이것저것 따르며, 안 그래도 쟁반, 냄비, 주전자, 와인 병을 온몸에 올리고 균형을 잡으려 애쓰는 어설픈 웨이터들에게 계속 소리를 질러 대고 있다.

나는 이 작업 라인 중에서, 김이 펄펄 오르는 냄비를 쏟아 내는 거대한 식기 세척기 앞에 배치됐다. 깨끗한 접시, 사발, 컵들을 한쪽 끝에서 수습해서 쌓아 올리자마자 바로 다른 한쪽 끝으로 달려가서 더러운 식기들을 세척기에 집어넣어야 했다. 완전 느려 터진 데다가 접시

한 더미를 다 떨어뜨리기까지 하는 나 때문에 사람들은 빨간 비상 버튼을 눌러 기계를 서서히 정지시켜야 했다. 잔뜩 열받은 수석 주방장이 내 앞에 와서 섰다. 모두가 이 구경거리를 즐기려고 일손을 멈췄다.

"뭐 이런 멍청이가 다 있어! 이딴 계집애를 나한테 보냈다 이거지. 너 학교는 왜 안 다니는데?"

"지금 갭이어(gap year: 인생의 주요 전환점에서 곧바로 새로운 일을 시작하지 않고 1년 정도를 자유롭게 쓰는 일. 대학 입학 전이나 취업 전에 여행 등을 하며 보내는 일이 가장 흔하다.-옮긴이) 중이에요." 웅얼웅얼 대답했다.

"하! 다들 들었어? 이 애가 갭이어 중이시란다." 그러더니 두 팔을 들어 보였다. "뭐, 틀린 얘긴 아니네. 너랑 나 사이엔 갭을 유지하는 게 좋을 거야. 그리고 다시 한 번만 이 망할 놈의 기계를 세웠다간 가만 안 놔둘 줄 알아, 알았어?"

나는 고개를 끄덕였다. 터지려는 울음을 꾹꾹 누르며 다시 스팀 속 내 자리로 돌아갔다. 점심시간이 되자 다른 요리사 하나가 그만 일하고 먹으라고 했지만, 한바탕 욕먹고 아드레날린이 솟구친 다음인지라 한 입도 삼킬 수가 없었다.

그로부터 두어 시간 지나고 나니 좀 진정이 됐다. 곧 저녁 식사 시간이 되었는데 이런 미친 광경은 여태껏 본 적이 없다. 히에로니무스 보스(Hieronymus Bosch·1450~1516년, 인간의 탐욕과 죄악으로 인한 지구의 대혼란을 화필로 생생하게 예언했던 네덜란드 화가-옮긴이)가 여기에 이젤만 하나 가져다 놓고 앉아서 우릴 그대로 스케치했다면 바로 작품이 나왔을 거다. 뛰어다니고, 떨어뜨리고, 부딪히고, 고함치고, 땀에 절어서 넘어지고, 미끄러지고, 그러면서도 시간은 딱딱 못 맞춘다. 서로 욕하는 것도 빼놓을 수 없다. 주방 넘버 투는 웨이터 대빵을 못 잡아 먹어 안달이고, 부주방장이 어떤 웨이트리스를 하룻밤 데리고 놀고는 다시 전화를 하지 않았다는 이유로 여종업원들은 똘똘 뭉쳐 부주방장을 죽일 기세다. 하지만 이 모두가 설거지와 쓰레기 담당인 우리들을 막 대하는 것에 대면 아무것도 아니다. 우리는 먹이사슬의 최하위다. 이보다 더 바닥 인생은 찾아볼 수 없다. 모두 발뒤꿈치로 우릴 한 줌 먼지가 될 때까지 짓밟은 다음 우리더러 그 먼지를 쓸어 담게 한다. 인간이 이 정도로 서로를 막 대할 수 있다고는 상상조차 하지 못했다. 그러다가 8시가 되자, 갑자기 모든 게 멈췄고 순간 모두가 바닥으로 무너져 내려, 갈색 빛깔의 살균제 구정물도 아랑곳하지 않고 뻗어 버렸다. 수석 주방장께서 맥주 수레를 끌고 들어와 세척실 한가운데에 섰다. 그러고는 병을 하나 꺼내더니, 씩 웃고는 내게 건네줬다.

"애썼어, 피라미……. 이제 맥주 한 병 마시고 열 좀 식혀!"

그리고 모두가 절친처럼 함께 시원한 맥주를 하나씩 따서 마셨다.

…… 뭐 이런 데가 다 있어.

5월 11일 목요일

모든 게 캄캄하다. 내 팔과 다리는 죽은 나무토막 같다. 아름다웠던 시간들은 기억나지 않고, 내 피부에 와 닿던 햇살이나 아이들의 웃음소리도 느낄 수가 없다. 눈을 감으면 스팀과 하얀 접시들, 사발들, 컵들이 나를 짓누를 뿐이다.

5월 12일 금요일

법정 소환에 관해서는 아무 소식이 없다. 우리가 가만히 숨어 있으면 쫓아오지는 않을 것 같다. 긍정적으로 생각해야 한다!

내일이면 애디가 온다. 좋은 점이라면, 다른 일들로 너무나 지쳐 빠지고 겁을 먹은 상태라 애디 일로 더 이상 겁먹을 여력이 없다는 거다.

5월 13일 토요일

자전거를 타고 가서 기차역에서 애디를 만났다. 예전과 똑같아 보였다. 왜 그 애가 달라졌을 거라 생각했는지 모르겠다. 애디는 플랫폼 끝에서 내게 손을 흔들고 나를 향해 달려왔다. 가슴이 부풀어 올랐다. 모든 게 다 잘될 것만 같았다. 그런데 애디의 얼굴을 보자마자 무슨 일이 벌어질지 예감할 수 있었다. 아주 잠깐 기절할 것 같단 느낌이 들었다.

"로라!" 애디가 내 손을 잡더니 역의 벤치로 데려갔다. 애디가 내 앞에 무릎을 꿇고, 숨을 길게 들이마셨다. "나 결심했어. 나 떠나려고 해……. 지금은 내가 너에게 아무 도움도 되지 않아. 그건 우리 둘 다 아는 사실이야."

"하지만 애디, 이럴 순 없어…… 내 얘기만 하는 게 아니야…… 밴드는 생각 안 해? 너 빠지면 우린 끝장이야."

"무슨 소리야, 난 계속 엉망이었는데. 클레어 말이 맞아. 너희들도 밴드에 도움 되는 사람이랑 하는 게 나아. 밴드에 들어오려는 애들이 줄을 설 거야."

애디의 모습이 부옇게 보이기 시작했다. "가면 안 돼, 넌, 우리는 '우리'잖아."

애디가 두 팔로 나를 감쌌다. "나도 알아……. 나도…… 왜 너한테 상처를 주는지 모르겠어……. 하지만 더는 이렇게는 못 살겠어!"

그리고 수많은 통근 인파가 열차에 오르고 내리는 딧코트 파크웨이 1번 플랫폼의 벤치에서, 우리는 흐느끼며 얼마간 서로를 안고 있었다.

내가 몸을 뺐다. "하지만 어디로 가려고?"

"적십자를 따라서 수단으로 갈 거야. 안티 UF 캠페인을 하는 분이 나를 최고의 조직책이라고 소개하면서 연결해 주셨어. 타노도 시칠리아까지는 같이 갈 거고. 아프리카 가뭄 때문에 거기 난민이 엄청나게 몰려들어서 난리도 아닌가 봐. 매주 수천 명이 이탈리아, 스페인, 그리스를 통해서 유럽으로 몰래 들어오고 있는데, 타노는 그 사람들을 도우러 가는 거야."

"하지만 언제 돌아오려고?"

애디가 한숨을 쉬었다. "잘 모르겠어. 몇 달 정도?"

"하지만 이 상태로 그냥 있을 순 없어. 우리 아직 사귀는 거야, 끝난 거야?"

애디가 내 손을 잡았다. 긴 침묵. "너 나랑 같이 갈 생각은 없겠지?"

"아, 애디. 나 그런 마음의 준비는 안 됐어."

"정말이지?"

나는 천천히 고개를 끄덕였다.

런던 기차가 플랫폼에 들어오자 스피커가 왕왕거리기 시작했다.

나는 심호흡을 했다. "자 일어나. 더는 모르는 사람들 앞에서 울고 싶진 않다. 집에서 다시 얘기하자."

애디가 손으로 자기 얼굴을 쓸었다. "아니, 난……. 난 너 안 따라가. 그러면 더 힘들어질 것 같아."

내가 홱 돌아봤다. "지금 바로 런던으로 돌아가겠다고? 겨우 이거였어? 너한텐 내가 겨우 그런 존재란 거지? 플랫폼에서 겨우 한 시간."

"로라, 우리 할 얘긴 다 했어. 너에 대한 나의 감정은 변한 게 없지만, 내가 지금 너한테 하는 짓이 있기 때문에 끝내고 싶으면 그건 네 마음이야."

그러더니 애디는 플랫폼을 전력으로 달려 다리를 건너 기차를 잡아타고 떠났다.

눈앞이 캄캄하다.

5월 14일 일요일

하루 종일 울었다. 일하면서도 눈물을 너무 쏟았더니 어느 순간 눈물과 스팀이 결합해서 내 머리 위로 비누 구름이 만들어졌다. 클레어는 눈치껏 아무 말도 않고 싹 피해 줬지만 식구들을 대하는 게 너무 힘들어서 저녁에 마당으로 겨우겨우 걸어 나가 울타리 옆에 털썩 주저앉아 있었다. 얼마 앉아 있지도 않았는데 발자국 소리가 들렸다. 아빠가 일을 끝내고 터덜터덜 들어오고 계셨다. 아빠가 놀라서 나를 쳐다봤다.

"로라, 왜 거름 더미 옆에 앉아 울고 있어? 나름 스타일 있는 애인 줄 알았더니만."

웃음이 확 터지며 콧구멍 속에서 이물질이 튀어나왔다. "하지 마세요."

아빠는 장화 신은 발로 울타리를 넘어와선 내 옆에 앉았다. "애디 문제?"

나는 고개만 끄덕였다. "떠났어요…… 나랑 있기 싫은 거예요……"

"정말? 그렇게 말했어?"

"아뇨……. 오. 아직도 절 사랑한대요. 하지만 가 버렸어요……. 수단까지. 여기서 그냥 이러고 있을 수가 없대요. 말만 그렇게 하는 거예요, 아빠."

아빠는 오른쪽 장화로 진흙더미를 툭툭 찼다. "그렇지 않아."

"어떻게 안 그래요? 애디는 래비처럼 저를 떠난 거라고요. 걔들은 저한테 싫증난 거예요. 왜 걔들은…… 솔직하게 말도 못하고, 그 따위 말이나 지어내고……."

아빠가 웃었다. "해외여행 계획 말하는 거냐? 널 피하려고 이 나라를 떠날 정도가 되려면 네가 걔들을 반쯤 죽을 만큼 겁을 줬어야지! 로라, 그건 아냐. 네 안에만 갇혀 있지 말고 밖을 봐. 엄청난 일들이 벌어지고 있다고. 사실 나도 네 나이였다면 애디가 한 대로 하고픈 마음이 들었을 것 같아."

"그러니까 아빠는 밴드나 하려는 저를 그저 얄팍한 애로 보시는 거죠……. '사람들 돕겠다고 설치며 다니는 거' 그딴 거 어차피 다 자기 잘난 맛에 하는 거라고요."

아빠가 한숨을 쉬었다. "꼭 그렇지는 않아. 이런 말해서 미안하지만, 너도 너랑 다르게 사는 사람들을 비판하는 거 그만하는 게 좋을 것 같아. 늘 한 가지 길만 있는 건 아니야."

"어떤 길도 답이 아닌 것처럼 보여요."

아빠는 커다란 울 점퍼를 입은 팔로 나를 감싸 안아줬다. "그래, 알 았다. 비운의 여주인공 씨, 그냥 시간을 좀 줘. 애디를 정말 사랑한다 면, 시간을 좀 줘. 그리고 그동안 너는 스스로를 연민하지 말고 네 삶 을 열심히 살아가."

내가 몸을 살짝 뺐다. "아빠, 지금 저 강하게 키우시는 거예요?"

아빠가 머릴 뒤로 확 젖히고 웃으셨다. "으! 아무래도 너희 엄마한테 조종당하고 있나 보다."

어젯밤에는 잠이 오지 않아 결국은 아래층으로 내려가 냉장고에서 콜라를 하나 꺼내 들고 선선한 마당으로 나갔다. 커다란 달이 지붕 위 에 걸려 있는 풍경은 무척이나 평화로웠다. 나는 애디 생각을 했다. 지 금 이 순간 어디에 있을까. 모든 게 혼란스럽기만 하다. 애디 말이 맞다. 모든 상황들이 순식간에 변해 가는데 우리는 이러지도 저러지도 못 하고 있었다. 애디가 날 사랑한다는 걸 나도 안다……. 애디를 놓아 버 릴 수가 없다. 애디니까. 애디는 이미 내 안에 있다.

갑자기 마당 울타리 문이 열리는 소리가 나더니 자박자박 자갈 돌 밟는 발자국 소리가 들렸다. 나는 얼른 덤불 뒤로 숨었다. 추리닝 차림 에 옷에 달린 모자를 푹 내려 쓴 사람이 조심조심 현관문 쪽으로 다 가왔다……. 그러곤 멈춰 서더니 달을 향해 돌아섰다. 엄마! 도대체 무 슨 일을 벌이고 다니는 거야?

2층으로 올라와 보니 클레어가 울고 있었다.

"친구, 괜찮아?"

"아니. 애디는 떠났고, 겁도 나고. 애디 없이는 뭘 할 수도 없는데, 그렇다고 너를……"

"뭐? 상황이 이러니 날 들볶지도 못하겠다고?"

클레어는 소매로 얼굴을 막 문질렀다. "그래, 맞아."

"나더러 같이 가겠냐고 물은 거 알아?"

"말도 안 돼. 너희들 끝난 줄 알았어."

갑자기 모든 게 분명해졌다. "클레어, 지금 우리 사이를 뭐라 말해야 할진 나도 모르겠어. 하지만 나랑 애디는 끝나지 않았어. 절대로."

클레어가 다시 벌렁 누웠다. "한 가진 확실해졌네. 투어는 끝장났다는 거."

"맞아."

나도 침대에 몸을 눕혔다. 우리는 둘 다 어둠 속에 그렇게 누워 있었다. 아무 말 없이.

5월 15일 월요일

우리는 좀비다. 아침 10시에 주방문이 벌컥 열리더니 글레니스가 클레어를 앞세우고 들어와 음식물 쓰레기 처리를 맡겼다. '글래드스톤' 건물의 침대에서 퍼질러 자다가 걸렸기 때문이란다. 정말 딱해서 못 보겠다. 윗사람들이 클레어에게 쓰레기 봉지를 뒤집어씌워서 그런지 애가 너무 작아 보였고, 접시의 음식을 털어 내고 플라스틱 통에 가득한 물컹한 덩어리들을 소각로에 쏟아 내는 클레어의 손이 어찌나 빠른지 여러 개로 겹쳐 보였다. 마치 공산국가 공장의 악몽을 보는 것 같다.

클레어가 분쇄기에 자기 몸을 던져 넣을 것 같단 생각을 떨칠 수가 없었다.

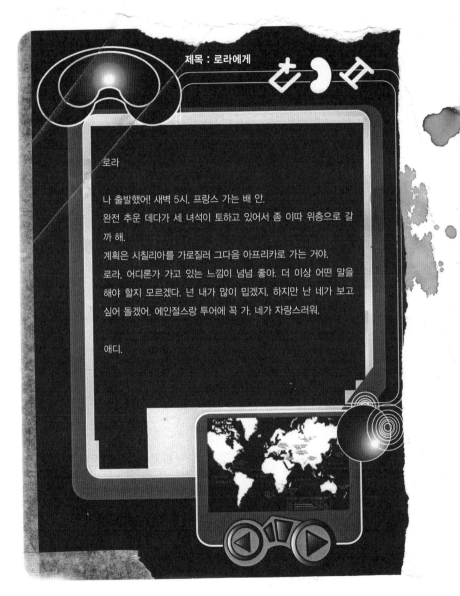

제목 : 로라에게

로라

나 출발했어! 새벽 5시, 프랑스 가는 배 안.
완전 추운 데다가 세 녀석이 토하고 있어서 좀 이따 위층으로 갈까 해.
계획은 시칠리아를 가로질러 그다음 아프리카로 가는 거야.
로라, 어디론가 가고 있는 느낌이 넘넘 좋아. 더 이상 어떤 말을 해야 할지 모르겠다. 넌 내가 많이 밉겠지. 하지만 난 네가 보고 싶어 돌겠어. 에인절스랑 투어에 꼭 가. 네가 자랑스러워.

애디.

5월 16일 화요일

자기는 그렇게 떠났는데 대체 날 보고 어떻게 투어를 가라는 거야? 지난밤 득도의 순간 이후, 무슨 변덕인지 자꾸만 화가 치민다. 깊은 분노다. 그런데 애디가 여전히 날 좋아한다니 나도 다시 기분이 좋다. 답장을 해 줘야 할지 말아야 할지 모르겠다. 무슨 말을 하지?

5월 17일 수요일

너무나 힘든 날이었다. 클레어의 눈이 갈 데까지 간 망아지 같다. 『블랙 뷰티』(여기저기로 팔려 다닌 어느 말의 일생을 다룬 영국의 베스트셀러, 1877년작-옮긴이)의 진저(블랙 뷰티에 등장하는 말, 상처 많은 성장 환경 때문에 상당히 공격적이다.-옮긴이)처럼.

5월 18일 목요일

오늘 밤엔 엄마 아빠와 저녁을 함께 먹었다. 뉴스에선 정말 우울한 이야기가 흘러나오고 있다. 콜로라도 주의 농장과 도시들이 모두 말라버리고 있기 때문에 주 정부가 강물을 미국 땅 밖으로 흘려보내길 거부하고 있단다. 경찰들에게 둘러싸인 주지사가 화면에 등장해서, 애리조나 센트럴 프로젝트 운하의 물을 수영장과 골프 클럽, 외부인 출입 제한 주택지의 인공호수에 펑펑 써 버리고 있는 한 자기네 소중한 물을 단 한 방울도 흘려보낼 수 없다고 주장했다. 그다음엔 반짝이는 하얀 막으로 덮인 끝도 없는 미국 평야를 공중 촬영한 화면으로 넘어갔다.

클레어가 인상을 썼다. "저게 뭐예요?"

아빠가 올려다보셨다. "소금. 인위적으로 물을 대서 저렇게 된 거야. 물이 강을 떠나면, 들판을 따라 흐른 다음 다시 돌아오게 되는데, 그때마다 돌에 있는 염분을 훑어 오는 거지. 그래서 강물은 점점 더 짜지고 결국은 땅이 죽는 거야. 메소포타미아 문명도 결국은 그렇게 멸망했지."

엄마가 톡 쏘았다. "떼거지로 머리에 수건 동여맨 옛날 사람들까지 들먹일 거 없어! 지금 아프리카의 가뭄을 좀 봐. 벌써 1년 째인데 아직도 계속되고 있어. 이스라엘, 칠레, 브라질, 스페인, 중국, 오스트레일리아, 파키스탄은 물론이고…… 중동 쪽은 말할 것도 없어. 고향에서 농사짓는 데 쓴다고 어찌나 물을 많이 낭비하는지 정말 끔찍하다고."

나는 엄마를 쳐다봤다. 때때로 엄마가 미국 사람이라는 걸 잊고 살아 간다.

엄마는 손가락으로 식탁 위를 두드렸다. "곧 있을 템스 워터 재판 건 때문에 그동안 조사를 좀 했어." 엄마는 클레어를 보고 말했다. "미국 정부가 농부들한테 물 1,000갤런을 10센트에 파는 거 알고 있었니?"

클레어가 우물거렸다. "그게 싼 거예요?"

"당연하지……. 그러니까 중서부의 농부들이 그 땅에 맞지도 않는 거지 같은 농작물을 키운답시고 물을 흙바닥에 들입다 퍼부으면서 펑펑 쓰는 거야. 그런 짓거리가 20년, 30년, 40년 동안이나 계속된 거지. 그리고 한다는 소리가 물이 다 어디로 갔냐는 거야. 정말 열받아."

침묵. 엄마가 식탁을 한 번 둘러봤다. 멀쩡해 보이는 사람이 하나도 없었다. 다들 시커먼 얼굴로 식탁에 구부정하게 앉아서 끙끙거리고 있다. 엄마가 갑자기 의자를 뒤로 쫙 빼더니 벌떡 일어났다. "그만둬, 모두들! 더 이상은 못 봐주겠어."

우리는 멍청한 얼굴로 올려다봤다.

"난⋯⋯. 우린⋯⋯ 우리가 이렇게 가라앉는 걸 더 이상 용납하지 않을 거야." 엄마는 나와 클레어를 가리켰다. "너희 둘 꼴 좀 봐, 밴드는 대체 어떻게 된 거야? 애디 하나 떠난 게 대수야? 이렇게 그만둘 생각은 아니겠지? 그냥 1년을 날리는 게 아니라 인생을 걸고 뭔가 한번 해보기로 약속한 거였잖아. 계속 이럴 거면 당장 런던으로 돌아가서 여름학기까지 끝내."

클레어는 아무 말 없이 접시 위로 감자만 이리저리 굴렸다.

아빠 얼굴에 언뜻 미소가 지나갔다. 아빠는 엄마가 소리 질러 댈 때 옆에 같이 당할 사람이 있는 게 그렇게 좋은가 보다.

5월 19일 금요일

오늘 밤 우리가 일을 끝내고 나오니, 엄마가 애쉬스 철문 옆에서 기다리고 있었다.

"따라와."

"엄마, 우릴 그냥 좀 내버려 둬요, 알았어요?"

엄마가 코웃음을 쳤다. "자전거에 타기나 하셔, 아가씨."

엄마랑 싸울 기운도 없었기 때문에 우리는 엄마를 따라갔다. 언덕을 달려 내려갔는데⋯⋯ 다 내려가서 엄마가 브레이크를 잡았다⋯⋯.

그러자 거기, 버스 정류장에 스테이시가 구부정한 모양새로 서 있었고…… 그 뒤에 샘이 서 있었다.

클레어가 둘을 쳐다봤다. "대체 뭔 일이야?"

엄마가 클레어 쪽을 보고 섰다. "저게 바로 너희 밴드야. 이게 너희들 꿈이라고. 그 유럽 투어에 참가하겠다는 꿈, 이루어 보라고." 그러더니 먼지 속으로 페달을 밟으며 사라졌다.

스테이시가 엄지로 샘을 가리켰다. "하레 크리슈나교단(힌두교의 한 종파-옮긴이) 무료 급식 줄에서 이 녀석을 찾아냈어. 얘 꽤 잘 쳐."

"하지만……." 내가 입을 뗐다.

샘이 손을 펼쳐 보였다. "그래 나도 알아. 난 애디가 아니야. 내가 사라져 주길 바라면 말만 해. 그럼 다음 차 타고 돌아갈게." 샘은 너무나 마르고 창백해서 턱이 떨리는 걸 숨기지도 못했다.

얼마 뒤에 우리는 마당에 앉아 서로를 쳐다보고 있었다.

스테이시가 손가락을 두드렸다. "공연은 6월 4일이야. 2주밖에 안 남았으니 안 그래도 촉박한데 애디도 떠났단 말이야……. 이렇게 넷이서 가능할까? 진짜로?"

클레어가 어깨를 으쓱했다. "사실 샘 손에 달렸지."

샘이 웃음을 터뜨렸다. "너무 스트레스 주는 거 아냐?"

"근데 진짜 할 수 있겠어?" 내가 물었다.

샘이 나를 정면으로 쳐다봤다. "안 되면 죽도록 노력할 거야. 어차피 나한테도 지금 학교는 지옥이야."

감히 희망을 품을 엄두도 내지 못하며 우린 서로의 얼굴만 쳐다봤다.

스테이시가 입을 뗐다. "내 스틱이나 좀 줘 봐. 지금 무슨 청춘 드라마 찍는 것도 아니고."

그렇게 해서 우리는 마당의 바로 그 자리에서 첫 번째 연습을 했다. 스테이시는 몇 년 전에 우리 집에 두고 갔던 작은 북으로 드럼을 쳤고, 나머지는 불우한 포크 밴드처럼 다들 언플러그드 상태로 연주했다.

마침내 애디에게 답 메일을 보냈다. 거창한 내용 없이 몇 줄만 썼다. 나의 진짜 감정이 뭔지 알아내기 전까지는 감정이 드러나는 얘기는 전혀 하지 않을 생각이다. 좀 말도 안 되지만, 연습을 할 때는 내가 바람을 피우기라도 하는 것처럼 죄책감이 들었다. 나랑 샘 사이에는 정말 아무 일도 없는데 말이다.

5월 20일 토요일

법정 소환일이 오늘이지만, 여전히 아무 연락도 오지 않았다. 잡으러 온 사람도 없고, 전화도 없다. 기소 인원이 너무 많아서 정부가 감당을 못 하는 게 확실하다. 어쩌면 돌아가서 정부를 압도해 버리는 편이 나았을지도 모른다. 어쨌든 이미 너무 늦었다. 투어에만 목숨을 걸 것이다.

일을 마치고 돌아왔더니 아빠가 샘과 스테이시를 도와 뒷마당에 텐트를 쳐서 잘 자리를 마련해 주고 죽은 돼지우리 안에 연습 공간을 만들어 놓은 게 보였다.

스테이시가 우리의 표정을 간파했다. "그래, 만약 한 달 전에, 돼지가 쓰던 화장실에서 연습하는 것도 감지덕지하라고 했으면 배꼽이 빠지도록 웃어 버렸을 거야. 하지만 로라, 너희 부모님이 우릴 살리셨어. 적어도 우리가 이놈의 에인절스 짓을 할 수 있도록 기획 주셨잖아. 런던에서는 절대로 못 했을 거야. 사람들이 엄청 당하고 숨어 버리거나 학교를 떠나고 있어."

샘이 고개를 끄덕였다. "사실이야."

"나랑 같이 살던 페트라라는 애는 원래부터 좀 이상했지만 지금은 제대로 미쳤어. 하루는 집에 갔더니 걔가 스카치테이프를 온 머리에 다 붙여 놓고 하나씩 떼어 내고 있는 거야. 왜 그러냐고 묻지 않으려고 이를 악물고 참다가 결국은 용기를 내서 물어봤지. '뭐 하는 거야? 그러다 머리털 다 빠지겠어.'"

"그랬더니 뭐래?"

"한 번만 더 물어보면 죽여 버리겠대."

"걔 어쩌면 너 잘 때 널 지켜보고 있을지도 몰라." 내가 말했다.

스테이시는 드럼 스틱을 위로 던졌다가 받았다. "농담이 아냐. 어제는 모르는 번호로 두 번이나 전화가 왔어. 두 번째에는 음성에 호두까기 인형 음악을 녹음해 놨더라고. 얘들아, 난 살해당할지도 몰라. 경찰 억압으로 인한 정신파탄의 희생자가 되는 거지."

애디 없이 연주를 하려니 마치 팔 한쪽을 잃은 것처럼 휑하다. 우리는 계속 샘을 향해 '아냐, 그게 아니지.' 아니면 'mp3에서는 어떻게 했더라?' 같은 말을 날리고 있다. 그럼 샘은 그냥 우릴 빤히 본다. 계속 이러면 샘이 신경쇠약에 걸리는 건 시간문제다.

나는 베이스 띠를 어깨에서 풀었다. "얘들아, 이건 아닌 것 같아. 샘 파트만 따로 조금씩, 조금씩 가르쳐 주고, 그다음에 다 같이 연주하자."

샘이 무릎을 꿇었다. "으아! 난 안 돼!"

스테이시가 샘을 쳐다봤다. "아냐, 친구. 스트레스를 넘 많이 받아서 그래. 그래도 부탁인데 제발 돼지우리 바닥에선 일어나 줘. 난 코딱지만 한 텐트 안에서 네 바로 옆자리에 누워 자야 하거든."

5월 22일 월요일

어제 애쉬스의 대형 쓰레기 수거함 청소부—이 사람들이 실제 하는 일이란 수천 톤짜리 공업용 쓰레기통에 들어가서 음식물 쓰레기와 함께 뒹구는 일이다—둘이 때려치우고 나갔다(놀랍기도 하지). 글레니스가 나에게 바로 일을 시작할 만한 사람이 없겠냐고 물었다. 그래서 쓰레기 속을 뒹굴고 다닐 신참으로 샘과 스테이시가 왔다. 걔들은 우리보다도 서열이 낮아서 일터에서 우리들과 얘기하는 것도 허락되지 않는다.

점심시간에 클레어가 담배 한 대 피우고 싶대서 둘이 함께 나갔다.

클레어가 짧게 한 모금 빨더니 헉 소릴 냈다. "저것 봐!"

돌아 봤더니 샘이 쓰레기 수거함 한쪽 끝에 쪼그리고 앉아 금속 모서리에 손가락을 대고 자신의 파트를 연습하고 있었다.

"친구, 이 투어는 무슨 수를 써서라도 가야겠다. 안 그러면 쟤 평생 트라우마로 시달리겠어."

5월 23일 화요일

집에 와 보니 엄마가 부엌에서 미국에 있는 이모와 통화중이었다. 엄마가 오라는 손짓을 했다. "캐롤, 로라가 막 들어왔는데 얘기 좀 할래?"

내가 스피커폰 앞으로 갔다. "거긴 상황이 어때요? 전쟁이라도 터졌어요?"

이모가 한숨을 쉬었다. "안 그래도 엄마한테 얘기하는 중이었어. 꼭 전쟁이 난 건 아니지만 싸움은 났지. 정부에선 주립 경찰을 동원했고, 지방 의용군은 관개 수로를 정찰하고 있어."

"강 때문에 그런다고요?"

"내 말이. 여긴 미국이라고. 모두의 고국. 우린 가난하지도 않고, 이 민자들처럼 살던 집을 떠나 국경을 넘어야 하는 것도 아니잖아. 하지만…… 이 가뭄 때문에 모든 게 달라졌어."

엄마가 고개를 흔들었다. "이 지경이 되도록 뭘 하고 있었던 건지 이해가 안 가."

"줄리아, 다 똑같지 뭐. 첨부터 나쁘진 않았어. 1920년대만 해도 모두가 콜로라도 강물을 함께 썼지. 상류에서는 콜로라도, 유타, 와이오밍, 뉴멕시코, 하류에서는 캘리포니아, 애리조나, 그리고, 음…… 기타 등등. 그 모든 주들이 맨땅에 물을 쏟아 붓기 시작했고, 그럴 권리도 없는 땅에 빌딩들을 마구잡이로 지었지. 물론, 과거에도 건조한 기간은 있었고 가뭄이 극심한 때도 있었지만, 그러고 나면 비가 많이 오는 해도 찾아오고, 유난히 추운 해도 있었어. 그러다 보면, 얼음이 녹고, 비가 내리는 사이 호수와 강은 다시 차올랐던 거야. 근데 이젠 비가 많이 오는 해는 아예 없어. 그냥 휙 사라진 거야.

5월 24일 수요일

밤에 샘을 불러다 같이 연습했다. 샘은 이제 4곡을 마스터했다. 그러다가 샘이 피크를 떨어뜨려서 내가 주워 주려고 몸을 굽힌 찰나, 우리 손이 닿았는데 기분이 좀 요상했다. 대체 무슨 생각을 하는 거야? 이럼 너무 복잡해진다. 게다가, 내가 무슨 기타리스트 남친을 신형으로 업그레이드한 것처럼 보일 게 완전 빤하지 않겠는가. 게다가, 게다가, 요상한 기분이 든 건 나뿐일지도 모른다. 게다가, 게다가, 게다가 난 아직도 애디와 진행중이지 않은가! 정신 똑바로 차려, 로라!

5월 25일 화요일

정상은 아니다. 마치 도로 열여섯 살로 돌아가 작년처럼 집에서 살고 있는 것 같다. 평소랑 똑같이 학교에 가고 모든 게 다 정상인데 갑자기 학교 식당에서 아랫도리를 보니 속옷을 안 입었다는 걸 알게 되는 그런 꿈이랑 좀 비슷하다.

5월 26일 금요일

스테이시가 주방으로 신분 상승을 해서 이제 다시 말을 섞을 수 있다. 너무 더워서 쉬는 시간에는 냉장실에 들어가 연습을 한다. 오늘 아침에 내려가 보니 스테이시가 빨리 몸을 식히려고, 천정에 매달린 소고기 덩어리를 끌어안고 있었다.

애디가 진짜 길고 사랑스러운 메일을 보내 왔다. 시칠리아에 대한 내용, 내가 그립다는 것, 그리고 '우리의' 미래에 대한 희망으로 가득하다는 얘기들이 적혀 있었다. 애디에 비하면 내 삶은 깊이라고는 없는 것 같아 갑자기 기분이 나빠졌다. 어쨌든 샘에 대한 생각은 정리할 수 있었다. 절대로 감정을 키우거나 하진 않을 거다. 애디에게 너무 염치없는 짓이다.

5월 27일 토요일

오늘 밤 모두 모여 첫 번째 연습을 했고……. 그리고…… 소리가 너무 이상했다. 샘은 애디와는 스타일이 완전 다르다. 좀 더 와일드하다고 할까. '메니페스토'의 코러스 부분에서 미친 듯이 몰아칠 때였다.

우울한 그 남자
오늘의 진실을 훔쳤지.
그들의 선언문에 실어 뒀지.
언젠가는 돌려놓기를

난데없이 샘이 기타 소리를 왕왕 울려 대며 치고 나오는 게 아닌가. 클레어가 돌아서서 소릴 질렀다. "이게 대체 뭔……." 샘이 소리를 멈췄다. "응?"

"그걸 대체 왜 하는 거야?"

"몰라." 그러더니 갑자기 씩 웃었다. "이럼 기분이 되게 좋아."

그 순간 모두 빵 터졌다. 이런 말하긴 정말 싫지만 애디가 떠나고 나니 밴드에서 걔가 얼마나 분위기를 다운시켰는지 알 것 같다.

연습이 끝난 뒤엔 다음주 계획을 짰다. 오디션 공연은 다음주 일요일이다. 문제는 투어에 참가한다 해도 15일이나 돼야 떠날 수 있을 테니 다시 돌아와 일주일치 현금을 더 벌고 싶은 거다. 클레어와 나는 월급으로 돈을 받기 때문에 오디션 공연이 끝날 때까지도 애쉬스에서 돈을 받지 못한다. 투어에 참가하면 돈이 좀 나오긴 하겠지만 스테이시 말로는 정말 쥐꼬리만큼일 거란다. 맥주 마시고 담배 사면 끝나는 정도. 방법은…… 우리 넷 모두 이틀간 일을 빠지고도 걸리지 않는 거다.

클레어가 도리질을 했다. "글레니스를 속여 넘기려면 군사 작전을 방불케 해야 해. 농땡이 냄새를 맡을 줄 아는 여자야."

스테이시가 눈을 가늘게 떴다. "그렇다면 단체로 식중독에 걸린 척하는 수밖에 없어."

"어우야. 건 너무 뻔하잖아."

스테이시가 군대식으로 드럼을 치기 시작했다. "너희가 비록 어리고 미약할지 모른다. 하지만 이제 스테이시 이병이 너희 뒤에 버티고 있고, 이몸은 이런 특별 팀을 이끌어 본 경험이 있다. 토증사. 토대를 설정하고, 증상을 연기하고, 사상자 배출은 시차를 둔다."

"진짜 할 수 있겠어?"

"옛썰!"

클레어가 마이크를 집어 들었다. "그럼 네가 책임져. 다시 연습하자. 공연 준비가 안 돼 있으면 살모넬라균이 득실거리는 닭고기를 아무리 토해 내 봤자 소용없어."

5월 28일 일요일

하루 종일 연습했다. 우린 무조건 간다.

5월 29일 월요일

일. 연습. 그리고 뉴스를 봤다. 왜 뉴스는 언제나 우울하기만 한 걸까? 오늘은 아프리카의 가뭄에 관한 얘기뿐이었다. 수천만이 아프리카를 떠나기 시작했는데, 도저히 수습이 불가능한 상황이라고 한다.

5월 30일 화요일

같은 얘기, 같은 얘기.

5월 31일 수요일

토중사 작전에 들어가기 전에 최종 리허설을 했는데, 아주 죽여 줬다! 폭풍처럼 휘몰아치며 한 곡 한 곡 제대로 끝냈다. 빈틈이라곤 없다.

샘이 마지막 코드를 마치고 우리를 올려다봤다.

"어때?"

우리는 서로를 바라봤다. 준비는 끝났다.

으아아아아아아아아아! 희망을 품으면 안 되는데.

June

6월 1일 목요일

스테이시가 우리 모두를 일렬로 세웠다. 1단계인 토대 설정을 위해서다.

스테이시는 엄마의 시세이도 다크서클 컨실러를 손바닥에 한 뭉텅이나 짰다. "좋아, 자 다들 창백해 보이는 거야. 오늘은 호들갑 떨 일은 없어. 이건 그냥 연기의 준비 단계일 뿐이야. 그냥 좀 상태가 안 좋은 것처럼만 보이면 돼. 그럼 내일 오후에 샘이랑 클레어가 위경련의 고통으로 몸부림치다가 병가를 내고 집에 갈 때쯤엔 이 설정이 빛을 발하는 거지. 자 여러분, 왜 클레어랑 샘만 집에 갈까요?"

"시차 두기 때문입니다!" 내가 곧바로 대답했다.

스테이시의 한쪽 입가가 올라갔다. "하! 브라운 양, 준비 태세를 제대로 갖춘 걸 보니 아주 기쁘군."

모든 게 계획대로 돌아갔고, 컨디션이 좋은 상태로 집에 왔는데, 자전거에서 막 내리려는 찰나에 갑자기 비명 소리가 허공을 갈랐다. 엄마였다!

나는 얼어붙었다. "이게 무슨……"

하지만 샘과 스테이시는 어느새 집 앞까지 가 있었다. 나는 자전거 위에서 몸이 완전 뒤엉켜 버렸다. 겨우 집 앞까지 갔을 땐 샘이 어떤 뚱뚱한 아저씨랑 엎치락뒤치락 하고 있었고, 스테이시는 다른 사람 등 위에 매달려서 그 아저씨를 미친 듯이 때리고 있었다. 마당에는 우리 집 물건들이 산더미처럼 쌓여 있었다. TV, 식기 세척기, 태양열 충전기, 스마트 미터(집 안의 에너지 상황을 알 수 있는 전력량 기계-옮긴이). 그리고 그 사이로 엄마랑 클레어가 뛰어다니며 물건들을 한곳으로 모으려고 애쓰고 있었다.

샘과 레슬링을 하고 있는 아저씨의 얼굴에 엄마가 다리미를 들이댔다. "내 땅에서 꺼져, 이 나쁜 놈아!"

그 남자는 샘을 떼어놓고 같이 온 아저씨에게 소리치며 물러났다. "이봐, 가자고. 나중에 팀이랑 같이 오자고."

"그렇게 놔둘 것 같아? 온 마을 사람들을 다 모아 놓을 줄 알아!" 엄마가 악을 썼다.

그 남자가 숨을 헐떡이며 엄마 쪽으로 돌아섰다. "아주머니, 우린 법원 명령을 받고 나온 겁니다. 우리를 막을 유일한 방법은 빚진 돈을 갚는 거예요."

그러고는 그들이 떠났다. 우리 모두는 침묵 속에 앉아 있었다.

마침내 클레어가 목청을 가다듬었다. "저기 로라 어머니, 좀 있으면 제가 월급을 받아요, 만약 필요하시면……."

엄마 눈에서 눈물이 터져 나왔다. "아, 하느님. 어떻게 이렇게 엉망이 돼 버린 거죠?"

이 지경이 된 부모님을 두고 어떻게 떠난단 말인가?

6월 2일 금요일

아침에 완전 일찍 일어난 바람에 아빠랑 단 둘이 이야기할 기회가 생겼다. 아빠는 뒷문 앞에서 부츠를 신고 있었다.

"아빠?"

아빠가 나를 쳐다봤다. "2주 사이에 두 번씩이나? 혹시 나를 자녀 교육법에 빠삭한, 다정한 신식 아빠로 착각한 거 아니냐?"

"전 지금 진지하다고요."

"그럼 따라와. 뒤쪽 언덕 목초지에 뭐 좀 살펴볼 게 있어."

우리는 축축한 들판을 가로질렀다.

"어디로 가는 거예요?"

"내 이슬 연못을 살펴보러. 마을 사람들 중에 어떤 영감님이 만드는 걸 도와주셨어. 고대의 무슨 신비한 절차를 따른 거라는데, 공기 중의 물을 거둬들인다는 것만 알지 어떤 원리인지는 잘 모르겠어. 연못이 지나가는 구름이나 안개에서 아주 작은 물방울들을 빨아들여서, 그 다음날 아침에 가 보면 빙고! 연못이 물로 가득 차는 거야."

나는 한숨을 쉬었다. "대체 어떻게 된 거예요, 진짜로?"

"으, 자세한 건 아빠도 잘 모른다고 했잖아. 하지만 핵심은 언덕이라는 위치야. 왜냐하면 공기가 위로 올라가면 냉각되고 차가운 공기는 수분을 덜 머금고 있잖아. 아프리카는 그렇다 쳐도 유럽에도 비가 너무 안 왔으니, 물은 자급할 수 있었으면 좋겠어."

나는 아빠를 똑바로 보려고 돌아섰다. "자꾸 말 돌리지 말고요. 제 말은…… 파산 말이에요. 집을 잃게 되는 건가요?"

아빠는 고개를 저었다. "아니길 바랄 뿐. 아빠가 옥스퍼드에 있는 환경 건물 인턴사원으로 일할 수 있다면 좋겠다 생각하고 있어. 6개월 안에 계획대로만 된다면 다시 돈을 벌 수 있을 거야."

"하지만 엄마는 아빠가 스코틀랜드로 가야 할 거라고 하시던데요."

"그렇겐 안 될 거야. 2020년까지 완벽하게 환경 친화적이 되려면 전국의 50퍼센트의 집을 아예 맨 바닥부터 새로 지어야 하니까 여기에도 내가 할 일이 있을 거야."

"네, 하지만 아빠, 은행이 6개월씩 기다려 줄까요? 저번에 온 사람들은 그렇게 참을성이 있어 보이진 않던데."

아빠가 한숨을 쉬었다. "글쎄다. 2009년도 금융권 파산 이후엔 그쪽에서 어떻게 나올지 예측을 할 수가 없지만, 뭐라도 시도하고 협상을 해 봐야지. 경기가 악화되면서 우리 주위에 집을 압류당하는 사람들이 수두룩한 것도 사실이지만 포기하진 않을 거다."

"이런 상황에서 엄마 아빠만 남겨 두고 떠날 수가 없어요. 오늘 애들한테 말할래요."

"안 된다!" 아빠의 고함 소리가 들판을 지나 바위에 메아리 쳤다. "그렇게는 안 돼. 나는 네가 너의 삶을 살아 나가길 원하고, 또 그렇게 해야만 해. 그냥 생존만을 위해서 살 순 없어."

아빠가 나를 봤다. "네 도움이 그렇게 절실한 상황도 아니고……. 그리고 아서 할아버지도 네가 그렇게 포기하는 걸 원치 않으셨을 거야."

"그런 말 마세요." 목이 메려는 걸 참아 내며 내가 말했다.

우리는 서로에게 다가가 세게 꼭 끌어안았다.

"전 언제나 그분을 생각해요."

"아서 할아버지?"

아빠가 고개를 끄덕였다. "나도 마찬가지야. 나는 늘 나 자신한테 이렇게 말해. 당황하지 마, 닉. 아서 할아버지라면 어떻게 하셨을까?"

"저도요……."

"떠나, 로라. 할아버지도 네가 그러길 바라셨을 거야. 아니면 뭘 위해 이렇게 애쓰는데? 그래도 조심은 해야 한다. 프랑스도 이제 전국이 다 그래."

"정치 문제 말이에요?"

"그래, 프런트 내셔널이라는 우파가 득세하고 있대."

나는 한숨을 쉬었다. "아 정말, 이제 정상인 데는 아무 데도 없는 거예요?"

"없어. 극단주의로 흘러가고 있지. 독일이랑 스칸디나비아도 일종의 그린 컬렉티비즘(녹색 집산주의: 농장의 생산을 국가에서 관할 통제하고 균등하게 배급하는 정치, 경제 이론-옮긴이) 쪽으로 기울고 있고, 프랑스와 이탈리아에서는 신 나치 세력이 늘고 있지. 게다가 스페인은 에브로 강을 놓고 프랑스와 전쟁을 벌일 기세야. 그러니까 우리가 가진 모든 걸 공유하든지, 내 것은 무슨 수를 써서라도 지키든지 둘 중 하나로 가고 있는 거야." 아빠가 씩 웃었다. "적어도 모든 정당들이 다 똑같은 소리나 하던 시절이랑은 달라졌으니 좋아해야 하나?"

"정치는 정말 싫어요."

"정치가 너랑은 아무 상관없다고 생각하기 때문에 네가 그런 소릴 하는 거야."

"그런 거 아니에요. 하나같이 우울한 인간들."

아빠가 생각에 잠긴 듯 나를 물끄러미 봤다. "흠, 두고 보면 알겠지. 이제 작전에 들어가야지. 오늘은 시차 두기 단계 아니야?"

"아빠가 그걸 어떻게 알아요?"

아빠가 코를 문질렀다. "난 많은 걸 알고 있어. 나처럼 조용한 사람을 조심해야 하는 거야, 로라. 이런 사람들이 제일 위험한 부류라니까."

오늘 오후에 클레어와 샘이 병가를 내고 나와 집에 오는 길에 런던행 기차표를 끊었다. 와, 세상이 쪼그라들긴 엄청 쪼그라들었나 보다. 무슨 달나라에라도 가는 기분이다.

내일은 우리가 아픈 티 팍팍 낼 차례!

6월 3일 토요일

이런 일이 생기다니 정말 믿을 수 없다. 오후 4시쯤 나와 스테이시가 오스카상을 휩쓸 정도의 위경련 연기에 몰입해 있는데 글레니스가 주방으로 들어서더니 내 어깨를 툭 쳤다.

"사무실로 와, 둘 다. 당장."

우리는 글레니스를 따라 들어갔다. 헉스터블 여사께서 책상에 앉아 제임스 본드 영화의 악당처럼 후추통을 이리저리 굴리고 있었다. "너희 네 명이 모두 기적적으로다가 위통을 앓고 있다는 게 내 레이더에 포착됐는데, 맞아?"

나는 내 고무장갑만 쳐다보고 있었다.

"하지만 진짜로 아프단 말이에요. 지금 이게 유행인 것 같아요." 스테이시가 말문을 열었다.

"거짓말 자꾸 할 거야? 내일 아침 런던행 기차표 넉 장이 나갔다는 정보도 내 귀에 들어왔거든. 너희들에게는 불행한 일이지만 글레니스의 언니 캐리가 바로 너희들에게 표를 판 분이란다. 캐리가 너희들이 여기서 일하는 걸 본 적이 있어서 이 사실을 글레니스에게 알렸고, 글레니스가 다시 내게 알려 왔지."

나는 계속 내 분홍색 고무장갑에만 시선을 고정했다. 망할 놈의 촌사람들.

그러고는 헉스터블 여사는 원자 폭탄을 투하했다. "너희 넷이 내일 병가를 썼다가는 너희들 자리는 다 날아갈 거라는 걸 똑똑히 기억해. 월급도 없어."

스테이시가 헉 소릴 냈다. "어떻게 그러실 수가……."

헉스터블 여사가 깔깔 웃었다. "그런 사기 무단결근은 해고 사유가 된다는 것쯤은 알 거라고 생각해. 그러므로 고용과 지불의 조건이 사라지는 거지."

"하지만 몇 주 동안이나 노예처럼 일했잖아요."

"너희는 자유의지로 여기서 일했고 다음주 수요일은 로라의 첫 월급 날이지. 아까도 말했지만 너희 모두 동시에 의심스러운 결근을 하지만 않으면 말이야."

우리가 가서 이 소식을 전하면 클레어의 뇌가 터져 버릴지도 모른다고 생각했다. 클레어는 머리를 부여잡고 괴성을 질렀다. 나머지는 암울하게 서로의 얼굴만 보고 있었다.

샘이 땅을 걷어찼다. "대체 어쩌라는 거야? 그놈의 기차표 때문에 망했어."

스테이시가 격하게 말했다. "불 질러 버리자."

"그렇다고 돈이 나오는 건 아니잖아. 우릴 완전 엿 먹인 거야."

내가 주먹을 불끈 쥐었다. "상관없어. 길거리에서 구걸을 하게 되더라도 우리는 가는 거야. 그 무엇도 이 공연을 막을 순 없어. 맞지?"

우리 모두 우울한 침묵 속에서 짐을 싸기 시작했다.

6월 4일 일요일

공연 날!

아침 8시, 런던. 비 내리는 패딩턴 역에 내리자마자 보인 것이 벽에 스프레이로 그려진 거대한 2 표시였다.

내가 휘파람을 불었다. "하드코어로군."

스테이시가 웃었다. "말했잖아, 여기 완전 과격해졌다니까." 겨우 5주

만에 내가 아는 모든 사람들이 떠났다. 독스는 폐쇄됐고, 키란은 뉴욕으로, 타노는 시칠리아로 갔고, 그웬 선생님은 체포됐고, 에만은 사라졌고, 클레어의 부모님은 클레어와 연을 끊겠다고 했고, 스테이시의 이모는 스테이시가 학교로 돌아가야만 받아주겠다고 했다. 네이선이 아직 여기 있는지 확실치 않아 공연에 오라는 메시지만 보냈는데 아직 아무 답도 받지 못했다.

기차에서 가진 돈을 모았더니 22유로, 사실상 한 푼도 없는 거다. 오늘 하루가 마치 축축한 악몽처럼 우리 앞에 펼쳐졌다. 우리는 캄덴으로 가서 시장에서 어슬렁거리다가 너무 젖은 다음에는 카페에 들어가 앉았지만 차 한 잔을 놓고 넷이서 두 시간쯤 개기다가 쫓겨나고 말았다. 그래서 어떤 가게의 차양 밑으로 들어가 잠깐 쉬는데 공원 제복을 입고 우릴 범죄자처럼 쳐다보던 경찰 비슷한 뚱뚱이 아줌마가 딴 데로 가라고 했다. "갈 데가 없어?" 입술 주위에 마요네즈를 묻힌 채 그 여자가 물었다. 우린 대꾸도 하지 않고 부랑자마냥 발을 질질 끌며 그냥 떠났다.

5시가 되어서야 클럽 안으로 들어갈 수 있었다. 방이 2개였는데, 하나는 전자 음악을 하는 애들을 위한 방이었고, 나머지 하나는 밴드들을 위한 방이었다. 저쪽 벽을 통해서 프로듀서의 과격한 비트가 울려 오는 통에 우리 방은 완전 혼돈 그 자체였다. 사운드 담당이 오늘 오후에 브릭스톤 지역 수색 때 체포됐기 때문이란다. 이제 모든 밴드가 똑같은 앰프와 장비를 쓸 수밖에 없었다. 무대에 올라가 코드를 꽂고 연주를 시작하자 완전 악몽이 따로 없었다. 내 베이스 소리는 통제 불능이었다. 4번 줄을 튕겼는데 대박 싼티 나는 진동음이 고물 스피커를 통해 울려 퍼졌다. 샘의 기타에서는 고양이가 깡통 더미를 긁어 대는 소리가 났다. 입으로 하나, 둘…… 하나, 둘…… 하는 클레어의 소리는 아예 들리지도 않았다. 우린 형편없는 소음의 소용돌이 속에 갇힌 채 망연자실 서 있었다. 클레어의 눈에 눈물이 고이고 있는데 무대 뒤에서 에만이 콘크리트 계단 위로 마치 예수처럼 불쑥 솟아올랐다.

"어……음……. 예! 내가 그니까…… 체크해 줄까……. 어…… 너네들……. 예?"

농담 아니고 클레어가 진짜로 에만 품으로 와락 달려들었다. "에만! 어떻게 여기 있었어? 다들 여길 떠난 줄 알았어."

에만이 어깨를 으쓱했다. "아냐……. 어 난 그니까, 완전…… 어…….
원조…… 아…… 언더그라운드…… 어 사운드맨이잖아. 날…… 그니
까 어…… 떠나게…… 어…… 할 순 없지."

클레어는 물에 빠진 사람처럼 에만을 붙잡았다. 에만이 믹싱 부스로
올라갔고 기계 다이얼 위를 날아다니는 그의 손가락은 미친 모기떼
같았다. 그러기를 몇 분, 우리가 WKD란 곡을 연주할 때쯤엔 우리 밴
드다운 소리가 났다.

스테이시가 볼을 부풀렸다. "좋아. 이젠 우리 할 일만 하면 돼." 그러
더니 샘에게 윙크를 날렸다. "넌 잘할 거야. 스트레스 받지 마."

샘은 얼굴이 허옇게 질려서는 아무 말도 하지 않았다.

사운드 체크가 끝난 후 우린 밖으로 나갔다. 이미 꽤 많은 사람들
이 모여 있었고, 모두들 경계선 밖으로 밀려나 쿵쿵거리며 춤도 추고,
캔과 물병 위로 엎어지거나 하고 있었다. 입구를 지키던 기도가 스테
이시 앞으로 오더니 롤러 블레이드를 탄 전자 음악 하는 애 팔을 툭
쳤다.

"어이, 어이, 너. 그 맥주 캔 당장 치우지 않음 널 치워 버릴 줄 알아."

그 애는 맥주 캔을 바로 놓아 버렸고 그게 스테이시 발 위로 떨어졌
다. 스테이시가 그 앨 쿡 찔렀다. "너 뭐하는 짓이야?"

그 남자애는 눈은 죽은 상어처럼 쭉 찢어져 가지곤 어깨만 으쓱해 보
였다. 전자 음악 하는 애들은 컴퓨터 본체에 연결이 돼 있는 것 같다.

나는 모여 있는 사람들을 둘러봤다. "미키가 말한 기획자는 아직 안
왔나?"

스테이시가 고개를 저었다. "아직. 그래도 올 거야. 직감으로 알아."

클레어가 내 손을 잡았다. "무조건 와야 돼. 만약 안 오면."

"그런 말은 하지도 마."

클레어가 고개를 끄덕였다. "가서 맥주나 마시자."

뒤쪽에 앉아 처음 두세 그룹의 연주를 지켜보는데 한 곡 한 곡이 끝날 때마다 점점 더 마음이 불안해졌다.

클레어가 신음 소릴 냈다. "넘 긴장돼. 그 남잔 대체 어디 있는 거야?"

어떤 여자애가 사람들을 뚫고 오다가 우릴 보더니 멈췄다. 그러고는 클레어 코앞까지 얼굴을 들이밀고 말했다. "너희들은, 남자들만 들끓는 세상의 걸 파워라는 말을 해 주고 싶었어." 그 애는 나와 클레어를 보고 말했다. "안 그래?" 그러곤 다시 사람들 속으로 사라졌다.

내가 미소를 지었다. "들끓어? 그 표현 맘에 드는데." 그런데 스테이시가 갑자기 나를 붙잡았다. "왔다!" 그리고 고개로 바 쪽을 가리켰다. 나와 클레어가 동시에 돌아봤다.

"오 마이 갓!" 클레어가 외쳤다.

"저 여자……."

클레어가 고갤 끄덕였다.

스테이시가 보려고 다시 고갤 돌렸다. "뭐, 뭐? 저 사람이 기획자, 맞지?"

"응, 근데 그 남자랑 같이 온 여자 말야……. 엄청 큰 진주 귀걸이 한 여자…… 수지 K야."

"지난번 리뷰에서 우릴 왕창 씹어 댔잖아! 젠장, 젠장." 스테이시가 발을 굴렸다.

클레어가 나를 쳐다봤다. "우린 끝났어."

나는 클레어의 눈을 정면으로 쏘아봤다. "야, 우리는 남자들만 들끓는 세상의 걸 파워라는 말을 해 주고 싶다. 오늘 밤 수지는 우릴 다시 보게 될 거야!"

클레어가 웃음을 터뜨렸다. "멋진데, 로라 브라운. 샘은 어딨어? 무대 뒤로 갈 시간이야."

공연을 어떻게 했는지 기억이 나질 않는다. 그저 솟구치는 아드레날린과 현란한 코드뿐. 샘의 손가락은 너무 빨라서 눈에 보이지도 않았다. 클레어의 스테이지 다이빙은 어디로 튈지 예측 불가능이었고, 스테이시는 드럼을 박살 낼 듯 두들겨 댔다. 나는 무슨 사이코 킬러처럼 내 베이스의 목을 틀어잡고 클레어의 노래에 맞춰 모든 음을 완벽하게 짚어 냈다.

자유가 보이질 않아
내겐 착취만 보이지
지도자들만 살이 올라
민중의 등을 처먹은 거지

공연을 끝내고 나니 토할 것 같았다. 화장실을 찾아 한 칸을 차지하고 들어가 문을 잠갔다. 전자 베이스 소리가 너무 커서 화장실 칸막이 전체가 다 흔들릴 지경이었다. 나는 손으로 머리를 부여잡고 숨을 깊게 들이마셨다. 갑자기 화장실 문이 열렸다. 누군가가 울고 있었다. 그러더니 내 이름을 불렀다. 나는 아무 말도 하지 않았다. 아무것도 알고 싶지 않았다.

클레어가 내가 있는 칸을 발로 찼다. "로라, 넌 줄 다 알아. 네 신발 다 보인다고. 피하지 말고 얼른 나와."

"알고 싶지 않아."

클레어가 문을 다시 걷어찼고, 걸쇠가 풀리더니 화장실 문이 안쪽으로 휙 열렸다. 클레어가 따귀를 얻어맞은 것처럼 얼굴이 시뻘게져서 그 앞에 서 있었다. 다시 토가 치밀어 오르는 걸 꾹꾹 눌렀다. 그때 클레어가 손가락으로 하나씩 꼽아 나가기 시작했다. "릴, 랭스, 렌, 보르도, 툴루즈, 님, 몬트펠리에, 마르세유……. 빌어먹을, 우리가 해냈다고, 로라!"

우리는 둘 다 비명을 지르며 복도를 달려 다른 애들을 찾았다. 샘이 나를 붙잡아서 번쩍 들어올려 한 바퀴 돌렸다.

"그만, 그만! 나 토할 것 같단 말야." 내가 헉헉대자 샘이 나를 천천히 내렸고, 내 얼굴이 그 애 얼굴과 같은 높이가 되자 샘이 거기서 멈춰 나를 그대로 들고 있었다. 안 돼, 안 돼, 안 돼, 로라 브라운.

아 이 기분이란! 그 모든 개수작과 실망과 투쟁 끝에 우리가 해낸 거다. 우리는 맥주 한 상자로 에만에게 보답하고 모두 함께 그 애가 사는 곳으로 몰려갔다. 복스홀의 불법 거주지에 있는 코딱지만 한 그 방에서 해가 뜰 때까지 파티를 하다가 잠이 들긴 했는데, 완전 밀착해서, 서로의 얼굴에다 콧김을 뿜어 댔고, 팔다리가 서로 뒤엉키는 바람에 자꾸만 깨야 했다. 으 소름 끼쳐.

6월 5일 월요일

애디가 보낸 메시지 때문에 잠에서 깼다. 마치 다른 세상에서 보낸 것처럼 이메일이 엄청 깨져서 들어왔다. 내가 그걸 해독해 낸다면 이게 의미하는 바가 아주 클 것 같단 생각이다.

난민 캠프로 가는 중. 에어컨도 달린 나름 괜찮아 보이는 카툰 행 버스표를 샀어. 가방은 전부 지붕에 얹고 버스 안에는 300명 꾪?=U3+%+8&/=$1A,;K끼겨 탔어. 근데 에어컨이 안 나온다는 걸 "졸봸 깨달았어.
15분쯤 지났는데 완전 땀에 절었어. 갈수록 더 더워솗?겜. 자거나 창 밖 보는 것 말곤 할 게 암것도 없어. 염소 떼로 벅꼭팔슼%+ 찬 화성에 온 것 같아.
근데 놀라지 마시라! 나 방금 첨으로 신기루를 봤어. 내가 헛걸 본 거겠지만 암만 다시 봐도 땅 위로 계속 왕창 큰 파란색이 떠 있는 게 보여.

나는 벌렁 누워 미소 지었다. 그래, 그래. 애디 나도 이제 떠난다고. 너만 떠날 수 있는 줄 아니?

어쨌든 에만이 다음 절차를 알아보는 동안 우린 에만네 집에 하루 더 있었다. 알고 보니 에만은 타이니 체인소우의 사운드 엔지니어 자격으로 우리와 함께 투어를 떠날 수 있었다. 에만이 런던에 남아 있는 유일한 엔지니어란다. 에만이 씩 웃었다. "그게 어…… 강경함의…… 아름다움…… . 어…… 이고……음…… . 아 이 미친 런던에…… 아…… 붙어 있었던 덕이지. 겁쟁이…… 엔지니어들은…… 그니까…… . 모두…… 어…… 사라진 지 오래지."

클레어는 기획자와 투어에 관한 계약서를 만드느라 오후 내내 전화 붙잡고 있었다.

전화를 끊은 클레어는 한숨을 푹 쉬었다. "스테이시가 말한 것처럼 돈은 거의 안 주지만 굶지 않을 만큼은 받아. 다른 밴드들은 티셔츠랑 다운로드 판매로 돈을 벌 거라는데, 우린 그런 게 하나도 없으니까, 입장료 배당받는 걸로 끝이야. 그래도 확성기랑 드럼은 그냥 써도 되니까."

네이선은 나타나지 않았다. 완전 실망했다. 우리가 여기 와 있다고 다시 메시지를 보냈다. 오오, 방금 키란이 이걸 보내 왔다. 그동안 키란이 너무나 그리웠던 것 같다. 내 오랜 꿀단지 같은 아저씨.

라 라 라 라 라 라 라 라   라 메 리
카······ 42명의 선원과 나. 상
상이 되니?
키란

전송

6월 6일 화요일

하루 종일 공원에 앉아 있었다. 공짜로 머물 수 있기도 하고 아무
도 귀찮게 하지 않는 유일한 곳이기 때문이다. 오늘은 너무나 배가 고
파 음식 생각 말고는 아무것도 할 수가 없어서 각자 최고의 식사를 생
각해 내는 데 시간을 아주 오래 보냈다. 나의 코스를 말해 보자면, 일
단 새우튀김과 스파이시 치킨 윙으로 에피타이저를 삼고 엑스트라 칠
리소스를 얹고 파래 튀김을 곁들인 팟타이, 그리고 디저트로는 아몬드
가루를 뿌린 더블 크림 딸기 아이스크림에 완전 차가운 코브라 맥주
(인도 맥주의 일종-옮긴이)를 마시는 거다. 내 위는 이제 더 이상 내 것이

216

아니다. 내 몸에서 분리되어, 죽은 고기를 찾아 헤매 다닌다는 짐승의 것이 됐다.

6월 7일 수요일

런던이 불안불안하다. 오늘은 새로운 주민세법에 반대하는 시위가 하루 종일 이어졌다. 에만의 모니터를 보니 사우스 뱅크에 사람들이 모여들고 있었다.

"또 세금을 걷어? 우리 부모님이랑 부모님 친구들은 벌써 죽을 지경인데."

클레어가 고개를 끄덕였다. "경제를 다시 일으켜 보려는 거라지만, 정부는 늘 돈을 걷기만 하고 암것도 안 하지. 그리고 이번엔 너무 심해. 성인은 모두 1년에 2,000유로를 내야 한다고."

"우리도?"

"그럼. 대학 마치고 직장을 잡자마자 그 즉시."

"그럼 우린 어떻게 살라고?"

클레어가 어깨를 으쓱했다. "정부는 우릴 괴롭히는 게 버릇이 돼서 그런가, 누군가가 저항할 거라고는 상상도 못 하는 것 같아."

6월 8일 목요일

대체 우린 언제까지 이렇게 당해야 하는 걸가? 완전 엿 같은 하루다. 하레 크리시나 노숙자 무료 배급소 앞에 줄서 있는데 기획자가 클레어에게 전화를 해서는 자금난이 심해서 더 작은 투어 버스로 줄일 수밖에 없기 때문에 미안하지만 우릴 태울 자리가 없게 됐다고 했다. 따라서 우리 힘으로 버스를 구하지 않는 한 우린 못 간다. 스테이시는 인도 빵을 주먹으로 으스러뜨렸다. "그럼 끝장이네 뭐. 방법이 없잖아. 그 죽을 고생을 하고!"

그때 내 전화가 울렸다. 네이선이다. "헤이, 로라, 어떻게 지내?" 그동안 꾹꾹 참았던 눈물이 수도관이 폭발한 것처럼 미친 듯이 터져 나왔다. 불쌍한 녀석, 한 달 내내 전화 한 번 안 하다가 하필 바로 이 순간에 걸어서. 네이선은 꼭 날 찾아오겠다고 약속했지만 내 생각엔 어떻게든 날 떼어 내고 전화를 끊고 싶어서 그런 것 같다.

6월 9일 금요일

에만네 집에서 짐을 쌌다. 아침에 애빙턴으로 돌아간다. 투어는 좋았다. 너무 우울해서 더 이상 쓸 수가 없다.

6월 10일 토요일

쿵, 쿵, 쿵. 누군가가 에만네 집 현관을 차는 소리에 깊은 잠에서 깼다. 에만이 벽 쪽으로 붙어 섰다. "젠장…… 짭새들……. 아, 진짜." 에만은 나에게 고갯짓을 했다. "네가……. 어 그니까…… 음…… 봐 줄래?"

아래쪽에서 목소리가 들려왔다. "야! 에만! 로라! 살아 있는 거야?"

"경찰 아니야." 난 기다시피 다른 애들을 지나서 창문을 활짝 열고 머리를 내밀었다. 네이선이 위를 올려다보며 현관 앞에 서 있었다. 나를 보더니 씩 웃고는 두 팔을 활짝 벌렸다. "짜자안!"

"네이선, 웬일로 이렇게 일찍?"

"내 이쁜이를 데려올 맘에 엄청 흥분해서."

네이선 뒤쪽을 보니, 줄 지어 주차된 차들 옆에 녹슬고 낡아빠진 고물 오렌지 색 밴이 서 있었다.

"뭔 소리야?"

네이선은 엄지손가락으로 어깨 뒤쪽을 가리켰다. "이거, 기억 안 나?"

나는 그 밴에 다시 한 번 눈길을 주고 나서는 웃기 시작했다.

"농담하는 거지?"

네이선이 팔짱을 꼈다. "농담하는 걸로 보여? 물론 며칠 손을 더 보긴 해야겠지만, 쓸 만하다고……."

클레어가 몸을 질질 끌다시피 창문가로 왔다. "쟤 뭐래니?"

네이선은 두 손을 모아 입에 대고 말했다. "내 차를 타고 프랑스로 가잔 말이야. 내가 운전할 테니 기름 값은 너희들이 대라고. 근데 로라가 대놓고 비웃잖아."

클레어가 몸을 밖으로 뺐다. "앤 그냥 무시해. 좋아, 계약하자!"

내가 클레어의 티셔츠를 잡아끌었다. "하지만 클레어, 너 저 차 자세히 못 봐서 그래……."

클레어가 안으로 쑥 들어왔다. "다른 방법 있어?"

"없지, 아마……?"

"그럼 가 보자고."

6월 12일 월요일

아 이런, 요즘은 올 할머니가 좋아하시는 클리프 리처드 주연의 〈썸머 홀리데이〉라는 옛날 뮤지컬 영화 속에 들어가 살고 있는 것 같다. 그 영화에선 사람들이 런던 2층 버스를 수리해서 그리스까지 타고 간다. 다만 현실에서는 금요일 밤 릴에서 공연을 해야 하고 우리가 이 녹슬어가는 금속 덩어리를 수리하지 못하면 우리 미래는 통째로 날아간다는 것이 다를 뿐이다. 부품들을 찾느라 온종일 쓰레기 수거함과 쓰레기 처리장 속을 기어 다녔다. 오후에 스테이시는 쥐한테 거의 물릴 뻔 했다. 〈썸머 홀리데이〉는 이렇게 짠한 내용은 아녔던 것 같은데.

6월 13일 화요일

오늘 아침에 엄마로부터 이메일이 왔다.

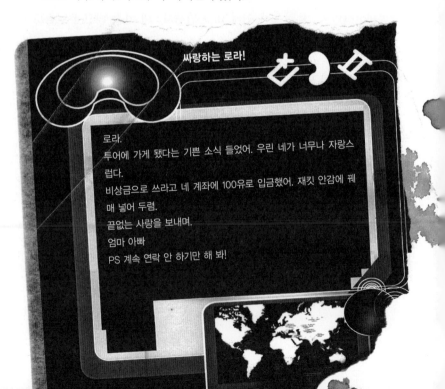

싸랑하는 로라!

로라.
투어에 가게 됐다는 기쁜 소식 들었어. 우린 네가 너무나 자랑스럽다.
비상금으로 쓰라고 네 계좌에 100유로 입금했어. 재킷 안감에 꿰매 넣어 두렴.
끝없는 사랑을 보내며.
엄마 아빠
PS 계속 연락 안 하기만 해 봐!

눈물을 참기 위해 손가락으로 잠시 눈두덩을 누르고 있어야 했다. 하지만 점심시간에 자동차 부품 매장에서 브레이크 패드 라이닝을 사는데 그 돈을 몽땅 다 써 버렸다. 클레어는 부모님이 보낸 돈 냄새는 귀신같이 맡는다. 아무리 파산한 부모한테서 나오는 거라고 해도 말이다.

6월 15일 목요일

네이선이 드디어 차를 움직이는 데 성공했을 때는 이미 어두워져 있었다. 네이선이 녹슨 부분을 가리려고 페인트를 철벅 뿌려 놔서 이제는 밝은 초록 얼룩이 생긴 셰비를 모두 함께 둘러봤다.

샘이 타이어를 발로 뻥 찼다. "정말 이걸 타고 프랑스로 갈 수 있단 말이야?"

네이선이 입맛을 다셨다. "좀 믿어 봐. 얘가 별 볼일 없어 보여도 숨겨진 능력이 있단 말야. 수소 컨버터도 달았으니까 이제 꿈속을 달리듯 쫙 나갈 거야."

스테이시가 차 안을 들여다봤다. "근데 여섯 명이 어떻게 저 안에서 지내지?"

"두 명씩 짝을 지어야겠지. 두 명은 앞좌석에서 운전하고, 두 명은 가운데 자리에 앉아 가고, 두 명은 맨 뒤에서 잠을 자고. 그리고 몇 시간마다 교대하는 거야." 클레어가 말했다.

"누가 누구랑 잘 건데?"

네이선이 씩 웃었다. "서로 먼저 나랑 자겠다고 쌈박질만 하지 않는다면, 나야 여성분들 누구나와 기꺼이 잘 용의가 있단다."

내일 아침이 되자마자 우린 떠난다.

6월 16일 금요일

프랑스!

늦은 오후 우린 카페리에서 차를 내렸다. 정말 여기에 오다니 믿어지지가 않는다. M23 도로를 달리다가 차 지붕의 태양열 회로가 과열되어 네이선과 샘은 차 밑에 누워 몇 시간씩 애를 쓰는데, 여자애들은 마치 이 세상에 페미니즘 따위는 본 적도 없다는 듯 풀밭에 앉아 남자애들이 우릴 구원해 주기만 기다렸다. 차를 고쳐서 다시 달리기 시작했지만 도버에 도착했을 때는 다음 배에 우릴 좀 태워 달라고 페리 회사에 구걸을 해야 했다. 관리인들은 계속 "안 돼, 안 돼, 안 돼, 원칙적으로 안 된다고."란 말만 반복하다가, 클레어가 갑자기 자기 가슴을 확 보여 주니까 웃더니 우리더러 타라고 손짓을 했다.

"어떻게 그런 짓을 할 수가 있어?" 스테이시가 쭝얼댔다.

클레어가 코웃음을 쳤다. "지금은 포스트 페미니즘의 시대야. 우리의 파워가 먹히는 데선 써먹을 줄 알아야 한다고."

진짜로 우리의 길을 향해 떠나가고 있다니, 이 기분 정말 죽인다.

앞좌석으로 불어오는 뜨거운 바람을 맞으며 나는 정면을 보고 앉아 있다. 내 짝은 네이선이다. 여자애들이 전부 네이선 근처엔 죽어도 안 가겠다고 하는 바람에 어쩔 수가 없었다. 어쨌든, 아으, 그만 써야겠다. 벌써 길을 잃은 모양이다.

새벽 1시. 운전하며 정말 별별 드라마를 다 찍은 다음에야 릴의 공연장을 찾아냈다. 우리가 주차장에 차를 댔을 땐 이미 날이 어두어진 후였다. 누군가 메인 투어 버스에서 야채 칠리를 만들고 있었다. 허기로 거의 실신 지경이었던 나는 거대한 접시 하나에 음식을 가득 담아 미친 듯이 먹어 치웠다. 배고픈 자가 어찌 부끄러움을 알겠는가.

그렇게 해서 에인절스는 9시 30분에 사상 첫 해외 공연을 마쳤다. 밴드는 모두 세 팀이었다. 우리, 타이니 체인소우 인 더 디스턴스, 그리고 프랑스에서 꽤 유명하다는 'SIM'이라는 다소 과격한 밴드(SIM은 완전 정치적이라는 말의 준말이란다). 그리고 에만은 이 투어의 유일한 사운드 엔지니어인데 미키가 공연 사이사이 에만을 자꾸 불러 대는 바람에 사람들은 오디오 일그러지는 소리와 삑삑 소리로 고문당하고 있다. 프랑스에 투어를 와 있다는 게 정말 믿어지지 않는다……. 말만 프랑스어이고, 모든 게 다 똑같다는 게 진짜 이상하다. 이럴 줄 알았으면 고딩 때 집중 좀 할걸 그랬다. 사람들 말을 대충 때려 맞히기라도 할 수 있는 건 스테이시뿐이다.

공연이 끝난 후, 밴 안으로 모든 걸 다 던져 넣고 각자의 자리로 기어들어 가 잠들었다. 누가 보면 동반 자살기도 모임으로 보일 거다. 찬란한 로큰롤이여, 우리가 간다!

6월 18일 일요일

오늘 밤엔 레임의 샴페인 공장 지역에서 공연했다. 여기 애들은 영국 애들보다 훨씬 공격적이다. 막 밀어대고, 춤도 과격하게 추고, 그러다 피도 보고, 싸움도 한두 건씩 난다. 아빠 말이 맞았다. 몇 주 안에 여기서 치를 선거에 프런트 내셔널이라는 극우파 당이 권력을 잡을 가능성이 아주 높아서 사람들이 다 제정신이 아니다. 우리가 또 다른 재난 지역으로 걸어 들어온 게 분명하다. 프랑스 밴드 SIM의 리드 보컬인 실비라는 애가 클럽 바깥 쪽, 상자더미 위에 올라서서 영어로 사람들한테 소릴 질러 대고 있었다. "여러분은 제가 무슨 역사책에 나오는 얘기를 하고 있다고 생각하죠? 히틀러는 만화 속에나 나오는 사람이라고. 히틀러가 파시즘을 만들어 낸 줄 아세요? 여러분 생각엔 우리가 다시 그때처럼은 되지 않을 것 같아요?"

그때 에만이 사운드 장비들을 발로 걷어차자, 소리란 소리는 모두 사그라졌다. 에만은 곧이어 저주파 다이얼을 돌렸고 거대한 맥박 소리가 5킬로미터 반경 내의 모든 분자들을 울렸다.

샘이 가슴을 부여잡았다. "아, 죽기 직전에 이런 느낌이 드는 걸까?"

통화 질이 엄청 떨어지는 가운데 엄마랑 통화했다. 엄마 목소리가 온통 들떠 있었다.

"모든 게 정말 좌알 되과아……. 아빠는 풍뤼어억…… 시좌아악……."

우린 5분 만에 통화를 포기했다. 뭐 두 분 다 잘 있는 것 같다.

6월 19일 월요일

다음 공연은 여기서 서쪽으로 한참 떨어진 브르타뉴의 렌에서 3일 뒤에 열린다. 그래서 오늘은 6시간을 달려 허술해 보이는 캠프장으로 들어가 쉬어 가기로 했다. SIM 멤버들은 다들 채식주의자에 엄청 심각하지만 걔들이 모든 요리를 담당하고 있기 때문에 난 걔들 신경을 건드리고 싶은 생각이 없다. 그래서 다른 애들이 모닥불에 모여 놀고 있을 때 설거지를 하는 실비를 도왔다. 실비는 영어를 완전 잘한다. 그에 비해 '봉주르'와 '쥬 마뻴~(내 이름은 ~입니다)' 밖에 모르는 나는 완전 멍청이 같다.

나는 행주를 집어 들었다. "여기에선 무슨 일이 벌어지고 있는 거야? 왜들 그렇게 싸우나 해서."

실비가 얼굴을 들었다. "그니까 프랑스에서 말야?"

"응."

"모르겠어. 1년 전만 해도 프런트 내셔널이 지방 선거에서 승리한다는 말을 들었으면 비웃고 말았을 거야."

"근데, 어떻게 된 거야? 지금 탄소 배급제가 시행됐다는 이유만으로 그렇게 될 순 없지 않아?"

"그렇지. 좀 복잡해. 우리 것을 지키겠다는 거고……. 또…… 아프리카의 ……. 세체레스 때문에 그래."

"가뭄 말하는 거야?"

"그래. 엄청 심각하거든. 벌써 유럽에도 일어난 일이야. 스페인. 그 거지 같은 관광용 골프 코스들이 에브로 강을 다 말려 버렸지. 하지만 아프리카는 정말 재앙 수준이야."

나는 미간을 찡그렸다. "하지만 아프리카의 가뭄이 어제오늘 일은 아니잖아. 왜 이제야 그게 문제가 되는 건데?"

"왜냐하면 그 어느때보다도 심각해졌으니까. 아프리카 전 지역에 1년째 정말 비가 한 방울도 안 내렸거든……." 실비는 손가락을 꼽아 나갔다. "짐바브웨, 모잠비크, 말라위, 잠비아, 나미비아, 가나, 나이지리아, 아프리카 뿔 지역, 사헬 지역, 그리고 이젠 북쪽까지. 그래서 사람들이 이쪽으로 건너오는 거고, 수천만 명이 오는 길에 죽어. 그런데 여기의 문제는 우리도 남는 게 없다는 거야. 6주째 프랑스에도 비가 오지 않으니까. 너희들은 돌아가라 이거지."

"이런 얘긴 뉴스에서도 못 들었어."

실비가 어깨를 으쓱했다. "장벽, 강제 수용소, 사설 경비업체, 리플렉스 정보 요원. 유럽에서는 이 상황을 숨기려고 돈깨나 써대고 있지. 그리고 이스라엘이랑 팔레스타인 사이에 진짜로 식수 전쟁이 터지려고 해. 오늘내일하고 있어."

갑자기 미키의 코맹맹이 소리가 모닥불 근처에서 들려왔다.

"이상하네. 지지난주 일요일만 해도 사우스 뱅크에서 끝도 없이 질러 댔는데 내 오른쪽……." 그러곤 코를 가리켰다. "이걸 뭐라 그래?"

"코?" 샘이 말했다.

미키가 샘을 빤히 봤다. "넌 내가 코도 모를 것 같냐? 이 구녕 말야."

샘이 가만히 있다가 말했다. "콧구멍?"

"그거야 그거! 그 담부터 오른쪽 콧구멍이 완전 막혀 버렸어. 감각이 없어. 암것도 안 느껴져." 미키는 다른 애들을 둘러봤다. "너희들은 그런 적 없어?"

긴 침묵. 그리고 그때 네이선이 얼굴을 들었다. "아니, 전혀. 넌 암에 걸린 거야."

모닥불 주위에서 웃음이 빵 터져 나왔다.

무슨 저런 저능아들이 다 있냐는 듯 실비가 한숨을 쉬었다. 나는 완전 뻘쭘해졌다. 으, 왜 모든 게 그렇게 복잡해야만 하는 걸까? 다른 문제들 다 걱정하면서도 좀 웃으면서 살면 어디가 덧나?

하! 클레어가 프랑스 채식주의자 드러머와 버스 뒤에서 찐한 키스를 하는 걸 스테이시와 내가 현장에서 딱 잡았다. 클레어는 나중에 우리 밴으로 기어 올라와서는 아무렇지도 않은 척했다. "아무 일도 아냐. 그냥 친구 사이라고."

스테이시가 히죽거렸다. "그럼 아깐 뭐하는 거였어? 완두콩이라도 하나 건져 올리려고 파고들어 가는 거였나?"

6월 20일 화요일

아침에 느지막이 푹푹 찌는 셰비에서 휘청거리며 나와 보니 모두 사라지고 없었다. 그때 샘이 커다란 투어 버스가 만든 그늘 아래에 노트북을 들고 구부정하게 앉아 있는 게 눈에 들어왔다.

"다들 어디 갔어?"

"더위 좀 식히려고 강가에 갔어. 이것 좀 봐봐. 어떤 것 같아? 새로 작업 중인 그래피티야(그래피티 아트Graffiti art는 건물 벽과 지하철 차량에 스프레이 페인트로 큼지막하게 그린 가지각색의 정교한 그림으로 아무렇게나 하는 낙서와는 다른 일종의 예술로 인정받는다.-옮긴이)." 샘이 노트북 화면을 내 쪽으로 돌려서 로버트 드니로의 이미지를 보여 줬다.

"그건 어디서 났어?"

"무료 사이트. 로버트 드니로 아니야. 이미테이션 배우야."

나는 샘이 로버트의 얼굴에 필터를 대는 걸 지켜봤다. "얘를 흑백으로 바꾸기 전에 살짝 뭉개 줘야 해."

"실력이 좋아졌는걸. 그 토끼는 어떻게 됐어?"

"해결이 안 되더라…… 미키랑 다른 친구들한테서 포토샵으로 스텐실 만드는 법을 배웠어…… 이제 거의 다 됐어."

샘이 어떤 글자를 가리켰다. "이 'O'는 맨 끝으로 빼 놨어. 고약하거든. 'O'자를 잘라내려고 하면 가운데 부분이 자꾸 떨어져 나가. 그래서 'O'자는 통째로 잘라내면 안 되고, 브리지라는 걸 만들어서 가운데 부분을 거기다 갖다 붙여야 해. 윗부분에 하나 아랫부분에 하나씩 해서 모양을 만드는 거지. 한번 해 볼래?"

30분쯤 지나 내가 또 말아먹은 'O'자를 확 뭉개버리고 있는데 미키가 버스 안에서 나타났다.

그러더니 날 보고 웃었다. "어이, 안내심!"

나는 다시 조각칼을 집어 들었다.

미키가 내 손을 잡았다. "맘 편하게 해. 힘이 너무 들어가면 안 돼. 처음에 잘 안 잘렸다 싶음 다시 시작해. 그치만 좀 더 세게. 조심해. 또 힘이 넘 들어가면 푸슉! 두 눈 빡, 뜨고 하라고."

미키가 내 손을 잡았을 때 내 얼굴이 엄청 빨개졌다. 미키는 완전 섹시하다. 나는 아무렇지도 않은 척하며 샘 쪽을 쳐다봤다. "그래서 로버트 드니로 완성하면 그걸로 뭘 할 건데?"

샘은 나 한 번, 미키 한 번 쳐다보더니 어깨만 으쓱했다. "스프레이로 뿌려 보려고. 담에 기회 되면."

"나도 따라갈까?"

샘이 몸을 돌렸다. "그러든가 말든가. 맘대로."

질투의 증세가 확실하다! 날 팜프파탈 브라운이라 불러다오! 내가 뭘 어쩌겠단 건 아니지만, 와……! 관심을 받는다는 건 진짜 기분 좋다. 시위 집회보다도 후순위로 밀리는 여자가 되는 건 이제 정말 지겹다.

6월 22일 목요일

아빠가 오늘 이 중요 항목 리스트를 보내 왔다.

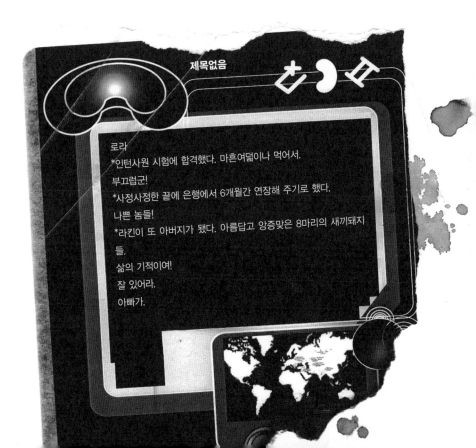

제목없음

로라

*인턴사원 시험에 합격했다. 마흔여덟이나 먹어서.

부끄럽군!

*사정사정한 끝에 은행에서 6개월간 연장해 주기로 했다.

나쁜 놈들!

*라킨이 또 아버지가 됐다. 아름답고 앙증맞은 8마리의 새끼돼지들.

삶의 기적이여!

잘 있어라.

아빠가.

아빠는 정말, 정말 특이한 사람이다. 어쨌든 다 잘된 일이고, 그 덕에 부담을 왕창 덜었다.

6월 24일 토요일

너무 덥다. 글씨를 쓸 기운이 하나도 없다. 공연이 없는 시간에 우리가 하는 일이라곤 그늘에 누워서 개처럼 헐떡이는 것뿐이다. 여행을 하거나 근처를 둘러보는 건 상상도 못한다. 셰비 밴이 우리 탄소 포인트를 블랙홀처럼 쫙쫙 빨아먹고 있다. 주황색과 초록색의 블랙홀이라니.

그 외에 다른 뉴스거리라면 네이선이 공연 때마다 매번 여자를 바꿔 가며 키스를 해대고 있다는 거다. 샘이 고개를 설레설레 저었다. "친구, 비결이 대체 뭐야?"

네이선이 팔로 뒷머리를 긁었다. "타고난 매력과 아름다움…… 그리고 이두박근에 엔진 오일을 좀 바르는데 그게 결정타야."

6월 25일 일요일

우리는 남쪽으로 보르도를 통과해 낭트를 향해 가고 있다. 그리고 이제 규칙적인 일과가 자리를 잡았다. 이젠 모두 셰비 안에서 느릿느릿 움직인다. 더위를 좀 식히려면 거의 녹아내릴 지경인 가죽 시트에서 다리의 살덩어리를 쫙악 한 번 떼어 냈다 다시 앉는 방법 말고는 없다. 뜨겁고 먼지 나는 길은 부옇고, 옆으로 지나가는 들판은 이국적인 것들로 가득하다. 무화과나무, 포도 넝쿨, 해바라기, 길 위로 나타났다 사라졌다 하는 전지 시트로앵 차량들. 그 차에 탄 사람들이 이런저런 제스처를 취하고, 싸움을 걸어 오고, 팔을 휘둘러 대는 이유는 오직 하나다. 바로 우릴 추월하겠다는 것. 이제 시간은 모두 3시간 단위로 쪼개졌다. 운전석과 보조석—계기판에 다리를 올려놓고 창문으로 휘몰아쳐 들어오는 바람을 맞는 시간. 중간 자리—깨어 있어야 하지만 좀 더 개인적인 시간. 기타 연습을 하고, 책을 읽고, 글을 쓴다. 뒷자리—푹 쉬는 시간으로 엔진 소리, 펑크 음악, 그리고 뜨거운 공기 속에서 흔들거리며 졸기도 하고, 스쳐 지나가는 구름들과 나무들을 쳐다보는 시간.

6월 26일 월요일

안 돼! 언니는 절대로 다른 사람들의 대화를 엿듣지 말라고 했고 나 역시 그럴 생각이 없었지만, 너무 더워서 도저히 움직일 수가 없었다. 정말 조금 밖에 듣지 못했지만 그것만으로도 의심이 들기엔 충분했다. 점심을 먹은 직후였고, 샘이 에만과 함께 야채 칠리 냄비를 닦고 있었다.

"나 떠난 뒤에 넌 독스에 얼마나 숨어 있었어?"

"아……. 어…… 그게 아마……. 어…… 2주 정도……."

"아…… 혼자?"

"아니…… 어…… 어……. 저기…… 애디랑……. 어…… 모니카."

"로라네 집에 살던 그 뜨거운 정치녀?"

"응……. 어…… 강경파."

"걔들 사귄 건 아니겠지?"

"그니까 너…… 어…… 걔가 어……. 어…… 뜨겁다는 게 설마 그 뜻?"

그러곤 둘 다 웃음을 터뜨렸다.

머릿속이 싸늘히 식었다. 모니카? 하지만 이제 와서 생각해 보니 난 둘 사이를 이미 감지했던 것 같다. 에만이 그 말을 했을 때 충격을 받았다기보다는 마음 깊은 곳에서 인정하고 있었다. 나는 스스로에게 무엇을 더 숨기고 싶은 걸까? 아, 제발 사실이 아니기를.

6월 27일 화요일

하지만 그건 어쩔 수 없는 사실이었기에 나는 한밤중에 뻥 뚫린 가슴을 부여잡고 깨어났다. 그 공간은 오직 애디만이 메울 수 있는 공간이다. 하지만 그 애는 가고 없다. 나는 정말 바보 멍청이다. 한 100번쯤 그 애에게 메일을 썼다가 지우기를 반복했지만, 내가 느낀 배신감을 표현할 말을 찾을 수가 없다. 그 누구에게도 아무 말도 하지 않았다. 동정은 사절이니까.

브르타뉴, 렌. 공연장으로 가는 길, 깨질 것 같은 머리를 부여잡고 밴 앞자리에 앉아 있었다. 트럭과 트랙터들이 기름 값에 대한 시위를 벌이느라 길을 봉쇄해버려서 몇 시간씩 지체됐다. 클럽에는 5시가 다 돼서 도착했고, 사운드 점검을 마치고 공연 시작 전까지 약간의 시간이 남아 있었기 때문에 우리는 사람들이 꽉 들어찬 마을의 광장으로 나갔다. 끝 부분에 설치 된 무대에는 깃발이 내걸렸고, 괴상한 군대식 음악이 꽝꽝 터져 나오는 여러 대의 스피커가 무대를 둘러싸고 있었다.

"이게 뭐야?"

클레어가 어깨를 으쓱했다. "선거 관련된 거 아니겠어? 다음주 언제쯤이라던데."

군대 음악이 갑자기 〈록키〉 주제 음악 같은 걸로 바뀌었는데 그 음악에 맞춰 합창단의 노래가 들려왔다. 내가 스테이시 옆구리를 쿡 찔렀다.

"뭐래는 거냐?"

스테이시가 어깨를 으쓱했다. "몰라."

"알려고도 안 해 봤잖아." 클레어가 말했다.

스테이시가 입을 비죽거렸다. "빌어먹을 불어 시간……" 집중하느라 스테이시 얼굴이 다 찌그러졌다. "어, 함께 일할 자유……."

함께 일할 자유
이 불꽃이 우릴 자유로 이끌어 주리
더 나은 내일을 위해

앰프의 울림이 광장을 가로질러 낡은 건물에 메아리쳤다.

네이선이 귀를 막았다. "우우!"

우리 앞에서 어린 소녀들이 떼거지로 괴상망측한 율동을 선보였다.

"나치 돌격대가 어떻게 시작된 건지 대충 알겠군." 클레어가 쭝얼거렸다.

스테이시가 얼굴을 찡그렸다. "나치 돌격대 같은 소리하네. 이건 그냥 2008년에 에핑 포레스트에서 열렸던 소녀 캠프 같은 거라고. 다를 거 없어. 아이러니 따위도 없고."

우리는 그늘진 돌길 위에 앉아 그 모습을 구경했다. 모인 사람들은 거의 머리가 하얗게 샌 배 나온 아저씨들과 그 아저씨들 마누라로 보이는 주름 자글자글한 가죽 껍데기를 뒤집어 쓴 여자들이었다. 그런데 갑자기 짙은 색 양복을 입은 남자 여러 명이 광장을 가로질러 걸어오더니 무대 위로 올라갔다. 땅에 붙은 것처럼 작달막한 남자 하나가 앞으로 나서더니 1930년대 나치 집회 화면에 나오는 사람처럼 미친 듯이 소릴 질러 대기 시작했다. 팔과 손을 어찌나 빨리 흔들어 대는지 형태를 분간할 수 없었고, 목에선 핏줄이 터질 것 같았다.

"진정 좀 하셔, 아자씨……. 심장마비 걸리겠수." 네이선이 투덜댔다.

몇 분 후 스테이시가 우리 쪽을 돌아봤다. "저 아저씨 꽤 영리한 것 같아. 교회, 가족, 화합 얘기밖에 안 해. 이민자들이니 식수니 기름이니 지저분한 얘긴 일체 안 한다고."

실비가 고개를 끄덕였다. "맞아, 그게 저 사람들 방법이야……. 단순하게 가는 거지. 옛날의 프랑스, 우리의 전통……."

"하지만 좌파는? 어디서 뭐하는데?"

"휴. 그쪽도 한심해……. 하는 게 없어."

"조지 오웰은 그들을 '삶은 토끼 같은 좌파'라고 불렀지. 좋은 의도만 품었을 뿐 허옇고 축 처졌다고."

실비가 미소를 지었다. "바로 그거야. 왜 사람들이 2같은 단체를 지지하는지 알겠지. 그 사람들은 어떻게든 싸우잖아."

"너도 그들을 지지하는 거야?" 스테이시가 물었다.

실비가 입술을 깨물었다. "몰라. 위험한 단체일지도 몰라, 그치? 하지만 지금은 상황이 너무 나빠. 우리에게도 강한 무언가가 필요할 수도 있다고."

나는 이상한 기분에 휩싸여 광장을 둘러봤다. 공포 반, 흥분 반. 지금 내 마음은 찢어질 것 같지만 그와 동시에 내가 마치 무엇에 속한 것처럼, 내 안에서 더 커다란 감정이 꿈틀대는 느낌이다. 그 녀석 지옥에나 떨어지라지. 이제 더 이상은 그 애 때문에 내 삶을 접어 두지 않을 거다.

공연은 환상이었다. '타이니 체인소우'의 미키는 무대에 올라가면 약 먹은 원숭이로 변하고 관중들은 다 쓰러진다. 그렇게 격렬한 춤과 다이빙은 정말 처음 본다. 마치 곧 무슨 일이 터질 것을 사람들이 이미 알기라도 하는 것처럼 묘한 에너지가 감돌고 있다.

6월 28일 수요일

오늘 이게 왔다. 나는 즉시 삭제해 버렸다. 이제 더는 그 루저 때문에 아까운 눈물 빼지 않을 거다. 성인 애디? 웃기고 있네.

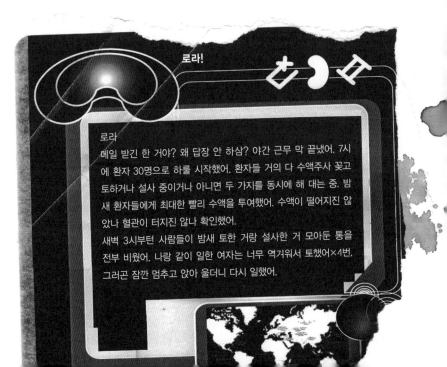

로라!

로라
메일 받긴 한 거야? 왜 답장 안 하삼? 야간 근무 막 끝냈어. 7시에 환자 30명으로 하루 시작했어. 환자들 거의 다 수액주사 꽂고 토하거나 설사 중이거나 아니면 두 가지를 동시에 해 대는 중. 밤새 환자들에게 최대한 빨리 수액을 투여했어. 수액이 떨어지진 않았나 혈관이 터지진 않나 확인했어.
새벽 3시부턴 사람들이 밤새 토한 거랑 설사한 거 모아둔 통을 전부 비웠어. 나랑 같이 일한 여자는 너무 역겨워서 토했어×4번. 그러곤 잠깐 멈추고 앉아 울더니 다시 일했어.

오늘 저녁에 보르도 외곽으로 장소를 옮겼다. 일요일까지는 공연이 없기에 샘과 나는 내일 로버트 드니로 작업을 시도할 생각이다.

"마음에 둔 장소가 있어?" 내가 물었다.

"아니. 일단 그냥 둘러보자. 그러다가 맘에 드는 데가 나오면 바로 하는 거야."

6월 30일 금요일

우리는 스텐실을 잔뜩 넣은 슈퍼 사이즈 피자 상자를 들고, 농사꾼 20명과 함께 보르도행 버스를 탔다. 한 시간쯤 돌아다니다가 오래된 다리 밑의 괜찮은 장소를 발견했다. 샘이 허리를 굽히고 상자를 열었다.

"좋아, 준비됐어? 내가 자리를 정해서 스텐실을 들고 있을 테니까 네가 테이프로 붙일래?"

내가 고개를 끄덕이고는 테이프를 뜯었다. 샘이 첫 번째 스텐실을 터널 벽에 대면, 내가 윗부분에 테이프를 붙인 다음, 자르고, 테이프를 또 뜯어서 아래쪽에 붙였다.

"아무도 없지?" 샘이 물었다.

나는 거리 쪽을 돌아보고 터널 안쪽의 어두운 곳을 살폈다. 아무도 없었다. 내가 고개를 끄덕이자 샘이 스프레이를 뿌리기 시작했다. 첫 번째 층을 완성한 후 내가 스텐실을 떼어 내고 두 번째 장을 벽에 갖다 댔다. 이번에는 샘이 테이프를 붙였다. 샘이 회색 스프레이 캔을 고개로 가리켰다.

"해 봐."

내가 캔을 집어서 흔든 다음에 뿌리기 시작했는데, 엄청 긴장한 나머지 분사구를 너무 세게 눌렀다.

"와우! 너무 가까워. 좀 살살해."

내가 조금 물러섰다. 회색 페인트가 내 손과 티셔츠에 다 튀어 있었다. 나는 심호흡을 하고 이번에는 훨씬 안정적인 자세로 다시 뿌리기 시작했다.

그리고 그다음 장. 이젠 둘이 손발이 척척 맞았다. 아무 말도 없이, 내가 하이라이트 스텐실을 집어 들었고 샘이 능숙하게 테이프로 붙였다. 실제로 페인트를 뿌릴 때는 자신이 뭘 하는지 볼 새도 없기 때문에 기분이 좀 이상하다. 그냥 스텐실을 무작정 믿어야 한다. 하얀색과 검정색 층들이 빠른 속도로 연달아 뿌려지자, 돌연 그가 모습을 드러냈다. 로버트 드니로가 보르도의 모든 나쁜 놈들을 향해 총을 겨누고 있었다.

"녀석, 정말 잘생겼는데?" 샘이 손목을 흔들자 샘의 휴대폰에서 나오는 불빛이 우리 앞의 콘크리트 벽을 환하게 밝혔다.

그때 사람들 목소리가…… 길에서 들려왔다. 내가 스텐실을 상자에 막 던져 넣기 시작하는데, 샘은 가까이에 있는 캔 두 개만 주머니에 쑤셔 넣고 나에게 하날 던져 주더니 돌아섰다. "스텐실은 두고 가. 뛰어!"

"하지만……!"

"뛰어!"

터널의 어둠을 뚫고 달리다가 출구 몇 미터 전에 내가 샘의 어깨를 잡았다. "잠깐만." 나는 티셔츠를 거칠게 벗은 다음 뒤집어서 다시 뒤집어 썼다. "캔은 숨겼어? 손에 묻었는지 좀 봐."

샘이 손을 내보였다. "깨끗해. 잔뜩 묻힌 건 너지. 바지 주머니에 넣고 있어."

내가 심호흡을 했다. "그럼 가자고. 아무 일도 없었던 것처럼."

"좋아, 브라운." 샘이 씩 웃었다. "건 그렇고, 가슴 죽이던데."

그리고 그 순간, 더러운 터널 속에서 우린 서로에게 달려들어 키스했다. 정신 줄을 놓아 버린, 말도 안 되는, 머릿속이 새하얘지는 순간이었다. 발자국 소리가 점점 가까워졌다. 우리는 다시 떨어져 햇살 속으로 걸어 나갔고 그 지역을 완전히 벗어날 때까지 아무 말도 하지 않았다. 하지만 버스를 기다릴 때 샘이 돌아서더니 이글거리는 눈빛으로 말했다. "한 번 더. 한 번은 더 해야겠어."

나는 고개를 끄덕였다. 심장이 쿵, 쿵, 쿵 뛰었다.

July

7월 2일 일요일

난생처음으로 두려움이란 걸 느꼈다. 클럽 밖에서 스킨헤드 일당이 우리 밴을 막 흔들었고, 무대 위에서 클레어가 노래를 부를 때도 일이 터졌다.

자비는 어디로 갔나
연민은 사라진 건가
그 어떤 설명도 듣지 못하고
총알이 뼛속에 박힐 때

그런데 갑자기 공연장 안에서 탕 하는 총소리 같은 게 들렸다.

그다음에는 좌파와 우파 애들 사이에 싸움이 났는데 스킨헤드 하나가 무대 위로 뛰어올라 와서는 마이크를 잡더니 프랑스 말로 소릴 질러 대기 시작했다.

내가 스테이시를 쳐다봤다. 스테이시는 고개를 저었다. "정말 역겹다……. 우리 프런트는 프랑스를 위해, 유럽을 위해 일어섰다. 물을 찾아 이민자들이 물밀듯이 밀려들고 있다. 정부가 막아 주지 않는다면 우리가 그놈들을 까내 버릴 것이다!"

스킨헤드 녀석은 사람들 쪽으로 내려갔다. 그런데 갑자기 실비가 나타나서는 마이크를 잡았다. "이렇게 좌파니 우파니 하는 거 거지 같은 거야. 이렇게 갈라져 싸우면 우리에게 미래는 없다고……."

네이선이 내 팔을 잡았다. "여기 서서 뭐해? 밴에 타, 내가 저 미친 프랑스 계집앨 끌고 나와 볼 테니까!"

"우리 물건들은?"

네이선이 나를 세게 떠밀었다. "가라고! 지금! 그깟 물건은 나중에 찾으면 돼."

새벽 5시, 우린 달리는 중이다. 장비는 경찰이 와서 공연장을 정리할 때까지 기다린 끝에 꺼낼 수 있었다. 우린 운이 엄청 좋았다. 앰프 몇 개가 박살나긴 했지만, 다른 건 다 찾을 수 있었다. 네이선은 두 손으로 핸들을 꽉 잡은 채 조용히 운전만 하고 있다. 님에서 열릴 페스티발에서 무슨 일이 벌어질지는 하느님만이 알 것이다. 우리는 선거 당일 공연한다.

7월 3일 월요일

샘과 나는 계속해서 숨 막힐 듯한 시선을 오래오래 주고받았다. 어떻게 아무도 눈치를 못 채는 거지?

7월 4일 화요일

지금 있는 곳은 님, 오늘은 선거일.

차 한 대로 움직이는 것이 더 싸기 때문에, 우리는 페스티벌 장소에서 몇 킬로미터 떨어진 곳에 네이선의 셰비 밴을 세워 두고 커다란 투어 버스에 끼어 탔다. 공연장 근처로 들어서는데 실비가 경찰 무리를 가리켰다.

"쟤들이 CRS야. 영어로는 뭐라고 하지?"

"폭동 진압 경찰대." 내 눈과 마주친 네이선이 시선을 떨어뜨렸다.

우리는 내일 신입 천막에서 공연한다. 웩. 뭐 그래도 이게 우리의 첫 번째 페스티벌이란 사실은 변함없다. 잠자리를 마련한 뒤에 나는 그냥 좀 혼자 있고 싶어져서 들로 살짝 빠져나가 불타 버린 잔디 위에 누워 내 위로 펼쳐진 푸른빛을 올려다봤다. 구름 떼가 흐려졌다가 눈앞에 확 선명해졌다가, 또 모여들었다가 흩어졌고, 하늘을 가르는 새들이 떨어뜨린 잔털 부스러기는 모닥불 위로 날아오르는 재처럼 빙빙 돌며 흩어졌다. 나는 그렇게 한참을 있었다. 내 시야가 만들어 낸 조각 안으로, 하늘과 땅엔 어둠이 깔리고 사람들이 나타났다가는 사라졌다. 모든 것이 얼마나 아름다운지 기억하게 되는 바로 그런 순간이었다.

그날 우리는 늦게까지 사이다를 마시며 다른 밴드들의 공연을 지켜보다가 이상한 기분에 사로잡혔다. 아마도 이 페스티벌이 너무나 익숙하게 느껴졌기 때문인 것 같다. 마치 모든 게 평범했던 2, 3년 전으로 되돌아가 다시 그 시절처럼 살고 있는 것 같았다.

그래도 마지막은 진짜 멋졌다. 공연의 하이라이트를 맡은 유명 밴드가 파워 넘치는 코드와 휘황찬란한 조명으로 공연을 마무리한 뒤 우릴 다시 어둠 속으로 던져 넣었다. 무대에서 물러나왔다가 다시 앞으로 몰려가는 군중들 틈에 우리도 끼여 있었고, 횃불이 사방에서 번쩍였다.

"이거 완전 원시시대 아냐." 스테이시가 투덜댔다. "차이라면 털과 사자 가죽 대신에 티셔츠, 반바지를 걸치고 스니커즈를 신었다 뿐이야."

클레어가 고개를 끄덕였다. "1950년대에 원주민들이 살던 호주 같아. 정부는 아이들의 교육을 분리시킴으로써 원주민들을 쓸어 버릴 계획을 세웠대. 그 계획에 따라 단 한 세대가 지났을 뿐인데 그 전 문화는 완전히 말소됐지. 30년 만에 4만 년의 세월이 사라진 거야."

에만은 여자애들 둘이 플라스틱 병 위로 떨어지는 걸 보며 말했다.

"그래. 늙은이들…… 이 어……. 우리의 유일한 아……. 희망이야. 니들도 어…… 그니까……. 어…… 노친네 하나 물어서…… 어 완전, 음……. 달라붙어. 그 인간들……. 어…… 노친네들, 걔들은…… 아…… 어 다 겪었잖아. 어…… 전쟁 같은 거랑 어…… 공황이랑 그런 거. 우린…… 어…… 그냥…… 노련하질 못하니까."

재즈 텐트에서 역겨운 애시드 재즈(재즈, 펑크, 소울, 힙합이 혼합된 댄스 음악-옮긴이)를 200만 데시벨로 틀어 대는 바람에 도저히 잠을 못 들고 뒤척이는데, 새벽 3시쯤 샘이 여자들 텐트로 들어와 내 다리를 톡톡 쳤다.

"으! 차라리 내 몸에 염산을 부어서 죽여 줘. 그 편이 낫겠어."

내가 일어나 앉았다. "무슨 일이야?"

샘이 바깥의 스텐실을 잔뜩 담아 둔 통들을 가리켰다. "벽에 뿌릴 새 이미지를 만들었어. 같이 갈래?"

내가 고개를 끄덕이고는 침낭에서 기어나오려는데 클레어가 자기 침낭 속에서 몸을 뒤척였다. "뭐야?"

나는 움찔했다. "암것도 아냐."

샘이 의외라는 듯이 나를 바라봤다.

나는 손가락으로 머리카락을 만졌다. "저기 있지, 나 좀 피곤한 것 같아. 다음에 해도 될까?"

내 감정을 파악하기 전에는 그 누구도 알게 하고 싶지 않다. 이래서 나이 든 사람들이 그렇게 주름이 늘고 삭아 버리는 걸까? 알 수 없는 감정들을 알아내려 애쓰느라.

7월 5일 수요일

"로라, 떠나야 해. 당장!"

일어나 앉아 보니 아직 어두웠다. 클레어가 배낭에 짐을 쑤셔 넣고 있었다.

"무슨 일이야?"

"진압 경찰. 프런트 내셔널이 선거에서 이겼어. 권력을 쥔 누군가가 이쪽으로 짭새들을 보냈대. 여기에 사회 운동가들이 많아서 그런 것 같아. 샘이랑 미키가 벽에 스프레이 뿌리러 갔다가 우연히 봤는데 동 트기 전에 여길 덮칠 것 같대."

"그럼 밴이랑 우리 물건들은 다 어쩌고?"

"베이스만 챙기고 나머진 그냥 두고 가. 얼른! 장난이 아니라고."

나는 벌떡 일어나 서둘러 침낭을 개고 밴으로 달렸다.

실비가 고갤 숙인 채 서 있었다. "경찰 새끼들 엿이나 먹으라고 해. 난 도망 안 가……. 우린 저들한테 경고해야 한다고."

우린 아무 말 없이 실비를 쳐다봤다. 경찰들과 싸울 엄두를 내기엔 이미 런던에서 너무 많은 일들을 겪었다.

실비는 입술을 깨물었다. "이런 일이 벌어지다니 정말 믿을 수 없어……."

네이선이 실비의 어깨를 감쌌다. "하지만 일어나고 있어."

실비가 고개를 끄덕였다. "좋아, 하지만 떠날 거라면 프랑스를 아예 떠야 해. 이탈리아 접경 지역에 우리가 갈 만한 시위자 캠프가 있어……. 거기라면 안전할 거야."

기어가다가 몸을 숙이고 10분 정도 뛰고 나니 울타리가 나타났다. 미키가 손을 들어 보였다. "멈춰. 전에 여기 어디 구멍을 냈었어." 미키 는 몸을 더 낮추고 울타리의 비닐 조각을 당겨서 그 사이로 내다봤다. "헉. 몇백 명은 되겠어. 저 새끼들이 캠프로 들어갈 때까지 여기 엎어져 있어야지 안 그럼 다 잡히겠다."

그래서 우리는 경찰들이 페스티벌 게이트로 조용히 들어가 텐트들

을 에워싸는 동안 배낭을 껴안고 가만히 있었다.

샘이 내 어깨를 두드리더니 저 아래에 있는 벽을 가리켰다. "어떻게 생각해?"

나는 미소를 지었다. "멋지다, 친구."

샘이 한숨을 쉬었다. "하지만 이제 아무도 못 보겠어. 난 비운의 예술가야."

스테이시가 입술을 비죽거렸다. "또 모르지. 전 세계적으로 수백 명이 볼지도. 피 터지도록 두들겨 맞는 장면의 배경으로 말야. 너 이걸로 완전 뜰 수도 있어."

귀를 찢을 듯한 사이렌 소리와 확성기로 명령을 내리는 소리들이 허공을 채웠다. 경찰 대열이 게이트 쪽을 향해 움직이기 시작했다. 몽둥이와 방패로 팰 시간이 된 거다.

5분 후, 미키가 손을 흔들었다. "이제 아무도 없어. 가자." 바깥쪽 들판으로 기어 나가는데 뒤쪽에서 비명 소리가 들려왔다. 우리는 돌아보지 않았다. 앞이 환해질 때까지 계속 달려갔다. 그리고 거기서 발견한 헛간에 몸을 숨겼다. 여기서 어두워질 때까지 기다렸다가 10킬로미터 아래 세워진 세비 밴으로 돌아가려고 한다.

7월 6일 목요일

허기와 싸우며 하루 종일 기다리다가 밤이 되자마자 출발했다. 두세 시간쯤 걸었을까 갑자기 저 앞에서 불빛이…… 깜빡이는 게 보였다……. 마치 무엇이 불타고 있는 것처럼.

클레어가 나를 쿡 찔렀다. "저게 뭐야?"

그때 네이선이 달리기 시작했다. "안 돼! 젠장, 안 돼!"

하지만 우리의 아름다운 오렌지 빛 셰비는 밤하늘 속에서 그렇게 불타고 있었다.

할 수 있는 게 아무것도 없었다. 거기 서서 그냥 보고 있는 것 말고는. 얼마 뒤, 우린 그 지역에서 벗어나려고 몇 시간을 더 걸어서 옥수수 밭에 몸을 던지다시피 해서 잠들었다.

누가 봐도 우리는 부랑자다. 밴드도 없고, 차도 없고, 돈도 없다. 다시 그렇게 됐다.

7월 7일 금요일

해가 떴다. 갈대와 진흙이 몇 마일씩 펼쳐진, 어딘지도 모를 그곳에 앉아 이제 어떻게 해야 할지를 결정하려고 애썼다. 그렇다고 선택할 만한 게 많다는 소리는 결코 아니다. 우리는 서둘러 프랑스를 벗어나야 했다. 그래서 실비가 말한 이탈리아 국경 쪽으로 가기로 했다.

내가 한숨을 쉬었다. "그다음에는? 집으로 돌아가는 거야?"

스테이시가 바지 뒷주머니에 손을 쑤셔 넣었다. "친구, 그 문제는 나중에 고민하자고. 우리 모두 14명이고, 이렇게 많은 사람이 한꺼번에 히치하이킹 하면 들킬 게 뻔해. 둘씩 찢어지는 게 좋겠어. 그리고 몇 시간씩 간격도 둬야 할 거고."

"그럼 누가 먼저 가?"

스테이시가 어깨를 으쓱했다. "제비뽑기, 더 좋은 생각이 있다면 모를까."

내 것을 뽑았다. 그럼 그렇지. 나와 네이선이 제일 짧은 걸 뽑았다. 우린 마지막에 출발한다. 내일.

7월 8일 토요일

동이 트자마자 스테이시, 클레어와 헤어져야 했다.

클레어가 갈대밭을 응시했다. "겨우 이 꼴 보자고 그 많은 일들을 참았다니."

스테이시가 코를 문질렀다. "맞아. 하지만 적어도 곡을 쓸 만한 깊이는 생기지 않았겠어? 거기 도착해서 마음 좀 가라앉히고 다시 에인절스 시작하면 돼." 그러고는 씩 웃더니 내 팔을 툭 쳤다. "우리가 헤어지거나 뭐 그런 건 아니잖아."

나는 그 둘이 터덜터덜 길을 떠나는 모습을 바라봤다. 스테이시가 돌아서더니 입에 손을 모으고 소리쳤다. "그쪽으로 가서 만나!"

그렇게 그 애들은 나, 네이선, 샘, 미키만 남겨두고 떠나 버렸다. 우리가 짐을 챙기려는데 내 전화가 울렸다. 전화기를 열고 메시지를 읽고, 나는 바닥에 맥없이 주저앉았다.

네이선이 나를 쳐다봤다. "왜 그래?"

나는 네이선 쪽으로 화면을 켜서 보여 줬다. 얼굴을 찌푸리며 네이선도 주저앉았다. 내가 네이선의 팔을 잡았다. "너 애디 부모님 연락처 있어?"

"아……. 아니. 런던 밖 어딘가로 나가셨어. 아마 왓포드일 텐데. 그이상은 몰라."

로라

네가 이걸 볼 수 있어야 할 텐데. 안 좋은 소식이야. 적십자에서 애디 일로 연락이 왔어.

애디가 말라리아 진단을 받았어. 1주일 전쯤 두통이 시작됐는데 곧 메스껍다고 했지.

의사가 최대한 빨리 왔지만 여기는 워낙 거대한 캠프라 아픈 사람들도 많고 많이들 죽어. 며칠 동안 안티바이오티씨……, 그러니까 그 뭐냐…… 항생제를 줘서 그거 먹고 고열 나는 것 말고는 다 안정됐다가. 이틀 전부터 갑자기 의식을 잃었어. 응급처치를 위해서 적십자가 애디를 시칠리아에 있는 센트로 메디컬 병원으로 옮기려고 해. 내가 따라갈 거야. 나는 애디 부모님 연락처가 없으니까 네가 이걸 받고 꼭 연락을 해 줬으면 좋겠어.

다른 일 있을 때마다 바로 바로 연락 줄게. 메일로 연락하거나 핸드폰으로 연락 줘.
+0039 435 3475
타노 시오티노

전송

"나도 몰라. 네이선, 나 이제 어떡하지?"

네이선이 나를 한참 쳐다봤다. "그러니까, '이제 우리 어떡하지'겠지. 그리고 내 대답은 타노에게 가는 거야. 지금 당장."

나는 숨을 깊이 들여 마시고 일어섰다. 샘이 팔로 나를 감쌌다. "나도 같이 가 줄까?"

우리는 서로를 쳐다봤다. 샘이 헛기침을 했다. "그런데⋯⋯. 2와 관련된 일은 아니겠지?"

"모르겠어."

네이선이 휙 돌아섰다. "그렇다면 어쩔 건데?"

"어쩌긴. 그저 난, 난 그쪽이랑 엮이고 싶지는 않아."

네이선이 손을 들어 보였다. "걱정 마, 애디는 우리 친구야. 우리가 해결할 거야." 그러고는 돌아서더니 중얼거렸다. "넌 히피 캠프로 돌아가서 대마나 피우면서 머리나 덥히고 있어."

"지금 뭐라고 했어?"

내가 네이선을 노려봤다. "야, 너 왜 그래, 샘은 애디를 잘 알지도 못한다고."

네이선이 내뱉듯 말했다. "그래, 하지만 이런 때 누가 진짜 친구고 누군 대충 친한 척하는 놈인지 알 수 있는 거라고."

샘이 네이선에게 달려들었지만, 험한 꼴이 나기 전에 내가 샘을 끌어내서 길 끝으로 데려갔다. "샘, 괜찮아⋯⋯ 진짜로. 그런데 다른 애들한테 얘기는 좀 전해 줄래?"

샘이 내 손을 잡았다. "나 너랑 같이 가고 싶어⋯⋯. 알지⋯⋯?"

"난 괜찮아. 그냥 클레어한테 나한테 전화하라고만 말해 줘." 그리고 샘을 똑바로 봤다. "그리고 부탁이 있어."

"뭐든지."

"내 베이스를 맡아 줄래?"

샘이 나를 끌어당겼다. "물론이지. 내 목숨을 걸고 지킬게……. 그리고…… 애디는 괜찮을 거야."

나는 샘 기분이 나아지라고 나를 끌어안게 놔뒀다. 내가 부탁한 것이 베이스가 전부임을 안 뒤 샘의 얼굴에서 피어나는 안도의 표정을 나는 봤다.

샘과 미키가 떠난 후, 타노와 통화를 해 보려고 한 시간쯤 노력을 해 봤지만, 외국 말과 삐 소리밖에는 아무것도 들을 수가 없었다. 결국에는 전화기를 던져 버리고 흙바닥을 걷어차서 먼지만 잔뜩 일으켰다. 물건들은 모두 불 속에 태워 버린 채, 프랑스 밖으로 도망치는 것도 모자라 이젠 바람난 거짓말쟁이 전 남자친구를 찾아가고 있는 꼴이라니.

네이선이 한숨을 쉬었다. "그럼 일단 그냥 출발하고 통화는 나중에 해 보자."

"거기까지 어떻게 가는지 알아?"

네이선은 휴대폰 GPS를 향해 눈을 찡긋해 보였다. "이대로라면, 이탈리아 쪽으로 국경을 넘은 다음 해안을 따라 내려가면 될 거야. 제노바에서 리브로노로, 그담엔 나폴리, 그담엔 레지온가 뭔가로, 그담엔 배를 타고 시칠리아의 팔레르모로 가는 거야. 그러니까 기본적으로 남쪽 방향으로 가다가 아프리카 근처까지 가는 거지."

"얼마나 걸릴까?"

"몰라. 돈은 있어?"

"갖고 있는 건 10유로 정도야. 나머지는 다 밴에다 감춰 뒀어."

"카드는?"

"이번 달엔 40포인트 남은 게 전부야. 당근 기차는 못 타는 거지. 넌?"

샘이 끙 소리를 냈다. "나도. 마지막 하이드로 충전소에서 다 써 버렸지. 부모님은?"

나는 고개를 저었다. "첫째로, 우리 부모님은 파산했고, 둘째로…… 그래 이럼 되겠지. '엄마 아빠 안녕? 난 지금 프랑스의 나치 경찰들 피해 도망쳐서 시칠리아의 난민 캠프로 가는 길이야. 이번 여행에 엄마 아빠가 100칠러만 보태 주면 안 될라나?'"

네이선이 씩 웃었다. "그럴 순 없지. 알았어. 가자."

우리는 배낭을 짊어졌다. 네이선이 함께여서 어쩌나 다행인지. 정말로 무섭다.

한나절이 걸리긴 했지만, 마침내 우리는 차를 얻어 탔고 산 리모 근처의 국경을 건너는 중이다. 검문이 있긴 했지만, 그냥 형식적인 절차일 뿐이어서 우리는 무사히 통과했다. 우릴 태워 준 운전사가 사요나라는 작은 마을에 차를 세웠을 때는 해가 막 떨어지고 있었다. 차에서 내린 뒤에 나는 다시 타노에게 전화를 걸었다. 마침 타노가 전화를 받았다.

"타노, 어떻게 됐어요? 애디 아직 괜찮아요?"

"씨(Si), 그래. 막 팔레르모에 도착했어. 애디한테 진정제를 엄청 투여했어."

나는 차분한 목소리를 내려고 안간힘을 썼다. "하지만 사람들이…… 말라리아로…… 죽진 않잖아요……. 약도 있고 그리고……."

"맞아. 하지만 어떤 건 위험해. 지금 애디는 적혈구가 파괴될 수도 있는 상황이야." 소름 끼치게 섬뜩한 공포가 심장을 훑었고 몇 초 만에 정신을 차려 보니 타노가 계속 얘기하는 중이었다. "……로라, 애디는 강한 아이고 여기서 할 수 있는 건 다 해보고 있어. 하지만 혹시 모르니까 부모님하고 연락이 돼야 해."

"하지만 타노, 나도 그분들이 어디 계신지 몰라요……. 그치만 내가 가고 있어요. 지금 북 이탈리아에 있는데 최대한 빨리 갈 거예요."

타노의 목소리가 변했다. "여기에 오고 있다고? 혼자서?"

"네이선이랑 같이요."

"좋아, 잘 됐어. 빨리 와, 그래도 조심하고……."

"최대한 빨리 갈게요."

이제 사방이 캄캄하고 지나가는 차는 한 대도 없다. 네이선이 길을 가늠해보고 말했다. "지금은 못 가겠다. 내일 날이 밝자마자 출발하자." 네이선이 내 배낭을 집어 들고 나를 부축해 주며 들판 너머로 작은 헛간을 찾을 때까지 함께 걸었다. 달빛조차 없는 사방이 캄캄한 길에서 우리는 최대한 집중해서 지푸라기를 더듬으며 나아가야 했다. 네이선의 일찌감치 곯아떨어진 듯한 숨소리를 들으며 나는 얼마간 아무 말

없이 누워 있었다.

"네이선, 넌 모니카와 애디 사이 알고 있었어?"

네이선이 몸을 뒤척였다. "응?"

"들었잖아."

침묵. 그러더니 네이선이 입을 뗐다. "너한테 거짓말은 안 할래. 알고 있었어. 그래서 걔가 널 떠난 것 같아. 너무 괴로워했거든. 널 볼 수가 없었던 거지."

"심각했어? 그러니까, 걔들 아직도 사귀는 거야?"

"모르겠어." 네이선이 내 손을 향해 손을 뻗었다. "네가 거기 가기 싫다고 해도 이해해. 나 혼자 갈 수 있어."

"말도 안 돼. 여친이 있든 말든, 걘 여전히……"

"뭐?"

"몰라."

네이선이 끙 소리를 냈다. "제발 형제 같다느니 뭐 그런 말만 말아. 그럼 애디가 다시 네 애인이 될 가능성이 없다는 뜻이니까, 영원히."

7월 9일 일요일

오늘은 조금도 더 가질 못했다. 아무도 우릴 태워 주지 않았다.

이글이글 타다가 녹아 버릴 것만 같은 포장도로 위에 서 있는 우리 옆을 1000번째 차가 쌩 지나가 버렸을 때, 네이선이 소릴 질렀다. "이 인종주의자 새끼들! 로라, 이러다간 아무 데도 못 가겠어. 제노반지 뭔지로 가서 기차를 타자."

"어디로 가는?"

"로마? 나폴리? 아무 데나 남쪽이면 돼."

우린 저녁때가 다 되어서야 제노바에 도착할 수 있었고, 기차역을 찾았을 때는 나폴리행 기차가 막 떠난 뒤였다. 알고 보니 연료 삭감 정책으로 기차 운행이 반으로 줄었기 때문에 로마행 다음 기차는 내일 아침에나 탈 수 있었다.

네이선이 볼을 부풀렸다. "별수 없다. 기찻길 근처에서 자야지 뭐."

나는 터덜터덜 네이선을 쫓아갔다. 너무 배가 고파서 당장이라도 기절해 버릴 것 같았다.

우리는 무슨 노숙자 커플처럼 기차역 근처의 창고로 들어가 박스 몇 개를 납작하게 만들고 그 위에 누워 금방 잠에 곯아떨어졌다. 한밤중에 문자 수신음이 울려서 잠에서 깼다. 달빛에 액정을 비추며 눈을 살짝 찡그렸다.

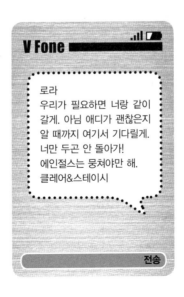

로라
우리가 필요하면 너랑 같이 갈게. 아님 애디가 괜찮은지 알 때까지 여기서 기다릴게. 너만 두곤 안 돌아가! 에인절스는 뭉쳐야만 해.
클레어&스테이시

전송

심장이 온통 뜨거워졌다. 내가 선택한 것도 아닌데 내 곁에 이런 사람들이 무더기로 있다. 그리고 이제는 거의 가족이다. 나는 한숨을 쉬고 배터리를 아끼려고 전화기를 껐다. 그러고는 잠깐 누워서 깨진 창고 창문 사이로 달을 올려다보며 내가 사랑하는 사람들을 모두 떠올려봤다. 지금 이 순간 그 사람들은 다 어디에 있을까.

7월 10일 월요일

오늘 아침, 우리는 로마 행 기차에 올라 각자 찢어져서는 목적지까지 3시간 정도를 찜통 같은 화장실에서 버티기로 했다. 처음 얼마간은 엄마가 놀라 자빠지지 않을 문자 메시지를 꾸며내느라 궁리를 했다. 그러니까 이런 거 말고. '지금 마피아/가뭄/이민 전쟁의 심장부로 가는 기차의 화장실 바닥에서 탈수 상태에 빠져 이걸 쓰고 있는 건 절대 아니랍니다.' 그러다가 결국 포기하고 친구들과 프랑스 국경 지역으로 가고 있다고 새빨간 거짓말을 해버렸다. 그러고는 잠깐 졸고 있다가 네이선이 문을 두들겨 대는 소리에 정신이 들었다.

"얼른, 나와! 지금 표 검사 한단 말이야. 나는 겨우 피하긴 했는데 지금 그 다음 칸 시작했어. 간이역에 잠깐 멈췄으니까 당장 내리자고."

나는 더러운 문짝에 볼을 갖다 댔다. "하지만 아직 다 못 온 거지, 그지?"

"응, 그래도 로마 밖으로는 빠져나온 것 같아." 네이선이 다시 문을 두드렸다. "지금 장난 아니야, 검표원이 총도 가졌어. 얼른 내리자고."

우리가 허둥지둥 기차에서 내리자마자 기차가 다시 움직이기 시작했다. 나는 타는 듯한 눈부신 햇살에 눈을 깜빡이며 플랫폼에 잠깐 서 있었다. 네이선은 내 옆에서 전자 화면을 들여다보고 있었다. "걱정하지 마. 다음 기차가 언제 오는지 보려는 것뿐이야……." 긴 침묵. 그러곤 네이선이 입을 뗐다. "아, 젠장. 다음 기차는 없네. 여긴 제대로 된 역이 아닌가 봐." 네이선은 배낭을 땅에 집어던지더니 그 위에 털썩 앉아 버렸다. "아, 말도 안 돼."

나는 네이선의 어깨에 손을 얹었다. "힘 내. 가서 물 좀 마시고, 다시 히치하이킹 하지 뭐."

오후 내내 타들어 가는 고속도로를 따라 걷다 보니 다른 자동차 길과 만나는 지점의 휴게소가 나왔다. 그곳에는 자그마한 피크닉 테이블이 있었고, 우린 더위를 먹어 제정신이 아니었기에 그냥 나무 그늘 아래에 비틀거리며 주저앉았는데, 앉은 다음에 보니 옆에 젊은 아프리카 애들 무리가 있었다. 우린 모두 깜짝 놀란 채, 한동안 서로를 쳐다보기만 했다. 그런데 가장 가까이에 앉아 있던 아이가 빵 한 덩어리를 집어 들어 한 조각을 떼어 내더니 내 쪽으로 내밀었다. 나는 고맙다고 말할 새도 없이 냅다 빵을 움켜잡고 미친 듯이 우걱우걱 먹어댔다. 내 평생 먹어 본 것 중 최고로, 최고로 맛난 음식이었다. 남자애들이 다들 웃기 시작하더니 땅을 두드려 보이며 여기 와서 앉으라고 했다. 그다음에 또 다른 아이가 와인이 든 플라스틱 병을 건네줘서 그걸 받아 마셨는데, 마치 꿀이 내 혈관으로 곧장 촉촉하게 스며드는 것 같았다.

우리는 그곳에서 아프리카 애들과 함께 밤을 보내게 됐다. 그 애들은 내가 집을 떠나온 후 만난 사람들 중에 최고였다. 자기가 가진 모든 것을 우리에게 나누어 줬고, 네이선의 머리 모양과 말투를 계속 놀려 대며 웃었다. 밤이 찾아들기 시작해 출출한 배를 대충 채우고 나서 우리는 서로에게 좀 더 가까이 붙어 앉았다. 앙상한 꼬리의 하얀 개 한 마리가 숲에서 나와 우리 곁으로 다가왔다가 네이선이 나뭇가지를 던지니까 겁을 먹고 숲 쪽으로 물러섰다.

나는 네이선을 쿡 찔렀다. "그냥 놔둬. 해치지도 않는데." 나는 제일 처음에 우리에게 빵을 줬던 에이브라는 아이 쪽으로 몸을 돌려서, 그 애들을 만난 순간부터 계속 궁금했던 것을 용기 내어 물었다. "근데, 왜 여기까지 오게 된 거야?"

에이브가 어깨를 으쓱했다. "얘기가 좀 길어."

"우리 시간은 많아." 네이선이 재킷을 어깨에 걸치며 말했다. 그 개가 다시 우리 쪽으로 다가오는 게 눈에 들어왔다.

에이브가 한숨을 쉬었다. "그게, 보다시피, 우린 나처럼 다들 젊은 애들이야. 우리 가족이 우릴 위험에서 빼내려고 모든 걸 다 바쳤지. 그런데 우리가 지금 이렇게 짐승처럼 숨어 다니는 걸 보신다면!"

"그런데 어떻게 이렇게 멀리 올 수 있었어?" 내가 물었다.

에이브가 나를 물끄러미 봤다. "정말 알고 싶어?"

나는 고개를 끄덕였다.

"그게, 나랑 내 동생, 얘 말야……. 우리는 리베리아의 몬로비아란 곳에서 왔어. 우리는 다른 여덟 명과 함께 떠나게 됐지……. 그 사람들이 우릴 먼저 항구의 어느 창고로 데려가더니, 거기 숨어 있으라고 했어."

네이트가 앞으로 몸을 내밀었다. "그 사람들이 누군데?"

"스카퍼스티―중개인들……. 이틀이 지나고 나니 물과 음식이 다 떨어졌는데, 그 다음날 밤이 돼서야 그 사람들이 와서 우리를 작은 배에 태웠어. 그 다음날 밤에는 좀 더 큰 배로 옮겨 탔고, 바다에서 5일이 지난 뒤에 우릴 어느 해변에 풀어 놨어. 어느 나라인지도 알 수 없었지……"

에이브의 동생이 에이브를 쿡 찔렀다. "형은 거기가 프랑스인 줄 알았대."

모두 다 웃음을 터뜨렸다.

에이브가 손을 내저었다. "그게 뭐 웃겨. 멀미 때문에 정신도 제대로 못 차린 사람은 누구시더라." 에이브는 다시 우릴 보고 말했다. "우리가 해변에 숨어 있는데 중개인들이 다시 왔어. 다른 배를 타기 위해 우린 또 400불을 냈어. 그 돈은 우리 미래를 위한 거였는데, 다 날린 거지."

이제 에이브 주위에 앉아 있던 애들이 조용해졌다. 에이브는 한숨을 쉬었다. "그 배에는 나이지리아, 가나, 리베리아에서 온 사람들이 한 100명쯤 됐을 거야. 그런데 배를 새로 옮겨 탄 지 3일 만에 엔진에서 검은 연기가 나더니 물이 배 안으로 쏟아져 들어오기 시작했어. 우리는 엄청난 속도로 가라앉고 있었지. 멀리 고기잡이배가 있었는데 중개인 놈들은 자기들이 살려고 우리에게 총을 들이대며 뛰어내리라고 했어. 그 배는 12명만 태울 수 있었어. 나머진 다 빠져 죽으라는 거였지." 에이브는 어깨를 으쓱했다.

"그렇게 해서 우린 이탈리아로 온 거야. 일을 구하려고만 하지 않으면 우린 자유야." 에이브는 멀리 찻길을 바라봤다. "자유라고! 이젠 돌아갈 수도 없어! 더 이상 돌아갈 고향도 없어. 그냥 사막이 돼 버렸지. 하지만 난 내 가족이 그리워. 내가 사랑하는 사람들에게 둘러싸여서 죽고 싶어."

나는 하늘을 올려다봤다. 그 개는 마침내 우리 곁에 와 앉는 데 성공했다. 나를 보면서 웃고 있었다.

좀 있다가 내 전화가 울렸다.

나는 한숨을 쉬며 풀밭에 벌렁 누웠다. 다 내 탓이다. 그게 그러니까 내가 샘을 고른 이유는 애디와 완전 정반대라서 그랬던 거다. 말하자면 '보이프렌드 라이트' 같은 거.

7월 11일 화요일

믿을 수 없는, 놀라운, 생생한 운명의 반전이다. 아침 일찍 전화 소리에 잠이 깼다. 나는 기진맥진한 상태로 전화기를 들었다. "여보세요?"

"로라, 나야. 그웬."

"네?" 나는 겨우 몸을 일으켜 앉았다.

"나 지금 제노바 근처의 시위 캠프에 있는데, 방금 우연히 샘을 만났어. 너 시칠리아로 가는 길이라며. 나도 타노 만나러 가는 길이거든. 이게 너한테 좋은 소식이 될까?"

"이건 꿈이야." 나는 눈을 깜빡 거리며 내가 꿈을 꾸는 게 아닌지 확인하려고 사방을 둘러봤다. 하지만 아녔다. 네이선과 하얀 개가 분명히 내 옆에 웅크리고 있었다.

그웬 선생님이 웃음을 터뜨렸다. "꿈 아냐. 타노가 풀려나는 대로 찾아오라고 했거든. 이런 우연이 생기면 정말 신이 계신 거 아닌가 하는 생각이 들어……." 긴 침묵이 흘렀다. "그래서, 나랑 같이 타고 갈래?"

나는 아무 말 없이 그냥 앉아 있었다. 믿기지 않아서 받아들이기가 힘들었다. 마치 내 눈알에서 갑자기 피가 솟아나기 시작한다거나, 내 말 한 마디로 아스팔트가 쩍 갈라지는 것만큼이나. 마침내 나는 겨우 목소리를 냈다. "네……. 그럼 정말 좋죠……. 우린 애디에게 가는 중이에요……. 걔가 아파요…… 말라리아에 걸려서…….”

“그래, 알아. 자 자, 얘기는 나중에 하고. 지금 네가 어디에 있는지 말해 주면 내가 최대한 빨리 그쪽으로 갈게.”

몇 시간 뒤 폐차 직전의 차 한 대가 빵빵대며 주차장에 들어섰다. 네이선이 함성을 지르며 뛰어가 뒷문을 열었고 그다음에 내가 웃으며 쓱 뒤따라 탔다.

그웬 선생님이 내 뒤쪽을 봤다. “저 녀석도 가는 거야? 그런 거면 바싹 붙어.”

하얀 개는 내 뒤를 따라 차에 뛰어올랐고 어느새 시인처럼 수평선 저 너머를 응시하며, 행여 우리가 자길 쫓아내기라도 할까 봐 몸을 바싹 붙이고 긴장해 있었다. 내가 개한테 티 안 나게 고갤 살짝 끄덕여 보였더니 그 녀석도 나에게 고갤 끄떡해 보였다.

“네, 얘도 데려갈 거예요.”

네이선이 투덜댔다. “그래, 이게 꼭 필요했지. 벼룩 보따리.” 그웬 선생님이 출발하자 네이선은 몸을 앞으로 내밀었다. “선생님, 벼룩을 이탈리아어로 뭐라고 해요?”

그웬 선생님이 미간을 찌푸렸다. “어……. 펄체인 것 같아.”

네이선이 앞으로 몸을 더 내밀었다. “뭐라?”

“펄—체.”

“체? 체게바라 할 때 그 체?”

“응?”

“펄체 게바라. 맘에 드는데.”

네이선은 하얀 개의 옆구리를 툭툭 두드려 줬고 펄체는 답례로 바보처럼 웃어 줬다.

그웬 선생님은 첫 번째 길로 미끄러져 들어갔다. "작은 해안도로를 타고 레조디칼라브리아까지 갈 생각이야, 알지? 이탈리아의 발가락 부분에 해당하는 곳. 여덟 시간에서 열 시간쯤 걸릴 거야. 그다음에 메시나까지 가는 페리를 타면 될 것 같아."

"어디요?"

선생님은 자세를 고쳐 앉았다. "시칠리아."

"애디는 팔레르모에 있어요. 거기서 먼가요?"

"아니……. 걱정 마. 애디가 있는 곳에 최대한 빨리 데려다 줄 테니까. 근데, 너희들 포인트 남은 것 좀 있니? 나는 겁나 적어."

우리는 고개를 저었다.

애디 소식이 궁금해서 타노와 통화를 시도했지만 수화기에선 여전히 삐 소리만 들릴 뿐이었다.

결국엔 그냥 가는 길이라고 메시지만 남기고 말았다. 오늘 안에 애디를 볼 가능성은 없다.

반쯤 잠이 들었다가 애디와 샘에 대한 끔찍한 꿈을 차례로 꾸고 깨어나 보면, 창밖으로 흙먼지 날리는 황갈색 들판과 다 똑같아 보이는 너저분한 아파트촌이 스쳐 지나갔다. 아퀴노, 마르자노, 카푸아, 사르노, 바티파글리아, 파둘라, 모르마노, 코센자, 쎈트오놀프리오, 세미나라……. 이 마을들의 광경은 펄체의 헥헥거리는 모습과 계속 겹쳐서 보였다. 네이선이 드디어 못 참고 벌떡 일어나 펄체를 쿡 찔렀다. "아, 정말, 얘 진짜 더운가 봐. 맛이 간 것 같아."

펄체가 침을 삼키는 동안 잠시나마 그 끔찍한 혀가 사라졌지만, 이내 다시 나타났다.

네이선이 코를 찡긋했다. "게으른 놈팽이 같으니라고."

그렇게 밤이 찾아들었고 나는 다시 잠들었다.

7월 12일 수요일

기차와 마찬가지로 배도 연료 부족으로 운행수가 줄어서 우리가 탄 배는 졸도 지경으로 빽빽이 찼고, 우리는 가는 내내 난간에 짜부가 되어 있어야 했다. 까딱 잘못 움직였다가는 물고기와 함께 수영을 즐길 판이었다. 나는 그웬 선생님 쪽을 봤다. "거기 가면 뭘 하시려고요? 독스 공동체랑은 다른 일 아닌가요?"

그웬 선생님이 어깨를 으쓱했다. "맞아, 내가 체포된 다음에 그 미친 대 테러법에 의해서 50일간이나 구류됐고…… 나와 보니 독스 전체를 다 폐쇄해 버렸더라고. 그래서 난민 센터에서 일하기도 했지. 지금은 타노가 원하는 일이면 뭐든지 해 주려고 가는 거야. 적십자 일을 하거나 이탈리아 자원봉사자 단체에서 일해도 되겠지……. 기본적으로 난민들에게 음식과, 물, 휴식처, 의료 행위를 지원하는 일이 될 거야."

"하지만 그런 건 당연히 받게 돼 있는 거 아니에요?"

"이제 당연한 건 아무것도 없어. 수용소에서는 난민들을 개처럼 학대하고 4척의 비밀 죄수선이 늘 꽉꽉 차서 해안을 떠난다고 하더라. 시칠리아 경찰이랑 유럽 국경 감시청은 그 섬과 남쪽 해안을 싹 쓸어 버리리려고 하지만 도저히 그렇겐 안 될 거야. 아프리카에서 수백 척의 배가 매일 들어오고 있거든……. 아주 작은 소형 보트, 뗏목……. 믿기 힘든 현실이야. 해변이 전쟁터를 방불케 한다더라."

나는 그웬 선생님을 바라봤다. 바람에 선생님 머리카락이 뒤쪽으로 휘날리고 있었다. "이 일을 하시는 이유가 뭐예요? 다른 사람들은 관심도 없는데."

"나도 늘 스스로에게 같은 질문을 하지. 난…… 난 그냥 넘어가질 못하겠어. 할 수만 있다면 그러고 싶어."

"하지만 선생님은 아무도 없어요? 그러니까……."

선생님이 미소를 지었다. "가족? 배우자?"

"네."

선생님 손이 난간을 따라 달렸다. "없다고 봐야지, 없어. 그러니까 내 말은, 원래는 있었지만, 하지만……." 선생님은 갑자기 점점 가까워지는 해안을 내다봤다. "얘, 저 사람 타노니?"

내가 선생님 학생이었던 시간 덕에 나는 그 말이 이 대화의 끝을 의미한다는 것 정도는 알 수 있었다. "어디요?"

네이선이 앞으로 몸을 내밀었다. "맞아요, 타노 아저씨. 항구 끄트머리에…… 보여요. 빨간 스카프를 흔들고 있는 사람 맞죠?"

한 시간 후, 우리는 산 로렌조 적십자 병원의 비좁은 방에 서 있었다. 마침내 애디에게 온 것이다. 애디는 바짝 마르고, 의식도 없었고, 몸에 꽂아 둔 튜브들로 모니터에 묶여 있다시피 했다. 나는 기진맥진해져서 마음이 마구 동요했다. 그러고는 흐느끼기 시작했다. 도저히 제어가 되지 않았다. 처음으로 애디가 죽을 수도 있겠다는 생각이 들었다. 정말 죽을 수도 있는 거다.

타노가 두 팔로 나를 감쌌다. "어, 처음 보면 충격이 클 거야. 하지만 의사들은 이제 병세를 잡은 것 같다고 생각하는 모양이야."

네이선은 자기 가슴을 두드렸다. "나한테도 그랬죠. 이제 날 봐요. 완전 강철 같잖아요."

타노가 네이선을 쳐다봤다. "네가 와서 정말 다행이야."

7월 13일 목요일

24시간 내내 병원에 있었다. 의사들은 애디에게 계속 진정제를 투여하고 있고 체온을 위험하지 않을 정도로 떨어뜨리느라 약도 최대치로 들이붓고 있다.

늦은 아침인데 날은 벌써 푹푹 찌고, 나는 혼자 자리를 지켰다. 네이선은 잠깐 눈을 붙이러 타노의 아파트로 갔다. 집에서 아주 멀리 떨어져 있는 기분이다. 이곳엔 나와 애디, 그리고 심장 모니터의 삐 소리뿐이다. 마치 협동조합 건물 계단에 앉아 부모님 생사여부를 알아내려고 기다리던 때 같다. 아주 간단하고, 아주 분명하다. 난 그저 애디가 살기만을 바란다. 부모님 목소리를 듣고 싶은 생각이 굴뚝 같지만 두 분을 놀라 자빠뜨리게 할 수는 없다.

7월 14일 금요일

무슨 오븐 밑에서 살고 있는 것 같다. 더위로 정신이 몽롱한 가운데

266

하루 종일 애디의 가족에게 연락을 시도했다. 이민국과 경찰을 통해 해 보려고 했지만, 지금 영국은 주민세에 반대하는 폭동 때문에 미쳐 돌아가는 모양이다. 그웬 선생님은 시민들을 지지하여 세금 걷기를 거부하는 지방 의회가 꽤 많다고 했다.

어두워져서야 바람이라도 쐬려고 밖으로 나왔더니 펄체가 자동문 옆에 앉아 기다리고 있었다. 이 녀석 꽤나 품위 있는 사냥갠 것 같다.

7월 15일 토요일

네이선을 병실에 앉혀 두고 샤워라도 좀 하려고 타노 집으로 갔지만 물을 틀었더니 갈색의 끈적끈적한 오물 덩어리만 펑펑 터져 나왔다. 펄체의 귀가 납작해져서는 방 끝으로 물러났다.

타노가 고개를 들었다. "물이 안 나와? 그럼 이제 가뭄이 아주 공식적인 셈이네. 공급을 끊은 모양이니 이제 큰일 났다. 다들 지붕에 비상용 파란색 급수 컨테이너가 있긴 한데 길어야 일주일이면 바닥날 거야."

나는 창문 옆의 의자에 털썩 앉았다. 그때 내 전화가 울렸다. 아빠다! 나는 전화기를 쳐다만 보다가 통화 버튼을 눌렀다.

처음 몇 초간은 아빠인 게 믿어지지가 않았다. 여기서는 아빠의 익숙한 목소리가 너무나 이상하게 들렸다. "로라…… 아빠야. 저기…… 과잉반응하고 싶은 건 아니지만, 지금 당장은 프랑스가 안전하지 않은 것 같다."

나는 애써 아무렇지도 않게 말했다. "왜요, 무슨 일인데요?"

"무슨 일이라니! 프랑스 선거에, 이스라엘 식수 전쟁에……. 당장 돌아왔으면 좋겠다."

"그렇게 심각하진 않아요, 방송에선 늘……."

"그런 말도 안 되는 소린 집어치워. 엄마랑 나는 가족이 함께 있길 원한다."

나는 눈을 감아 버렸다. "그게요, 전 지금 프랑스에 있지 않아요."

"그럼 대체 어딨는 거야?"

"시칠리아요. 애디 때문에 그래요. 애디가 말라리아에 걸렸는데 도와줄 사람이 아무도……."

"이 세상 천지에 아무도 도와줄 사람이 없어서 네가 우리한테 말 한마디 없이 거길 갔단 말이야?" 잠시 침묵. "난…… 네가 아빠한테 돌아왔으면 좋겠다."

우리 아빠 입에서 나온 소리다. 차라리 죽을지언정 나에게 부탁이란 건 안 하시던 분이다.

나는 눈을 질끈 감았다. "아빠, 그럴 수 없어요."

"로라!"

"그냥 두고 떠날 순 없다고요."

아빠는 드디어 폭발하고 말았다. "정말 기가 차서! 당장 내 말 들어. 거기서 나오는 표를 당장 끊어. 내가 돈을 부쳐 줄게, 그리고……."

"그렇게 간단하지가 않아요."

"안 오겠다는 대답은 듣지 않겠다. 준비 되면 전화해." 그러고는 전화를 끊었다. 마초 아저씨 같으니.

나는 발코니로 나가서 잠깐 마을을 내려다보며 서 있었다. 팔레르모는 내가 가 본 그 어디와도 닮지 않았다. 아프리카와 유럽 문명의 충돌지 같다. 거리에 일렬로 이어진 발코니에서는 여자들이 난간 위로 몸을 내밀고 소리를 지르면서 웃다가도, 나를 보면 차가운 시선을 길게 쏘아 댄다. 그 바로 아래쪽 모퉁이의 성지에는 조잡한 성모 마리아 액자 아래로 촛불들이 빛나고 있다. 거리의 그네 의자에는 어느 가족이 손전등을 들고 나와 작은 모닥불 위로 소시지를 지글지글 굽는다. 그 모습을 보고 있자니 애빙던의 삶은 죽은 삶처럼 느껴진다. 집으로 돌아가기 싫다.

그때 절묘하게도 지나가는 차에서 라디오 헤드의 노래가 흘러나왔고, 그 어느 때보다도 강력하게 집에 대한 그리움이 파도처럼 와락 나를 덮치는 느낌을 받았다.

난 알고 싶어

내가 누군지

난 알고 싶어

나 속한 곳 어딘지

난 알고 싶어

나의 운명

그건 자유를 향한

나의 갈망

밴드를 다시 하고 싶은 생각이 너무나 간절하다. 여기서 내가 보는 것을 사람들에게 전부 다 말해 주고 싶다.

7월 16일 일요일

하루 종일 애디 곁을 지켰다. 지금 당장은 아무 느낌도 없다. 불타는 태양 때문에 볕에 바짝 말린 육포처럼 모두 말라붙어 버렸다. 저녁때 그웬 선생님이 찾아왔다. 선생님은 고개를 내저었다. "얼마 전까지만 해도 우리 모두 한교실에 앉아 있었다는 게 믿어지니?"

"아뇨."

"나도. 나조차도 이런 변화는 예상 못 했어. 적응하려면 시간이 오래 걸릴 테지만 원래 얼음에 한번 금이 가기 시작하면 순식간에……."

애디의 이불을 잘 펴 주려고 손을 내밀었는데 선생님이 내 손을 가볍게 쥐었다. "나는 네가 너무 자랑스러워. 내 학생들 중 그 누구도 여기까지 오진 않았어."

"네, 하지만 전 애디 때문에 온 거지 누굴 도우러 온 건 아니에요. 선생님과는 달라요."

선생님이 미소를 지었다. "애디는 친구가 아주 많지만, 여기까지 헤치고 온 건 너랑 네이선뿐이야. 뭐가 달라도 다른 거지. 그리고 내가 처음에 어떻게 이 일을 시작하게 된 것 같니?"

하느님 맙소사. 저게 내 미래란 말이야? 이게 겨드랑이 털도 안 깎고, 무정부주의자 불법 건물에서 배급용 대형 솥에 녹두 요리를 만드는 초절정 급진파로 가는 첫발이라고? 으아아아아아!

7월 17일 월요일

병실에 앉아 아빠에게 뭐라고 말해야 할지 생각하며 반쯤 졸다가 어느 순간 애디가 날 쳐다보고 있다는 걸 깨달았다.

"로라, 너 맞지?" 애디는 팔을 뻗으려고 했지만 너무 기운이 없었다.

나는 벌떡 일어나 복도를 달려가 간호사를 불렀다. 의사들이 떼거지로 달려와 여러 가지 검사를 했다. 검사가 끝난 뒤에 나를 아주 잠깐 동안만 들어오게 했다. 그리고 낙관해도 될 것 같다는 얘기도 해 줬고…… 아주 희망적이고 어쩌고저쩌고…….

나는 미친 암탉처럼 병원 밖으로 달려 나왔다. 아파트로 와서는 네이선과 춤을 추며 온 방 안을 돌아다녔다. 그리고는 발코니로 나가 별들을 올려다보며 가슴속 깊이 숨을 들이마셨다. 순수하고 완전한 행복감이었다. 그냥 그날그날 주어진 하루를 충실히 산다는 건 이래서 좋다. 모든 게 생생히 살아 있는 느낌이다.

7월 19일 수요일

아침에 그웬 선생님이 아파트로 터덜터덜 들어오더니 의자에 푹 앉았다. "진짜로 작은 식수 전쟁에 휘말리게 될 것 같다. 팔레스타인 사람들이 이집트와 요르단 군대를 등에 업고 대수층(지하수를 품고 있는 지층-옮긴이)이 있는 이스라엘 땅을 접수한 직후에 물 공급을 제한하기 시작했어. 대놓고 이스라엘 사람들한텐 물을 안 주겠대."

네이선이 어깨를 으쓱했다. "다른 데서 주면 안 되나?"

"뭐, 터키 같은 데는 물이 있지만, 그걸 무슨 수로 끌어오겠어? 그렇게 하려면 적대적인 아랍 국가들에 파이프를 얼마나 많이 설치해야 한다고. 불가능한 일이지."

"근데 왜 하필 물을 끊어 버려요? 탱크라든가 뭐 다른 방식으로 싸울 순 없어요?"

그웬 선생님은 신기하다는 듯 네이선을 쳐다봤다. "뉴스라곤 생전 안 보지, 네이선? 그래, 없어. 팔레스타인 사람들은 탱크도 없고 또 다른 무기도 전혀 없어. 어쩌면 완전 처절한 무기를 하나 발견했는지도 모르겠다. 바로 갈증."

나는 기지개를 켰다. "하지만 그 사람들은 늘 싸우잖아요. 우리한테 큰 영향이 있을라나?"

그웬 선생님은 고개를 저었다. "지금 농담해? 전엔 한 번도 식수 때문에 국제 분쟁이 일어난 적이 없어. 뭐 사소한 다툼은 몰라도 이런 전면전은 없었다고. 이스라엘의 가장 강력한 우방인 미국은 벌써부터 개입하겠다고 협박하고 있지. 그렇게 되면 유럽이 제일 먼저 할 일은 국경을 봉쇄하는 걸 거야. 시칠리아는 아주 중요한 지점이고."

"UN은요? 거기서 전쟁을 막지 않을까요?

그웬 선생님이 나를 힐끗 봤다. "그래서 이라크랑 이란에서도 전쟁이 났던가? 아니라고 본다."

나는 멀리 바다를 내다봤다. 이스라엘은 바로 저 건너편에 있다.

엄마가 이걸 보냈다. 나 대신 아빠를 진정시킨 모양이다.

이민자들을 위해 투쟁을 한다고? 울엄마께선 아무래도 무슨 액션

사랑하는 L

왜 아빠 성질을 긁고 그래? 얘, 그건 엄마 담당이잖니.
옥스퍼드 주도 저수지 방어 시위로 난리가 난 마당에 네 아빠 왜 집
이 더 안전하다고 생각하는지 모르겠다. 주민들이 다 참여하고 있어.
심지어 그 끔찍한 헉스터블 씨도 마을 공원에서 경찰에 끌려갔다니
까. 상상이 안 가지? 이런 움직임이 전국으로 퍼지고 있어. 사람들이
이제야 멍청한 권력 집단에 꺼지라고 말할 수 있게 된 거지. 큰 도시
들이 위험해질 때마다 지방의 물을 다 퍼 가게 할 순 없는 거 아냐.
시골 사람들도 권리가 있다고, 그치?
나로 말할 것 같으면, 네가 정말 자랑스럽다……. 그 멀리서 이민자
들을 위해 투쟁하고 있잖니. 그래도 몸조심하고 무사히 건강하게
우리에게 돌아와. 대신 가을 학기에 늦지 않게(이게 힌트야 힌트).
PS 네 언니가 곧 집에 온다니까 아빠는 금방 기운 차리실 거야.
아빠는 남몰래, 여자는 자고로 집에 붙어 있어야 하는 법이라고
생각하나 봐. 완전 네안데르탈인이야!
사랑하는
엄마가

영화 속에 혼자 살고 있나 보다. 만약 여기서 정말 어떤 일이 벌어지고 있는지 직접 보게 된다면, 엄마는……. 글쎄? 사실 엄마가 무슨 짓을 할지 난 도저히 감을 못 잡겠다.

7월 22일 토요일

지난 며칠간, 네이선이 애디를 데리고 복도를 걸으며 기운을 회복시키려고 했다. 그 애들이 시시덕거리고, 장난으로 몸싸움을 하는 것을 지켜보고 있자니 처음으로 그 애가 다시 애디로 보였다.

팔레르모로 다시 돌아오는데 타노가 차를 세우고 말했다. "따라와. 좀 보여 줄 게 있어."

네이선과 나는 차에서 내려 자갈이 깔린 좁은 길로 타노를 따라갔다. 판자로 막은 문과 창문들을 지나, 골목길을 가로질러 널어놓은 이불들 밑으로, 좁은 길목을 질주하는 차와 스쿠터들 사이로, 비둘기들을 흩으며 걷는데 그 곁으로 뼈만 앙상한 개와 도둑고양이들, 그리고 아이들이 말라 버린 분수 옆을 뛰놀고 있었다.

타노는 폐허가 된 사거리에 멈춰 섰다. "여기가 부치리아라는 곳인데, 수백 년 전부터 프랑스 사람들 구역이지." 타노는 무너진 건물들이 줄지어 있는 더러운 골목길을 가리켰다. "제2차 대전 폭격 때 이렇게 됐어."

내가 웃었다. "그 전쟁은 80년 전에 끝났잖아요."

"맞아. 이 모습이 바로 팔레르모야. 이탈리아라기보단 베이루트 같지 않아? 낮에는 아무도 없지만 밤이 되면 수백 명의 클란데스티니 그러

니까 불법 이민자들이 숙식을 해결하려고 몰려들지. 비밀 마을 같은
거야.

"어디에 살아요? 완전 폐헌데."

타노는 벽 몇 개만 남아 있는 거의 다 부서진 아파트를 가리켰다.
"여기서도 살지."

우리는 조용히 보기만 했다. "하지만……." 네이션이 입을 뗐다.

"하지만은 없어. 다른 선택을 할 수 없으니까." 타노는 발길을 돌렸다.
"보통은 경찰도 여기 잘 안 와. 어쩌다가 대대적으로 일을 벌이기도 하
지. 급습해서 죄다 체포하고. 그래도 그 다음날이면 여긴 또 꽉 차. 사
람들이 너무 많아. 그리고 계속해서 늘어나고 있지."

식수 전쟁은 계속되고 있다. 나는 샘이 그립다. 여기서는 아무도 나를 웃겨 주지 않는다. 네이선마저 어두워지고 있다.

7월 24일 월요일

오늘 오후에는 애디와 단둘이 있게 됐다. 애디는 깍지를 껴서 머리 뒤를 받치고 한숨을 쉬었다. "내 원대한 모험이 이렇게 끝날 줄은 정말 몰랐어. 너랑 같이 병원 침대에 앉아 있다니. 나는 멋지게 성장하고 싶었는데 결국엔……." 애디는 내 손을 잡으려고 손을 뻗었다. "널 다시 보게 돼서 진짜 기뻐."

나는 포도를 집는 척하며 손을 빼 버렸다. 아직 애디는 싸울 기운이 없으므로 나는 애디 체온이 떨어지기만을 기다리는 중이다. 2도만 더 떨어지면 각오하는 게 좋을 거야, 애디.

스테이시가 방금 전화를 해서는 언제 돌아올 건지 물었다. "로라, 더 이상 숨어 있을 데도 없어. 이 캠프에는 사회운동가들 천진데 날 소처럼 부려먹는다니까."

"뭘 시키는데?"

"이번 주? 이 지역에 우물을 팠다니까. 손이 완전 물집 덩어린데 신경도 안 써. 나한테 마카로니만 처먹이고, 내 몸에 기 치료 같은 걸 해 댄 다음 그 다음날엔 다시 부려먹더라니까. 내가 지금 진짜로 원하는 게 뭔지 알아?"

"뭔데?"

"컵라면."

7월 25일 화요일

아침에 길 건너편에서 누가 고함지르는 소리에 잠에서 깼다. 밖을 내다 봤다. 앞치마를 맨 작달막하고 통통한 아줌마들이 쓰레기, 과일, 생선, 종이 박스, 나무 상자, 오래된 냉장고와 가구들을 잔뜩 끌고 나와 길 끝에 쌓아놓고 있었고, 그 와중에 엄청 뚱뚱한 아줌마 하나가 그 위에 앉아서 소리를 질러댔다.

나는 타노를 돌아봤다. "뭐라는 거예요?"

타노가 잠시 듣고 있다가 말했다. "그러니까…… '내 아이들이 마실 물이 없어 죽어 가는데, 저 건너편의 망할 놈의 아프리카 이민자들이 옷을 빨고 있다.'라는데."

"뭐라고요, 이민자 구호 센터에서요?"

"응."

"사람들이 이젠 그런 소리까지 한단 말이에요? 그 사람들이 얼마나 처참하게 사는지 안 보인대요?"

타노가 손을 흔들었다. "그러게, 하지만 앞으로는 유럽 사람들 대 아프리카 사람들의 싸움 정도로 그치지 않을 거야. 이제는 우리 대 너희, 마을 대 마을, 가족 대 가족의 싸움이 될 거야."

경차 한 대가 와서 서더니 바보 같은 하얀 모자에 어색하기 짝이 없는 하얀 띠를 두른 경찰 비슷한 사람이 차에서 내렸다. 그리고 오면 누가 겁이라도 먹을 줄 아는 모양이다.

내가 여기서 이러고 있다는 게 믿기질 않는다. 이제는 더 이상 보고 있기도 힘들다.

사람들이 망치되고, 잊혀지고, 사라진다.
기억에서 완전히 잘려 나간다.
마치 손목을 끊어 내듯이.

7월 26일 수요일

오늘 UN 안전보장 이사회에서 아랍군에게 이스라엘 영토에서 철수하라는 경고를 하면서 금요일 정오까지 성의 있는 반응을 보이라고 했다.

그웬 선생님이 히죽거렸다. "안 하면 어쩔 건데? 종이 클립이라도 집어던질 거야 뭐야?"

애디는 금요일에 퇴원하게 됐다. 이제 정말로 집에 갈 시간이다. 여기는 진짜 너무나 위험해지고 있다.

보이프렌드 라이트도 같은 생각인지 계속 문자를 보낸다.

지금으로서는 런던이 완전히 새롭게 다가온다. 샘도 마찬가지고.

7월 27일 목요일

오후에 병원에 갔더니 애디가 밖에 나와 창문에 기대어 있었다.

"뭐하는 거야?" 네이선이 물었다.

"저 방구석에선 1초도 더 못 있겠어. 여름 내내 런던을 떠나 있었는데 거지 같은 해변에도 한번 못 가 봤잖아."

그래서 우리 둘이 애디를 부축하고 천천히 절뚝거리며 병원 근처의

278

아담한 만으로 가서 야자수 그늘 아래 앉았다. 햇볕이 너무나 밝고 선명해서 산맥이 마치 가는 펜으로 그려 놓은 것처럼 또렷해 보였다. 해변에선 이탈리아 여자애들이 남자애들 목에 올라타서 때리고 꼬집고 뒹굴며 놀고 있었으므로 나는 먼 풍경에 집중하려고 애썼다. 잠시 후, 애디가 나에게 팔을 두르려고 시도했지만 나는 재빨리 발딱 일어났다.

애디가 얼굴을 찌푸렸다. "왜 날 계속 밀쳐 내는 거야?"

"난…… 난 아직, 그게……"

네이선이 내 얼굴에 서린 두려움을 읽었다. 그러더니 씩 웃으며 두 팔을 활짝 열었다. "러블리, 러블리 걸스. 이 오빠가 너희들을 얼마나 그리워했는지."

애디가 다시 말했다. "로라, 네가 날 위해 여기까지 와 준 게 정말 믿어지지가 않아."

펄체가 갑자기 우리 앞에 와서 앉더니 다리를 쭉 뻗어 올리고는 진지 모드로 뭔가를 하기 시작했다.

네이선이 입맛을 다셨다. "저놈의 개는 정말 품위라곤 없구먼. 내 친구가 모처럼 분위기 좀 잡으려는데 기껏 한다는 짓이 제 엉덩이 핥는 거야?

애디와 둘만 있는 기회를 잡으면 애디와 얘기를 해야겠다고 결심했다. 이대로는 어렵다.

7월 28일 금요일

정오다. UN이 정해 준 기한에 아랍국은 어떤 반응도 보이지 않았다.

네이선이 무슨 종군 기자처럼 고개를 끄덕였다. "아, 그래도 결국엔 물러설 거야. 내 느낌이 그래."

이민자 센터에서는 다들 공포에 질려 있다. 나는 그웬 선생님과 하루 종일 거기서 식량 보급품을 정리했는데 다들 떠나는 얘기밖에는 안 한다.

7월 29일 토요일

젠장. 밤사이 미국이 UN과는 별도로 독자적인 행동에 들어가 5,000명의 군대를 가자 지구에 배치해 이스라엘 국경을 따라 전투가 벌어졌다.

우리는 애디의 병실에 앉아 어찌할지를 궁리했다. 네이선 생각은 다른 애들에게도 전화를 해서 모두 함께 곧장 영국으로 가야 한다는 것이었다. "그렇잖아. 우리 여기서 뭐하고 앉아 있는 거야, 여기가 우리 집이라도 돼?"

애디가 눈살을 찌푸렸다. "그럼 또 문제를 피하기만 하는 꼴이야. 여기 사람들은 우릴 필요로 해."

네이선이 펄쩍 뛰었다. "말 잘했다. 네가 날 가르치려 드는 것도 이젠 지겨워. 나도 뭔 일이 일어나는지는 알고…… 그런 걸 보는 것도 힘들어 죽겠어. 하지만 솔직히 우리가 뭘 어쩔 건데? 수단에서 네가 무슨 일을 당했는지 좀 봐……. 헬리콥터에 병원비에 너 땜에 적십자가 쓴 돈이 얼마냐? 도움 같은 소리하고 자빠졌네."

"가르쳐 줘서 고맙다."

"미안하다, 친구. 하지만 그게 진실이야. 너 아직도 이 염병할 액션히어로 짓 안 물렸냐?"

애디가 짧게 숨을 내쉬었다. "전쟁이 다가오고 있어. 지금 맞서지 않으면 나중에 맞서야 한다고. 넌 어떤 인간이고 싶어? 늘 자기 몸만 챙기고 편안하게 숨는 쪽을 택하는 그런 사람이 되고 싶어?"

"그런 사람들을 바로 생존자라고 하는 거야, 애디." 네이선이 쏘아붙였다. "그리고 그런 사람이길 원한다고 죄책감 따위는 갖지 않겠어."

거기 앉아 있는 내 기분은 정말 말이 아니었다. 순식간에 모든 게 너무나 무거워졌다. 내 의지와는 상관없이 끌려든 기분이다. 나는 정치 따위는 아예 믿지도 않는다. 좌파가 어떻고 우파가 어떻고…… 다 쓰레기 같은 소리다. 하지만 그러다가도 길 건너의 수용소에서 벌어지는 일을 보면, 그건 너무 옳지 않다는 생각이 든다. 어쩌면 애디 말이 맞을지도 모른다. 이젠 다른 선택을 할 수 없는 건지도.

갑자기 애디가 웃음을 터뜨렸다. "왜 우리에게만 이런 특별한 일이 일어난다고 생각하고 있는지 모르겠어. 이건 전쟁에 휘말려들기 직전의 보통 사람들이라면 수천 년 전부터 누구나 겪던 감정일 거야. 이런 주제의 TV 리얼리티 쇼가 아직 안 나온 게 신기할 뿐이다."

나는 애디를 쳐다봤다. 잠시 동안이나마 그 애가 예전의 애디로 보였다. 재미있는 아웃사이더, 무엇이든 조롱하던 그 아이. 내가 사랑에 빠졌던 그 아이.

7월 30일 일요일

미국이 어제 갈릴리 바다에서 관개수로를 두고 전투를 치른 뒤, 유럽의 개입을 요구하고 나섰다.

내가 눈살을 찌푸렸다. "거기 예수님이 물 위를 걸으신 곳 아냐?"

네이선이 씩 웃었다. "맞아, 근데 성경 수업 시간에 거기 관개수로가 있다는 소린 못 들은 것 같은데?"

나는 오후 내내 그웬 선생님과 함께 있었기 때문에 네이선 혼자 항구에 페리 표를 끊으러 갔지만 빈손으로 돌아왔다. 네이선은 고개를 저었다. "네가 거기 줄을 봤어야 돼. 거의 마을 센터까지 이어지더라니까."

내일 다시 가서 필요하다면 하루 종일이라도 서 있기로 했다.

7월 31일 월요일

우린 다 함께 항구로 가서 첫새벽부터 해질 때까지 줄을 섰다. 그러고는 고작 500미터 앞으로 이동했을 뿐이다. 이 섬에서 벗어나려면 시간 꽤나 걸릴 것 같다. 집에서 걱정으로 어떻게 되실까 봐 3번이나 전화를 했는데 안 받는다. 이상하네.

August

8월 1일 화요일

밤사이 미국 전함들이 지중해 건너편에 도착했다. 젠장. 타노는 이 위기 국면이 진정될 때까지 기다리는 편이 낫겠다는 생각이지만 그웬 선생님은 슬슬 움직여야 한다고 했다.

네이선이 얼굴을 찡그렸다. "하지만 유럽이 진짜 말려들까요?"

"모르지. 하지만 시칠리아 같은 국경 지역으로 군대를 보내 이런 이민자 구호 캠프를 공격하려 들 건 분명해. 너희 엄마들은 지금쯤 너희 걱정으로 미칠 지경이실 거야!"

"그러니까요. 며칠째 엄마한테 전화를 하는데 받질 않아요."

그웬 선생님이 미간을 찌푸렸다. "그쪽에서도 뭔가 일이 터졌는지 몰라. 가뭄 피해 지역이 늘고 있고, 주민세 때문에 시위 지역이 방대한 띠

를 형성했거든. 내가 아는 한 로라 엄마는 전적으로 참여하고 계실 거
야."

나는 고개를 흔들었다. "방대한 띠? 선생님들은 왜 꼭 그런 식으로
말하는 거예요?"

그래도 울 엄마에 대한 그웬 선생님 말씀이 틀린 소린 아닐 것 같다.
나는 집 걱정으로 생기는 스트레스는 그만 받기로 하고 이제부터 집
으로 가는 궁리에 열중하기로 마음먹었다. 페리 티켓 줄의 우리 자리
를 놓치지 않으려고 오늘은 밖에서 자기로 했다. 오후에는 아빠한테
이미 집으로 가는 길이라는 이메일을 보냈다. 썩 믿음이 가진 않지만
키란이 준 자기 계발서 『긍정적인 당신』이라는 책에서 하라는 대로 한
거다. 그 책에는 좋은 일이 진짜로 일어날 것처럼 긍정적으로 행동하면
그게 현실이 될 거라고 한다.

8월 2일 수요일

더 나쁜 소식. 애디가 다시 악화됐다. 페리 티켓 줄에 서 있던 네이선
이 나와 교대한 뒤 아파트로 돌아가 보니 애디가 침대 위에서 땀투성
이가 되어 몸을 웅크리고 있었다고 했다. 결국 네이선이 애디를 병원에
다시 데려갔다. 그렇게 긍정적으로 생각했건만. 어쩌면 애디를 향해 품
고 있는 분노가 너무나 강력해서 나의 긍정적인 파장을 모두 밀쳐 내
는지도 모르겠다.

8월 3일 목요일

오늘 클레어가 이걸 보내 왔다. 젠장, 유럽 전체가 다 폭발해 버릴 모양이다. 어쨌든 페리 티켓 줄은 포기해야 했다. 애디가 나아지기 전에는 아무 데도 못 간다.

제목없음

로라
아놔. 완전 제정신을 차릴 수가 없어. 내 평생 이렇게 더운 적도 없었던 듯. 타이니스, 에만+샘은 런던으로 돌아갔지만, 나랑 스테이신 널 두곤 떠날 수 없어. 대체 거기 뭔 일 난 거야? 돌아오긴 하는 거야? 첨엔 여기 있는 게 재미있었지만, 지금은 시위 캠프 사람들이 정부나 군대와의 마을 전투에 참여하려고 떠나고 있어. 얼마나 더 버틸 수 있을지 모르겠다.
우리에게 돌아오삼.
클레어.
PS. 곡을 5개나 썼어. 넌?
집으로 돌아가면 런던을 아주 뒤집어 버리자고.

하, 그러니까 샘이 나한텐 문자 한 통 없이 집에 갔단 말이지? 내 베이스라도 제대로 지켜 내는 게 좋을 거다.

8월 5일 토요일

"로라, 네이선, 일어나!"

그웬 선생님이 내 팔을 흔들었다. "EU에서 비상 국경 통제권을 발동했어. 우리가 받은 정보에 따르면 항구를 막아 버리고 이민자 구호센터를 급습할 거래. 일단 피해야 해. 지금!"

"하지만 애디가 움직일 수가 있을까요?"

"애디는 밴에 벌써 태웠어. 견뎌 낼 거야." 그웬 선생님이 미소를 지었다.

"걔도 데리고 갈 거야. 싫다는 대답은 접수 안 해."

우리는 찾을 수 있는 건 뭐든 배낭에 다 쑤셔 넣고, 아래층으로 뛰어 내려가 타노의 밴에 올라탔다. 애디는 땀범벅인 채로 구석에서 웅크리고 있었다.

그웬 선생님이 담요를 던져 줬다. "이걸 덮어 줘."

나는 담요를 애디의 어깨에 둘러 주고 애디의 손을 꽉 잡았다. 그와 동시에 출발한 타노는 뒷골목의 미로를 따라 도시를 종횡무진했다. 그리고 40분쯤 지나서야 의자에서 몸을 움직였다. "오케이, 팔레르모를 벗어났어······. 그러니까 이제 나와도 되겠지만, 내 생각엔 쭉 엎드려 있는 편이 나을 거야."

타노가 SS624쪽으로 방향을 홱 틀자 나는 의료품 상자들 쪽으로 쫙

286

미끄러졌다.

그웬이 인상을 썼다. "타노, 속도 줄여. 눈에 띄면 안 되잖아."

타노가 웃었다. "맞아, 그러니까 시칠리아 사람처럼 운전하잖아. 우리 시칠리아 사람들은 고무 타는 냄새라면 사족을 못 쓴다고."

네이선이 창밖을 빼꼼 내다봤다. "지금 어디로 가는 거예요?"

"섬의 남쪽으로. 놈들은 이런 건 예상 못할 거야. 팔레르모와 메시나의 항구에서 사람들을 잡아들일 생각이겠지. 내 친구들이 우릴 숨겨줄 거야."

한 시간쯤 지나서 우리는 해안에 도착했고, 타노는 흙 길로 벗어나서 숲 속 끝에 차를 세웠다. 잠시 후 제복을 입은 짙은 색 머리의 남자가 운전석 창문 쪽으로 다가왔다.

"젠장!" 네이선이 차 바닥으로 몸을 숙였다.

"조용히 해!" 타노가 속삭였다. "이 사람은 살바토레야. 살바토레는 산림 경비원이지만 우리 편이라고." 타노는 창문을 내렸고, 두 사람은 엄청 빠른 이탈리아어로 얘기를 나눴다. 그 남자는 우릴 쳐다보더니 자기 모자를 만지작거렸다. "해변으로 가자. 오늘 밤엔 거기가 안전하겠어."

"밖에서 자자고요?" 네이선이 애디를 쳐다보며 물었다.

살바토레가 네이선을 힐끗 봤다. "감옥보다는 낫잖아?" 그러고는 돌아서서 길을 따라 내려가기 시작했다. "서로들 바짝 붙어."

한 줄로 덤불숲과 구부러진 작은 올리브 나무 사이를 내려가다가 보니 갑자기 파도 소리가 들려왔고 어느새 넓은 만 가장자리에 도착해 있었다. 그 왼쪽으로는 콘크리트 아파트들이 즐비하게 서 있는 흉한 마을이 펼쳐졌다.

"여기가 마리넬라야. 거기 말고." 살바토레가 앞쪽을 가리켰다. "저 위."

살바토레의 시선이 머무는 곳을 보고 숨이 턱 막혔다. 돌기둥 아래로 엄청난 폐허 더미가 눈앞에 펼쳐졌다.

"저게 도대체……."

그웬 선생님이 웃었다. "장난 아닌데! 아크로폴리스(고대 그리스 도시들의 언덕에 있던 성채-옮긴이)라니. 근데 안전하긴 한가요?"

살바토레가 고개를 끄덕였다. "사람들을 숨겨 주는 곳으로 이용하고 있어요. 모두 8명이 돕고 있죠. 지역 사람들, 나, 목사님…… 경찰인 우리 형."

"마을 사람들은 어떤가요?" 내가 물었다.

"어떤 사람은 친절하고, 어떤 사람은 아냐. 시칠리아 사람들은 이방인에 익숙해. 우린 아랍 사람들도 겪었고, 스페인 사람, 그리스 사람, 미국 사람…… 그리고 지금 찾아드는 사람들까지. 하지만 마을이 가난한 데다 이젠 궁핍이 너무 심해졌지. 하루에도 20, 30척의 배가 섬에 들어와……. 더 이상 나누어 줄 게 없다고."

타노가 고개를 저었다. "시칠리아는 아직 여력이 있어. 마을 사람들 중에 어떤 사람들은 아주 고약하다고. 나도 독일 나치 때, 어떻게 보통 사람들이 포로수용소 근처에 살면서 아무것도 모른다고 얘기할 수 있나 했었다고. 하지만 이젠 알겠어. 그냥 아무것도 못 본 척, 다른 것에 집중하면서 사는 거야. 그들을 인간 취급 안 해 버리는 거지."

네이선이 얼굴을 찡그렸다. "타노, 원래 이렇게 신 나는 얘기만 하십니까?"

살바토레는 우리에게 약간의 음식과 담요를 마련해 주고는 곧 사라졌고, 우리는 폐허 속에서 약간 움푹 파인 잔디를 찾아 담요를 깔고 누웠다. 애디는 네이선과 내 사이에 누웠다. 애디는 몸이 불덩이 같으면서도 동시에 오한으로 덜덜 떨었다. 어떻게 따뜻하게 해 줄 도리가 없을까 생각하는데 네이선이 손뼉을 쳤다.

"그럼 되겠다! 어이, 펄체! 이리 와, 초강력 열기를 빌려야겠어."

펄체가 종종거리며 다가와서는 애디 옆에 몸을 웅크렸다. 정말 놀랍게도 얼마 후 애디는 더 이상 떨지 않았다. 애디가 눈을 번쩍 떴다. "정말이지, 이 뜨거운 개가 내 얼굴에 직빵으로 내뿜는 입냄새는 정말…… 정말 대박이다." 네이선이 고개를 끄덕였다. "알아, 그 녀석이 입냄새계의 리얼 원조야."

애디가 신음 소릴 냈다. "이건 정말 남부 런던 소년의 죽음답지 않아. 칼에 맞거나 총에 맞아야지. 벼룩투성이 배에 깔려서 서서히 뭉개져 죽을 수는 없잖아."

네이선이 입맛을 다셨다. "요즘은 우리에게 주어지는 걸 그냥 받아들이며 살아야 해, 친구."

밤 10시. 타노가 방금 살바토레의 전화를 받았다. 그의 계획은 우리가 사람들 눈을 피해 해안을 따라가다가 로징가로라는 자연보호구역에서 이 지역 고기잡이배를 타고 섬을 뜨는 것이라고 했다. 안 좋은 소식은, 곳곳에 바리케이드가 있고 그때마다 멈춰 서는 것은 위험하기 때문에 걸어서 이동해야 한다는 것이었다. 전화를 끊고 나서 타노가 전화기 액정을 들여다봤다. "젠장, 막대기가 반쪽 밖에 안 남았네. 태양열 휴대폰 충전기 있는 사람 아무도 없나?"

나는 타노의 부엌 조리대 위에 있던 태양열 충전기를 머릿속에 떠올리며 고개를 저었다. 내 휴대폰을 꺼내 봤다. 죽었다. 망했군.

8월 5일 일요일

아침에 일어나 보니 등짝에 커다란 돌이 박혀 있었다. 타노와 네이선이 폐허의 가장자리를 어슬렁거리며 걷고 있는 걸 보고, 나도 애디가 잘 자고 있는지만 확인한 다음에 담요에서 기어 나와 그들과 합류했다.

네이선이 기지개를 켰다. "대체 여기가 어떤 데예요?"

타노가 미소 지었다. "아크로폴리, 아크로폴리스…… 그게, 그리스 신전이지."

"와, 엄청 오래됐네."

"기원전 7세기. 사람들은 이곳저곳을 여행했고, 오래전에 새로운 곳을 찾아 떠났지. 현대 유럽은 이곳을 잊어버렸어."

네이선이 바다 너머의 작은 마을을 가리켰다. "저것 좀 봐. 아크로폴리스 대 마리넬라. 3,000년 전 대 1960년대인 셈인데 저건 그냥 거지 같은 콘크리트 더미 아니냐. 모던 라이프란 거 완전 후져."

그때 바다를 바라보던 내 눈에 배 한 대가 들어왔다. 너무 작아서 고무보트처럼 보이는 배였는데 사람들이 빽빽이 타고 있었다. 갑자기 마을에서 조명탄 하나가 하늘로 치솟더니 곧이어 배 한 척이 이민자들을 향해 속도를 내며 달려 나갔다.

타노가 한숨을 쉬었다. "해안 경비대야. 또 하나의 여정이 저렇게 마감되는군."

나는 해안 경비대가 요트로 접근하는 모습을 지켜봤다. 사람들이 도망치려고 바다로 몸을 던지는 모습까지도 다 보였다. 하지만 또 다른 경비정이 나타나 그 사람들마저 쫓아갔다. 도저히 가망이 없다. 수많은 곡절을 겪어 내고 여기까지 왔을 텐데. 모든 게 물거품이 됐다. 나는 속이 상한 채로 돌아섰다. 하지만 내가 뭘 할 수 있겠어.

8월 7일 월요일

지난밤은 힘겨웠다. 우리는 주홍빛 일몰 속으로 어둠이 깔리기 시작할 무렵 '마르살라'라는 곳을 향해 출발했다. 해변의 거친 파도는 우리에게 계속 물세례를 퍼부었다. 밤이 된 뒤에는 내륙으로 들어가 걷기 시작했고, 우리의 여정은 올리브 나무숲과 가파른 산등성이, 뾰족한 철조망, 포도 넝쿨, 그리고 삐걱대는 풍력 발전용 터빈으로 이어졌다. 완전히 어두워진 후에는 살바토레가 우리를 기찻길로 이끌어 한 시간 또 한 시간, 녹슨 철길을 따라 비틀거리며 앞으로 나아갔다. 애디는 산송장 같았다. 모두 번갈아 가며 애디를 부축하고 도왔다. 그러는 사이, 마침내 새들의 지저귐과 함께 희미한 빛이 밝아오기 시작했다. 그웬 선생님은 길 끝의 헛간을 가리켰다.

"우리 이 안에서 좀 쉬자."

타노는 길 이름이 쓰인 표지판을 보고 환영의 의미로 두 팔을 활짝 벌렸다. "웰컴 투 비아 델 스텔르."

"그게 무슨 뜻이에요?"

타노가 이를 드러내고 활짝 웃었다. "별들의 길!"

우리는 빵과 치즈를 조금씩 먹었고, 그동안 펄체는 애디를 위해 히터가 돼 주고 있었다. 나는 애디에게 몸을 굽혔다. "해낼 수 있겠어?"

"해내야지." 애디가 고개를 숙였다. "나 때문에 너무 지체하는 것 같아서 괴로워."

그웬 선생님이 애디의 손을 잡았다. "애디, 그건 네 탓이 아니야. 넌 그게 문제야. 모든 걸 네 어깨에 다 짊어지려고 하잖아."

애디가 천천히 미소를 지었다. "헛, 선생님은 어떻고요. 어느 모로 보나 하느님 콤플렉스가 있는 건 선생님이잖아."

나는 타노와 밖으로 나갔다.

"애디가 또 이렇게 오늘 밤을 보낼 수는 없어요. 거기까지 계속 걷는 건 불가능해요."

타노가 한숨을 쉬었다. "내 생각도 그래." 그리고는 살바토레와 의논하겠다며 자리를 떴다.

나는 안에 들어가 자려고 했지만, 자꾸만 전쟁 생각이 났다. 물 때문에 전쟁이 나다니, 아직도 믿기질 않는다. 살바토레 말로는 유럽이 아직도 개입을 거부하고 있다고 한다. 식구들로부터 메시지라도 받았으면 좋겠다.

8월 8일 화요일

오늘 밤에 팔레르모 대 나폴리의 축구 경기가 열린 덕에 살바토레가 우리를 도로로 이동시킬 기회를 잡았다. 살바토레가 웃었다. "전쟁이 나든 말든 길엔 아무도 없을걸. 오늘 밤엔 모두들 집에서 축구를 볼 테니까."

그렇게 해서 오후 6시, 우리는 살바토레의 친구가 제공한, 생선 냄새 진동하는 트럭 짐칸에 올라탄 뒤, 바닥에 누워 상자들과 구역질 나는 썩은 해산물로 몸을 가렸다. 한 시간쯤 달리고 나니 해안은 사라지고 모래 위에 비죽 튀어나온 이상하게 생긴 사각형들과 철조망을 지키고 있는 군인들 행렬이 보였다.

"저건 뭐지?" 네이선이 트럭의 나무 칸막이 사이로 내다보며 말했다.

그웬 선생님도 밖을 내다봤다. "소금을 생산하는 곳이네."

"근데 군대가 왜 와서 지켜요?"

선생님은 엉덩이 아래의 스티로폼 용기 위치를 바꿨다. "그걸 질문이라고 해? 예전엔 소금이 돈 역할을 했다고, 얼마나 가치가 높았는데."

"그래요, 옛날에는 그랬겠죠. 근데 지금은 왜?"

"왜냐하면 우리는 과거로 거슬러 올라가고 있으니까. 연료가 바닥나면 냉장효과도 끝나는 거야……. 그러면 다시 염장, 건조, 절이는 방식을 써야겠지. 안 그럼 음식은 다 상할 테고 아무것도 못 먹게 되니까."

문득 엄마와 불타는 냉장고의 모습이 확 떠올랐다. 눈물을 감추기 위해 나는 바닷가재가 담겨 있는 통 뒤로 머리를 숨겼다.

10시쯤 됐을 무렵 작은 마을에 트럭을 세우고 살바토레가 뛰어내렸다.

애디가 두 팔을 뻗었다. "와, 이젠 좀 살겠네…… 오한이 나기 시작하면 곧 죽을 것 같다가도, 몇 시간이 지나면 또 괜찮아진다니까. 내려서 뭘 좀 먹으면 안 될까요?"

타노가 고개를 저었다. "그건 어렵겠어."

"우리 지금 어딘데요?"

"산 비토. 바닷가의 작은 마을이야. 관광지지."

네이선이 얼굴을 찌푸렸다. "근데 왜 우릴 여기로 데려온 거예요? 왜 로징가로라는 데로 곧장 안 가요?"

그웬 선생님이 네이선에게 눈치를 줬다. "네이선, 진정하셔. 여기서부터는 걸어서 가야 해."

트럭은 중앙 광장이 내려다보이는 뒷길에 세웠다. 그곳에는 술집과 자그마한 테이블, 그리고 파라솔이 줄 지어 놓여 있었지만 사람은 거의 보이지 않았다. 타노가 주위를 살폈다. "이상하네. 원래는 가족 단위 이탈리아인들로 북적북적한 곳인데……."

어떤 술집 밖에서 트롤처럼 생긴 거구 아저씨 하나가 작은 남자한테 소리 지르는 게 보였다. 정말 이탈리아 사람들이 말하는 걸 보면 저게 싸우는 건지 대화를 하는 건지 알 수가 없다. 이 나라 사람들은 늘 열정적이다. 갑자기 덩치 아저씨가 작은 아저씨를 손바닥으로 쳐 대며 피자 반죽으로 만들어 버릴 기세더니, 곧 웃음을 터뜨리며 테이블을 손으로 내리쳤다. 엄청 세게. 땅콩과 올리브 여러 알이 테이블에서 바닥으로 후두둑 떨어졌다. 그걸 보는 펄체의 눈이 뒤집어졌다. 이 녀석은 이탈리아 사람들을 무지무지 사랑한다.

아무튼 우리에게 술집은 그림의 떡이다. 방금 살바토레가 돌아오더니 오늘 밤엔 해변에서 자야 한다고 했다.

8월 9일 수요일

동이 트자마자 추위에 한기를 느끼며 젖은 모래의 축축한 냄새와 머리 위의 갈매기들 소리에 눈을 떴다. 그리곤 바닷가를 바라보며 너무나 강하게…… 살아 있음을 느꼈다. 나는 영화 속 주인공 같다……. 이 하늘, 이 바다, 추격전…… 그리고 저 너머의 아프리카! 내가 당장 전화를 걸고 싶은 사람은 아빠였다. 내가 보는 것과 느끼는 것들이 얼마나 생생한지 말해 주고 싶었다. 이곳 사람들이 우릴 어떻게 도와주고 있는지도, 그 사람들은 이 일을 게임으로 생각하지 않으며 자아실현이나 정치 이념 때문에 우리를 도와주는 것도 아니라는 점도…….

너무 환해지기 전에 타노가 다시 출발하자고 했다. 모래를 밟으며 터덜터덜 걸어가다 보니 해변을 벗어나 숲으로 숨어드는 다른 사람들 모습도 눈에 띄었다. 그러곤 우리 앞으로 높은 산등성이가 나타났다.

타노가 그쪽을 가리켰다. "이리로."

애디가 눈을 굴렸다. "뭐예요, 〈사운드 오브 뮤직〉(이 영화 마지막에 오스트리아 군인 가족이 나치를 피해 산을 올라 국경을 넘는다 – 옮긴이) 찍어요?"

우리 모두는 햇볕을 가리기 위해 티셔츠를 머리에 두르고 장장 몇 시간을 휘청거리며 올라갔다. 살바토레가 먹을 물을 충분히 가져온 게 어찌나 다행이었는지. 나는 계속 멈춰서 사방을 둘러봤다. 농담이 아니라, 이렇게 아름다운 광경은 처음이었다. 푸르디푸른 바다가 끝없이 펼쳐졌고, 우리 저 아래편에는 반짝이는 금빛 해변에 사람들이 땡땡이 무늬처럼 찍혀 있었다.

네이선과 나의 눈이 마주쳤다. "바캉스 책자 같아, 그치?"

타노가 쯧 소리를 냈다. "그렇지. 이민자들, 가뭄, 경찰, 말라리아, 전쟁만 빼면."

네이선이 두 손을 번쩍 들었다. "으아, 또 시작이시네! 사람들이 긍정적인 사고를 배급 받을 때, 아저씬 딴짓 하다가 줄의 맨 끝에 섰던 게 분명해요."

모두들 웃기 시작했다. 네이선이 있어서 어찌나 다행인지. 진짜다. 타노, 그웬 선생님, 덜덜 떠는 애디와, 애디가 낫기만 하면 죽여 버리려고 벼르고 있는 나⋯⋯. 이 멤버들 사이에선 거의 웃을 일이 없다.

나는 살바토레를 따라 걸었다. "거의 다 왔나요?"

"응. 여기가 바로 로징가로야. 지금은 작은 해변으로 이루어진 자연 보호 구역이지만, 예전에는 그걸로 유명했어⋯⋯. 사람들이 불법으로 몰래 배에 물건을 들여오는 거, 그거 뭐라 그러지?"

"밀수."

살바토레가 고개를 끄덕였다. "사람 살기엔 꽤나 험난한 곳이었지. 전쟁 뒤에는 줄리아노라는 갱단이 출몰했고, 그보다 더 전에는 해적들이 들끓었으니까." 살바토레는 말을 멈추고 모두에게 좀 모여 보라고 했다. "자 어떤 게 더 나은지 생각 좀 해 봐. 이제 배를 기다려야 해. 하루나

이틀 정도 걸릴 텐데 정확히는 모르겠어. 둘 중에 골라 봐. 여기 높은 지대 길가에서 기다려도 되고."

그웬 선생님이 저 아래의 해변을 내려다봤다. "왜 그래야 하지? 여기 있어도 어차피 사람들 눈에 띄게 될 텐데."

"바로 그거야. 그래서 다른 한 가지 방법은 관광객인 척하고 아예 해변으로 내려가는 거야. 저 아랫길이 훨씬 걷기 쉽기도 하고."

우리는 서로의 얼굴을 쳐다보며 씩 웃었다. 당근 해변! 내려가는 길에 네이선이 야구 모자를 주워서 거꾸로 썼다. "나 여기에 넘 적응 잘하는 것 같아. 날 좀 봐. 덜떨어진 미국 애 같잖아."

그렇게 딱 한 번, 우리는 평범한 오후 한때를 보냈다. 그늘에 누워 있기도 하고, 수영도 하고, 축구도 하고, 정어리와 올리브로 만든 괴상한 피크닉 음식을 먹기도 했다. 펄체는 바위 근처에서 아주 작은 물고기 떼를 발견하고 하루 종일 개들을 못살게 굴며 놀았다. 심지어 살바토레는 아이스크림까지 구해 와 나눠주고는 배 상황을 알아보러 갔다. 하지만 모든 게 너무 빨리 끝나 버렸고, 해가 지고 몇 안 되는 다른 관광객들이 호텔이든 어디든 자기 숙소로 돌아간 뒤 우리는 다시 잠복 모드로 전환하고 몸을 숨겨야 했다. 해변에서 몇 미터 안 떨어진 동굴 입구에 자릴 잡고 담요로 몸을 감았다.

해가 수평선 아래로 막 떨어지려는데 애디가 다가와 내 옆에 붙어 앉았다. 그러고는 한숨을 쉬었다. "믿기지 않긴 해도 정말 아름답긴 해, 그지? 우리가 얼마나 가까이 다가……."

나는 얼른, 벌떡 일어섰다. 나는 저 녀석과 일몰의 시간 따위를 함께 보내기는 싫다. 지금 당장은 이런 상황을 감당할 자신이 없다. 일단은 그저 이 섬을 빠져나가 다시 정상의 삶으로 돌아가고 싶을 뿐이다.

8월 10일 목요일

살바토레도 배도 아직 소식이 없다. 우린 모두 마음을 편히 먹으려고 애쓰고 있다. 저녁 무렵 네이선이 해변에서 휴대용 라디오를 주워 와서 우리는 바위틈에 라디오를 고정시켜 놓고 그 주위에 모여 앉아 제2차 세계 대전 당시 사람들처럼 완전 모기 소리 같은 데다 지직거리기까지 하는 뉴스를 듣겠다고 귀를 갖다 댔다. 그래도 뉴스 내용은 괜찮은 편이었다. 오늘은 이스라엘 정부가 휴전 명령을 내렸고 다음주에는 UN이 평화 유지군을 파병할 예정이라고 했다.

그웬 선생님이 입맛을 다셨다. "흠, 하지만 과연 그대로 될까? 하루가 지날 때마다 나눌 수 있는 물은 계속 전날보다 부족해질 텐데."

타노가 고개를 저었다. "또 누가 알아? 제발 뉴스대로 되길 바라자고. 안 그럼 이 전쟁이 유럽까지 번지게 될 테니까."

나는 담요 안으로 더 깊이 파고들었다. 집은 너무나, 너무나 멀게 느껴진다.

8월 11일 금요일

너무 힘든 하루였다. 모두들 해변에서 서로 거리를 두고 떨어져 있었다. 그저 기다릴 뿐.

8월 12일 토요일

오늘 오후에 드디어 살바토레가 돌아왔다. "짐들 챙겨. 오늘 밤이야. 어두워진 다음에. 그 배가 팔레르모까지 데려다 줄 거고, 거기서 내 친구들이 몰래 제노바로 가는 페리에 태워 줄 거야."

타노가 다가와 살바토레를 와락 끌어안았고, 나머지는 미소를 띤 채 그 둘을 둘러쌌다. 하지만 나는 도저히 가만히 있을 수가 없어 계속 서성거리다가 해변 제일 끝 내 자리에 가서 앉았다. 잠시 후 자박자박 조약돌 위를 걷는 발자국 소리가 들려왔다. 애디였다.

"옆에 있어 줄까?"

나는 어깨를 으쓱하고 돌아앉았다.

애디가 내 팔을 잡았다. "이제 그만 좀 해. 내가 도대체 뭘 잘못한 거야?"

"난 모르겠는데, 네가 한번 말해 봐."

"뭐라고?"

나는 분노가 치밀어 올랐다. "어, 밴드를 떠나고, 날 버리고, 여기까지 휘말리게 한 거 말고…… 또?"

애디가 웃었다. "그래, 알아. 하지만 좀 멋지잖아……"

"이건 게임이 아니야."

"지겨운 것보단 훨씬 낫잖아?"

바로 그 순간, 나는 애디를 때렸다. "그래서 날 두고 바람 피웠어?"

애디가 충격 받은 얼굴로, 나를 봤다. "하지만……"

"됐어. 내가 바보천치였지…… 그래, 애디가 숨 쉴 틈을 줘야지…… 그래, 애디는 자기 앞길을 찾고 있어……. 난 그랬는데 넌 딴 여자나 만나고 있었다니."

"아냐!"

"뭐가 아냐. 나한테 거짓말 하지 마. 내가 런던을 떠난 뒤에 넌 모니카랑 함께였잖아. 내가 알기론 지금도 사귀고 있고." 나는 애디의 가슴을 밀쳐 버렸다. "어떻게 나한테 이럴 수 있어? 우리가 함께한 시간은 대체 뭐였니?"

"내가 바보였어. 그 뒤로는 정말 네 생각만 했어."

나는 고개를 흔들었다. "말로만."

"하지만 너…… 너 아직도 나한테 감정이 남아 있잖아. 안 그러면 왜 여기까지 왔어?"

"왜냐하면…… 나와 넌……."

애디의 얼굴이 확 밝아졌다. "바로 그거야. 나와 너……"

갑자기 통 통 통 엔진 소리가 해안가로 들려왔다. 우리는 서로를 바라봤다……. 아, 배다! 시간이 없었기 때문에 우리는 얘기를 멈추고 다른 사람들에게로 달려가 짐을 챙겨 들었다. 누가 먼저랄 것도 없이 모두 바다로 뛰어들어 만의 입구에서 흔들리고 있는 작은 고기잡이배의 불빛 쪽으로 헤엄쳐 갔다. 우리가 배의 양 끝에 앉았고, 애디는 기력이 전혀 없었기 때문에 타노가 배 위로 끌어올려 줘야 했다. 애디가 배 위에서 헐떡이는 모습을 보고 있자니 심장이 다 조여드는 느낌이었다. 하지만 그건 동정이지 사랑은 아니다.

배의 엔진이 돌아가기 시작하자, 타노가 우리를 향해 돌아섰다. "이제 난 그만 인사를 해야겠다……. 난…… 내가 할 일은 여기에 있어."

우리는 망연한 표정으로 타노를 바라 봤다. 등불의 빛이 타노의 얼굴을 비추고 있었다. 타노는 웃으려고 애썼지만 결국엔 감정을 억누르지 못하고 애디를 꽉 붙들었다. "이제 좋은 사람들 품에 있으니까…… 몸 잘 챙기고 곧장 국경까지 가는 거야, 응?" 그러고는 바다 속으로 미끄러지듯 들어가더니 곧 사라져 버렸다. 어떤 남자가 뭐라고 소릴 지르자 배가 해안에서 멀어지기 시작했다. 우린 모두 타노의 마지막 모습을 조금이라도 오래 보고 싶어서 눈을 부릅떴다. 하지만 배가 어둠 속으로 움직여 멀어지고, 이제 들리는 것은 오직 펄체가 해변에서 미친 듯이 짖어 대는 소리뿐이었다. 나는 처음으로 그웬 선생님이 우는 모습을 봤다.

8월 16일 수요일

마침내 성공했다! 3일간 뇌물 먹이고, 숨어 다니고, 배에서 토해 댄 끝에 제노바에 도착해 시위자 캠프로 가는 차편을 얻어 탈 수 있었다. 그리고 오늘 언덕 위의 버려진 작은 마을에 도착했다. 마을이라 봐야 무너진 집들이 줄줄이 있는 먼지 덮인 길이 전부였지만. 밴에서 기어 나오자마자 '런던 콜링'(영국 펑크록 밴드 '클래쉬'의 곡-옮긴이)이 가장 가까운 폐가의 2층 창문에서 엄청 큰 소리로 흘러나오는 걸 들을 수 있었다.

웃음이 터져 나왔다. "스테이시, 클레어? 너희들 맞지?"

잠시 후, 스테이시의 삐죽삐죽 솟은 머리가 1층 창문에서 불쑥 튀어

나왔다. "로라 브라운?"

나는 눈을 가늘게 뜨고 스테이시를 올려다봤다. "야, 스테이시, 너 머리카락이 완전 과격해졌다."

스테이시가 웃었다. "시끄러."

그러고는 클레어가 문을 열고 달려 나왔다. "대체 어디에 있었던 거야? 전화를 얼마나 해 댔는데……. 여기서 얼마나 버틸 수 있을지 자신이 없더라고."

스테이시 뒤의 폐가를 유심히 봤다. 풀을 태운 듯한 연기 한 줄기가 지붕 틈 사이로 스멀스멀 올라오고 있었다. "그래, 너한텐 정말 쉽지 않았겠다."

8월 17일 목요일

정신을 못 차리겠다. 시칠리아에 있는 동안 밤에 두세 시간 이상 자본 적이 없는 것 같다. 어제 여기 도착하자마자 휴대폰만 충전기에 꽂아 놓고 담요 위로 쓰러져 거의 혼수상태 지경으로 곯아떨어졌다. 오늘은 그래도 집에 전화를 걸 정도의 시간만큼은 눈을 뜨고 있었다. 엄마가 안 받아서 아빠한테 걸었지만, 아빠도 안 받았다. 그래서 집 전화로 걸었다. 애빙던의 우리 집 부엌 찬장 옆에 있는 전화가 눈에 훤했다. 딸깍, 누군가가 전화기를 들었다. 마음이 설렜다.

"줄리아와 닉은 지금 집에 없습니다. 메시지를 남겨 주시면 최대한 빨리 연락드릴……."

난 그냥 부모님과 통화하고 싶을 뿐이다.

8월 19일 토요일

마침내. 전화가 왔다. 애빙던의 집 전화번호다.

"로라?"

나는 몽롱한 채로 일어나 앉았다.

"나야. 킴."

"언니? 거기서 대체 뭐하는 거야?"

"그래, 나도 넘넘 보고 싶었단다, 동생아."

"아, 미안, 미안…… 언니가 거기 있으리라곤 생각도 못 해서……."

"뭐 집에? 난 집에 왔고 모두들 잘 지내."

"정말? 충전기가 없어서 며칠 통화를 못 했으니 내 걱정에 온 집안이 뒤집혔을 것 같고, 그리고……."

"아냐, 아냐. 뒤집어진 사람 아무도 없어. 다들 농사 때문에 바빴어……. 그리고 아까도 말했지만, 워낙에 다들 잘 지내."

"어, 그래. 그 말은 아까도 했어. 엄마나 아빠 옆에 있어? 아무도 휴대폰을 안 받으셔서."

"아 아니, 엄마 아빠…… 밭에 나가셨어."

"엄마가 밭에 나갔다고?"

"응. 밭에. 저기, 정말 많이 얘기하고 싶은데, 지금 좀 바쁜 데다가 누가 문 앞에 와 있고…… 그러니까 내가 금방 다시 걸어도 될까?"

"그래, 그럼……. 저기, 언니, 진짜 다들 괜찮은 거 확실해?"

"완전. 모두들."

"잘 지낸다고. 그래. 아까 말했어."

나는 다시 벌렁 누워 버렸다. 지금은 너무 지쳐 있어서 이걸 따지고 들 기운이 없다.

8월 20일 월요일

아하! 오늘 아침에는 다시 상큼하게, 정상 컨디션으로 눈을 떴다. 마치 새 봄의 어린 새싹같이. 신나게 아래층으로 내려가 보니 모두들 무화과나무 그늘 아래 모여 앉아 있었다.

밖으로 나가자마자 뭔가 타는 냄새가 났다. "이게 무슨 냄새죠?"

그웬 선생님이 코앞으로 손부채질을 했다. "산불."

클레어가 올려다봤다. "아직도 불길이 살아 있어!"

나는 황량한 마을을 둘러봤다. "근데, 다른 사람들은 다 어디로 갔어?"

스테이시가 손가락을 꼽았다. "그게, 프랑스 아이 실비는 치아파스 주로 갔고……."

"어디?"

"멕시코야. 자파티스타스라는 혁명 단체에 합류하러. 거기도 완전 난리도 아냐. 그 단체에서 자기들만의 나라를 세워서 세계은행과의 전쟁을 선포하고는 미국 기업들을 다 몰아냈어. 브라질도 똑같이 할 기세고 남미의 절반 정도가 그걸 지지하고 있어."

"어휴." 그러고는 조금 있다가 물었다. "샘이랑 미키랑 다른 애들은?"

"2주쯤 전에 런던으로 돌아갔지. 샘은 널 기다리고 싶어 했지만, 미키가 자긴 떠나겠다고 하고…… 샘이 결단을 내려야만 했어."

"그래, 그랬겠지." 네이선이 중얼댔다.

나는 손가락으로 머리카락을 빗어 내렸다. "그래도 내 베이스는 잘 있겠지?"

"그럼. 샘이 완전 목숨 걸고 지켰어. 하루는 어떤 애가 훔치려다가 샘한테 걸려서 흠씬 두들겨 맞았지. 샘이 다시 찾아왔어."

"진짜? 샘이?"

클레어가 고개를 끄덕였다. "샘이 할 수 있는 게 그것뿐이었잖아. 네가 ……."

잠시 긴 침묵. 애디가 잠깐 나를 바라보다가 클레어 쪽을 향했다. "근데 나는 여기가 시위 캠프 같은 덴 줄 알았는데? 다들 어디 있는 거야?"

"사방으로 흩어졌어. 스페인, 그리스, 프랑스…… 식수 전쟁이 계속 퍼져 나가고 있어. 어떤 사람들은 이 마을 사람들을 돕겠다고 이 근처에 새로운 캠프를 차리기도 했고. 7월 말부터 지방 우물물을 빼앗아 가려고 제노바와 다른 대도시로부터 민간과 이탈리아 정부의 탱커(석유, 가스 등을 싣고 다니는 대형 선박 혹은 트럭—옮긴이)를 보내고 있거든."

"근데 넌 왜 아직도 여기서 이러고 있는데?" 애디가 물었다.

"우리도 여기서 돕고 있었다고요, 성자 애디님. 하지만 언제 네가 돌아올지 모르니까 여기서 너무 멀리 갈 순 없었어."

나는 다른 애들을 둘러봤다. "그래서? 너희들 집으로 갈 준비는 된 거야?"

스테이시가 고개를 끄덕였다. "당근이지. 여기 상황이 넘 안 좋아. 그리고 학교로 돌아갈 수 있는지도 알아봤으면 싶고."

애디가 고개를 흔들었다. 스테이시가 애디를 봤다. "왜 그래?"

"아냐."

"아니긴. 할 말이 있으면 그냥 해."

"알았어, 그럼. 네가 학교로 돌아가고 싶어 한다는 게 정말 믿기질 않는다. 여긴 최전방이나 다름없어. 사람들이 우릴 필요로 한다고."

스테이시가 눈을 굴렸다. "제발 정신 좀 차려. 그리고 우리 이모는 내 걱정 땜에 제정신이 아냐. 안전하게 집으로 돌아오길 바라신다고."

그웬 선생님이 중얼거렸다. "안전, 좋지."

스테이시가 펄쩍 뛰었다. "아 정말, 자꾸 설교들 해 대는데 아주 토 나오려고 그래요. 그렇게도 세상을 구하고 싶어요? 그럼 그렇게 해요. 하지만 난 여기 한 달 넘게 있었고, 그동안 죽도록 삽질도 했고, 그걸 증명할 물집도 왕창 잡혔다고요. 장난이 아니라고요. 여기서 영웅 행세나 하느니 런던으로 돌아가고 싶어요. 우리 밴드도 예전보다 영향력이 훨씬 커졌을 거라고. 미키가 엮어준 공연 스케줄이 줄을 선 데다 우리 보르도 공연의 다운로드 앨범도 발표할 거랬어."

애디가 내뱉듯 말했다. "넌 그냥 무서운 거야."

스테이시가 애디를 노려봤다. "그럴지도 모르지. 근데 그러는 넌 왜 아직도 여기서 뭉개고 있냐? 2가 스위스 국경 근처의 댐을 날려 버렸다고 하던데. 여기서 몇 킬로미터 떨어져 있지도 않아. 너도 쫄아서 거긴 못 가겠는가 보지?"

8월 21일 화요일

시위 캠프 사람들이 우리 있는 데로 찾아와 군대가 이 부근을 급습하고 있고 사방에 바리케이드를 쳐 놓았다고 알려 줬다. 심지어 이탈리아 국경지역에서는 스위스와 저수지 물을 두고 진짜 전투다운 전투가 벌어졌다고도 했다. 그뿐만 아니라 산에 난민 포로수용소가 있다는 흉흉한 소문까지 돌았다. 며칠간은 프랑스로 돌아갈 꿈도 못 꿀 것 같다. 팔레스타인에선 또 전쟁이 터졌다. 이스라엘 자살 폭탄 테러범이 웨스트 뱅크의 자기 마을이 물이 없어 죽어 가고 있다며 시위를 벌이고 있다. 이렇게 역할이 뒤바뀔 줄이야.

내 일기장에 정치 얘길 쓰고 있다니. 예전에는 온통 래비와 탄질라, 그리고 허접한 학교 얘기로 도배를 했었는데. 난 내 나이보다 너무 노숙해진 것 같다.

8월 22일 수요일

이런. 애디랑 크게 한 판 했다. 그래도 애디도 진실을 아는 게 공평한 것 같긴 하다.

아침 식사 후에 애디가 나를 붙잡았다. "샘에 대해 들려오는 얘기는 대체 뭐야?"

나는 대수롭지 않은 척하려 애썼다. "뭔 상관이야? 휙 떠나 버린 건 너야."

"그보다 겨우 3주 전이었고, 우린 완전히 헤어진 상태도 아니었어. 와, 날 잊는 데 시간 꽤나 걸렸다?"

"넌 아무 권리도 없어."

"화낼 권리도 없다 이거지? 모니카 때문에? 그래, 맞아. 내가 다 망쳤어. 하지만 적어도 나는 인정했어. 근데, 넌 결백하고 순수한 척, 버림받은 척, 혼란스러운 척…… 정말 역겹다."

나는 숨을 짧게 들이마셨다. "내가 역겹다고? 넌 너무 변해서 이제난 네가 누군지도 모르겠어. 네가 날 배신할 거라곤 상상도 못 했다고……. 그래 놓고는 무슨 말도 안 되게 자원봉사 휴가를 떠난다는 연막을 펴?"

"넌 수단에서 토사물 삽질하는 걸 휴가라고 하냐? 콜레라에 말라리아에?"

"됐고! 내가 널 더는 못 참아 주겠다. 예전처럼 웃지도 않고, 재밌지도 않고. 하는 거라곤 남 비판하는 거뿐이지. 적어도 샘은……."

애디가 손을 내리쳤다. "더 이상 말하지 마! 알고 싶지도 않아. 그리고넌 안 변한 줄 알아? 넌 절대로 두려워하는 법이 없었어……. 하지만 이젠 다른 애들하고 똑같아. 엄마 아빠 품으로 도망갈 생각뿐이지."

우리는 깊고 깊은 침묵 속에서 서로를 노려보며 서 있었다. 집까지 같이 가야 할 텐데 이제 재랑 다시는 말도 하기 싫다.

8월 24일 목요일

너무 덥고 우울해서 꼼짝할 수가 없다. 나랑 스테이시는 2층의 시원한 돌바닥에 누워 숨도 겨우겨우 쉬고 있었다.

스테이시의 손이 옆으로 무겁게 떨어졌다. "영국에서 일어나는 일에 대해서 어떻게 생각해?"

"뭘 어떻게 생각해?"

"완전 미쳐 돌아가고 있잖아. 지방의회, 소도시, 작은 마을들이 너나할 것 없이 물, 전기, 재활용품, 도로 같은 걸로 정부와 전쟁을 벌이고 있다니까. 첨엔 주민세 문제로 시작했는데 지금은 아주 제대로 난리가 났어. 내 친구 존 말로는 나름 멋지대. 사나운 상류층 사모님들, 변두리 보통 아줌마들, 무정부주의 좌파들, 래브라도 사냥개들, 그리고 떠돌이 개들까지 모두 뭉쳐 힘을 합하고 있다나. 너희 엄마가 워낙 행동파시니까 넌 다 알고 있는 줄 알았지."

나는 한숨을 쉬었다. "몇 주째 엄마랑 통화를 못했어. 어째 이리 담담하신지 모르겠어. 평소 같으면 지금쯤 내 걱정으로 제정신을 잃고 레드 에로우(영국 공군 곡예비행 팀─옮긴이)한테 날 구해 달라고 신청했을 거야." 나는 매트리스를 내리쳤다. "아우 씨, 이놈의 파리들 땜에 돌겠다. 잠 좀 자자. 사실 이 이불도 차 내버리고 싶은데 몸을 조금만 빼도 파리들이 떼거지로 달려들까 봐 그러질 못하겠어."

스테이시가 날 쳐다봤다. "이 태양열 선풍기를 이용해 봐." 선풍기 방향을 내 쪽으로 틀어 주자 바람에 파리 군단이 마구 날아가긴 했지만 내 머리와 발에는 바람이 닿지 않았다. 결국 파리 군단은 전략을 바꿔서 내 얼굴과 발에만 집중 공격을 하기 시작했다.

"으!"

"정신력으로 차단해 봐. 파리는 그리 나쁘지 않다. 파리는 무겁지도 않고, 쏘지도 않는다……."

나는 심호흡을 했다. "맞아. 파리는 발톱도 없고, 이빨도 없다……. 파리 따위 괜찮다, 괜찮다……." 나는 정신력을 레이저 빔처럼 한데 모아 파리 사랑에 집중했다. 바로 그때 한 놈이 내 눈꺼풀 위를 유유히 걸어서 지나갔다. 나는 벌떡 일어나 앉았다. "있잖아, 난 이제 더 이상 졸리지도 않아."

스테이시가 웃음을 터뜨렸다. "파리 대 인간, 1대 0. 우린 결국 파리의 지배를 받게 될지도 몰라."

스테이시가 점심을 가지러 나갔을 때, 그웬 선생님이 들어와 배낭에 짐을 쑤셔 넣기 시작했다.

"무슨 일 있어요?"

"아니. 그냥 떠날 준비 하는 거야."

"하지만 사방이 바리케이드라는데."

"그래서?" 그웬 선생님은 옆 주머니 지퍼들을 모두 올렸다. "뭐라도 해야겠어……. 이렇게 계속 숨어만 있으려니 돌아 버릴 것 같아."

나는 일어나 앉았다. "그렇겠죠, 우리랑 같이 있으니까 애들이랑 사고나 치며 몰려다니는 것 같을지도 몰라요……. 하지만 다음 일을 찾을 수 있을 거예요. 시위 캠프에 합류하는 건 어때요?"

그웬 선생님은 갑자기 멈추더니 나를 돌아봤다. "로라, 그거 알아? 난 이제 더 이상 대화, 회의, 평화 시위 따위는 할 생각이 없어졌어……. 그러니까 내 말 잘 들어. 저번에 내 가족, 내 삶에 대해 물었지. 지금 말해 주지. 다 끝장냈어. 지금 나는 지구를 망가뜨리는 이 역겹고, 위선적이고, 아무짝에 쓸모없는 엉망진창 시스템을 쫓내는 것만 생각할 뿐이야. 그리고 현재로서 그렇게 할 방법은 한 가지밖에 없어. 알아들었어? 난 이제 더 이상 물러서지 않아."

우리는 한참 동안 서로 쳐다봤고, 나는 고개를 끄덕였다.

8월 25일 금요일

선생님이 가 버렸다. 밤에 그냥 떠나 버렸다.

네이선이 이마를 찌푸렸다. "근데 왜 그랬을까? 왜 아무 말도 안 하고 떠나지?"

나는 주머니 속 깊이 손을 찔러 넣었다. "모르지."

애디가 나를 노려봤다. "이거 왜 이래, 2에 들어가려고 간 거 너도 뻔히 알면서. 난 네가 무슨 생각하는지 다 알아."

"뭔데?"

"나는 용기가 없다, 이거지."

"맞아, 왜, 용기가 있으신가?"

"너한테 날 정당화하려고 하진 않겠어. 난 내 방식대로 할 뿐이야. 꼭 테러를 하거나 집으로 도망가 숨는 것만 방법은 아니거든. 그러니까 산 속의 시위자 캠프에 도착하면 난 거기 남아 일을 도울 거야."

나는 허리에 두 손을 올렸다. "그렇게 하셔. 하지만 난 이제 더 이상 너 때문에 죄책감을 느끼진 않을 거야."

"맞아, 거기에 나도 한 표야." 네이선이 씩씩댔다. "친구, 난 널 사랑하지만, 지금은 엄청 짜증 나."

나는 다른 애들을 둘러봤다. "우리 다 같은 생각이야? 일단 몸 사리고 시위에는 엮이지 않는 거……. 내 말은, 집에 가고 싶다는 거야. 우리 식구들 다 걱정된다고."

스테이시가 고개를 끄덕였다. "사리고, 사리고, 사리는 거야. 더 이상 문제 만들기 싫어. 9월에 학교에 가야 한다고."

"하지만 좀 더 남아서 한 1, 2주는 도울 수 있지 않을까. 학교 등록이랑 공연은 10월이나 돼야 시작하잖아." 클레어가 말문을 열었다.

애디가 확 돌아섰다. "네가? 나랑 생각이 같다고?"

클레어가 눈을 굴렸다. "이대로 돌아가는 게 마음에 걸리는 사람이 너뿐인 줄 아니?"

나는 두 손을 들었다. "다들 원하는 대로 해. 하지만 난 곧장 집으로 갈 거야."

"우리 전부 갈 거야. 에인절스는 공연을 해야 한다고. 클레어 코너, 알겠냐?" 스테이시가 씩씩댔다.

얼마 뒤, 네이선이 나를 찾아왔다. "이렇게 엉망으로 지내는 한 너희 둘이 다시 잘 되긴 어려울 것 같아."

나는 주머니에서 손을 뺐다. "난 우리가……."

"말하지 마. 그렇게 끝내지 말라고!"

"너 갑자기 왜 그 애 편을 드는데?" "그런 거 아냐……. 그 녀석 저녁 내내 펌프 옆에 혼자 앉아 있어. 너무 혼란스러워 보여, 로라."

8월 26일 토요일

어둠 속에서 전화가 울려 잠이 깼다. 나는 깜짝 놀라 전화기를 찾았다.

"로라 브라운? 난데, 지금 무슨 일이 일어나고 있는지 넌 상상도 못할 거다."

나는 잠을 깨려고 머리를 흔들었다. "키란 아저씨? 지금 한밤중이잖아요."

"그래, 하지만 이걸 말하지 않고는 못 배기겠어. 넌 괴상망측해. 뉴욕 땅 밑에서 엄청난 폭발이 일어나서 맨홀 뚜껑들이 전부 하늘 위로 발사되고 있다고……."

"지금 맨홀 뚜껑 얘기하려고 깨운 거예요?"

아저씨는 전화기에 대고 완전 크게 낄낄거렸다. "맞아. 20미터쯤 솟아올랐나 봐……. 그런데 그건 시작에 불과했어."

그러더니 완전 과장된 뉴스 앵커 톤으로 말했다. "브라운 양, 바로 지금 이 시간에도 수천 갤런의 찐득찐득하고 유독한 오물이 온 도시로 퍼져 나가고 있다는 거야. 마치 거대한 아메바처럼. 제일 처음 이 사실을 안 사람들은 한낮에 윌리엄스버그 공원에 있던 사람들이었어. 레즈비언 커플이 소풍을 나왔든지 그랬는데 갑자기 풀밭에서 냄새가 지독한 끈적끈적한 액체가 배어 나와 자기들한테 다가오더라는 거야."

나는 겨우겨우 일어나 앉았다. "혹시 지금 마약해요?"

"아아니. 그중 하나가 완전 터프하게 굴면서 뭔지 시험해 본다며 라이터를 갖다 댔나 봐. 신발이 통째로 날아갈 뻔했대. 상상이 가? 좀 전까지만 해도 두부 샌드위치 같은 걸 먹으면서 구름이나 세고 있었는데, 어느 순간 갑자기 호러 영화를 찍게 됐다니."

"혹시 거대한 돌연변이 들쥐들도 나타났어요? 그런 영화에 단골로 등장하잖아요."

갑자기 키란의 목소리가 싸하게 점잖아졌다. "쳇, 놀리고 싶으면 놀려. 그래도 인터넷으로 확인은 해 보는 게 좋을걸."

"알았어요, 확인해 볼게요." 핸드폰의 인터넷 연결 버튼을 누르자 화면이 떴다.

키란은 여전히 떠들어 대고 있었다. "나는 네가 완전 괴상한 걸 좋아할 것 같아서 제일 먼저 연락한 거라고, 하지만……"

나는 속보 페이지를 뒤졌다. 헬기에서 찍은 뉴욕의 모습과 함께 어떤 기자가 뉴스를 보도하는 것이 나왔다. "거대한 지하 강의 범람을 내려다보고 있습니다. 너비가 20만 평방미터가 넘고 깊이는 12미터에 육박합니다. 수백 년간 쌓인 쓰레기와 유독 물질, 쓰고 버린 석유와 화학 물질이 만들어낸 강입니다. 그리고 이것이 기름 성분이기 때문에 가라앉지도 않고 계속 이동하고 있습니다."

나는 다시 전화기를 통화 모드로 바꿨다. "하느님 맙소사."

"내가 그랬지."

"아저씨는 안전해요?"

"그런 것 같아. 나는 다른 지역에 있긴 한데, 그린포인트 지역 사람들을 모두 이주시키려 하고 있어. 뉴타운 크릭이랑 퀸스 지역 사람들은 북쪽으로, 플러싱 가 사람들은 남쪽으로, 이스트 리버 쪽은 서쪽으로. 전철 운행을 모두 중단시켰어. G노선을 타고는 나소 이상은 갈 수 없고 L노선은 아예 안 다녀."

"근데 왜 행복한 것처럼 들리지……? 진짜 괜찮은 거 맞아요?"

"괜찮아, 괜찮아. 정부에서는 며칠 안에, 최대한 일주일이면 상황을 통제할 수 있다고 생각해. 전에도 이런 일이 있었던 모양이고, 엑슨 사 (미국의 석유 화학 회사─옮긴이)에서 다 치우고 있긴 한데 이게 돈 되는 일이 아니라고 늑장부리고 있어."

키란이 한숨을 쉬었다. "여기 중서부 지역에서는 아직도 식수 전쟁으로 난린데, 뉴욕은 아직까진 그런 거에 둔감한 것 같아. 런던이 주던 흥분이 그리워."

갑자기 누군가 외치는 듯한 소리가 들렸고 전화가 똑똑 끊어졌다.

"아저씨?"

"와, 정말 별일이 다 있다! 나랑 집 같이 쓰는 애가 말하길 방금 화장실에 갔더니 그 기름 오물이 화장실로 흘러들고 있더래. 우리 집 화장실 말야! 살인 바퀴벌레들도 곧 나오게 생겼어! 내가 혹시 죽거든 영화에서 내 역할은 젊고 인기 있는 애가 맡아 줬으면 해. 약속해 줘!"

"아저씨……"

"아유, 너무 따분하게 그러지 마. 이런 게 다 모험이라고……, 그러니까, 약속하는 거지? 섹시 매력남 아니면 안 돼. 한물 간 애는 싫어."

나는 고개를 끄덕였다.

"응?"

"고개 끄덕이고 있어요."

"끊어야겠다⋯⋯. 그래도 사진은 하나 보내 줄게!"

나는 어둠 속에서 내 수신함에 이미지가 들어오길 기다렸다.

8월 27일 일요일

일어나 보니 또 다른 재앙이 기다리고 있다. 밀란은 대혼란 상태다.

2가 국제 석유 기업 회의가 열리는 호텔에 폭발물 테러를 해서 도시가 혼란에 빠졌다. 그래도 팔레스타인과 이스라엘은 휴전에 들어갔다. 날씨는 눈에 띄게 시원해지고 있다. 나 지금 뭐하는 짓인지……. 이젠 뉴스앵커라도 된 거야?

8월 28일 월요일
오늘 이게 도착했다.

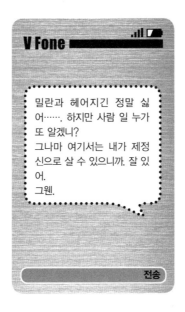

내 친구들에 대해 한 가지는 장담할 수 있다. 결코 따분하진 않다는 거다.

나는 그웬 선생님에게 메시지를 보내려고 했지만 자꾸만 되돌아왔다. 아마도 잠복에 들어간 것 같다……. 그들과. 내가 이런 걸 쓰고 있다니 믿기질 않는다. 역사 속을 살아간다는 건 정말 묘한 기분이다. 자꾸만 누가 멈춤 버튼을 눌러 주길 기다리게 된다. 난 그저 빨리 집에 가고 싶다. 언니에게서는 아직도 전화가 없다.

8월 29일 화요일

아침에 떠나려고 2층에서 짐을 챙기고 있는데 군용 지프차 대열이 이 마을로 달려들었다. 속도를 많이 줄이긴 했지만, 차를 세우진 않았다. 다들 안에 있었던 게 천만다행, 2 활동이 문제가 되고 있는 이 마당에 우릴 발견했다면 대충 넘어가지 않았을 게 분명하다.

그리고 마침내, 오늘 오후에 킴이 전화를 했다.

나는 통화 버튼을 눌렀다. "언니! 전화 다시 하는 데 왜 이렇게 오래 걸려? 도대체 무슨 일이야? 다들 어디 갔어?"

"그게, 그래서 걸었는데……. 엄마 아빠는 말하지 말라고 했는데, 아빠는 여전히 그러시고. 아빠가 알면 난 죽었어."

"언니?"

"엄마가 3주 전에 체포됐어."

나는 전화기를 꽉 움켜잡았다. "왜?"

"저수지 시위 주도한 것 땜에. 엄마가 밤에 호수 옆 캠프에서 자고 있었는데…… 경찰이 들이닥쳤고 캠프는 다 무너졌어……."

"다치신 데는 없어?"

"뭐 상처 몇 개랑 멍든 정도, 그니까, 걱정할 정도는 아냐. 근데 엄마가 안에서 좀 충격이 큰가 봐……. 계속 울고 뭐 그래."

나는 눈을 감았다. "하지만, 언니, 그런 걸로 엄마를 얼마나 가둬 놓겠어. 그렇지 않아?"

"그게 문제야. 기소하지 않고도 경찰이 50일이나 가둬 놓을 수 있대. 그리고 기소할 방침인가 봐. 본보기를 보이려고." 언니의 목소리가 무너졌다. "아빠가 매일 가 있으시고……. 그리고 나는 여기 혼자 있어. 엄마 때문에 정말로 겁이 나."

무조건 집에 가야겠다. 울 엄마가 그러면 그렇지. 브라운 여사께서는 는 꼭 나보다 한 술 더 떠야 직성이 풀리신다.

8월 30일 수요일

이제는 프랑스와 이탈리아 국경에서 저수지 접근권을 놓고 싸움이 벌어졌다. 그쪽 지역으로는 빠져나갈 수가 없게 됐다. 타노 말이 맞았다. 이제는 유럽 사람들끼리 싸우고 있다. 어쨌거나 우리는 함께 결론을 내렸다. 내일 떠난다. 무슨 일이 있어도 떠난다. 걷든 차를 잡아타든 간에 여길 떠난다.

8월 31일 목요일

오늘 밤에 여길 뜰 거다. 지금은 잠시 쉬고 있다. 시위자 캠프로 가려면 어느 길로 가야 하는지 클레어가 알고 있다. 클레어 생각으로는 며칠 밤이 걸릴 거란다. 그런 식으로 가고 싶지는 않지만 이제는 그 길이 그나마 북쪽으로 가는 직선 코스인 셈이다.

유일하게 좋은 소식이라면 이젠 날씨가 눈에 띄게 시원해지고 있다는 거다. 어젯밤에는 심지어 양말까지 신었다. 곧 벗어 버려야 했지만. 울은 정말 묘하다.

September

9월 1일 금요일

시칠리아에서의 행군은 어제 행군에 대면 껌이었다. 그때는 타노와 친구들이 있었고 약간 모험 같은 느낌도 들었는데 이건 말 그대로 현실이다. 지난주에 타노에게 메일을 보냈지만 아직 소식이 없다. 제발 별 탈 없기를.

산길을 따라 기어 올라 가는데 어느 순간에는 어찌나 어두운지 얼굴 바로 앞에 손을 올려도 보이지 않았다. 앞으로 나갈 수 있는 유일한 방법은 손에 손을 잡고 사슬을 만들어 걷는 것뿐이었다.

9월 2일 토요일

낮에는 숲 속에서 발견한 냄새나는 캠핑카에서 쉬다가 늦은 오후에 다시 출발했다. 식수 상황이 겁날 정도로 안 좋다. 각자 한 병씩밖에 안 남았다. 행군한 지 4시간째 부터는 참을 수 없이 갈증이 나고 지쳐서 그만 주저앉아 울어 버리고 싶은 마음뿐이었다. 혼자만 점점 뒤처지다가 결국 길이 굽은 곳에서 휘청했는데 거기서 애디가 날 기다리고 있었다.

애디가 한숨을 쉬었다. "힘 좀 내. 보조를 맞춰야 될 거 아냐."

나는 나무 그루터기에 기대어 축 늘어졌다. "서바이벌 프로그램에서 100번쯤은 본 것 같아. 사람들이 포기하고 그냥 사막에 누워 있게만 해 달라고 사정사정하는 거 말야. 그럼 다른 사람이 그러잖아. '안 돼, 그만두면 안 돼. 계속 걸어. 왜 그만두게 해 달라고 사정하는 거야? 그럼 죽는다고!' 근데 지금 내가 사정하고 있는 꼴이군."

애디가 손을 뻗었다. "일어나."

나는 고개를 저었다. "나 멀쩡해……. 그리고 말인데…… 나 지금 너한테 말하는 거 아니거든."

와, 이렇게 목이 마를 수도 있구나!

9월 3일 일요일

재앙의 날. 클레어가 캠프에 거의 다 온 것 같다고 해서 어젯밤 이후로는 잠도 별로 오지 않았다. 그래서 아침 일찍 길을 떠났는데 몇 분도 채 안 되어 간선도로로 이어지는 길목이 차단된 채 임시 검문소가 서 있는 게 보였다. 다행히도 발견되기 전에 덤불에 몸을 숨기는 데 성공했다.

"무슨 일이지?" 스테이시가 속삭였다.

살짝 내다보니 군인 여럿이 나이 든 커플을 둘러싸고 있었다. "잘 모르겠어. 제대로 된 서류가 없어서 그런 것 같아."

"서류? 그게 왜 필요한데?"

"몰라."

클레어가 내 어깨를 치며 소곤거렸다. "여기가 어딘지 알겠어. 몇 주 전에 나 여기 왔었어. 저쪽이 마을이고 이 산만 넘으면 캠프가 있어. 숲을 지나서 올라가자."

우리는 몸을 낮추고 나무 아래에 숨어 클레어를 따라 정상까지 갔다. 우리 아래로 작은 마을이 퍼져 있었고 바로 그 너머에 캠프가 있었다.

"저기야!" 클레어가 외쳤다. "봐, 강 아래쪽에 천막들이 보이잖아."

네이선이 돌아서서 얼굴을 찌푸렸다. "오늘 밤에만 있는 거지, 그렇지? 여기서 멈출 순 없잖아."

"그래 알아, 하지만 거기 가면 물과 음식이 있고 또 국경이 어떤 상황인지 정보를 들을 수도 있어."

네이선이 입맛을 다셨다. "어쩐지 좀 찜찜하네. 이젠 정말 어떤 일에도 휘말리고 싶지 않은데."

클레어가 도리질을 했다. "아무도 바보 같은 짓 하진 않을 거야. 좀 믿어 봐, 네이선."

우리는 좀 더 속도를 내어 20분 후에 목장 울타리를 넘어 차도에 다다랐다. 우리는 마을로 길게 굽은 길을 따라 마을로 들어갔다. 마을 입구의 집들을 지나고 나니 갑자기 길이 급격하게 꺾였다. 그리고……
아……! 우리 눈앞의 광경은 절대 잊지 못할 것이다. 그 마을 광장, 마
치 그림처럼 시간 속에 정지된 그 순간.

광장 중앙에는 무장한 군인들이 지키고 있는 가운데 거대한 호스
가 달린 탱커가 오래된 우물에서 물을 끌어올리고 있었다. 이를 저지
하려는 지역 주민들과 시위자들이 말없이 광장을 가로질러 우물가로
다가가고 있었다. 그런데 그때 갑자기 나이 많은 농부 하나가 이성을
잃고 시위 대열에서 벗어나 군인들 앞으로 달려 나갔다. 그는 탱커 앞
에 무릎을 꿇고 탱커 운전사에게 사정하기 시작했다.

"아쿠아. 퍼 비브르(물. 없이는 죽어요)"

그 노인의 아들로 보이는 젊은 남자가 앞으로 달려 나가 노인을 끌
어냈지만, 노인은 이미 이성을 잃은 상태였다. 그리고 계속 반복했다.
"물. 퍼 비브르! 살아야 하잖소! 모르겠소?"

운전사와 군인들은 무표정하게 그 노인을 그냥 구경만 했다. 그 반
응이 노인을 더 미치게 만든 것 같았다. 그는 앞으로 고꾸라지듯 엎어
져서 흙을 한 줌 움켜쥐더니 비척비척 기어서 대장 앞까지 갔다. 그러
곤 손을 앞으로 내밀더니 손가락 사이로 천천히 흙을 흘려 버렸다. 어
찌나 조용했는지 흙이 대장의 부츠 위로 톡톡 떨어지는 소리까지 다
들렸다.

교회 종소리가 울리기 시작했다. 아무도 우리를 보지 못했다. 우리에
게는 길에서 조용히 벗어나 도망칠 수 있는 시간이 있었다. 아무도 말
은 안 했지만 우리는 서로를 쳐다봤다. 누군가의 말이나 신호 따위는

필요하지 않았다. 우리 모두는 누가 먼저랄 것도 없이 앞으로 걸어 나가 사람들 대열에 합류했다. 도저히 다른 선택은 할 수가 없었다. 시위자들은 한 걸음 한 걸음 앞으로 나아가는 것에만 집중하고 있었기 때문에 우리를 인식조차 하지 않았다. 마치 아무도 선뜻 말을 옮기지 못하는 체스 게임을 하는 것 같았다. 하지만 우리가 교회가 있는 쪽으로 대략 100미터쯤 나아가자 군인들이 갑자기 공격적으로 변해서 우리를 다시 광장 저편으로 밀어내려고 압박하기 시작했다. 어느 쪽에서는 싸움이 일어나기도 했다. 그런데 갑자기 엄청난 굉음이 들리더니 뭔가 타는 듯한 연기가 피어올랐다. 사람들은 귀를 막고 땅에 일제히 엎드렸다.

애디가 머리를 움켜쥐고 소리쳤다. "공포탄이야!"

금세 옅어진 연기 사이로 군인들이 우리에게 다가왔다. 누군가가 소리쳤다. "무릎 꿇고, 서로 어깨 걸어!" 나는 스테이시, 네이선과 어깨를 걸고 바닥에 주저앉았다. 군인들은 무거운 몸들을 끌어내느라 안간힘을 쓰며 줄 끝에서부터 사람들을 잡아당기기 시작했다. 내 차례가 되자 군인이 내 손목을 잡았다. 나는 최대한 반응하지 않고, 싸우지도 않고 그냥 내 몸이 최대한 무겁게 느껴지도록 하고 있었다. 군인은 내 손목을 다시 비틀더니 세계 획 잡아 일으켜 세웠다. 내 눈에서 눈물이 뚝 떨어졌다.

군인이 웃었다. "논 피아냐. 울지 마, 이쁜이!"

그 순간 나도 이성을 잃고 소리치고 말았다. "이건 당신들 물이 아니잖아! 당신들은 도둑이야! 이 사람들에게 아무것도 남기지 않을 생각이야?" 내 옆에 있던 시위자 몇몇이 몸싸움을 시작했고 군인 몇몇을 바닥으로 끌어당겼다. 갑자기 퍽퍽 터지는 소리가 나더니 눈을 따갑게 하는 최루 가스 때문에 눈물이 쏟아졌다. 나는 숨도 겨우겨우 쉬며 휘청휘청 광장 가장자리로 걸어가 풀밭에 엎어져 마구 토했다. 서서히 시야가 다시 또렷해진 후, 바로 내 눈앞에서 무당벌레가 양귀비 줄기를 기어오르는 것이 보였다. 그리고 누군가가 신음하는 소리가 들려옴을 느꼈다. 최루가스 산탄에 맞은 스테이시의 오른쪽 팔에 생긴 상처에서 피가 흐르고 있었다.

군인들은 시위자들을 모두 둘러싸서 길을 따라 걷게 한 후, 목장 울타리를 통과하자 다 타 버린 밀밭에 앉으라고 했다. 그나마 우리는 아직 함께였다.

네이선이 속삭였다. "어, 이것도 계획의 일부였냐?"

군인이 이쪽을 보더니 조용히 하라는 신호를 보냈다. 나는 그 남자를 쳐다봤다. 가스탄을 움켜쥐고 있는 그 남자는 나보다 한두 살밖에 많아 보이지 않았다. 그는 나와 눈이 마주치자 바로 다른 데로 눈을 돌렸다. 그가 날 이기지 못했음을 알려 주기 위해서 나는 계속 그를 쳐다봤다. 그는 내 눈을 보고 있진 않았지만, 내가 자기를 보고 있음을 알고 있었다. 그는 산탄을 더 꽉 움켜쥐고 불안한 듯 침을 삼켰다. 1분, 1분이 그렇게 지나갔다. 나와 클레어는 나뭇가지 사이로 마을을 지켜봤다. 아까보다 더 늘어난 시위자 무리가 탱커를 향해 행진했다. 하지만 곧이어 도착한 다른 군용 밴에서 뛰어내린 또 한 무리의 병력이 몽둥이를 휘두르면서 주민들을 때리기 시작했다.

애디가 속삭였다. "도망가야겠어."

스테이시가 물었다. "어디로?"

애디가 나무가 우거진 곳을 고개로 가리켰다. "저기. 기회가 오면 그때."

우리들은 이제 모두 일어서서 마을에서 일어나는 일을 지켜보고 있었다. 그리고 그때, 내 오른편에 있던 사람들이 마을 쪽으로 내달리며 곧장 울타리 문을 향했다. 그러자 보초들이 바로 쫓아 뛰느라 군인들의 대열이 흩어졌다.

"지금이야!" 클레어가 소리쳤다.

우리는 모두 함께 스테이시를 붙들고 달리고, 달리고, 달렸다. 나무들이 가까워지고 있는데 갑자기 금속이 부딪히는 듯한, 이상한 소리가 들리며 뜨거운 무엇이 내 얼굴 옆으로 휙 지나갔다. 네이선이 소리쳤다. "엎드려! 엎드려! 총알이야!"

나는 납작 엎드렸다. 먼지, 돌, 흙이 구름처럼 일어 숨이 막혔다. 얼마간 조용히, 숨을 쉬느라 헉헉거리고 나서 정신을 차려 보니 우리 앞에 군인들이 서 있었다.

또 잡혔군.

그렇게 여기까지 왔다. 40명 정도가 군에 체포돼 마을 회관에 억류됐다. 그들은 우리 휴대폰과 모든 통신 기기를 압수했다. 아까 시위 장소에서 정확히 무슨 일이 일어났는지는 몰라도 우리 모두 함께 이 일을 겪게 되었다는 것만은 확실하다. 또다시 골치 아픈 일에 엮여 버렸지만 마음 한 구석에서는 사실 기쁘기도 했다. 사람이라면 눈앞에서 그런 일이 벌어지는데 그냥 등을 돌려버릴 수는 없는 거다.

깜짝이야! 군인 하나가 총을 휘두르며 갑자기 들이닥쳤다. 모두 바닥에 납작 엎드리고 보니, 그는 그냥 뭐라고 소리만 질러 대고 있었다.

"피오짜, 피오짜!"

우리 곁에 있던 이탈리아 사람들이 벌떡 일어나더니 창문으로 달려갔다. 한 남자가 웃으며 우리를 쳐다봤다. "봐요! 비가 와요!"

나는 미친 듯이 빨리 이걸 쓰고 있다. 얼마 안 가 저들이 우리 소지품을 모두 빼앗아 버릴 게 분명하다. 내 베이스, 내 일기장…… 모든 걸.

9월 12일 화요일

믿을 수가 없다. 오늘 아침에 그들은 우릴 차에 태워 프랑스 접경 근처의 모데인이라는 기차역으로 데려갔다. 우리가 버스에서 내리자 그들이 우리 물건을 돌려줬다. 마이너스 상태의 카드들, 돈 그리고 전화기. "브라운, 로라!" 내가 감히 아무 희망도 품지 못한 채 일어섰다. 그 사람은 물건 더미로 돌아서서 내 낡아빠진 배낭을 꺼냈다. 하지만 베이스는 없었다. 나는 계속 '베이스, 베이스, 제발'이라고 말하며 애원했지만 그는 나를 비웃기만 했고, 다른 보초병이 다가오더니 계속 시끄럽게 굴면 배낭도 다시 압수해 버리겠다고 했다. 내가 할 수 있는 게 없었다. 나는 배낭을 집어 들어 내 대열로 다시 돌아왔다. 몸을 숙이고 지퍼를 열고 물건들을 마구 헤집다가 내 낡은 슬램 시티 스케이트 티셔츠 밑에서 그걸 발견했다. 내 일기장! 그 사람들이 이걸 내게 불리하게 이용하려 들지 않았다는 게 놀라울 따름이다. 보초들이 알아채고 다시 빼앗아 갈까 봐 나는 최대한 감정을 드러내지 않으려고 애쓰며 지퍼를 잠그고 아무 일도 없었다는 듯 앉아 있었다. 하지만 속마음은 안도와 흥분 따위로 들끓고 있었다. 적어도 난 모든 걸 잃지는 않았다.

지금은 퍼붓는 비를 피해 플랫폼 대기실에 끼여 앉아 있다. 이송될 사람은 모두 300명쯤 됐는데 캠프의 시위자와 학생이 대부분이었고, 심지어 바캉스를 왔다가 이 광란에 휘말린 사람들도 있었다. 우리는 런던에 도착할 때까지 경찰의 감시를 받게 된다. 나는 여기 앉아 이 일기장을 그냥 바라보고만 있다. 어떻게 시작해야 할지도 모르겠고, 지난 열흘간의 일을 과연 기록하고 싶은지도 모르겠지만, 스테이시는 나중에 필요하게 될지도 모르니 사실을 적어 둬야만 한다고 했다. 보초가 방금 들어와서 홍수로 기차가 연착할 거라고 했다. 그렇다면 지금 시작해야겠다.

마을에서 체포된 다음날, 우리는 가까운 소도시의 경찰서로 옮겨졌다. 처음 며칠간은 서로 만나거나 이야기 나누는 것도 허락되지 않았다. 테이블 하나, 조사관 그리고 모니터만 덜렁 있는 '신원 확인 사무실'이란 곳 번갈아 불려가는 일만 끝도 없이 계속됐다. 조사관이 통역을 통해 같은 질문만 반복해서 물어 대는 절차의 연속이었다. 당신은 어디 출신인가? 무슨 목적으로 여기에 왔나? 단순 배낭여행 족이라면 왜 마을 시위에 참여했나? 2라는 조직에 대해 들어본 적 있나? 당신이 진짜 학생이라는 증거가 있나?

마을 회관에서 갈라지기 전에 우리는 말을 맞추기로 하고 이야기를 짰다. '우리는 영국의 대학생이고, 밴드를 하고 있으며, 이탈리아에 배낭여행을 왔다가 집에 돌아가는 길이다.' 그리고 시칠리아, 이민자 센터, 그웬 선생님, 독스, 시위자 캠프같은 말은 입 밖에 내지도 말고, 오직 우리가 짠 이야기만 고수하기로 맹세했다. 클레어는 우리에게 계속 그 얘기를 반복하게 했다. 클레어가 그렇게 한 것이 어찌나 다행인지. 취조실에서 견디기는 정말 힘들었다. 조사관은 계속해서 다른 얘기를 들었다고 했다. 내가 진실을 말하지 않으면 나만 테러 혐의로 기소될 것이라고도 했다. 나는 몇 번이나 무너질 뻔했다. 어떻게 독방에서 그 밤들을 견뎌 냈는지 지금도 잘 모르겠지만, 내 친구들, 클레어, 스테이시, 애디, 네이선의 얼굴만 떠올리려고 애썼다. 그 애들도 나와 똑같이 하고 있으리란 걸 알았으니까.

첫 번째 조사가 끝난 후, 그들은 내 물건들과 신분증을 압수했다. 그러고는 내 망막을 스캔해서 나를 무슨 죄수인 양 데이터베이스에 추가했다. 0032395번.

사흘째 되던 날 아침, 나는 다른 여자들과 함께 밴을 타고 '추방 센터'로 이송됐다. 나를 나라 밖으로 내보내 줄 거라는 생각에 가슴이 뛰었다. 하지만 입구에 다다르자 우리는 제대로 된 진짜 수용소에 도착했음을 똑똑히 알 수 있었다. 그곳은 적어도 40,000제곱미터는 돼 보였고 철사 와이어가 달린 담으로 둘러 싸여 있었다. 내부에는 텐트와 낮은 컨테이너 창고들이 줄지어 있었다. 수백 명의 사람들이 서 있기도 했고, 앉아 있기도 했고, 얘기하면서 진흙을 걷어 내고 있었다. 나는

330

얼빠진 채 친구들 얼굴을 찾았다. 나는 그때만큼은 공포, 진정한 두려움에 휩싸였다. 그리고 그 순간, 스테이시와 클레어가 다른 편 철조망 근처에 있는 걸 발견했다. 아, 그때의 감정이란. 그때 생각을 하니 다시 눈물이 난다.

입소 절차가 끝난 후, 나는 그곳을 가로질러 애들에게 뛰어갔지만, 보초들이 20명씩 열을 지어 젖은 바닥에 앉으라고 소리를 질러 대는 통에 얘길 나눌 기회를 잡지 못했다. 주위를 둘러보니 이민자들이 대부분이었지만, 짧은 티셔츠에 구찌 선글라스를 맞춰 쓴 보통 이탈리아 사람들도 더러 눈에 띄었다(이탈리아인들은 감옥에서도 낙천적이다). 간수들이 우리더러 제일 끝 열에 서라고 소리를 쳐대어 그쪽으로 가 보니 운동장 다른 끝에 있는 플라스틱 탱크에서 찐득찐득한 갈색 구정물이 흘러나오고 있었다.

클레어가 머뭇거렸다. "여기 앉기 싫어, 구역질 나." 그 순간 여자 간수 하나가 다가오더니 자기 장갑으로 클레어의 뺨을 후려쳤다. 세게 치진 않았지만 그래도 엄청 무서웠다. 그리고 나서는 우리더러 그 진창에 앉으라고 했다. 다른 관리들은 이게 무슨 놀이라도 되는 양 웃어 대기 시작했다. 어떤 사람들은 공포에 질린 것 같아 보였고, 어떤 이들은 간수들을 죽일 듯이 노려봤다. 우리는 한 시간 정도 앉아 있다가 간수들이 인원 파악을 끝낸 다음에야 점심을 먹으러 갈 수 있었다. 줄을 서러 가면서 나는 잠시나마 클레어와 손가락을 걸 수 있었다. "친구, 괜찮은 거지?"

클레어가 내 손을 꽉 잡았다. "괜찮아. 나도 어제야 여기 왔어."

"우리가 짠 대로만 얘기했지?"

"그럼, 넌?"

나도 고갤 끄덕였다. "우리 애길 믿는 것 같아?"

스테이시가 간수들을 슬쩍 올려다봤다. "몰라. 어디까지가 겁주는 거고 어디까지가 진짠지 알 수가 있어야지. 우리도 권리 같은 게 있잖아, 그치?"

나는 수용소를 둘러봤다. 그때서야 우리가 어디에 있는지 깨달았다. "젠장, 여긴……."

"공항이라고?" 스테이시가 씩 웃었다. "맞아. 완전 아이러니지. 심지어 저쪽 멀리 남자 막사 근처에는 라이언에어 비행기들도 있다니까.

"애디랑 네이선은?"

"응. 개들도 여기 와 있어. 우리랑 같이 어제 도착했어. 담장 근처에서 봤는데, 얘긴 나눌 수가 없었어."

"여긴 누가 운영하는 거야? 군대? 경찰?"

클레어가 어깨를 으쓱했다. "누가 알겠어. 내 생각에는 프런텍스(EU 산하 국경 감시 단체)나 크로스 유럽군이랑 관련이 있는 것 같아. 하지만 권력을 가진 것만은 확실해. 기소나 바깥세상과 협의 없이도 하면 최소 80일을 억류할 수 있다나 봐."

간수 하나가 그만 떠들라고 소리를 질러서 우리는 입 꾹 다물고 급식 줄에 자리를 잡았다.

다음날은 정신없이 지나갔고, 그 다음날 밤엔 폭풍우가 몰아치고 비가 억수로 쏟아져서 막사 일부가 무너져 내렸다. 클레어가 축축한 이

불 속에서 일어나 앉았다. "그때 마을에서 기회가 있었는데도 우린 왜 도망치지 않았던 거지?"

스테이시가 눈을 찌르는 젖은 앞머리를 뒤로 넘기면서 말했다. "왜 그래, 친구. 좋은 뜻으로 그런 거였잖아."

클레어가 훌쩍거리기 시작했다. 나는 팔로 클레어의 어깨를 감싸 안아 줬지만, 따라 울진 않았다. 되도록 무감각해지고 싶었다.

그 후 며칠간 수용소는 진흙탕 호수가 되어, 햄버거와 레이저 조명만 없다 뿐이지 글래스톤베리 록페스티벌 같았다. 수용소 측은 아이와 어른을 포함한 600명의 여자들에게 공항 화장실 한 곳, 그러니까 변기 6개와 세면대 6개만을 허락해 주었다. 화장실 바닥은 머리카락과 쓰레기로 뒤범벅이 된 밤색 똥물이 강을 이루고 있었기 때문에 거기 들어가려면 일단 바지부터 걷어 올려야 했다. 화장실 안쪽은 더 심했다. 일단 문짝이 하나도 없었고, 전기도 없었고, 프라이버시도 없었다. 우리는 서로 얼굴을 맞대고 볼일을 봐야 했다. 물론 휴지도 없었다. 오직 손뿐이었다.

"뭐, 서로를 더 잘 알게 되긴 하겠다." 스테이시가 꿍얼댔다.

입소 닷새째 날, 클레어는 잠시 동안 변호사를 면회할 수 있었다. 변호사는 우리가 한 얘기를 확인하더니 불리한 증거가 더 나오지만 않는다면 수용소에서 나갈 수 있을 거라고 했다. 그러고는 전화 통화를 요구하라며 클레어를 변호사 사무실에서 내보냈다. 덩치 큰 군인이 이렇게 소리치는 클레어를 데리고 갔다. "우리도 권리가 있다. 우리는 가족과 접촉할 권한이 있다!"

간수가 고개를 끄덕이긴 했지만 지금 작동되는 전화가 없다는 몸짓을 해 보였고, 다른 하나는 클레어에게 전화 카드를 팔겠다고 했다. 둘 다 웃고 있었다. 클레어도 웃는 얼굴로 돌아왔다. 우리에게도 붙들고 버틸 만한 작은 희망 한 조각이 생겼기 때문이다.

아침 식사 후에는 막사로 돌아가는 것이 허락되지 않았기 때문에 우리가 할 수 있는 일이라곤 수용소 내부를 어슬렁거리고 돌아다니는 것뿐이었다. 우리 모두는 같은 감정이었다. 처음 얼마간은 괜찮다가 곧 분노가 찾아왔다. 우리의 무력함에 대한 순수한 분노. 나는 엄마 생각을 하며 엄마의 석방을 기도하는 데 많은 시간을 보냈다. 스테이시는 애디와 네이선과 접선하는 데 집착을 보이면서 금속이나 고무 조각에 도저히 읽을 수 없는 기이한 낙서를 하는 데 시간을 몽땅 썼다. 매일 하루에 3번씩 우리는 20열로 도열하는 방식의 괴상한 인원 파악 의식을 치렀다. 그리고 음식은 늘 똑같았다. 아침에는 생강차와 묵은 머핀 하나. 저녁에는 스파게티와 양파. 간수 교대조가 착한 사람들일 때는 우리들끼리만 있게도 해 줬고, 얘기도 나누도록 해 줬고, 비가 내리면 플라스틱 지붕 끝에 끼어들어가게도 해 줬다. 하지만 못된 사람들도 있었다. 어떤 진짜 나쁜 년들만 모인 잔인한 조는 우리를 몇 시간씩 빗속에 세워 놓기도 하고 낡은 천과 망가진 빗자루 토막으로 화장실 청소를 하게 했다. 그러고는 웃고, 동영상을 찍고, 사진을 찍어 댔다. 왜 그랬는지는 나도 모르겠다. 인터넷에 올릴 수도 없을 텐데. 사람들이 매일 새로 들어오고 나갔다. 일주일 사이에 가나에서 온 여자들과 소녀들 한 부대가 들어왔다. 그로부터 며칠간 우리는 그들과 많이 어울려 지냈다. 그들은 모두 너무나 사랑스럽고 정말로 재미있었고, 착했다. 그 많은 고생을 하고도 어떻게 그리도 해맑을 수 있는지 나로서는 상상도 못할 일이다. 그런데 내 또래로 보이는 여자애 하나는 그 무리와 동떨어져 혼자 지냈다. 나는 처음부터 그 애가 눈에 밟혀서 나도 모르게 계속 지켜봤다. 잠을 아예 못 자는지 눈 주위가 늘 칙칙했다. 그 애는 쉬지도 않고 먹지도 않았다. 그냥 계속 돌아다니고 배회하고 담장을 따라 서성거릴 뿐이었다.

이틀간 지켜본 끝에 나는 아침으로 나왔던 따뜻한 차를 아껴 뒀다가 담장 옆에 있는 그 애에게 다가갔다. 그 아이는 나를 잠깐 빤히 보더니 고개를 까딱하고는 작디작은 손으로 컵을 받아들었다. 그러고는 마치 우리가 한참 얘기중이기라도 했던 것처럼 말을 하기 시작했다. "지붕 없는 작은 나무 보트를 타고 거센 파도가 치는 바다로 나갔어. 나랑 남동생이랑 여동생이랑…… 우리는 거의 닷새간 이러고 있어야 했어." 그 애는 허리를 반으로 접어 보였다. "근데 폭풍우가 왔어……. 우리는 해안이 나타나길 기도하며 배의 양 끝에 매달려 있었지." 그 애가 잠시 멈췄다.

나는 상처투성이인 그 애의 팔을 쳐다봤다. 어떤 상처는 다 아물고 있었고, 몇 개는 아직도 빨간 피를 머금고 있었다.

"……그런데 배가 무언가에 부딪혔어. 우리들은 전부 작은 인형들처럼 배의 한쪽 끝으로 날아갔어……. 내 친구들은 어둠 속으로 사라져버렸지. 나는 배 한쪽 끝을 붙들었지만, 배는 가라앉는 중이었고, 물이 나를 아래로 끌어당기고, 나무판은 내 손에서 미끄러져 나갔지…….

나는 수영을 못 해. 하지만 바닷물과 기름을 마시면서도 나는 꽉 잡고 있었어. 그리고 아래로 가라앉는 사람들을 봤어. 가족들의 이름을 소리쳐 불렀지만, 아무도 대답하지 않았어. 갑자기 날카로운 바위가 나타났어. 나는 붙잡았고, 거기 매달려서 구조선이 올 때까지 기다렸어."

나는 그냥 서 있었다. 거기다 대고 대체 무슨 말을 할 수 있을까?

그 애는 다 마신 1회용 컵을 옆으로 내던졌다. 담장 위로 찻물이 튀었다. "죽었어. 내 남동생이랑 여동생이 그날 밤 물에 빠져 죽었어." 그 애의 두 눈이 내 눈을 봤다. "이런 게 듣고 싶은 거였니?"

누군가와 내가 '다르다'는 느낌을 이렇게 한 순간에 받은 건 정말 처음이었다. 그 애와 나의 차이가 마치 시커먼 파도처럼 나를 후려쳤다. 나의 선택, 나의 집, 나의 미래—그런데 그 애의 것은 아무것도 없다. 이 불공평함. 부끄러움으로 숨이 막힐 뻔했다.

그 다음날 남자 막사에서 콜레라가 발병했다는 소문이 나돌았다. 그게 진실인지 아무도 믿을 수 없었지만, 그로부터 하루 뒤, 응급 병원을 만들 자리를 내기 위해 우리는 새벽같이 일어나 천막을 제일 가장자리로 옮겨야 했다. 남자 숙소에선 폭동 직전까지 간 순간도 있었다. 군인들이 주동자들 머리 위로 총알을 몇 개 날리고 나서야 겨우 통제가 됐다고 했다. 의료진과 군인들이 침구와 양동이 등을 임시 막사로 끌어오는 걸 클레어가 지켜봤다. "장난이 아니군."

스테이시가 머리를 두 손에 묻었다. "어떡해."

내가 스테이시를 팔로 감쌌다. "그러지 말고, 긍정적으로 생각하자. 우린 여기에 일주일도 넘게 있었고, 우리보다 나중에 들어온 사람들

중에 더 먼저 나간 사람들도 엄청 많잖아. 다음은 우리 차례야."

"그럴까? 콜레라가 발병했는데 우릴 내보내 줄 거라고 생각해? 런던 일 생각 안 나? 킴은 어땠게? 이건 격리를 의미한다고."

그 밤은 내게 최악의 밤이었다. 처음으로 우리가 나갈 수 있을 거라는 내 믿음이 흔들리기 시작했기 때문이다. 나는 며칠간 똑같은 희망에 매달려 있었다. 우리는 절차에 따라 풀려날 것이고, 저들이 우리를 잡아 둘 구실은 아무것도 없을 거라고. 하지만 규칙도, 권리도, 바깥세상과의 접촉도 없이 하루하루가 그냥 흘러가는 걸 보니 얼마나 버틸 수 있을지 자신이 없어졌다. 그런데 그 다음날 아침, 우리는 조사실로 호출됐고 하루 뒤에 출입구로 가 있으라는 얘길 들었다.

"우린 어디로 가나요?" 스테이시가 물었다.

"석방된다. 집으로. 기찰 탈 거야."

"우리 친구들도 석방 되나요? 남자애들은요?"

간수들이 저리가라는 손짓을 했다. "질문은 그만." 그러고는 마치 무슨 잔치에서 답례품 돌리듯 흰색 티셔츠와 새 운동복이 든 봉투를 하나씩 나눠 줬다.

그날 밤 우린 모두 뜬눈으로 지샜다. 석방이 없었던 일로 되거나 애디와 네이선과 함께 못 풀려날까 봐 두려워 죽을 지경이었다. 다음날 아침 동이 트자마자 마당으로 나가 서성거렸다. 그리고 7시 45분이 되자 이송 조가 도착했고, 뚱뚱한 여자 간수가 호명을 시작했다. 수용소를 둘러싸고 있는 담을 통과해서 도장을 찍고 나올 때까지 100만 년쯤 걸리는 것 같았다. 극도의 긴장 상태로 계속 남자애들을 찾아 사방을 둘러보다보니 토할 것만 같았다.

"어쩌면 이미 차에 타고 있을 지도 몰라." 스테이시가 작은 소리로 말했다.

우리는 버스에 올라탄 후, 어두운 실내를 살폈다. 남자애들은 보이지 않았다. 조급해진 우리는 미친 듯이 두리번거리며 그 애들이 어디서라도 나타나길 바랐다. 그리고 그때 클레어가 "네이선! 네이선!" 하고 소리치며 창문을 두들겼다. 나도 돌아서서 네이선이 간수들 사이에서 걸어오는 걸 봤다. 네이선도 차에 올랐지만 군인들이 네이선을 맨 앞에 앉혀 우리와 떼어 놓았다.

"애디는 어딨어?" 내가 소리를 질렀다.

네이선도 소리치며 대답했다. "간수들이랑 싸움에 휘말렸어. 지금 독방에 있어."

내가 앞으로 달려 나가자 여자 간수가 앉으라고 고함을 쳤다. 나는 듣지 않았다. 간수 두 명이 더 일어서자 스테이시가 나를 뒤로 끌고 들어갔다. 그러고는 기다리고, 기다리고, 또 기다렸다. 1분, 1분이 고통이었다. 여길 떠나게 돼서 너무나 좋았는데 애디를 두고 가게 되는 바람에 다 엉망이 됐다. 멍청하기 짝이 없는 놈……. 그리고 마침내, 문이 닫혔고 엔진이 작동했고 버스가 움푹 팬 구덩이와 진흙 속으로 달리기 시작했다. 철조망이 멀리 멀리 작아질 때 나는 몸을 돌려 마지막으로 수용소를 한 번 더 보았다. 지금도 아무것도 믿기지 않는다. 오늘은 도저히 더 못 쓰겠다.

9월 13일 수요일

금방이라도 까무러칠 것 같은 상태의 연속이다. 거의 하루를 기다린 끝에 이제야 천천히 스위스를 통과하고 있다. 우리는 다른 사람들과 함께 화장실 바로 옆에 끼여 앉았는데 기차가 너무 꽉 차서 움직이는 건 아예 불가능했다. 한밤중에 기차가 한 번 정차했고 새벽이 밝아올 때쯤 우리는 강물이 둑 위로 넘치는 마을을 막 벗어났다. 여름에 있었던 일을 생각하면 저런 광경은 믿을 수가 없다. 대체 무엇 때문에 그렇게들 싸웠단 말인가? 한동안 멈췄던 기차가 천천히 역을 빠져나가기 시작했다. 나는 네이선 옆에 몸을 웅크렸다. 네이선이 내 손을 잡았다. "로라, 암것도 할 수가 없었어. 물러나질 않더라고······. 알제리 아이 편을 들다 그랬어······. 간수가 걜 때렸거든."

"런던으로 돌아가면 도움을 구하자." 나는 네이선의 손을 꽉 쥐었다. 더 이상 할 말이 없었다.

그리고 기차가 덜컹거리며 프랑스를 가로질러 가는 동안 나는 꿈 한 번 꾸지 않고 깊고 까마득한 잠에 빠져들었다.

9월 14일 목요일

런던이다! 자유다!

킹스 크로스역에 기차가 들어서자마자 영국 이송 경찰들 한 무더기가 기차에 기어올랐지만, 우리는 더 이상은 들볶일 수 없다는 생각으로 모두가 일제히 그들을 밀고 돌진하며, 마치 남아프리카 산 영양 떼처럼 역으로 흩어져 뛰고, 달리고 장애물을 뛰어넘었다. 안전하다는 것이 확실해진 뒤에는 모두 무료 전화기를 찾아 헤매기 시작했다. 가장 가까운 무료 전화는 센터 포인트 빌딩에 있었다. 내 차례가 되자 숨이 막힐 것 같았다. 번호를 눌렀다. 발신음, 딸칵. 아빠의 목소리. "여보세요?"

가슴에서 뜨거운 것이 뭉텅이로 울컥 올라왔다. "아빠, 저예요."

"로라! 오, 하느님! 지금 어디니?"

"런던, 센터 포인트 빌딩이요."

아빠 목소리가 갈라졌다. "그래, 이제 됐어……. 거기서 움직이지 마. 아이구 하느님……. 여보! 당장 이리 와 봐…… 그래, 이제 됐다……. 내가 데리러 갈게. 꼼짝 말고 있어. 내가 당장 그리로 간다고."

나는 부스에 기댔다. 갑자기 진짜 이상한 느낌이 들었다. 네이선이 나를 쳐다봤다. "야, 너 괜찮아? 너 엄청 창백해."

9월 15일 금요일

어제 집으로 어떻게 왔는지는 전혀 기억이 안 난다. 일어설 수가 없다. 어지럽다.

9월 19일 목요일

오한이 나고, 토하고.
꿈, 아주 끔찍하고, 몹쓸 꿈이 끝도 없이 이어진다.

9월 22일 금요일

일어나 보니 누가 내 침대에 앉아 있었다.

정신을 차려서 보려고 했지만 잘 안 됐다. "엄마? 엄마예요?"

엄마가 몸을 앞으로 굽혀 팔로 나를 안았다. "아유, 로라!" 엄마가 나를 안고 흔들었고, 나는 어린애처럼 울었다. 집에 왔다는 게 믿기질 않는다.

9월 24일 일요일

내 평생 이렇게 우울한 적은 없었던 것 같다.

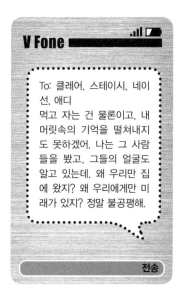

> **V Fone**
>
> To: 클레어, 스테이시, 네이선, 애디
> 먹고 자는 건 물론이고, 내 머릿속의 기억을 떨쳐내지도 못하겠어. 나는 그 사람들을 봤고, 그들의 얼굴도 알고 있는데. 왜 우리만 집에 왔지? 왜 우리에게만 미래가 있지? 정말 불공평해.
>
> 전송

지금 당장 볼 수는 없겠지만, 나는 애디에게도 보냈다. 애디의 부모님은 애디를 빼내려고 지금 이탈리아에 가 계시다. 체 게바라의 부모님이 수용소 밖에서 말썽쟁이 아들을 기다리고 있는 광경은 솔직히 그림이 잘 안 그려진다.

9월 26일 목요일

마음을 긍정적으로 먹으려고 이런다는 건 잘 알지만, 솔직히 다시 일상생활로 돌아간다는 생각은 좀 역겹다.

9월 27일 수요일

휴대폰을 꺼 버렸다. 누구와도 얘기하고 싶지 않다. 위로받고 싶은 생각도 없고, 밴드 생각도 귀찮다. 다른 애들은 정말 아무렇지도 않은 걸까? 나는 속이 다 뒤집어지는 것 같은데. 내가 아무리 떠들어 봤자 귀에 들어오지도 않는가 보다.

9월 30일 토요일

언니가 방에 들어와서 신문을 침대로 던져 줬다. 나는 정말로 몇 주 만에 처음으로 웃었다. 안 웃을 수가 없었다. 저 기사를 쓴 사람은 천재다.

언니가 커튼을 열었다. "기운 좀 내. 이 깜깜한 방에서 말 한마디 안 하고 일주일 내내 갇혀만 있었잖아. 가뜩이나 소심한 엄마 아빠 간이 더 쪼그라들었어."

"어쩌라고?"

"네가 알잖아."

"뭐? 다시 시작하라는 그런 되도 않는 소리?"

"응."

"언니, 언니는 아무것도 몰라……."

언니가 나를 보고 섰다. "내가 몰라? 그래, 맞아. 나는 여름 내내 유럽을 싸돌아 다니진 않았어……. 난 그저 감옥에 갇힌 엄마를 돌보기밖에 더 했어? 야, 비극의 여주인공 노릇은 그쯤 해 둬. 왜냐, 넌 적어도 선택권이 있잖아."

나는 신문을 후려쳤다. "바로 그것 땜에 돌아 버리겠어. 난 그저 다른 애들이랑 다를 게 없는, 철없고, 멍청한 백인 여자애라고."

언니가 고개를 끄덕였다. "바로 그거야! 그러니까 넌 감사한 줄 알고 네 할 일을 해 나가야 해."

언니 말이 맞을 때는 정말, 정말, 정말 짜증난다.

어려운 시기에 감자~ㅂ기

'저수지 4'
보석금으로 풀려남.
'계속 투쟁하리라 맹세'

020 검문소 / **하수처리 시스템 통제 불능** / **돼지 구정물 위기**

감자를 돌리도!

섹시한 구석이라고는 없지만, 소박미가 넘치는 감자가 컴백해서 '탄수화물 식품계'를 평정하고 있다. 지난여름 다른 작물들의 엄청난 흉작 이후 식자재 값은 천정부지로 치솟고 있고, 정부는 국민들을 상대로 '감자를 생각하고, 감자를 재배하고, 감자를 먹자!'라는 캠페인을 부르짖고 있다. _ 카렌 미치슨

국가 감자 위원회 대변인, 해리 다우드 씨 말에 따르면 "제2차 세계대전 때 우리 조상들이 '승리의 삽질' 캠페인에 참여했던 것처럼, 위원회에서는 집에서 감자를 재배하는 것을 진지하게 권유하고 있다. 감자는 철분과 칼륨이 풍부하고, 세계 물 부족 위기에 4배나 값이 뛴 수입쌀과 파스타보다 훨씬 저렴하다.

그리고 이 겸손한 작물에는 우리가 모르는 특별한 점이 더 있다. 감자는 한때 정력 강화제로 명성을 떨치던 이국적이고 값비싼 식품이었다! 이것이 완전히 허무맹랑한 소리는 아닌 것 같다. 최근 연구 결과에 따르면, 비타민B는 언어 능력을 향상시킨다고 한다. 이성에게 수작 걸 때 얼마나 유용하겠는가! 드라마 〈이스트 엔더스〉에서 빌리 존슨 역을 맡고 있는 이 지역 유명인사, 프랭키 애거스도 공개적으로 감자 지지를 선언하고 나섰

다. "감자는 천연 무지방 저칼로리 식품이며 어느 모로 봐도 식량난 해결에 손색이 없어요. 한번 드셔 보시라니까요."

상담 직통 전화

감자에 관심이 있는 분 가운데 애빙던 '포테이토 링'에 참여하고 싶으신 분은 시민 농장 핫라인 07798 448 9000으로 전화 주시거나 인터넷 포탈 www.spudweallike.org.uk를 방문하면 되겠다. 끝으로 '나만의 베스트 감자 요리'에 참여해 주신 모든 분께 감사의 마음을 전한다.

저는 올리브 오일에 마늘 몇 쪽을 감자와 함께 넣고 서서히 볶은 후, 핫 칠리와 곁들여 먹는 걸 즐긴답니다. _ bamaforth
말할 것도 없이 껍질째 구운 감자가 최고!

_ 토마스, 스투트가르트.

October

10월 1일 일요일

오늘은 억지로 침대에서 몸을 일으켜 언니와 마을로 산책을 나갔다. 마을 곳곳에 탄소 포인트, 물 사용량, 쓰레기 정화 목표치, 시민 농장 교대조 등등이 실시간으로 업데이트되고 있었다. 심지어 모자를 쓴 떡대 몇몇이 쓰레기통을 정찰하는 모습까지 눈에 띄었다.

"저 사람들은 뭐야?"

언니가 한숨을 쉬었다. "쓰레기와 쓰레기통 순찰대. 쓰레기 한번 잘 못 버렸다가는 죽음이야. 처음에 돌아왔을 때는 정말 믿을 수가 없더라."

"근데 이런 게 언제 다 시작된 거야? 내가 떠날 때만 해도 잠잠했는데."

"6월 25일, 주민세 법안이 통과됐을 때. 정부는 이제 완전히 신뢰를 잃었어……. 특히 탄소부는 정말 아무짝에도 쓸모없어. 그래서 사람들이 세금을 내는 대신 자기 하고 싶은 대로 해 버렸어. 대충 알지? 자가 발전기를 설치하고, 국가 에너지 망에서 독립해 버리고, 지방세 납부를 거부하고는 그 돈으로 정수기를 설치하고 주택 단지에서는 작물을 심으려고 공원 땅을 팠지. 저번에 들으니까 런던은 양배추 밭으로 뒤덮였다던데."

"어떻게 이렇게 순식간에 그렇게 됐지?"

"몰라. 이렇게 어수선한 시기가 꼭 나쁜 것만은 아냐. 안 어울리는 조합이라고나 할까, 그걸 뭐라 그러지? 아, 희열……. 꼭 어린애처럼 정권에서 우릴 위해 뭘 해 주기만을 목 빼고 기다리는 게 아니라 우리 힘으로 뭔가를 해낼 수 있다는 흥분감이 있는 것 같아. 하지만 분노도 있지. 순수한 분노. 이 주민세라는 게 엄청 열받게 하지."

나는 언니를 가만히 봤다. "그래서 언니는 이제 어쩔 거야?"

언니는 고개를 흔들었다. "모르겠어. 그게 그니까, 이젠 더 이상 갈 데도 없어."

"키란 아저씨가 뉴욕에 있잖아, 아저씨한테 가는 건 어때?"

"가서 기름 바다를 첨벙거리고 다니라고? 이제 해결이 다 되긴 했다는데 그래도 더 이상 '섹스 앤 더 시티'의 뉴욕은 아니라고 하더라. 어쨌거나 아저씨도 돌아온대, 너한텐 얘기 안 하디?"

"런던으로?"

"내가 알기론."

나는 걸음을 멈췄다. "솔직히, 정말로 엄마 아빠랑 여기 있을 생각이야?"

"그냥 생각 중이야. 엄마가 감옥에서 나왔을 때를 못 봐서 그래. 아빠는 부담감으로 무너져 버릴 것 같았고. 그래도 하나 좋은 건, 엄마 아빠가 이제 나를 인간적으로 대한다는 거야. '닉과 줄리아 쇼' 같은 연극은 이제 안 해……. 이젠 엄마 아빠가 좀 좋아졌다고나 할까." 그러더니 갑자기 날보고 못 박듯 말했다. "이 얘긴 절대 다시 꺼내지 마. 난 모든 걸 부인할 거야."

"하지만, 언니. 이건 아니야. 언니랑 나랑 둘 다 여기 애빙던에 짱 박혀 영원히 살자고?"

"아니, 넌 학교로 가야지. 그리고 너한텐 밴드도 있잖아. 난? 난 아직 확신이 없어. 그니까 그게, 두 분 다 농장에만 전념하게 하고, 누군가는 엄마를 지켜봐야 해. 한 번만 더 문제 일으켰다가는 그땐 간단히 해결되지 않을 거야. 시위자 중에는 전 재산을 압류당한 사람도 있어."

"언니가 여기서 살면서 엄마를 지키겠다고, 언니가?"

언니는 눈썹을 추켜올렸다. "그게 그렇게 이상해? 너만 이 집 효녀 노릇 할 수 있는 건 아니다. 어쨌든 나도 나름대로 계획을 세웠어. 런던 패션 칼리지의 친구 두어 명이 여기에 아예 눌러앉겠다고 하는데 이 근방에서 생산되는 울이나 가죽 같은 100퍼센트 천연 섬유만 사용하는 디자인 스튜디오를 차리고 싶어 해. 그 친구들이랑 같이 자연주의로 승부하려고."

헐. 불교가 언니 머릿속을 점령한 게 틀림없다.

새벽 3시. 지독한 악몽에서 막 깼다. 배가 파도에 이리저리 휩쓸리는데, 사방은 어둡고, 비명 소리만 들렸다.

10월 2일 월요일

아침을 먹으려고 아래층에 내려갔을 때, 엄마 아빠가 식탁에 엎드려 무슨 편지를 들여다보고 있다가 나를 보더니 아빠는 일요일 신문으로 보던 것을 막 덮어 버렸고, 엄마는 토스터에 손을 덴 것처럼 연극하며 꽥꽥 소리를 질렀다.

"아! 너도 토스트 줄까?"

나는 식탁에 가서 앉았다. 아빠는 신문지 위로 나를 힐끗 보더니 뜬금없이 휘파람을 불기 시작했고, 엄마는 식빵에 마멀레이드 잼을 바르기 시작했다. 마치 날 피해 다녀야 할 정신병자 취급하는 것 같았다.

"그 편지 대체 뭔데요?"

아빠의 눈썹이 위로 올라갔다. "으응?"

"저 들어올 때 숨기신 거 말예요." 내가 고개로 가리켰다. "『영국의 섹시한 채식주의자 베스트 10』 밑에 편지 모서리가 보인다고요."

아빠 얼굴이 빨개졌다. "아, 아무것도 아니야……"

"엄마, 아빠한테 거짓말 좀 그만하라고 하세요. 저렇게 티가 나는데."

엄마가 웃었다. "네 말이 맞아. 아빤 거짓말엔 소질이 없어…… 저 감출 수 없는 사인들 좀 봐. 볼은 뻘겋지, 손바닥에선 땀이 줄줄 나지. 저 여자 같은 소프라노 목소리 하며……."

"알았어, 알았다고!" 아빠가 편지를 내 쪽으로 밀었다. "엄마 재판에 대한 편지야. 혹시라도 마음의 준비가 안 돼 있을까 봐."

"아빠, 나 전쟁포로처럼도 지냈다고요. 편지 정도는 감당할 수 있어요."

아빠가 미소를 지었다. "오오! 너 아주 세졌구나. 엄마가 너만할 때가 생각나는 걸."

엄마가 혀를 찼다. "내가 로라 나이였을 때 당신이 날 보기나 했어? 솔직히, 당신 좀 너무 넘겨짚는 경향이 있어. 어쨌거나 내가 열아홉 살 때는 로라보다는 정치 문제에 훨씬 적극적이었다고."

아빠는 토스트를 크게 한 입 베어 물었다. "아아니, 이젠 더 이상 그렇게 말할 수 없지. 당신의 자리는 여기 계신 우리 전쟁 포로 양께서 접수하셨으니까. 당신이 재판정에 서게 되면 또 모르겠지만. 그것만이 당신이 다시 1위 자리를 탈환하는 유일한 방법인 것 같다." 아빠는 편지를 두드렸다. "그런데 안타깝게도 공소를 철회할 것 같은데. 지난번 로라 때처럼 말야. 사람들을 죄다 기소하는 건 도무지 비생산적이니까. 안 그럼 정말 국민의 절반이 다 감옥에 가야 할걸?"

"난 덜덜 떨면서 거기 앉아 기다릴 생각은 전혀 없어. 우린 다시 우리 삶으로 돌아가야 한다고. 나는 다시 도서관에 나갈 거고, 로라는 다음 학기 준비를 해야지."

나는 고개를 저었다. "학교에 가라고? 난 아직 결정 안 한 걸로 아는데요."

"학교에서 받아 줄 거야. 학생들은 전부 사면해 준다고 했어."

"저 소환된 거 알고 계셨어요?"

"그냥 추측한 거야, 좀 알아보기도 했고." 그러더니 갑자기 엄마 얼굴이 일그러졌다. "나를 위해서 해 줄 수 없겠니? 엄만, 엄마는 네가 무사히 지내기만 바랄 뿐이야. 더 이상은 엄마가 감당을 못 하겠어……." 엄마의 고개가 뚝 떨어지더니 어깨가 들썩이기 시작했다.

아빠가 엄마를 감싸 안았다. "여보, 왜 그래……. 이제 로라도 돌아왔고 모든 게 다 잘될 거야."

사실, 지금은 모든 게 그냥 꿈같다. 내가 돌아왔고 사람들은 여전히 자기들의 예전 삶을 살아가고 있다는 게 믿어지지 않는다. 이 세상 다른 쪽에서 벌어지고 있는 일은 아무 상관도 없다는 걸까? 그나마 가뭄이 끝났다는 게 어찌나 다행인지 모르겠다. 그런데 엄마는 정말 예전 같지 않다. 끔찍할 정도로, 많이 망가진 것 같다. 어쩌면 나도 학교로 돌아가야 할지 모른다. 엄마를 위해서 예전 평범한 모습으로. 아, 지난여름, 우리 모두에게 대체 무슨 일이 일어났던 걸까.

혹시나 풀려났는가 해서 나는 매일 애디에게 전화를 걸고 문자를 보내고 있다. 애디 부모님이 애디가 나오자마자 나한테 연락해 주신다고는 했는데. '애디와 완전 결별 계획'은 그렇게 끝이 났다. 낮에는 애디 혼자 영웅 행세 하는 것에 너무 화가 나다가도 밤이 되고 애디가 힘들게 도망다니는 꿈을 꾸면 자다가도 자지러진다. 다음번에 만나면 뺨이라도 한번 완전 세게 올려붙여야겠다.

10월 3일 화요일

고음의 꿀꿀 꽤액 시끄러운 소리에 눈을 뜨고 침대에서 나왔다. 옷을 걸치고 무슨 일인가 알아보러 나갔다가 아빠가 우리 안에서 돼지 새끼들에게 둘러싸여 있는 걸 발견했다. 아빠는 나를 보자 무슨 1950

년대 생일 카드에 파이프를 물고 빈티지 스포츠카를 배경으로 등장하는 아빠들처럼 미소를 지으며 손을 흔들었다. 불쌍한 아빠. 회사에서 여덟 시간 일하고, 집에 와서는 소에게 우유 먹이고, 돼지 똥을 치운다. 그러고는 집안에서 엄마와 맛 간 나를 상대해야 한다.

"오, 아가씨! 오늘따라 더 아리따우십니다아."

나는 발을 굴렀다. "아빠, 정신병 환자 기분 맞춰 주듯 그러시는 거 이제 그만 좀 하세요. 돌아 버리겠어요."

"내 맘이다." 아빠는 자그마한 새끼 돼지 몸뚱이를 붙잡고 우유병을 집었다.

"무슨 일이에요?"

"어미 돼지가 죽었어. 얘들이 살지 죽을지는 50대 50이야."

아빠가 새끼 돼지의 입에 우유를 안약 방울만큼 떨어뜨리는 걸 지켜봤다. 아빠가 나를 봤다. "해 볼래?"

나는 고개를 끄덕였다.

"좋아, 하지만 천천히 해야 돼. 안 그럼 우유가 폐로 들어가니까."

우리는 잠시 동안 말없이 나란히 앉아 우유를 작디작은 돼지의 입 속에 짜 넣었다. 그런데 아빠가 한숨을 쉬었다. "너한테 솔직히 말하면, 내 속이 말이 아니야. 너희 엄마가 체포됐을 때, 나는 어느 것에도 집중할 수가 없었어……. 그리고 너는 거기 수용소에 있었지. 그런데 난…… 너에게 전화도 안 하고…… 찾아내려고도 하지 않았어……. 도대체 어떤 아빠가 그렇게……."

"아빠, 그만해요, 제발. 그건 누구 잘못도 아니에요."

아빠가 코를 닦았다. "사실 킴이 너랑 계속 연락하고 있는데 네가 괜찮다고 했지. 그래서 네가 그런 상태인 줄은 정말, 정말……."

양동이 덜그럭거리는 소리가 나더니 갑자기 언니 목소리가 라킨의 우리에서 흘러나왔다. "우리 식구 중에 적어도 한 사람은 거짓말의 가치를 알고 있으니 얼마나 다행이야. 그 덕에 엄마가 들어가 있는 동안 아빠가 침착하게 있었지. 사실 우린 17년간 그렇게 살았잖아. 내 생각엔 우리 식구들이 갑자기 넘 무리하게 진실 모드로 전환하려는 감이 있어."

라킨이 동의한다는 의미로 꿀꿀거렸다.

내가 아빠를 보고 말했다. "제가 학교로 돌아가길 바라세요?"

아빠는 고개를 저었다. "그건 내 스타일은 아니야, 로라. 전적으로 네가 결정할 일이야. 하지만 아무것도 안 하고 있을 수는 없잖니." 그러곤 갑자기 씩 웃었다. "그 난리를 겪고 나서 그래도 한 가지 수확은 있어. '게으름뱅이 십 대들의 나날'은 공식적으로 과거가 됐다는 거지. Wii의 시대는 끝났어."

나는 오전 나절을 아빠와 라킨과 보내며 어린 새끼들의 새 주인을 찾는 전단을 만들었다. 아빠가 그 녀석들을 온전히 돌볼 시간이 없기 때문이다.

어두운 단면까지 모두 적어 넣으라고 한 건 라킨이었다. 라킨은 사람들이 돼지의 실체를 알지 못하고 키우게 되면, 돼지 족발에 놀아나게 될 것이라고 했다.

부모 잃은 새끼 돼지들을 나눠 드려요, 지금요!

돼지와 놀아요. 돼지들은 노는 걸 엄청 좋아해요. 기분 좋게 꿀꿀대며 서로를 쫓아 원을 그리며 뛰어다닐 거예요. 장난감을 많이 준비하셔야 해요. 합판, 양동이, 페트병 등등.

돼지와 시간 보내요. 돼지는 사람들을 진짜 좋아해요. 하지만 꼭 기억하세요. 누가 주인인지는 제대로 알려 줘야 해요. 안 그러면 나중에 버릇없고 까다로운 2톤짜리 십 대 돼지로 자라나 사람들을 막 떠밀고 다닐 거예요. 진짜 악몽이 따로 없어요.

돼지, 우습게 보면 안 돼요. 돼지는 정말 똑똑해요. 문을 열고, 카펫을 잡아당기고, 사료 주머니를 여는 방법쯤은 금세 배울 거예요. 언제나 돼지보다 한 발짝 앞서 나가야 해요.

돼지한테 속지 말아요. 돼지는 일 꾸미는 덴 선수예요. 자기가 원하는 걸 위해서라면 뭐든지 할걸요. 계속 새로운 일을 시켜서 딴 생각을 못 하게 해야 해요. 돼지가 따분해지면 당신이 위험해진다는 걸 기억하세요.

돼지를 사랑해 주세요. 돼지는 긁는 걸 좋아하고 누가 긁어 주면 좋아해요. 돼지가 당신을 보고 기분 좋게 꿀꿀대며 배를 긁어 달라고 털썩 눕는 걸 볼 때의 기분은 말로 다 못해요.

관심 있으신가요?(없다면 정상은 아닌데……)
농장이나 닉 브라운에게 전화 주세요. 077783 455 328

"원하는 사람이 나올까요?"

아빠가 씩 웃었다. "물론이지. 아기 돼지들은 금가루 같은 존재거든."

"지금은 동네 사람들이랑 다 알고 지내세요?"

"그런 셈이지. 얼마나 사이가 좋은데. 미지의 인물을 대하고 있는 좀비들처럼 서로 닫고 지내던 때가 언제 있었나 싶어."

10월 4일 수요일

시칠리아에서 타노가 장문의 이메일을 보내 왔다. 마침내 아프리카의 가뭄이 끝나고 모든 게 나아지고 있다고 했다. 타노가 몸담은 구호단체에서 불법 죄수선에 대한 이야기를 이탈리아 신문에 싣는 데 성공해 그 기사가 큰 파장을 일으켰다고 했다. 하지만 그웬 선생님으로부터 아무 연락도 없다. 선생님은 내 꿈에 출몰하는 또 다른 1인이다. 엄청 많이.

클레어와 스테이시가 금요일에 여기로 온다고 했다. 지금 누군가를 만날 준비가 돼 있는지 잘 모르겠다. 에인절스도 포함해서.

10월 5일 목요일

너무 춥다. 사실 그동안 추위는 잊고 살고 있었다. 따뜻한 나라에서 살면 안 될까? 지금 여기 분위기는 작년 이맘때 런던과는 비교도 안 된다. 그때야 몇몇 사람들이 마당 땅을 파고 닭이나 몇 마리 치는 정도였지만 지금은 마당에 장식용 관목이나 꽃을 하나라도 키우면 무슨 죄를 짓는 것 같다. 이제 여자들 팔뚝이 장난이 아니다······. 그 당치도 않는 44사이즈는 사라져 버린 지 오래다.

주민 농장 분과 모임이 우리 집에서 열렸다. 나는 복도에서 살짝 구경을 했다. 마치 감자가 새로운 메시아라도 되듯 사람들 얼굴이 반짝반짝 빛난다. 크리스천은 예수를 신봉하지만 우리 마을 사람들은 이분을 신봉한다······.

정녕 제2안은 없단 말인가?

10월 6일 금요일

오후에 버스에서 내리는 클레어와 스테이시를 맞이했다. 그 애들을 보자마자 수용소의 모든 게 다시 살아나 나를 덮쳤다. 그곳 화장실 냄새와 차갑고 축축한 진흙까지 느껴지는 것 같았다. 지금도 도저히 믿기질 않는다. 그때 일을 기억하려고 할 때마다 마음이 그냥 닫혀 버림을 느낀다. 클레어가 이렇게 소리치며 버스에서 뛰어내렸다. "타이니 체인소우 매니저가 보르도 공연을 지난주에 발표했는데 다운로드 수가 지금까지만 2,000건이야!"

내가 클레어를 붙잡았다. "뭐라고?"

클레어가 웃었다. "못 믿겠지! 학교고 뭐고 공연이나 하자고."

스테이시가 클레어를 뒤따라왔다. "그건 안 돼. 학자금 대출 없이 런던에서 어떻게 살아? 기껏해야 다운로드로는 50유로쯤 벌 테고, 일자리도 없고, 독스는 폐쇄됐잖아. 학교에 다니는 게 가장 쉬운 선택이야……. 작년처럼 공연하면 되잖아. 그럼 간단하다고. 두 학기에 대충 몇 학점 더 챙겨 들으면 된다고."

클레어가 내뱉듯 말했다. "그 대신 학교에서 우릴 통제하려 들겠지."

스테이시가 볼을 부풀렸다. "야, 난 이번 여름 이후로 내 뇌를 팔아넘겼어. 정말 이젠 다시 평범하게 살고 싶어."

"평범? 그 많은 일을 겪고도? 이제 평범한 것 따위는 없어."

"마치 너만 무슨 감정을 느끼는 사람인 양 그런 식으로 얘기할 땐 진짜 짜증나. 너랑 애디 둘 다." 스테이시가 씩씩댔다. 그러고는 나를 봤다. "네 생각은 어때?"

나는 둘을 차례로 쳐다봤다. "모르겠어. 우리 그냥 머리나 식히면서 쉬면 안 될까?"

스테이시가 뒷주머니를 뒤져 전단지를 하나 꺼냈다. "쉬고 싶어? 버스에서 어떤 애가 이걸 줬는데, 우린 무조건 갈 거야."

나는 콧잔등을 찌푸렸다. "어…… 왜?"

스테이시가 전단지를 휙 채갔다. "왜냐, 첫째, 우리에겐 지금 웃음이 필요해. 그리고 둘째, 이번 토요일이 네 생일인데 우린 이 지구상에 네가 아직 생존해 있음을 축하해야 하거든. 가는 거지?"

"알았어."

우리는 집으로 걸어가기 시작했다.

"다른 애들은 어떻게 지내? 만났어?"

"거의 다 돌아왔어……. 그쪽은 분위기가 심상치가 않아. 시장이 정부랑 대립하고 있어. 시청이 지방 의회를 편들고 있거든. 정부에서는 시가 주민세를 걷어들이지 않는다며 소송을 준비하는 중이고."

클레어가 나를 쿡 찔렀다. "샘도 봤어. 우릴 위해서 뭘 많이 준비해 뒀더라고……. 걔가 우리랑 밴드를 계속하는 거면 말야."

나는 그 말을 무시했다. "학교에서 학생들과 휴전하겠다는 건 확실한 거야? 일단 등록하게 한 다음에 뒤통수칠 속셈은 아닐까?"

스테이시가 고개를 흔들었다. "아냐, 진짜야. 브릭 레인 행진에 참가했던 애들 몇 명이 브루넬 대학에 복학했어."

"그렇지, 전신 생체 스캔을 하고, 품행을 단정히 한다는 서명을 하게 한 다음에 그랬지. 스테이시, 그걸 잊으면 안 돼."

"뭐라고? 건 좀 심한데. 난 그런 건 못하겠는데. 엄청 통제하겠다는 거잖아." 나는 고개를 저었다.

클레어가 앞머리를 뒤로 쓸어 넘겼다. "내 말이."

스테이시가 두 손을 들어 보였다. "그럼 다른 방법 있어? 응, 로라?"

나는 고개를 저었다. 왜 난 늘 선택의 폭이 좁아지기만 하는 걸까.

10월 7일 토요일

하루 종일 젊은 농부들의 파티 생각으로 완전 들떠 있었다. 이제 될 대로 되라다. 우리는 소형 버스를 타고 이동했다. 도착해 보니 파티 장소는 밭 한 가운데 있는 낡은 헛간이었다.

스테이시가 나를 붙들었다. "야 이거 완전 위커맨인데(영국 호러 영화, 고립된 어느 마을에서 실종된 여자 아이를 찾는 내용—옮긴이)"

클레어가 속삭였다. "다들 우릴 쳐다봐. 외지 사람들인 게 티가 나는가 보다."

"괜찮아. 우린 그냥 술만 마시면 돼." 내가 주위를 둘러봤다. "바가 어디 있는 거야?"

클레어가 손가락으로 가리켰다. "방금 지나쳤어. 그리고 오늘 밤엔 주로 홈메이드 사과주를 5리터짜리 플라스틱 피처로 마시게 될 것 같다."

스테이시가 휘파람을 불었다. "하드코얼세."

두 시간 후, 고양이 오줌 맛 나는 술을 꽉꽉 눌러 담은 피처를 두 개나 비우고 나니 공중에 떠 있는 것 같았다. 여기저기서 키스하고 더듬고 헛간 전체가 난리도 아니었다. 심지어 스테이시마저 나무 기둥에 기대서 거대 오크같이 생긴 녀석과 시시덕거리고 있었다. 나는 녹슨 쟁기들 뒤에 대충 자릴 잡고 앉아서 희미한 눈으로 그 광경을 구경했다. 전쟁에 대한 옛날 다큐멘터리를 보는 것 같은 느낌도 좀 들었다. 사람들이 매일 춤추러 다니고 제일 좋은 옷을 차려입고 술에 취하고. 그럼 우리는 생각한다. '머리 위로 폭탄이 떨어지는데 어떻게 저럴 수가 있지? 집으로 돌아들 가라고!' 하지만 이제는 이해할 수 있다. 다들 그냥 정신 줄 놓고 노는 거다. 그나마 놀 수 있을 때 놀겠다는 거다. 갭 이어, 인턴쉽, 연금, 모기지론, 중간 관리자가 되겠다는 열망 같은 것은 이미 다 날아가 버렸다.

클레어가 사람들을 헤치고 내게 와서 썩소를 지었다. "너 맛 갔구나."

"상관없어. 술 더 줘! 내꺼 다 마셔쓰."

나는 팔을 뒤로 뻗었고 손가락에 뭔가 딱딱하고 시원한 게 부딪혔다. 나는 그걸 더듬어서 술 한 병을 끄집어냈다. "뭐야 이거, 누가 꿍쳐 났구만."

클레어가 입을 오므렸다. "위험해애. 먹지 뫄, 여기 놈들 침 무더써."

"시꺼! 난 열라 강한 여자야." 나는 병뚜껑을 빼 버리고 술을 목으로 흘러 보냈다……. 그런데, 으악!

입으로 꿀럭꿀럭 뭔가가 넘어와 걸렸다. 나는 건초더미를 붙잡고 일어서서 마구 뱉어 내기 시작했다.

"뭔데?"

나는 몸을 굴려서 또 뱉어 냈다. 담배꽁초가 바닥에서 반짝였다.

클레어가 인상을 썼다. "어우야, 저건 우리 수준에도 좀 마이 심했다."

"으 으 으."

클레어가 나를 가만히 봤다. "그래서, 학교로 돌아가는 거야? 무사한 길을 택해서?"

나는 물에 녹은 담배 조각을 뱉어 냈다. "야, 클레어. 니 눈엔 내가 무사해 보이냐?"

클레어가 한숨을 쉬었다. "머릿속에서 떠나질 않아."

"수용소?"

"응, 그리고 우리가 본 것들 다. 기분이 아주 이상해. 모든 게 무의미하게 느껴져."

"그래도 밴드가 있잖나, 그지?"

"유일하게 납득이 되는 일이야……."

내가 고개를 끄덕였다. "나도 그래. 적어도 사람들한테…… 무슨 일이 벌어지는지 알릴 수 이짜나."

클레어가 얼굴을 찡그렸다. "그럼 왜 굳이 런던으로, 대학으로 가야 하는 거지? 밴드는 여기서 해도 되는데."

"말도 안 되는 소리 하고 있어."

클레어가 눈동자를 굴렸다. "넌 넘 비판적이야."

어디서 나타났는지 여자애들 둘이 우리 바로 옆 건초 더미에 벌렁 누웠다. 난 그쪽으로 눈을 돌렸지만 얼굴은 보이지 않았고, 멋을 잔뜩 낸 뒷통수만 보였다. 갑자기 속이 메스꺼워 나는 눈을 감았고, 그 애들 얘기 소리가 귓가에 맴돌았다.

"하느님 맙소사. 그래서 있지, 토니 모드가 로레인한테 자긴 그런 머리 스타일이 맘에 안 든다고 말했대, 응. 그러니까 로레인이 늪으로 뛰어들어서 손톱가위로 머리카락을 막 자르기 시작한 거야. 걔 친구 웬디가 말리려고 했지만 로레인이 화가 엄청 난 데다 자기 삼촌 당근 와인을 왕창 마신 상태라 그냥 떼밀어 버렸어."

다른 여자애가 헉 소릴 냈다. "그래서 토니는 어떡했어?"

"웬디가 자기 친구 칼한테 로레인이 늪에서 울고 있다고 말했더니 칼이 토니한테 말했고, 그래서 토니가 로레인을 쫓아왔지……. 그러고는 그 애를 한번 힐끗 보더니 이러더라. '야 이 미친년아, 너랑 난 끝이야'"

"설마!"

"그랬다니까. 토니가 자기 차에 올라탔고 로레인은 바로 그 뒤를 쫓아 뛰기 시작했어. 근데 토니가 얠 못 본 거야. 그러고는 후진하기 시작한 거야, 무슨 일이 났는지 알겠어?"

"뭐야, 로레인을 못 봤단 말야?"

"토니가 그랬대, 로레인을 못 봤다고. 그래서 엑셀을 밟았고……. 그리고…… 정말 로레인을 깔고 지나갔대."

"어머나. 로레인이 무슨 토끼도 아니고, 고속도로에서 차가 짐승 친 것처럼!"

"그렇다니까."

"그래서 어떡했대, 병원에 연락했대?"

"그게, 장난 아니게 비싼 데다가 구급차는 1킬로미터당 요금을 부과한다는 거야. 그래서 토니가 로레인을 그냥 뒷자리에 싣고 자기가 운전해서 데리고 갔대."

"아, 토니가 로레인을 제대로 잘 돌봤을까나?"

나는 껌뻑 눈을 떠서 클레어를 봤다. 클레어가 낄낄 웃었다. "알았어, 알았어, 네 말이 맞아. 무조건 런던으로 가야겠다."

10월 8일 일요일

생일 축하해, 로라. 앞으로 죽을 때까지 절대로 사과주는 보지도, 듣지도, 냄새 맡지도, 않을 것이며 그 단어를 입 밖에 내지도 않을 것이다. 이건 나의 엄숙한 맹세다.

엄마가 생일 케이크를 구워 주셔서 저녁 5시에 한 입 먹었다가 바로 화장실로 달려가 다 토했다. 얼마 후에 엄마가 복도를 지나가다 나랑 마주쳤는데, '어떻게 내가 저런 괴물딱지를 낳았지.'라는 표정으로 나를 쳐다봤다.

그건 그렇고, 저녁 늦게 좋은 소식을 하나 들었다. 이번 주말쯤 애디가 풀려날 거라고 했다. 애디 엄마가 그 말을 전하며 울먹이셨다.

10월 9일 월요일

오늘 오후에 스테이시와 클레어가 런던으로 떠났다. 나도 금요일까진 학교 등록을 해야 하니까 거기서 애들을 다시 만나게 될 거다. 여기서 비참하게 지낸다고 달라지는 건 아무것도 없다. 밴드를 시작해서 지난여름에 있었던 일들을 의미 있게 만들어야 한다. 저녁 밥상에서 식구들에게 계획을 얘기하자 엄마가 두 팔로 나를 꼭 감싸 안았다.

"아 정말 잘됐어. 난 그저 우리 모두가…… 다시 일상에 복귀하길 바랄 뿐이야."

아빠가 미간을 찌푸렸다. "근데 네가 원해서 가는 거니, 아니면 단지 우릴 기쁘게 해 주려고 그러는 거니?"

엄마가 손사래를 쳤다. "여보, 왜 또 일을 복잡하게 만들고 그래. 쟤도 교육은 받아야지. 우리가 당연하게 누린 것들을 쟤도 누려야 한다고."

나는 고개로 킴을 가리켰다. "근데 왜 언니에게는 돌아가라고 하지 않으시는 거예요?"

"언니는 여기서 친구들과 사업을 시작한다고 했어." 엄마는 으깬 감자가 담긴 프라이팬 뚜껑을 닫았다.

아빠는 한쪽 눈썹을 추켜올렸지만 아무 말도 하진 않았다. 내가 보기엔 엄마 아빠가 역할을 완전히 바꾸기로 하신 모양이다.

"애디 부모님이 메시지를 남기셨는데 애디 석방 날짜를 받아 내셨대요."

아빠가 고개를 저었다. "내가 걔 아빠였으면 아마 녀석을 두들겨 팼을 거야. 그런 고생을 시키다니."

죄책감이 파도처럼 내 몸을 덮쳤다. "아빠, 그만하세요. 제 마음을 안 좋게 하시는 건 지금 아무 도움도 안 된다고요."

아빠가 미소를 지었다. "그래, 하지만 그게 내 일이야. 물론 그 어떤 허접한 자녀교육서에서는 찾을 수 없겠지만, 그게 바로 모든 아빠들 작전의 기초야. 죄책감. 압박. 그런 걸 자꾸 받아서 쌓아 놓다 보면 네 유년기의 작은 탄소 덩어리들이 끝내는 다이아몬드로 변하게 되는 거지."

10월 10일 화요일

내 탄소 카드를 스마트 미터에 긁어 보고는 거의 기절할 뻔했다.

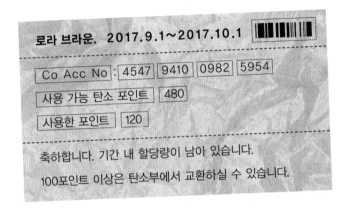

8, 9월 내내 도망 다니거나, 수용소에 갇혀 있거나, 너무 침체돼서 돌아다니질 않은 것이 나의 탄소 배출량에 기적을 일으켰다. 교환 좋아하시네. 런던으로 돌아가자마자 저걸 베이스로 바꿔 버릴 거다. 우, 이걸 쓰는 동안 거의 예전 같은 기분이 들었다. 순간이었지만.

10월 11일 수요일

녹색 모자를 쓰고 도토리 로고가 그려진 옷을 입은 여자가 현관문을 두드리더니 아빠한테 강압적으로 우리 스마트 미터계 수치를 보여 달라고 했다. 이 마을의 이스트 윙이 제대로 돌아가고 있나 확인하려고 한다나 뭐라나.

웬 이스트 윙?

그 여자는 나가려다 말고 앞마당의 야채 밭을 힐끗 봤다. "라즈베리 키워요? 좀 경솔한 거 아닌가요?"

아빠가 미소를 지었다. "그게, 제가 라즈베리 타르트를 좋아하거든요."

그 여자가 다시 아빠를 힐끗 봤다. "네, 하지만 식품 할당제를 하게 되면 개인적인 호불호 따위를 기준 삼으면 안 되겠죠."

아빠는 그 여자가 길을 따라 내려가는 걸 쳐다봤다. "어떨 땐 다시 예전 삶을 되찾을 수만 있다면 누굴 죽이래도 그렇게 할 수 있을 것 같아."

언니가 허공에 대고 주먹을 날렸다. "드디어! 남들이 이런 삶이 시작된 첫날부터 한 소리를 아빠가 하는 데 딱 2년 걸렸네요."

아빠가 날 보고 윙크를 했다. "내가 워낙에 좀 느리잖아."

10월 12일 목요일

저녁 식사 후에 언니가 내 방에 들렀다. "런던에 분쟁이 끊이질 않나 봐. 정부와 지방자치의회 문제도 문제지만, 어떤 지역은 유나이티드 프런트가 접수했다고 하고⋯⋯. 2가 시위를 시작할 거라는 소문도 돌아."

"그래서?"

"그러니까 문제에 휘말리지 말라고."

"다른 사람도 아니고 지금 언니가 나보고 처신 잘하라고 하는 거야?"

언니가 끙 소리를 냈다. "말 안 해도 알아. 내가 엄마로 둔갑하고 있냐 이거지? 내 삶을 찾으라고 얘기하고 싶은 거지?"

내가 고개를 끄덕였다. "그래, 맞아. 더 늦기 전에."

그날 늦게, 2층으로 올라가다가 엄마가 방에 앉아 있는 모습을 보게 됐다. 엄마는 침대에 앉아서 허공을 응시하고 있었다. 나는 방문에 기대섰다. "엄마, 괜찮은 거예요?"

엄마는 로션으로 손을 뻗으며 억지로 미소를 지었다. "그럼."

나는 옆으로 다가가 엄마 옆에 앉았다. "무슨 일이 있었던 거예요, 여름에?"

"얘, 난 멀쩡해. 다들 부풀려서 얘기하는 거야, 진짜야."

"그렇지 않아요. 엄만…… 달라졌어요."

"아빠나 킴에게는 얘기하지 않았는데, 처음에는 감옥에 들어간 게 좋기도 하더라고. 다들 열받은 분위기며, 나와 그들의 대치 구도, 무슨 게임 같더라고, 그런 거 알지?"

나는 시칠리아를 떠올리며 고개를 끄덕였다.

"그런데 며칠 지나고 나니까 마음이 괴로워지더라고. 테러 방지법에 따라 기소 전에 5주간이나 가둬 둘 수 있다는 얘기를 하더라. 계속 너희 아빠랑 너희들 생각만 났어……. 얼마나 두렵던지!" 엄마는 두 손으로 눈을 가렸다. "내가, 공포에 질렸다고! 그리고 이제는 그 기억을 떨쳐 낼 수가 없어. 난, 난 이제 내가 누군지도 잘 모르겠어." 엄마가 갑자기 내 팔을 잡았다. "넌 웃기지 않니! 템스 워터 사에 지역 주민 몇 명이 맞선 것뿐이야. 그런데 정부는 안절부절못하며 무슨 짓이라도 할 기세였어. 권력을 유지하기 위해서는 정말 무슨 짓이라도 하겠더라. 그러니까, 너는 절대 그런 일에 말려들지 않겠다고 약속해."

나는 볼을 부풀렸다. "엄마, 나도 이제 그런 거 지긋지긋해요."

애디에게서 소식이 없다. 대체 어떻게 된 거야?

10월 13일 금요일

이곳은 런던. 정말 이상하다. 아침에 만원 버스를 타고 시내로 갔다. 인도 사람들이 지붕에 매달려 타고 다니는 버스랑 비슷했다. 버스는 정류장에서 엄청 많은 사람들을 내려 준 뒤에야 출발할 수 있었다. 시내로 들어선 다음에는 앨리펀트 앤 캐슬(지난여름 폭동 이후 코끼리의 한쪽 눈에는 총알 자국이 난 채 구멍이 뚫려 있다) 교차로 쪽으로 향했다. 거기서 스테이시를 만나 학교에 등록하러 함께 갔다. 처음에는 전신 생체 스캔을 하고 그다음 품행 계약서에 서명을 하고 도장을 찍은 뒤, 날짜를 적고 데이터베이스에 저장했다. 내 망막 스캔 차례가 돌아왔을 때는 못 참고 나와 버릴 뻔했다. 하지만 스테이시의 말처럼 다른 길이 없지 않은가. 프랑스 투어에서의 몇 주를 제외하고는 한 푼도 벌지 못했다. 우리 곡이 다운로드 되고 있는 것도 멋지고, 공연으로 몇 유로쯤은 벌 수 있겠지만, 그걸로 집세는 턱도 없다. 스테이시 말이 맞다. 밴드를 계속하려면 방법은 학교에 다니는 수밖에 없다.

10월 14일 토요일

갈수록 심해지고 있다. 하루 더 등록 절차를 진행한 후 학교에서는 우리 둘을(강제로) 복스 홀의 콘브룩 하우스라 불리는 이상한 학교 기숙사에 묵게 했다. 이렇게 '위기의 학생들'을 '평범한 애들' 사이에 섞어서 기숙사에 집어넣고 있다. 우리 동은 최악의 머리스타일에, 반항으로 겉멋 든, 착한 척하는 1학년들 소굴이다. 그런 애들 옆에 있으니 나랑 스테이시는 폭삭 늙은 늑대들 같다.

10월 15일 일요일

아침부터 브룩 하우스 인터폰이 울렸다. 머리 몇 가닥에 젤을 떡칠한 열일곱 살짜리 여자애가 받더니 "언니 받아요. 남자네요." 하고는 마치 남자란 아주, 아주 나쁜 것이라는 양 다른 애들을 향해 눈동자를 굴렸다.

화면을 들여다봤지만 누군가의 뒤통수밖에 보이질 않았다. "누구세요?"

"어…… 로라? 나야."

"누군데?"

그 애가 갑자기 화면을 향해 돌아섰다. "샘! 벌써 날 잊었어?"

나는 수화기를 내려놓자마자 재킷을 집어 들고 아래층으로 잽싸게 뛰어 내려갔다.

잠깐 동안 우린 처음 만난 사람들처럼 서로를 쳐다봤다. 곧 샘이 말했다. "로라, 너 넘 찐 거 아니야!" 그러곤 우리 둘 다 웃음을 터뜨렸다. 내 팔은 젓가락 같고 내 엉덩이는 앙상하기로는 아마 세계 최고일 거다. 다이어트 책을 내도 될 것 같다. 『돼지도 비쩍 말리는 30일 다이어트 워크북』.

우리는 둘이서 강을 따라 오래오래 걸었다. 정말이지 런던은 너무나 많이 달라졌다. 돼지는 꿀꿀, 닭들은 꼬꼬댁거리며 온 사방을 돌아다니는 게 꼭 팔레르모 비슷하다. 집과 빌딩 앞에는 죄다 주황색 플라스틱 물받이가 설치됐고, 마당의 공간이라면 손바닥만 한 귀퉁이까지도 모두 채소가 자라고 있다. 심지어 버스 정류장의 지붕 위도 잔디가 덮

BACK IN LONDON

였거나 태양열 발전기가 달려 있다. 그리고 이제 기름 값이 너무 비싸서 자동차는 거의 한 대도 찾아볼 수가 없다. 아무도 비용을 감당할 수 없게 된 거다. 길에 다니는 거라곤 태양열 판과 미니 충전용 배터리를 달고 달리는, 태국 스타일의 모터 인력거뿐이다. 대체 저건 어디서 공수해 온 건지.

우리는 런던 아이(템스 강변에 있는 135미터짜리 대관람차─옮긴이) 밑으로, 범람한 템스 강에 최대한 가까이 붙어서 걸었다. 국립극장 앞을 지나는데 갑자기 둑 위로 엄청나게 무성한 갈대밭이 우리 앞에 펼쳐졌다. 갈대들은 모두 물가 쪽으로 몸을 굽히고 있었다. 나는 그 자리에 얼어붙었다.

"이게 대체 뭐야?"

"갈대밭……. 하수처리 때문에 생긴 거야. 여기는 번번이 물이 넘치니까 갈대가 자라기 적당한가 봐."

샘이 고개를 흔들었다. "부모님이 다시 공부를 시작하라시는데 이젠 더 이상 확신이 없어. 내 친구 하나는 노변에 차량용 충전기 설치하는 일을 시작했어. 수습 기간을 거쳐서 이제는 정규직이 되었대. 디자인 커뮤니케이션 학위를 따 봐야 무슨 소용이 있을까?" 샘이 기지개를 켰다. "건 그렇고, 난 미키와 돌아온 후에 끝내주는 그래피티를 하면서 다녔어. 그리고 미키가 잡아 놓은 공연도 진짜 많아. 우리가 관심만 있다면." 샘은 잠시 멈추더니 발밑을 봤다. "네가 겪은 일들에 비하면 이런 건 너무 허접하지?"

"많이 다른 건 분명해."

"애디는 언제 와?"

"곧. 적어도 내 생각엔."

샘의 뺨이 붉어졌다. "생각이라니? 둘이 통화 안 했어?"

나는 샘을 향해 섰다. "좀 복잡해, 샘. 너도 알잖아."

무거운 침묵. 그러곤 샘이 말했다. "그래서 그래피티 낙서하러 다닐래? 유치하다 생각하는 건 아니겠지?"

나는 고개를 저었다. "할 수 있을지 모르겠어. 이젠 더 이상은 말썽이 나면 안 되거든."

"걱정 마. 난 아무도 우릴 잡을 수 없는 데로만 가거든. 우리는 역사상 가장 흔적 없는 낙서꾼들로 남게 될 거야."

"확실해?"

"당근. 그리고 내가 네 곁에…… 그니까 그때처럼은……."

"뭐라는 거야?"

"아냐, 암것도." 샘은 씩 웃더니 내 어깨에 팔을 둘렀다. "야, 로라 브라운. 다시 만나니까 정말 좋다. 이번엔 진짜 멋지게 한번 해 보자!"

"뭐 잡히지만 않는다면야, 조오오오치!"

샘이 범람하는 강물을 응시하는 모습을 나는 가만히 지켜봤다. 샘을 만나면 어떤 느낌이 드는지 그동안 잊고 있었다. 마음이 가벼워지는 이 느낌.

말썽과는 담 쌓고 살겠다고 엄마와 약속하긴 했지만, 펑크걸이 자기 본 모습을 지키면서 줄기차게 똑바로만 사는 건 한계가 있는 법이다.

10월 17일 화요일

아침에 스테이시가 쿵쾅거리며 들어오더니 종이 쪼가리를 한 장 던져 줬다.

나는 바닥에 엎드려
눈에서 눈물이 떨어져.
너의 그 모든 거짓말로
널 경멸하게 돼 버렸어.

이제 어떻게 널 사랑해?

난 왜 아직 여기 있어?

네가 날 부서뜨렸는데

그리고 눈물 한 방울 안 흘려 주는데.

어젯밤에 1학년 애들이 부엌에서 신디사이저를 가운데 놓고 낭만시 낭송회를 하더라. 우린 빨리 공연을 해야 돼. 안 그럼 대체 여기 왜 온 거야?

나는 한숨을 쉬었다. "난 아직 새 베이스도 못 구했어. 너, 드럼은 어떻게 됐어?"

"페달만 몇 개 정비하면 난 준비 끝." 스테이시가 침대에 벌렁 누웠다. "모든 게 단순했던 그때, 기억나?"

"난 매일 밤 수용소 꿈을 꿔."

스테이시는 다리에 대고 초조한 리듬을 두드렸다. "난 꿈은 안 꾸는데, 그냥 일상생활을 하다가, 예를 들면, 커피 같은 걸 사는데 갑자기 그때 기억들이 확 밀려와. 그 사람들은 지금 다 어디에 있을까? 그때 그 많던 사람들 말이야."

10월 18일 수요일

복학 첫날. 믿을 수가 없다. 다른 학생들은 뇌를 어디 보관해 놓고 온 사람들 같다. 학교에선 우리를 모두 강당으로 몰아넣고 아이스브레이커(어색함 깨기) 활동을 하겠단다. 하하!

10분 뒤에도, 나와 샘은 여전히 엽서는 손도 안 댄 채 앉아 있었다.

정장 재킷을 입고 머리카락 끝이 다 갈라진 붉은 머리, 어딘가 이상해 보이는 아이스브레이커 '도우미'께서 다가와 우리의 텅 빈 엽서를 들여다봤다.

"두 사람 다 뭐하는 거죠? 12월까지 이루고 싶은 게 꽤 많을 것 같아 보이는데!"

나는 샘의 손에다 머리를 떨어뜨렸다. "이분 좀 치워 줄래?"

빨간 머리께선 곧장 내 앞으로 몸을 숙이더니 클립보드를 들여다봤다. "로라 브라운 맞지? 학생은 이미 사고를 너무 많이 쳐 놔서 이런 식으로 학기를 시작하면 좀 곤란할 것 같은데."

샘이 엽서를 가까이 가져가더니 막 쓰기 시작했다. "네, 보세요. 우리 엽서 쓰고 있잖아요. 잘 쓰고 있어요."

샘은 엽서를 내 팔꿈치 옆에다 갖다 놨다. "여기, 로라."

우리가 몇 줄이라도 쥐어짜 낼 때까지 그 여자가 지켜볼 것 같기에 나는 펜을 집어 들었다.

그 여자가 우리 엽서를 가져갔다. "그렇지. 봐, 사실 별로 어려운 것도 아니잖니! 다 같이 열심히 한다면 뭐든지 다 잘될 거예요."

나는 강당을 나오며 샘을 쿡 찔렀다. "나는 다음 수업 활동에서 최대한 높은 점수를 따고 싶다고 썼어. 날 이길 수 있겠어?"

샘이 어깨를 으쓱했다. "아니."

"왜 그렇게 심각해? 뭐라고 썼는데?"

"아, 12월까지 기다리는 거잖아."

"좋아. 그런 식으로 해 봐, 어디."

애는 갑자기 왜 이러는 건데?

10월 20일 금요일

암울한 금요일.

처음으로 제대로 된 밴드 미팅. 다음주 토요일에 꽤 괜찮은 공연 제의가 들어왔지만 거절할 수밖에 없었다. 악기를 다시 찾기 전까진 공연할 방법이 없기 때문에 다들 2주 안에 악기를 갖추기로 했다. "어떻게든 해 보자고!" 클레어가 소리쳤다. "다운로드가 5,000건에 '보르도에서 살아 돌아오다'로 포트 음악 순위에도 올랐어. 그리고 미키의 매니저가 세 곡짜리 음반 발매를 해 주려고 노력중이래. 진짜 프로 녹음 스튜디오에서 말야. 한창 뜨겁게 달아올랐을 때 달려 보자고."

나는 온몸에 아드레날린이 뿜어져 나오는 이 감정을 잘 간직하겠다고 맹세했다. 그리고 한 번에 하나씩 모든 걸 아주 간단하게 유지하기로 마음먹었다. 첫 번째 할 일은 새 베이스 구하기. 그런데 그때 전화가 울렸다. 네이선이었다.

"걔 만났냐?"

몸속의 피가 싸늘해지는 느낌. "애디? 아니! 돌아왔단 말야? 왜 나한테 전화도 안 하는 건데?"

"몰라. 여기로 온 지 며칠 됐어. 나도 이제야 만났다⋯⋯. 근데, 야⋯⋯ 걔 상태 별로 안 좋아 보이더라."

"뭔 소리야?"

"애가 좀 이상해. 2랑⋯⋯. 네 얘기만 하더라고."

"나?"

"그래. 엄청 많이. 내가 나설 일은 아닌 거 아는데, 너⋯⋯. 그러니까, 노력 좀 해 봐."

"네이선, 너 지금 무슨 소릴 하는지는 아니?"

"아니 난 그냥 애디를 구제할 수 있는 사람이 너뿐인 것 같아서 그래. 걔 완전 맛이 간 것 같아. 내 친구 한 놈이 어젯밤에 애디랑, 이안 필립이라고 2에 깊숙이 관여하고 있는 애가 있는데, 걔랑 같이 있는 걸 봤대."

전화를 잡고 있는 내 손에 힘이 꽉 들어갔다. "그래서, 날더러 어떻게 걜 구제하라는 거니?"

나는 재킷을 집어 들고 방을 나섰다.

"어디 가?" 스테이시가 물었다.

"몰라. 그냥 좀 혼자 있고 싶어."

"그렇겐 안 되지. 난 그 표정이 뭘 말하는지 알거든. 우리도 여기 나갈 참이었으니까 가서 포켓볼이나 치자."

"그럴 기분 아냐."

"상관없어. 그치, 클레어?"

클레어가 고개를 끄덕였다. "지금 절대로 널 혼자 두진 않겠어. 가자."

샘만 다른 데로 빠지고 나머진 모두 유니온 바로 갔다. 한 시간쯤 지나자 마음이 좀 가라앉았다. 나는 스테이시와 게임 중이었는데, 막 포켓 샷을 치려는 찰나, 스테이시의 시선이 테이블에서 바 끝으로 옮겨가 멈췄다. 나도 돌아봤다. 애디가 문가에 서 있었다. 나는 스스로를 주체하지 못하고 애디의 품에 달려가 안겼고 우리는 길고 긴, 깊고 깊은, 열정적인 키스를 나눴다. 나의 이 멍청한, 만신창이, 바보 남친!

애디가 웃었다. "나를 만나서 반갑다는 뜻인가?"

"당연하지, 이 바보 멍청아. 언제 돌아왔어?"

"막 왔어. 네가 여기서 처음 만난 사람이야."

나는 뒤로 물러섰다. "아, 애디. 이러지마."

"뭘?"

"거짓말로 시작할 거야?"

애디의 얼굴이 어두워졌다. "너 네이선 자식이랑 통화했구나."

"걘 네 절친이야."

"그랬었지."

나는 내 손을 애디의 어깨에 얹었다. "제발, 그냥……. 예전의 우리로 돌아가자."

"그건 내가 원하는 바야." 애디가 속삭였다. "그 무엇보다도 널 되찾고 싶어."

"난……. 나…… 그냥 얼마간은 친구로 지내면 안 될까?"

"친구? 너랑 내가?"

"내 말 무슨 뜻인지 알잖아. 내가 잊을 수 있을지 모르겠어."

애디가 얼굴을 찡그렸다. "젠장. 딱 한 가지 잘못. 딱 한 번뿐이었다고. 잘못한 거 알아, 하지만 도대체 얼마나 더 미안하다고 말해야 하는거냐? 그 일은 이제 그냥 좀 잊으면 안 돼? 그리고 친구가 되고 싶다면 방금 그 키스는 뭐야?" 애디가 나를 끌어당겼다. "제발, 로라? 나한텐 너뿐이야……."

바의 소음이 우리 주위를 소용돌이치는 가운데 우리는 아주 가깝게 붙어서 그렇게 서 있었다. 내 심장은 무겁게 느리게 고동쳤다. 나는 간절히 '좋아'라고 말하고 싶었지만, 도저히 그렇게 되지 않았다. 그래서 나는 애써 차갑고 딱딱한 말을 내뱉고 말았다. "결코 한 가지 일은 아니야. 난 네가 2와 엮여 있는 것도 알아. 너는 나한테 솔직하지 않잖아. 지금도 마찬가지고."

애디가 나를 붙들고 목이 메는 듯 흐느꼈다. "이러지 마. 우리는……."

"뭔데? 진짜, 우리 사인 뭐니? 우린 이미 너무 멀리 갔어."

"그건 네가 현실에 맞서지 못하기 때문이야. 네가 뭐라고 둘러대도,

결국 넌 그저 겁먹은 것뿐이라고."

머리 끝까지 열이 뻗쳤다. "그럼 넌 대체 왜 돌아온 거야? 저 더운 지역에 죽어 가는 사람들이랑 더 어울리지 그랬어."

애디가 내뱉듯 말했다. "너 정말 애구나. 여기도 곧 전쟁이 시작된다고. 결국에는 너도 맞서 싸워야 할 거야."

"그래, 그럴지도 몰라. 하지만 난 그때까진 내 인생을 살래."

애디는 나를 다시 끌어안으려 했다. "제발, 로라, 그러지 말고……."

하지만 내가 몸을 피했다. "가야겠어. 나중에 보자, 알았지?"

그리고 걸어 나왔다. 한 발, 한 발 애디의 시야에서 벗어날 때까지 힘겹게 걸음을 옮기고는 벽에 기대어 심장이 동강난 것처럼 흐느꼈다. 우리는 완전히 끝났다. 칼로 내 가슴을 도려내는 것만 같았다. 그렇지만 나는 애디가 가는 길을 갈 수 없다. 나는 나 자신을 보호해야만 한다.

이제 해결책은 하나밖에 없다. 무감각해지기.

10월 23일 월요일

엄청난 상실 주간이다. 아침에 일어나 보니 옷에서는 지독한 냄새가 진동을 했고, 입에서는 죽은 오소리 피를 빨아먹기라도 한 것 같은 냄새가 났다. 유일하게 생각나는 건 클레어가 계속 "더 마셔, 더. 데킬라 더 가져와." 했던 소리뿐이다. 뒤통수에는 이게 떡하니 붙어 있었다.

지난밤 술에 떡이 된 내 자아의 논리가 퍽 그럴 듯하다. 까놓고 말해서 밤 버전의 내가 낮 버전의 나보다 어떻게 더 개판을 치겠나.

10월 24일 화요일

나는 다시 '단순하게 살기 계획'에 복귀했다. 베이스를 새로 장만할 때까지는 그 어떤 감정에도 휘말리지 않을 테다. 그러니 그때까지 눈물은 사절이다. 엄청 많은 광고를 다 살펴본 후에 3개만 직접 보러 가봤다. 영 아니다. 마지막 베이스는 클랩튼에 있었다. 옛날 메탈 음악을 하던 사람들이 쓰던 도끼 모양이었다. 유혹을 느꼈다. 엄청 흔들렸다. 그 베이스를 가지면 아무도 우리에게 시비를 걸어 오지 않을 것이다.

10월 25일 수요일

오늘 아침 일찍 벡튼의 담수화 공장이 폭발했다. 템스 워터 사에서는 단순한 '기술적 결함'이라고 했지만 아무도 그 말을 믿지 않는다. 그들이 아무리 부인해도 사건 전체에서 2의 냄새가 진동한다. 이 폭발을 시작으로 런던 테러가 시작된 걸까? 아 이런, 또 울고 있다니. 애디는 도대체 무슨 생각으로 그들에 동조하는 걸까? 로라, 이러면 안 돼. 정신 차려야 해. 베이스 없이는 눈물도 없어.

10월 26일 목요일

베이스 광고를 백만 개쯤 봤지만 다 허접하다. 벡튼 공장에 대한 소문이 나돌고 있다. 클레어 말로는 어젯밤에 자기 친구 집에 신원 불명의 남자가 나타났다가 아침에 사라졌다고 했다.

"어떻게 생겼는데?"

"그게, 이상해. 존 말로는 그냥 어눌해 보였대. 길거리 가다가 마주쳐도 아무도 신경 안 쓸 그런 사람. 알지? 도저히 공장 같은 걸 폭파시킬 사람처럼 보이지 않는."

오늘밤 억지로 기숙사 책상에 앉아 학교 과제인, 충전 가능한 태양열 재킷 디자인을 꾸역꾸역 했다. 내 뇌가 녹아내리는 것만 같았다. 냉정을 지키기 위해 결국 밖으로 뛰쳐나가 럼을 한 병 사 들고 왔다.

10월 27일 금요일

드디어! 모스트 원티드란 사이트에서 세일로 나온 물건을 발견하고, 전화를 걸어 브롬리에 있는 그 남자 아파트로 곧장 달려갔다. 그리고 거기에, 세상에서 가장 아름다운 베이스가 날 기다리고 있었다. 검정색 스트링레이에 흰색 스크래치보드였다. 나는 아주 크게 끌리진 않은 척하려고 애썼지만 속으로는 덜덜 떨고 있었다. 내가 그 남자에게 적선이라도 베푸는 듯 몇 칠러를 제시했더니, 그 남자는 어깨를 으쓱해 보이며 말했다. "그러든지. 어차피 난 이제 손도 안 대니까."

어두운 옥탑에 갇힌 공주님을 구해 낸 기분이다. 왜 사람들은 자기 바로 앞에 있는 아름다움을 알아채지 못하는 걸까? 어쨌거나 나는 하루 종일 방에 처박혀 베이스를 쳤다. 아, 이런 기분은 완전히 잊고 있었다. 행복, 집중, 순도 높은 단순함. 그리고 갑자기 내가 지금 제일 원하는 게 뭔지 알았다. 그를 만나고 싶었다.

그 애가 문을 열고 나를 보더니 씩 웃었다. "좋았어! 이 집 안에 예술과 혁명은 있었는데…… 이제는 미인까지 갖췄네."

내가 얼굴을 찡그렸다. "자꾸 신경 긁으면 안 들어간다."

샘이 머릴 뒤로 젖히고 웃었다. "넌 정말이지 다른 여자애들하고는 달라. 그건 확실해, 브라운."

나는 고개를 까딱했다. "어찌나 다행인지."

갑자기 샘 뒤로 문이 벌컥 열리더니 에만이 내 손목을 잡았다.

"맞아, 오…… 안녕, 로라…… 어서…… 어…… 얼렁…… 어 들어와. 우린…… 어…… 게릴라 아트를…… 어…… 완전 멋지게…… 어…… 만들고 있었어." 에만은 우리가 프랑스에서 밴이 불타오를 때 헤어졌다가 처음 본 게 아니라, 마치 한참 대화중이었던 것처럼 나를 안으로 잡아끌었다. 그러고는 산산조각 난 유리 조각들로 가득 찬 컴퓨터 모니터 앞으로 데려갔다. "우린…… 어…… 이 금 가고 박살 난 모양을 시청 건물 위로…… 어…… 겹쳐 보이게 어…… 할 거야. 그럼…… 어…… 시청의 유리란 유리는 아…… 어…… 몽땅…… 다 박살 난 것처럼…… 보일 거야."

내가 인상을 썼다. "뭔 소리야. 우리는 시청 편 아니야?"

샘이 도리질을 했다. "나는 그 누구편도 아니야. 시장이 연말까지는 이 지역 주택 단지에 절연 설비를 해 주기로 약속해 놓고 여태 아무것도 안 했어. 부자라면 상관없겠지만 가난한 사람들은 완전 얼어 죽을 지경인 데다 집을 따뜻하게 하느라 탄소 포인트를 죄다 쏟아붓고 있어."

에만이 결정적인 한 마디를 날렸다. "맞아…… 로라. 너도 그러니까 아무 편도…… 하지 마, 알았지?"

하지만 나나 샘이나 전혀 듣고 있지 않았다. 우리는 서로를 오래오래 뚫어지게 쳐다보고 있었다.

10월 28일 토요일

이제 공식적인 일이 됐다. 클레어가 전화를 걸어서 알려줬는데, 우리는 최첨단 스튜디오에서 트랙 세 개짜리 음반 제작 제의를 받았다. 오예! 그동안 그 수많은 일을 겪은 끝에 드디어. 클레어가 스튜디오 사용료를 알아봤다. 하루에 2,000유로란다. 이거 정말 장난이 아닌 거다.

내일은 샘, 에만이랑 시청 게릴라 프로젝트를 수행하러 갈 예정이다. 바쁘게 지내자, 로라. 아무 생각도 말고.

10월 29일 일요일

우리는 어두워지기 시작하자마자 출발해서 강을 따라 자전거를 타고 달리다가 시청 맞은편에 버려진 아파트 건물을 발견하고 멈춰 섰다. 우리는 그 건물로 들어가 카메라와 프로젝터, 그리고 노트북을 꺼냈다.

샘이 몸을 굽혀 렌즈를 에만에게 건네줬다. "너 눈이 왜 그래? 어제 밤샜어?"

에만이 올려다봤다. "어…… 아냐……. 새벽 6시까지…… 어…… 이미니 어…… 아…… 프로젝터를…… 손보느라고……."

샘이 나한테 삼각대를 건넸다. "이것 좀 세워 줄래? 정확히 35도 각도로. 프로젝터가 모든 방면에서 건물보다 1미터씩 비껴 비춰야 하거든."

나는 삼각대의 나사를 풀기 시작했다. "왜 프로젝터를 수평으로 세우는 거야?"

"그래야 더 넓은 범위를 비출 수 있으니까…… 그리고 그렇게 해야 건물 전체를 때릴 수 있어. 모든 유리창이 다 박살난 것처럼 보이게 만들어야 하거든."

몇 분 후, 에만이 전선을 모두 꽂은 후에 샘을 쳐다봤다. "오케이…… 카메라는 수동 모드야……. 어…… 아…… 해상도는 1024×768 픽셀로 할까?"

"좋아, 좋아."

"로라…… 아 어……. 괜찮아?"

"응."

샘이 마지막으로 프로젝터의 레버를 조인 후, 뒤로 물러났다.

"이제 아무도 이 근처로 가지 마. 1밀리미터만 움직여도 그림을 완전히 망치게 돼."

에만이 씩 웃더니 더러워진 손가락을 까딱해 보였다.

"좋아. 어…… 제대로…… 어…… 시작!"

에만이 앞으로 몸을 숙이고 작은 스위치를 누르자 프로젝터가 웅웅 소리를 내며 물 건너로 빛을 발사해 시청 외벽이 형태를 순식간에 바꿔 놨다. 엄청 드라마틱했다. 창문 하나하나가 모두 박살이 난 것처럼 보였다.

샘이 허공에 주먹질을 했다. "이래도 혼자 따뜻하게 지낼 수 있겠어

요, 시장 나리?"

우리는 얼마간 아무 말도 없이 서 있었다. 진짜, 진짜, 진짜 멋졌다.

샘이 전선을 배낭에 쑤셔 넣기 시작했다. "좋아, 이제 여길 뜨자. 쟤들이 소스를 찾는 데 적어도 24시간만 걸려 주길 기도하면서."

나는 장비들을 둘러봤다. "이걸 다 여기 두고 갈 생각이야?"

에만도 함께 내려다봤다. "내가…… 어…… 전에도…… 어…… 만들어봐서…… 어…… 또다시…… 아…… 만들 수 있어."

내가 계단을 뛰어 내려가다가 발을 삐끗하자 샘이 손을 뻗어 나를 잡아 주었다. 강을 향해 미친 듯이 달렸다. 전기가 내 핏줄을 타고 오르는 느낌이었다. 방금 누군가가 내 삶을 다시 찾아 준 것만 같았다. 애디 녀석 따위는 지옥에나 떨어지라지.

10월 30일 월요일

오후에 샘이랑 낄낄대며 교실에서 나오다가 네이선과 딱 마주쳤다.

헉. "여긴 웬일이야?"

"너 만나러 왔어." 네이선은 나와 샘을 차례로 보았다. "그새 이리 깊은 사이가 된 거야? 아주 잘도 잊는구나. 응?"

샘이 두 손을 번쩍 들었다. "아, 또 이 지랄이야?"

네이선이 샘의 말을 정면으로 받았다. "넌, 뭐가 문젠데?"

내가 손을 내저었다. "그만해! 샘, 넌 얼른 가, 10시에 바에서 보자."

샘이 나를 노려봤다. "넌 나한테 이래라저래라 할 수 없어. 네이선이 나한테 할 말이 있다면 난 얼마든지 들어 줄 수 있다고."

네이선이 휘파람을 불었다. "우우, 저 녀석 꽤나 저돌적인데."

샘이 다시 뒤로 확 돌았다.

나는 고개를 내저었다. "그냥 무시해. 너랑은 상관없는 일이야."

샘은 잠깐 나를 쳐다봤다. "그래, 간다. 하지만 바에서 날 찾진 마. 난 안 갈 거니까."

나는 샘이 복도를 성큼성큼 걸어 나가는 걸 지켜본 다음에 네이선에게 다가갔다. "너 심하게 선을 넘은 건 알지? 네가 이런 식으로 내 문제를 좌지우지할 순 없어."

"좋아, 하지만 그 녀석, 샘은 되고?"

"너랑은 상관없는 일이야. 그리고…… 어쨌든 쟨 여기 있어. 든든해. 날 혼란스럽게 하고 돌아다니지도 않고."

"쟨 뭔데? 네 펫이야?"

"왜 갑자기 날 나쁜 년으로 모는 건데?"

"애디가 엉망이야. 아무것도 정리되지가 않나 봐. 혼란스러워 한다고……. 걔가 너의 완벽한 새로운 세상에 들어맞지 않는다니 유감이다."

"네이선, 난 그냥 어떻게든 살아 보려고 노력중일 뿐이야."

"넌 변했어. 남자친구 곁을 지키려고 이탈리아까지 갔던 그때의 로라가 아니라고." 네이선이 쏘아붙였다.

"그래서? 그게 뭐 어때서?"

네이선의 눈이 뿌옇게 흐려졌다. "그게 뭐 어떠냐고? 우린 가족이나 마찬가지야, 알아?"

네이선은 나를 밀치고 뛰어갔다.

잠깐이지만 나는 나 자신의 모습을 완전 똑똑히 보았다. 네이선이 맞다. 나는 더 이상 그 여자애가 아니다.

10월 31일 목요일

샘에게 전화를 했지만 받지 않는다. 마음이 가라앉을 때까지 내버려 두기로 했다. 정말이지 내겐 감정적인 남자친구가 차고 넘친다. 대신 스테이시와 함께 저녁 내내 베이스 파트를 연습했다. 와, 내 손가락들이 어찌나 굼뜬지 베이스 줄을 기어오르는 달팽이 같다.

목요일에 키란 아저씨가 돌아온다는 메시지를 언니가 전해 주었다. 그리고 아빠가 전화를 하셔서는 새끼 돼지들이 마을에서 스타가 됐다고 얘기해 주셨다. 마을 사람들이 어느 돼지가 제일 예쁜지를 놓고 진짜로 싸울 기세라고 했다. 요상한 시절이다.

November

11월 2일 목요일

오후에 워털루 역에서 키란을 만났다. 키란은 나를 보자마자 배낭을 바닥에 내팽개치더니 두 팔을 활짝 벌리고는 머릴 뒤로 젖히며 오페라의 한 소절을 불렀다.

나는 달려가 그의 앙상한 몸을 껴안았다. "아저씨 돌아왔구나!"

키란은 눈동자를 굴렸다. "십년감수했지. 정말 끔찍한 여정이었어. 난 계속 미국의 백만장자라고 최면을 걸었지. 왜 있잖아, 1920년대에 화려한 크루즈 여행을 하는……. 그랬는데 그때부터 산업용 비료 냄새가 풍기기 시작하는 거야. 게다가 세관에서 무슨 문제가 생겨서 뉴욕에서 지연이 되는 바람에 적재 구역의 콜롬비아 탱커 바로 옆에서 3일이나 기다려야 했지. 너 수천만 톤의 쇠 조각들이 배로 쏟아져 들어가는 소리 들어본 적 있어?"

나는 고개를 저었다. "아뇨, 멋져요?"

키란이 나를 쳐다봤다. "깡통 속에서 세상의 종말을 맞는 것 같아."

11월 3일 금요일

새벽 4시. 어제 키란의 집으로 건너가 밤새 이야기를 나눴다. 지금은 잠이 오질 않는다. 우리가 살던 옛날 집의 옆집…… 그리고 아서 할아버지의 집 근처에 와 있다고 생각하니 기분이 너무 이상하다. 할아버지의 집은 아직도 비어 있다.

아침에는 시내를 뛰어서 가로질러 기숙사로 돌아와야 했다. 허락 없이 36시간 이상 기숙사를 비우면 안 되기 때문이다.

키란이 미간을 찡그렸다. "여기 돌아오고부터 '안 된다'는 소릴 엄청 많이 듣는 것 같다."

11월 4일 토요일

킴 언니가 어젯밤에 돌아온 원더보이를 만나려고 런던에 왔다. 우리는 키란의 친구 여럿과 함께 뉴아스토리아 근처의 클럽으로 갔다. 게이들은 우리들보다 미친 정도가 더 심한 것 같다. 이 사람들은 '드릴'이라고 불리는 새로운 음악을 틀어 놓고 있었는데, 이 음악은 200bpm의 속도로 마취 주사도 없이 내 이에다가 치과 드릴을 갈아 대는 것 같았다. 키란의 친구인 빅 필의 말로는 이게 다 시내 전역을 엄청난 속도로 휩쓸고 있는 새로운 마약 때문이란다. 빅 필은 춤추는 사람들을 가리켰다. "저 사람들 좀 봐. 약 이름은 스피디 G야. G는 곤잘레스의 약자고."

나는 클럽을 둘러봤다. 사람들이 전부 다 팔꿈치를 바깥쪽으로 내밀고 엄청 빠른 속도로 뛰어다니는 광경은 정말 정신을 쏙 빠지게 했다.

언니는 눈을 찡그렸다. "토할 것 같아."

키란이 씩 웃었다. "맞아. 세상 종말 직전의 광기 같지. 우리는 게이라 좀 더 민감해. 그 뭐냐, 종말의 흔들림에 좀 더 빨리 적응하는 거지."

어떤 남자애가 우리 옆을 지나 어두운 곳으로 가더니 비닐 팩을 꺼내서 G를 손등에 올리고 흡입했다.

언니가 고개를 끄덕였다. "무슨 말인지 알겠어요."

샘은 왜 여태 전화를 안 하는 걸까? 나는 마음 가라앉히는 건 진작 끝냈고 이제는 행동을 원한다. 아, 갑자기 내가 누구를 만나고 싶은 건지 언뜻 보이는 것 같았다. 말도 안 돼! 으, 너무나 선명하다. 지워 버려, 지워 버려! 안개여 내게 오라!

11월 5일 일요일

부모님이 거의 이혼할 뻔했을 때 아서 할아버지가 집 안에서 불꽃놀이 해 주셨던 게 기억나는 바람에 너무나 슬픈 맘으로 잠에서 깼다. 기숙사로 돌아가 막 들어가려는데 누군가 내 이름을 불렀다. 돌아보니 샘이 길 건너에서 손을 흔들고 있었다. 샘은 모터 인력거를 피하며 길을 건너왔다. "한참 찾았네⋯⋯. 폭죽을 가져왔어!"

"진짜?"

샘이 나를 보더니 내 어깨에 팔을 둘렀다. "그래, 하지만 그렇다고 울 것까진 없잖아."

우리는 함께 강변을 걸으며 3개를 쏘아 올렸다. 마지막 폭죽은 거의 강 건너편까지 날아올라 컴컴한 물 위로 빨간 불꽃이 끝내주게 아름다운 궤적을 그렸다.

샘이 홱 돌아서더니 나를 마주했다. "내가 이탈리아에 널 남겨 두고 온 것 땜에 내가 미워?"

"아아니."

"아냐, 그럴 거야. 당연한 거야. 내가 허접했어."

"그럼 어떻게 했겠어? 산꼭대기에 앉아서 내가 돌아오길 기다려?"

"넌 애디를 위해 시칠리아까지 갔잖아."

"그건 달라⋯⋯. 그건⋯⋯."

샘의 어깨가 축 늘어졌다. "애디, 애디. 난 영원히 그 녀석 상대가 못 되는 거지, 그치?"

"너 자신을 괴롭히지 마."

"난⋯⋯ 난 어떤 상황인지 알아야겠어, 로라. 너랑 애디 말이야."

나는 고개를 흔들었다. "너랑 나 사이만 알면 되는 거 아냐?"

"봐! 넌 한 번도 나한테 제대로 대답해 준 적이 없어."

"왜냐하면 나도 답을 모르기 때문이야. 하지만 걔랑 난 절대로 예전처럼 돌아갈 수는 없어."

"돌아가고는 싶은데?"

나는 잠시 그냥 서 있었다. 애디와 나의 온갖 어두운 기억들만 나를 덮쳤다. 하지만 이 아이는, 여기 내 앞에 서서, 초조하게 라이터를 껐다 켰다 하며, 나를 원하고 있다. 너무나 단순하고, 너무나 사랑스럽게. "넌 질문이 너무 많아."

그리고 나는 그 애에게 키스했다.

새벽 5시. 기분 나쁜 땀에 흠뻑 젖어 깼다. 하지만. 나는. 거부한다. 그. 어떤. 죄책감도.

11월 6일 월요일

클레어가 전화로 녹음 날짜를 알려 줬다. "12월 1일 캄덴에 있는 스튜디오에서 5일간이야."

"헉. 그럼 3주밖에 안 남았잖아. 엄청난 압박이다. 이제 겨우 다시 맞추기 시작했는데."

클레어가 웃었다. "알아, 하지만 우린 매번 이런 식이잖아. 어쩌됐건 해야지. 나를 제정신으로 붙들어 주는 건 밴드밖에 없어."

무조건 되게끔 해야 한다. 지난번에 녹음 날짜가 잡혔을 땐 런던 전체에 홍수가 나지 않았던가. 설마 두 번째 기회에는 그렇게 운이 없진 않겠지.

11월 7일 화요일

메시지가 왔다. 트랄라라.

11월 8일 수요일

오늘밤 처음으로 장비를 모두 제대로 갖추고 연습을 했다. 샘이 도착했을 때 내 얼굴이 완전 빨개졌지만, 다행히 스테이시가 바로 그 뒤를 따라 돌진해 들어오더니 우리 노래 '월드 온 파이어'를 버스에서 누가 듣는 걸 봤다며 소릴 질러 대며 내 얼굴을 가려 버렸다. 스테이시가 씩 웃었다. "너무 이상한 거 있지. 이 노랠 딱 들었는데, 첨에는 뭔지 모르겠는 거야⋯⋯ 그리고 좀 있다가 다시 보니까 이 여자애가 가사를 따라 부르는데 우리 노랜지 알겠더라고." 스테이시가 우리 모두를 둘러봤다. "우리라고! 이번 데모 음반, 완전 죽이게 만들어 보자고!"

샘이 목청을 가다듬었다. "사실, 공연 제의도 엄청 많이 들어왔어. 첫 번째 공연은 18일에 해크니 엠파이어에서 열리는 주민세 반대 시위 현장이야. 구름떼처럼, 적어도 5,000명은 몰려들 거야. 너희들 생각은 어때?"

나는 이마를 찌푸렸다. "하지만 그 얘기는 곧 경찰도 몰려들 거란 거잖아."

클레어가 웃었다. "그렇지, 하지만 규모를 생각해 봐."

"하지만 또 블랙리스트에 올랐다가는 끝장이라고."

클레어가 마이크 줄을 돌돌 감았다. "난 언제까지 이렇게 살 수 있을지 모르겠어. 일자리만 있다면, 날 받아주는 곳이 단 한 곳이라도 있다면 거지 같은 학교는 당장에 때려치우고 싶어."

스테이시가 끼어들었다. "하지만 일자리는 없어. 겨우 하나 찾아낸다고 해도 파업 중일걸. 학자금 대출만이 우리가 살 길이야. 지금은, 유일한 길이라고."

샘이 한숨을 쉬었다. "앞으로 나아지겠지, 그러지 않을까?"

클레어가 주먹을 꽉 쥐었다. "그래야지. 안 그럼 무대에서 다 죽는 거야."

연습 후, 샘과 난 살짝 빠져나와 남자 출입금지 구역인 내 기숙사에서 몇 시간씩 키스를 나눴다. 샘은 이제 나의 추악한 비밀이다.

11월 9일 목요일

손가락 끝이 아파 죽을 것 같다. 버터처럼 흐물흐물해졌다. 입술도 마찬가지다. 나는 이제 모든 면에서 완벽하게 연습을 마쳤다.

11월 10일 금요일

오늘 아침, 기름 값 때문에 운송 노동자들이 모두 길거리로 나와 데모를 시작했다. 전철, 버스, 기차, 택시, 택배 차량 기사까지 모두. 길이 텅 비었다. 개인 모터 인력거를 빼고는 길거리에 움직이는 기계는 전혀 없다. 키란이 점심시간에 전화를 했다. "들려?"

"뭐가요?"

"창문가로 가서 머리를 내밀어 봐."

나는 창문을 열고 귀를 기울여 봤다. "아니, 암것도. 아 잠깐…… 닭 소리다."

"바로 그거야. 런던 길거리에서 닭 울음 소리 말고는 들리는 소리가 없는 게 얼마만인 것 같니?"

나는 나뭇잎이 바람에 흔들리는 소리를 들었다. "음, 몰라요. 철기 시대 이후로 처음?"

"정말 멋지지 않냐?"

나는 얼굴을 찌푸렸다. "그건 그렇지만, 아저씨. 원래 그런 곳은 있었어요. 우린 그곳을 '시골'이라고 부르죠. 사람들이 도시로 오는 이유는 새벽 3시에 후라이드 치킨을 시켜 먹을 수 있기 때문이라고요."

키란이 한숨을 쉬었다. "내가 왜 널 붙들고 이러는지 모르겠다. 넌 완전 속물인 것을."

애디로부터 문자가 왔다. 애디의 이름이 뜨는 걸 보자 속이 메스꺼
워졌다. 읽지도 않고 지워 버렸다. 완전히 잘라내는 것이 내가 살 수 있
는 유일한 방법이다.

11월 11일 토요일
폭탄 2개가 터졌다. 이 폭발로 옥스퍼드 가의 크리스마스 전구들이
모두 날아가 버렸고 쇼핑객 20명이 다쳤다. 어딜 가나 사람들은 주민
세, 파업, 기름 값, 물가 이야기만 해 댄다. 하지만 그와 동시에, 해악 덩
어리인 쇼핑몰과 오전 9시 오후 5시의 뼈 빠지는 직장생활에서 벗어
나고 있다는 묘한 흥분이 일렁이는 것도 사실이다.

11월 12일 일요일
또 폭탄이 터졌다. 이번에는 런던 서쪽의 폴란드 커뮤니티 센터였다.
유나이티드 프런트가 자기들 짓이라고 주장했다. 일포드나 벡튼처럼
런던의 동쪽 지역의 일부는 완전히 그들 손아귀로 넘어갔다. 그들은
실버튼의 주택단지 세 곳을 발전기 하나로 묶어 '독립 상태'를 선포해
놓고 버버리 옷을 입은 백인 멍청이들이 길을 막고 지키고 있다. 정신
제대로 박힌 사람들은 거기 들어갈 생각조차 안 할 텐데도 저 난리다.
원래부터 '자기 나라로 돌려보내' 따위의 말이나 씹어 뱉는 UF를 늘
돼먹지 못하다고 생각해 왔지만, 이탈리아에서 난민 위기 상황을 겪고

나서는 정말, 진정으로 그들을 혐오하게 됐다.

어쨌거나 나는 무조건 몸을 낮추고, 밴드를 통해 세상을 바꾸는 데 집중해야 한다. 오직 그것만이 내가 할 일이다. 다른 길을 선택했다는 게 겁도 난다. 모든 걸 안일하게 넘겨 버리는 편을 택했다는 것이. 하지만 모든 게 너무나 빨리 극단적으로 변하고 있다. 오늘은 뉴스에서 2의 대변인이 나와 정부를 무너뜨리기 위해 수상이라도 살해할 준비가 돼 있다고 말했다. 그래, 수상이 멍청한 건 사실이지만 그를 죽여서 대체 무엇을 얻겠다는 건지 모르겠다. 멕시코의 자파티스타스마저도 계획이란 게 있는 법이다. 그들도 무슨 암살단처럼 아무나 죽이겠다고 협박하지는 않는다.

11월 13일 월요일

애디가 나오는 악몽을 꿨다. 그냥 괴로움, 갈망, 두려움 같은 느낌만 남아 있을 뿐, 자세한 내용은 기억도 잘 안 난다.

11월 14일 화요일

밴드 연습 후에 이번 토요일 해크니 엠파이어 공연 여부를 놓고 투표를 하기로 했다.

샘이 말했다. "UF와 2, 올해 초의 일이 또다시 반복되는 것 같아. 하지만 이제는 더 넓게 퍼졌지. 조합들은 정전 시위를 하자고 나서는 모양인데, 지난 80년간 한 번도 없었던 일이야. 이번에 시위가 시작되기만 하면 수천만이 가담할 거야. 엄청나지."

에만이 고개를 끄덕였다. "보통 일은…… 어…… 아냐. 실은……
나…… 아…… 첨에 벡튼에서 폭탄 터졌을 때…… 근처에…… 어……
있었어."

"템스 워터 건 말하는 거야?"

"어…… 어…… 맞아. 난…… 예전 엑셀 빌딩…… 근처에…… 있었
어…… 어…… 그리고 어…… 갑자기 ……. 쾅! 어…… 어…… 유리랑
잡다한 게 사방에…… 난…… 어 원래는…… 어…… 2를…… 지지했
는데…… 어…… 하지만 난…… 그니까…… 어…… 사람 생살을 찢어
서…… 뭘 해결할 수 ……. 있는지…… 모르겠어. 그저…… 아…… 정
부를……. 어…… 더 강경하게…… 만들 뿐이지."

클레어가 나를 봤다. "근데, 로라, 상황이 어떤 거야? 애디는 진짜 거
기 들어간 거야?"

나는 어깨를 으쓱했다. "몰라. 걜 본 지도 거의 한 달이 다 돼 가."

"아, 이거 왜 이래, 넌 알 수……."

"아냐, 모른다고. 난 이제 걔랑 말도 안 해. 난……. 난 알고 싶지도 않
고. 그건 그렇고 너야말로 급진파인줄 알았는데. 넌 왜 걔랑 연락 안
하는데?"

클레어가 입술을 물었다. "난 단 한 번도 그런데 몸담은 적 없고, 그건
너도 알 거야. 근데 넌 적어도 걔랑 연락은 하고 지낼 줄 알았어. 로라,
왜 안 하는데? 네가 어떤 사실을 알게 될지 너무 두려워서 그러니?"

분노가 파도처럼 밀려왔다. "네가 뭔데 이래. 넌 나한테 그런 얘기 할
자격 없거든."

스테이시가 손을 번쩍 들었다. "됐어. 우린 다 똑같아. 두려운 거라고. 그러니까 단순하게 생각하자. 해크니 공연 할 거냐, 말 거냐! 다른 건 다 잊어버려. 그냥 우리 생각만 해. 물론 위험한 일이야. 잡히지 않게 조심해야 할 거야. 하지만 우리 공연이야. 우린 우리 팬들과 함께 우리 노래를 할 거야. 내 생각엔 그렇게 해야만 해. 안 그러면 학교에서 통제를 당하면서까지 이러고 있는 보람이 전혀 없잖아?" 잠깐의 침묵이 흐른 후, 우리 모두 고개를 끄덕였다.

11월 15일 수요일

리허설이 끝난 뒤, 그저 술에 취해 한바탕 웃고 싶어졌다. 그런 나를 샘이 소호에 있는 언더그라운드 클럽으로 데려갔고, 우리는 거기서 밤새 사회 부적응자들과 어울려 춤추고 술 마시며 놀았다. 완전 미친 듯이. 집에 어떻게 왔는지 기억이 아예 없다. 하지만 아침에 아직도 반쯤 꿈꾸고 있는 상태로 일어나 보니 샘이 옆에서 자고 있는 게 보였다. 그때 샘이 뭐라고 중얼대더니 팔을 뻗어 나를 가까이 끌어당겼다. 나는 다시 눈을 감고 꿈속으로 빠져들었다. 평범한 남자애와 평범한 여자애. 너무 좋다.

11월 16일 목요일

아침에 인터폰이 울렸고, 그다음 순간 엄마가 내 앞에 서서 신문 쪼가리 한 장을 내 얼굴에 들이댔다. "이게 대체 뭐니?"

나는 겨우겨우 몸을 일으켰다. "어으으으, 무슨 일이에요?"

엄마가 침대에 걸터앉았다. "도저히 감당이 안 돼서 왔어. 여기서 대체 무슨 일이 벌어지고 있는 거니?"

2의 대변인 이안 필립이 지난 2008년 기후 캠프에서 행진 중이다.

그렇다면 '수상을 암살하겠다'는 말이 잘못 인용됐다는 말씀이신가요?

앞뒤 문맥을 자르고 그 말만 전해졌을 뿐입니다. 그런 식의 기사, 새삼 새로울 것도 없잖아요?

하지만 그런 말을 하긴 한 거죠?

네, 하지만 훨씬 더 넓은 의미로 한 말입니다.

어떻게?

많은 변화가 필요하단 얘기죠. 신속히요. 하지만 콕 집어서 우리가 수상을 암살해야 한다고 한 건 아닙니다.

월드 트레이드 시위 때 이렇게 말한 것

이 사실입니까? '만약 필요하다면 우리 수상도 죽일 것이다. 우리 자유를 막아서는 자는 누구든 죽일 수 있다.'

제 얘기를 문맥에서 떼어 온 겁니다. 그 어떤 개인을 겨냥하고 한 말은 아닙니다. 나는 우리의 자유를 위해 싸울 우리의 권리에 대해 말한 것뿐입니다.

하지만 수상을 죽일 의향이 있습니까?

우리를 공격하고, 우리를 착취하고, 우리를 감금하는 자들은 곧 우리의 자유를 막아서는 자들입니다.

수상을 지목해서 말씀하시는 겁니까?

그 사람은 국민이 뽑은 지도자입니다. 하지만 만약 그가

"엄마, 진정해요. 그냥 거지 같은 인터뷰 기사일 뿐이에요."

"넌 여기 전혀 관련 없는 거지, 그치?"

"당연하죠."

"애디는? 지난주에 애디 부모님이랑 통화했는데 걱정으로 제정신이 아니시더라."

"아니에요. 아니, 솔직히 말하면 애디가 어떻게 지내는지는 저도 전혀 몰라요. 다들 개 일로 절 좀 그만 들볶았으면 좋겠어요. 엄마, 숨 좀 쉬어요, 숨 좀."

엄마는 천천히 불안정한 숨을 들이마셨다. "난 늘 네 걱정을 해. 난…… 난, 상황이 얼마나 심각한지 내 눈으로 직접 봐야겠더라고."

나는 '착한 딸'표 미소를 지어 보였다. "다 괜찮아요. 제가 늘 얘기하잖아요. 뉴스에서는 꼭 실제 상황보다 과장해서 떠든다고. 그 신문 기사는 어디서 났어요? 데일리 메일?"

"까불지 말고." 엄마는 나를 무섭게 째려봤다. "그건 그렇다 치고, 언제까지 그러고 있을 거야?"

"에?"

"가야지!"

오싹한 느낌이 들었다. "집으로요? 절 그냥 이렇게 끌고 갈……."

엄마가 혀를 찼다. "널 집에 끌고 갈 계획은 전혀 없어. 그냥 너랑 같이 좀 둘러보고 싶을 뿐이야."

"어딜요?"

"특별히 어딜 가야겠다고 정한 곳은 없어. 웨스트엔드도 좋고, 그냥 내 눈으로 직접 보고 싶어서 그래."

"하지만······."

엄마가 미소를 지었다. "방송은 언제나 문제를 과장해서 보여 줄 테니까, 내가 이 잉글랜드 중산층 서민의 눈으로 직접 보고 싶어."

한 시간 반 뒤, 우리는 함께 전철을 타고 시내로 가는 중이었지만, 폭파 경계령 때문에 홀본에서 더 들어가지 못했다. 출구로 나가다 말고 내가 잠시 멈춰 섰다. "엄마, 정말로 계속 가 보고 싶어요?"

엄마는 입을 비죽거렸다. "런던에 폭탄이 날아다니던 시절에 내가 여기 안 살아 본 줄 아니? IRA가 기승이던 1980년대에 여기 산 몸이시다, 내가." 엄마는 코를 훌쩍거렸다. "IRA가 거리의 쓰레기통들을 모두 날려 버렸을 때는 밤사이 온 도시가 돼지우리가 돼 버렸지."

우리는 코벤트 가든을 향해 걷기 시작했다. 킹스 웨이 길은 막혀 있었기 때문에 킬리 가를 끼고 왼쪽으로 돌아 뒷길로 갔다. 경찰들이 몇몇 눈에 띄긴 했어도 거리는 대체적으로 꽤 잠잠했다. 그래도 경계의 기색은 역력했다. 롱 에이크르까지 갔을 때 예전의 시티 릿 빌딩 앞에 모여 있는 무리와 맞닥뜨렸다. 그 사람들은 머리에 띠를 매고 노란색 쓰레기 수거통 위에 올라서 있는 여자애를 빽빽하게 둘러싸고 있었다. 얼굴을 반이나 가리고 있었지만 나는 그 아이가 모니카임을 단박에 알 수 있었다. 내 심장이 꽉 조여 오는 것 같았다. 나는 애디가 그곳에 있는지 보려고 사방을 둘러봤다. 모니카가 손을 번쩍 들어올렸다. "우리는 21세기로 들어서서 17년째 살아가고 있습니다. 어쩌면 상황이 폭발하기 전까지 10년쯤 더 남았는지도 모르죠. 하지만 그때는 되돌릴 수 없습니다. 북극 영구동토층이 녹아내리면서 내뿜는 메탄 때문에 아무도 살 수 없게 될 겁니다. 우리는 강하고, 우리는 무장돼 있으며, 우리는 두렵지 않고, …… 우리는 변화를 요구한다, 지금 당장! 더 이상의 거짓말과 부패는 거부한다!"

군중들이 "옳소!" 하며 함성을 질렀다.

엄마가 조금 더 가까이 다가갔다. "얘들이 2니?"

"그런 것 같아요. 전에는 이렇게 대중들 앞에 나와 있는 건 한 번도 못 봤어요."

그 여자애는 더 높이, 담장 위로 뛰어올랐다. "자본주의가 지속되는 한 우리 지구의 미래에는 자유도, 희망도 없습니다. 끝도 없이 이 지구를 강간하게 될 뿐입니다……."

경찰차의 사이렌이 광장을 가로질렀고, 군중들은 일제히 흩어지기 시작하더니 골목길로 모두 사라졌다.

엄마는 내 어깨에 손을 얹었다. "가자, 널 가로 내려가 보자. 뛰진 말고."

우리는 그냥 빠른 걸음으로 걷고 있었는데 경찰차가 불쑥 나타나 우리 앞에서 급정거를 했다.

엄마는 왼쪽을 가리켰다. "빨리, 저 안으로!"

그렇게 우리는 목재로 된 문을 통해 낡은 빅토리아풍 술집으로 숨어들었다. 마치 200년 전으로 돌아간 것 같았다. 사방에 걸린 거울들이 만드는 환상의 세계, 마구의 놋쇠 장식, 구리 냄비. 엄마가 그 안을 둘러봤다. "퇴근하면 여기 와서 술을 마시곤 했는데." 거울 속에 비친

자기 모습을 보던 엄마의 얼굴에 묘한 표정이 어렸다. "있잖니, 로라. 내가 만약 네 나이였다면……."

"내 나이였다면?"

"그냥 저들은 너무나 확신에 차고, 너무나 분명해 보이는 게……."

나는 엄마를 빤히 봤다. "엄마, 무슨 얘기를 할 건지 좀 확실히 하세요. 언제는 몸 사리고 학교부터 마치라더니, 금방 또 혁명에 참가하라고 하시면 어떻게 해요."

"그런 말은 안 했어. 저런 단체에 네가 엮이길 바라는 건 절대로 아니야. 다만…… 내 말은, 그냥……. 교육을 받기 위해 너의 안전을 지킨다는 게……. 그게 쉽지는…… 않을 거라는 거지."

"이제야 내 맘을 알아 주시네."

엄마가 한숨을 쉬었다. "그 정전 파업이라는 게 월요일부터 시작될 예정이래. 애빙던에서도 모두 참여할 준비를 하고 있어. 어떤 식으로든 결판을 내야 할 때가 된 것 같아. 너에게 무슨 말을 해야 하는지 나는 알아야 하는 건데, 그런데……. 그게…… 나도 잘 모르겠어."

내가 웃음을 터뜨렸다. "엄마, 그 말이 엄마가 여태껏 내게 한 말 중에 최고로 솔직한 말이에요."

"그러니?" 엄마가 고갯짓으로 바를 가리켰다. "그럼 축하의 의미로 술 한 잔 해야겠다."

"엄마도 시위에 참가할 거예요?"

"너희 아빠랑 이 문제를 놓고 얘기를 얼마나 했는지 몰라. 결국에는 우리도 참여해야지 싶어."

"하지만 그럼 집은 어떡해요?"

엄마가 한숨을 쉬었다. "물질보다 더 중요한 것도 있는 법이거든."

내가 앞으로 걸어 나가자, 엄마가 내 손을 덥석 잡아 꼭 쥐었다.

"또 왜요?"

엄마가 코를 훌쩍거렸다. "엄마는 네가 정말로 자랑스럽다. 내가 네 나이였다면 이렇게는 못 했을 거야."

"학기말까지 이제 한 달만 견디면 돼요. 그 정도는 해내야죠."

그러고 나서 우리는 함께 취했다. 엄마와 내가 말이다. 어쩌나 웃기는 일인지. 울 엄마지만 아직도 내가 줄리아 여사님에 대해 모르는 부분이 너무 많다. 첫째로, 엄마는 땅콩 12개를 손등에 얹어서 던진 뒤 입으로 다 받아먹을 수 있다. 엄마, 젊었을 때 이런 거 하느라 시간을 다 보낸 거야?

11월 17일 금요일

내일 공연에는 신분증을 집에 빼놓고, 얼굴을 다 가리고 가기로 했다. 밴드들, 군중들, 진행 요원들 모두가 다 그러고 올 게 뻔하다. 이래도 되는 건지, 정말 이래도 되는 건지 모르겠다.

11월 18일 토요일

귀까지 덮는 방한용 마스크를 사기 위해 오늘 아침에 스테이시와 함께 마탈란까지 버스를 타고 내려갔다. 스테이시가 회전문 앞에서 잠시 멈칫했다. "혁명이란 게 이렇게 시작되는 거냐? 버스를 타고 몰에 와서 울로 된 마스크를 사는 게? 무슨 연금 받아먹는 노인네들도 아니고."

내가 윙크를 했다. "그럼. 게릴라의 첫 번째 결정사항—울 마스크를 짤 것이냐 살 것이냐."

기숙사로 돌아와서 머리에 뒤집어써 봤다. 스테이시는 그걸 이모한 테서 슬쩍한 선글라스와 코디할 예정이다. 몇 초간 쓰고 있더니 스테이시가 모두 홱 벗어 버렸다. "로라, 이거 완전 쪄 죽겠다. 너의 신념을 위해 땀깨나 쏟을 각오를 해야 하겠는데."

11월 19일 일요일

생애 최고의 공연.

네이선이 자기 사촌 모터 인력거에 내 장비를 싣고 해크니 엠파이어

까지 데려다 줬다. 지난번에 완전 못되게 군 것에 대한 사과의 의미다. 메이어 가에 정차한 후, 우리는 함께 극장 바깥을 둘러봤다. 경찰들은 문 바깥쪽을 순찰하며 대놓고 사진을 찍거나 학생들을 수색했다. 아무도 반항하지 않았다. 하지만 단 한 가지, 마스크를 벗기게 놔두지는 않았다. 경찰이 누구 하날 잡아 벗기려고 시도할 때마다 아이들이 그 애 주위를 동그랗게 둘러싸고 모여들어 경찰이 물러날 때까지 휴대폰으로 경찰을 찍어 댔다.

네이선이 코를 문질렀다. "정말 괜찮겠어?"

"아니. 어쨌든 할 거야."

네이선이 고개를 끄덕이며 한숨을 쉬었다. "알았어."

나는 땅만 쳐다봤다. "뭐……. 들은 얘기 없어?"

네이선은 고개를 저었다. "없어. 뭐가 더 최악인지도 모르겠어, 걔한테 무슨 일이 났는지 알고 있는 거랑, 모르고 있는 것 중에서."

"그래, 알아." 나는 한숨을 쉬고, 극장 쪽으로 고갯짓을 했다. "들어올 거야?"

"아냐. 안 갈래."

나는 내 복면을 꺼냈다. "알았어. 또 보자, 알았지?"

"너 설마 진짜 그 울 쪼가리를 뒤집어쓸 생각이야?"

"그럼."

네이선의 얼굴에 옛날 네이선의 트레이드마크 미소가 번졌다. "깡 좋다, 친구. 내 생각엔 애디보다도 나은 것 같아."

그날 밤은 불꽃처럼 타올랐다. 모두 여섯 밴드가 참가했는데 매번 새로 나오는 밴드의 공연이 그 전 밴드보다 독했다. 나는 그 전엔 한 번도 영국 애들이 이렇게 분노에 차서 미쳐 날뛰는 모습을 본 일이 없다.

클레어가 눈을 크게 뜨고 사방을 둘러봤다. "대충 장난으로 하는 애들은 아무도 없어. 다들 진짜야."

스테이시도 격하게 말했다. "맞아. 프랑스에서처럼."

우리는 10시에 시작했다. 무대에 올라선 순간, 관중들에게서 몰려오는 열기와 감정의 물결에 휩쓸려 버렸다. 연주가 시작되고 나니 격렬한 춤과 다이빙 때문에 제대로 서서 연주하기도 힘들었다. 다음 곡으로 내가 시칠리아에서 쓴 '해방'을 시작했다. 처음엔 잘나가고 있었는데, 갑자기 정신 나간 애 하나가 무대 위로 뛰어오르더니 스테이시의 스네어 드럼을 집어 들고는 관중들에게 던지려고 했다. 그 순간 모두가 얼어붙었다. 하지만 그때 스테이시가 나서서 자기가 무슨 가미가제 특공대라도 되는 양 몸을 던져 드럼을 낚아채더니 그 애를 무대 밑으로 걷어차 버렸다. 그러고는 마이크를 잡고 악을 쓰기 시작했다.

순수는 이제 전설 속 얘기
그 정도 피를 봤으니
이젠 만족하는지
방아쇠를 당겨 고통을 느껴봐
죽이는 자가 죽는 바로 그 순간

스테이시 목소리만 메아리 칠 뿐 공연장은 쥐죽은 듯 고요했다. 스테이시는 드럼으로 돌아가 스네어 드럼을 제자리에 올려놓고 스틱을 탁탁 쳤다. 그와 동시에 우리가 코러스 연주를 시작하자 관중들은 마음속 저 밑에서 터져 나오는 엄청난 함성과 함께 뜨겁게 타올랐다. 무대에서 내려올 때 나는 울고 있었다. 다른 애들도 다 마찬가지였다. 눈물, 전율, 구토. 불순물 하나 섞이지 않은 순수한 아드레날린이었다. 몇 달동안 안으로 눌러 놓았던 것들이 다 쏟아져 나온 거다.

얼마 후, 나는 바람을 쏘일 필요를 느껴 사람들을 헤치고 담배 피우는 애들이 가득한 뒷골목으로 빠져나갔다. 에만이 거기 있었고, 난 그옆으로 가서 인도 끝에 걸터앉았다. 그리고 1분도 채 되지 않아 웬 남자애랑 여자애가 우리 바로 옆으로 와 서로 더듬고 난리를 피우더니이 여자애가 갑자기 옆으로 엎어졌다. 여자애 입술이 내 얼굴에 진짜로 닿는 느낌이 났고 뭔가 물컹한 게 내 뺨을 덮었다. 나는 몸을 뒤로훅 뺐지만 때는 이미 늦었다. 그 여자애 입에서 나온 토사물 한 줄기가 내 목에 섬뜩한 목걸이처럼 걸려 있었다.

나는 재킷 소매로 목 언저리를 마구 문질렀다. "으, 역겨워."

그 여자애는 겨우 일어나 앉더니 남친을 붙들고 엄청 만지고 더듬기시작했다.

"참으로 우아한 작태군."

에만이 씩 웃었다. "아…… 난…… 어…… 모르겠어. 우리가 ……어 저렇게…… 사랑할 땐…… 어…… 그니까 우린…… 어…… 여전히…… 젊은 거고…… 즐기는 거고……. 그리고 어…… 나쁜 편은……
그니까 어…… 이길 수 없다 생각하는 거고."

나는 한쪽 눈썹을 추켜올렸다. "친구, 이젠 운율까지 맞추는구나."

그래 놓고 곧 안으로 들어가, 나도 더듬기 대열에 합류해 볼까 싶어
샘을 찾았다.

11월 20일 월요일

주민세 반대 정전 시위가 오늘 시작됐다. 노동조합 지도자들은 이번
시위는 대규모가 될 것이고 세금이 폐지되고 썩어 빠진 정부가 무릎
을 꿇을 때까지 계속 될 것이라고 했다. 난 그렇게 한다고 뭐가 달라질
거라고 생각하진 않지만, 그래도 마트에 가서 깡통 몇 개라도 사다 쟁
여 놓을 생각이다. 혹시 모르니까.

11월 21일 목요일

오늘 아침에 런던에서 행진이 있었다. 샘이 올드게이트의 캠퍼스에
서 돌아오는 길에 행진 대열 옆으로 지나왔다고 했다. "로라, 가족 단위
이거나 장 보러 나온 사람들처럼 다들 평범한 사람들이었어. 사회부적
응자도 아니고, 레게 머리 애들도 아니고, 찌질이들도 아녔어. 내가 정
부라면 이번 사안은 양보하는 쪽을 심각하게 고려했을 것 같아."

나는 베이스를 가방에 챙겨 넣었다. "샘, 정치 얘긴 그만하자. 우리
음반 녹음에 집중해야지. 우리가 있어야 할 곳은 녹음 스튜디오야."

"그래, 알았어……. 그냥 네가 상황이 어떤지 알고 싶을지도 모르겠

다 싫어서."

"그래? 아니거든! 정치는 지겹도록 들었어. 예전 그 애랑……."

샘의 얼굴이 굳어졌다. "좋아. 연습이나 하자."

설마 애도 심각해지기 시작하는 거야? 어쩌면 문제는 나인지도 모르겠다. 내가 멀쩡한 애들을 트로츠키 지망생으로 만들어 버리는가 보다.

11월 22일 수요일

나랑 같은 수업을 듣던 벤 니콜스라는 진짜 조용한 남자애 하나가 2주 사이 수업을 4번이나 빠졌다. 그 아이가 자퇴했다는 소문이 나돈다. 그리고 얼마 후, 학교 식당에서 한 학생이 신분증 제시를 거부했다는 이유로 경비한테 끌려나가는 것을 보기도 했다. 그래도 한 가지는 확실하다. 나는 이번 학기를 마칠 것이다. 이유를 대자면 엄마를 위해서라도. 프로젝트 제출 기한이 열흘밖에 남지 않았기 때문에, 나는 몸을 사리고 온 하루를 플라스틱 공학 작업실에서 보냈다. 집으로 돌아오는 길에 껌을 사려고 모퉁이 상점에 들렀는데 이미 선반들이 반쯤은 비어 있었다. 지금 내 침대 위에는 대짜 바비큐 맛 프링글스칩 열두 통이 나를 둘러싸고 있다.

11월 23일 목요일

오늘밤 클레어가 녹음할 곡 리스트를 의논하기 위해 내 방으로 오기로 했다. 그런데 얘가 내 방에 오자마자 침대에 앉더니 한숨을 푹 쉬었다. "로라, 너한테 할 얘기가 있어…… 독스에서 열리는 시위에 자원봉사자들을 찾는대. 공연이랑 뭐 그런 일 이후에 나…… 어쩐지 그냥 구경만 하고 있을 수가 없어서. 여긴 이탈리아도, 프랑스도 아니고 더 이상 남의 일이 아니야. 우리 일이잖아."

나는 머리를 떨어뜨리고 손으로 감쌌다. "그럴 거면 녹음 곡 리스트는 뭐하러 가져왔니? 감옥에 갈 게 뻔한데."

"너무 극단적으로 그러지 마. 스튜디오 녹음은 할 수 있을 거야."

"지난번처럼? 이번 기회를 또 날려 버릴 셈이야?"

클레어는 창백한 얼굴로 고개를 끄덕였다. "어쩔 수가 없어. 하지만 조심한다고 약속할게."

나는 폭발해 버렸다. "그게 무슨 소용이야. 이번 학기 내내 더러운 꼴 다 참고 견딘 끝이 이거야? 이렇게 그냥 다 놔 버리면 안 되는 거 아냐?"

"나도 다른 그 무엇보다도 밴드가 중요해. 하지만 더 이상은 이렇게 외면하고 살 수가 없어."

"너! 넌 늘 너만 중요하지. 우린 다 어쩌라고?"

클레어가 나를 노려봤다. "그래, 근데, 넌 어떤데? 도대체 언제까지 그렇게 버틸 수 있을 것 같아?"

"어떻게?"

"이거 왜 이래. 이탈리아에 함께 있었으니 너도 알 거 아냐…… 언제까지나 겁먹고 이러고 있을 순 없다는 거. 그리고 샘이랑 그러고 놀아나는 것도……"

내가 몸을 홱 돌렸다. "무슨 말을 하고 싶은 거야?"

"로라. 좀 솔직해져 봐……. 애디가 떠나고 일주일 후부터 넌 샘이랑 다니기 시작했어. 샘이 널 사랑하는 건 바보도 다 알아. 하지만 넌 그냥……."

"뭐?"

클레어가 시선을 떨어뜨렸다. "걜 이용하고 있잖아."

"너, 정말로 그렇게 생각하는 거야?"

클레어는 방을 가로질러 문손잡이를 잡았다. "내가 어떻게 생각하는지가 뭐가 중요해. 네가 어떻게 생각하는지가 중요하지."

젠장, 젠장, 젠장.

11월 24일 금요일

학교에서 돌아와 보니 문 아래로 A3 종이 한 장이 들어와 있었다.

나는 웃으며 그걸 잠시 들여다봤다. 그런데 눈물이 왈칵 쏟아졌다. 클레어 말이 다 맞다.

11월 26일 일요일

이런, 아빠도 파업에 들어가셨고, 엄마 말로는 애빙던이 유령도시가 됐단다. 쳇, 변한 건 없구나. 하지만 지금은 뭘 더 알고 싶지도 않다. 나는 주말 내내 전화기를 꺼 놓고 베이스만 쳤다. 아무도 만나지 않고, 아무 데도 가지 않았다. 이제 녹음 날까지 4일밖에 안 남았다. 몸을 사리고, 사리고, 또 사리자. 내일 샘이 연습하러 온다고 했다. 그 앨 만나는 게 너무 무섭다.

11월 28일 화요일

샘에게 무슨 말을 해야 할지 알 수가 없었는데, 샘이 내 방으로 왔을 때 일순 모든 게 또렷해졌다. 샘은 잡지를 흔들어 보이며 상기된 얼굴로 계단을 뛰어올라 왔다. "로라, 읽고 울지 마! 수지 K 리뷰야!"

나는 잡지를 받아 기사를 읽었다. 그 기사는 로켓처럼 내 머리를 통째로 날려 버리는 것 같았다. 정신이 번쩍 드는 깨달음이었다. 나는 그저 소리 내어 웃어 버렸다.

샘이 씩 웃었다. "장난 아니지, 그치?"

"그래, 왜 그런지 알아? 나는 위선자인 데다가 엄청 비겁하게 도망만 다니고 있기 때문이야. 나는 베이스를 메고, 분노에 찬 말 몇 마디 질러 대고, 번뜩이는 그림들을 스프레이로 뿌려 댈 뿐인데, 모두들 거기 이건 고백하고 넘어가야겠다. 원래 난 이 밴드가 맘에 들지 않았다.

이 밴드는 그저 펑크 음악을 하고 싶어 하는 성난 애들의 전형이었다. 하지만 6월에 꽤 괜찮은 공연에 참여하고 타이니 체인소우 인 더 디스턴스와 함께 프랑스로 여름 투어를 다녀온 뒤 이 밴드가 달라졌다. 이제 이들은 결코 무슨 척을 하지 않는다. 꾸밈없고 군더더기를 쫙 뺀 1977년식 기본기에 충실한 불독 펑크 락이라는 스타일은 변함이 없지만, 이제는 그들만의 확고한 자세를 갖췄다. 멍청한 구호도, 가식 따위도 사라졌다. 새 기타리스트 샘 드빈이 주입해 준 10,000볼트짜리 성난 코브라의 독에 엄청난 힘을 받아, 무대 위의 그들은 멈추지 않고 진솔한 액션을 보여 줬다.

'낫 대드 인 보르도'는 포트 다운로드 차트에서 상위 랭킹을 달리고 있고 3곡짜리 데모도 곧 제작돼 1월에 발표될 예정이다.

이 밴드가 지금은 언더그라운드에서 최고의 펑크 밴드이지만 곧 명실공히 최고가 될 날이 올 거라고 나는 장담한다. 감상적인 늙은이의 감정 때문이 아니라, 이 밴드는 내게 미래에 희망이 있다고 다시금 믿게 만들어 줬다. 이런 통제의 시대에 그들의 메시지는 분명하다. 모두 같은 공기를 호흡하는 우리는, 우리를 이렇게 망쳐 놓은 시스템과 정권을 비틀어 버려야 하는 것이다.

넘어가는 거야."

샘이 얼굴을 찡그렸다. "너, 왜 그래?"

나는 샘을 똑바로 쳐다봤다. "나는 한 번도 제대로 삶을 살려고 하지 않고 그냥 구경만 하면서 모두를 감쪽같이 속여 낸 거야. 대단해.

로라 브라운! 정말 진짜 잘났어."

샘은 쟤가 돌아 버린 건 아닌가 하는 눈빛으로 나를 쳐다봤다. "넌 스스로를 너무 심하게 몰아붙이는 것 같아."

나는 고개를 저었다. "아냐, 난 약해 빠졌어……. 그리고 실은, 너도 마찬가지야. 나랑 똑같아……. 그리고 난, 이제 더는 못 하겠어."

"너, 나랑 헤어지는 거야?"

"네가 뭘 잘못한 거 없어. 내가 문제야. 내가 스스로에게 솔직하지 못했어."

샘의 목소리가 갈라졌다. "넌 날 바보로 알아? 난 내게 별로 가망이 없다는 걸 늘 알고 있었어. 하지만 그래도……. 시간이 지나면…… 난 애디가 아냐. 알아 나도. 하지만 노력하고 있다고."

"담벼락에 낙서 몇 개 그린다고 네가 애디가 되는 건 아냐. 너 혹시 그래서 하는 거였니?"

샘은 내 손에서 잡지를 빼앗았다. "왜 하는지는 네가 알잖아."

침묵. 나는 샘에게 손을 내밀었다. "미안해. 상처 주려고 했던 건 아닌데……." 하지만 샘은 내 손을 뿌리치고 돌아서서 뛰었다. 계단 여러 개를 한달음에 뛰어내리며 그렇게.

이제 내가 할 일은 하나밖에 없다. 나는 기숙사를 빠져나와 어둠으로 들어섰다. 전철에 올라 세 정거장을 간 뒤 그림자에 몸을 숨기고 조용조용 속삭이며 나아가는 잔잔한 사람들의 행렬에 합류했다. 그들을 따라가다 보니 강 근처에 짓다 만 거대한 오피스 거리가 나

왔다. 다 드러난 전선에 걸려 있는 전구가 그나마 어둠을 밝히고 있
는 그곳은 황량하고 음울했다. 빛에 눈이 익숙해진 뒤에 보니 그곳
엔 사람들이 꽉 들어차 있었다. 심지어 벽돌 더미와 금속 들보 위에
올라가서까지 모두들 중앙에 서 있는 남자의 얘기에 열중해 있었다.
바닥을 서성이는 그 남자의 얼굴은 흔들리는 불빛에 창백해 보였다.
"정부는 우리에게 점점 더 많은 세금을 요구하고 있습니다. 그런 이
코노미라고 외쳐 댔죠? 하지만 2년이 지난 지금 우리 서민들을 위한
일자리는 대체 어디에 있습니까? 늙고, 가난한 이들을, 약자들을 대
체 누가 돌봐 줍니까? 이민자들은 누가 보호합니까? 몇 대째 여기
살고 있는 동유럽 사람들, 이슬람 사람들은요? 젊은이들의 미래는
어디에 있습니까? 우파가 득세하고 있고 정부는 갈수록 썩어 가고
있습니다. 우리는 주민세를 거부합니다. 우리는 우리가 강하다는 걸
다시 깨닫고 있습니다. 우리들 중에는 물과 에너지를 자급하는 사람
들도 있지만, 우리 모두가 이 나라에서 동등한 몫을 갖게 될 때까지,
이 세상 모든 나라가 동등한 몫을 누릴 수 있을 때까지 멈추지 않을
것입니다. 부자들, 이 정부의 지지자들, 도시 사람들만 누리게 할 수
없습니다!"

그곳 전체가 천둥치듯 동요하는데, 왼쪽 기둥에 기대 서 있는 그 애
가 보였다. 나는 사람들을 헤치고 나아가 그 애 손을 잡았다.

클레어가 떨며 돌아섰다. "내가 내 주제도 모르고 널 겁쟁이라고 했
어. 겁먹었던 건 네가 아니라 나야. 이 사람들은 군대가 무슨 짓을 할
수 있는지 몰라. 이 사람들은 정말로 정부가 권력을 다 가져가도록 놔

둘 거라고 생각하는 걸까?"

나는 클레어의 손을 꽉 잡았다. "나 수지 K 리뷰 봤어……. 난 나 자신을 잘 알고 있기 때문에 너무 부끄러웠어."

"그랬어? 그게 뭐 어때서? 다른 모든 사람들처럼 너도 엄청 겁먹은 거? 그게 뭐라고. 그래도 너는 인정은 하잖아."

"하지만 클레어. 네 말이 맞아. 우리도 동참해야 돼. 아니면 우린 무대 위의 떼거지 위선자들일 뿐이야."

"그렇지 않아. 적어도 무대 위에선 우리 모두 진심이야……. 우리가 원하는 걸 한다고. 하지만 여기에 나오면, 우린 그저…… 혁명 놀이나 하는 어린애들일 뿐이야."

지금은 자정이고 나는 침대 속에서 생각에 빠져 있다. 스스로의 모습이 똑바로 보이고, 자기의 잔재주들이 너무나 빤히 들여다보인다는 건 정말 묘한 기분이다. 클레어 말이 맞았다. 지금 우리가 있어야 할 곳은 에인절스임이 분명하지만 더 이상은 숨고 싶지 않다. 지금 당장은 녹음이 그 무엇보다도 중요하지만 끝나고 나면 난 더이상 도망치지 않을 거다. 게다가 더 이상 도망칠 곳도 없다.

아, 샘을 생각하면 너무나 괴롭다. 상처 줄 생각은 없었는데……. 그리고 그 애를 사랑한다. 다만 그 애와 사랑에 빠진 게 아닐 뿐.

11월 29일 수요일

이제 겨우 이틀 남았다. 오늘 밤 밴드 연습하러 갔더니 스테이시가 휴대폰을 들여다보다가 나를 올려다봤다. "샘이랑 뭔 일 있어?"

"왜?"

"이제 더 이상 리허설에 오지 않겠다는 음성만 남겼어. 그래도 녹음 날은 우릴 실망시키고 싶진 않대. 기분이 완전 안 좋은 것처럼 들리던데."

"그래, 실은 우리 당분간 좀 떨어져 있기로 했어."

클레어가 나를 봤고, 우린 눈이 마주쳤다. "친구, 미안하다."

나는 한숨을 쉬었다. "아냐, 나도 미안해."

11월 30일 목요일

폭탄. 이번에는 청소년 환경부 장관의 사무실에서 터졌다. 국회에서 열리는 긴급 토론회에 참석하러 가는 수상의 차를 사람들이 막아서기도 했다. 나는 부모님께 이제 2주만 버티면 학기가 끝날 테니 식겁하지 마시라는 얘길 하느라 한 시간쯤 전화길 붙잡고 있어야 했다. 아빠는 내가 여기 계속 있는 걸 엄청 못마땅해 하시며 당장 버스를 잡아타고 집으로 오길 바라신다.

나는 침대에 앉아 숨을 깊이 들이마시며 나의 공포를 가라앉히려고 노력했다. 무슨 짓을 해 봐도 계속 차오른다. 전화가 윙 울렸고 나는 벌떡 일어났다. 클레어일까? 애디일까? 하지만 화면에 뜬 것은······.

내가 지금 시칠리아에 있다면 얼마나 좋을까 생각하며 그걸 한참이나 들여다봤다. 그곳에선 모든 게 모험 같았다. 하지만 여기는 모든 게 너무나 뼈아픈 현실이다.

으악! 3번 줄이 끊어졌다. 내일 아침 출발 전에 워털루에 있는 악기점에 다녀와야겠다.

December

12월 1일 금요일

새벽같이 출발했지만, 전철역에 도착하니 입구의 철문이 내려져 있었다. 근처엔 사람을 거의 찾아볼 수가 없었다. 이상했다. 혹시 시간을 잘못 봤나 싶어서 휴대폰을 다시 봤지만, 그건 아니었다. 나는 버스 정류장으로 향했다. 어떤 남자가 집에서 나오기에 그 사람을 붙잡고 지금 버스가 다니는지 물었다.

그는 고개를 저었다. "오늘은 어떨지 아무도 모르지."

"왜요? 무슨 일 있어요?"

그는 정신 나간 여자 다 본다는 듯이 날 쳐다봤다. "뭔 일인지 몸소 겪기 전에 얼른 집으로 돌아가는 게 좋을걸."

나는 기숙사로 뛰어가 스테이시의 방문을 열었다. 스테이시는 벌써 깨어나 웅크리고 있다가 깜짝 놀라 나를 쳐다봤다. "이런, 젠장!"

"왜?"

"국회 앞에서 엄청난 폭동이 일어났대. 자정에 시작됐다는데 50만 명은 모인 것 같대. 정부는 경찰을 지원하기 위해서 국민방위군을 동원했대."

"그럴 수는 없는 거잖아."

"이미 그렇게 했대."

"하지만…… 그럼 우린 스튜디오에 어떻게 가지?"

"바보 같은 소리 마. 지금 전철이랑 버스 운행을 모두 중지시켰고 이제 차도랑 북부, 남부 순환로까지 차단할 거래."

나는 베이스를 침대 위로 던졌다. "어떻게 이럴 수가 있어! 또! 왜 하필 오늘이야?"

전화가 울렸다. 엄마였다. "지금 여기로 오는 버스에 탔다고 말해 줘!"

"아뇨, 지금 기숙사에 스테이시랑 같이 있어요."

"그럼 우리가 널 데리러 당장 갈 거야."

"힘드실 거예요."

"우리가 간다는데 누가 어쩔 거야?"

"엄마, 경찰이 도시 중심부를 다 막아 버렸고, 도시로 들어오는 주요 도로도 다 폐쇄했어요."

엄마가 진짜로 울기 시작했고 어느새 아빠가 얘기하고 있었다. "오늘 하루면 결판이 날 거야. 저 불쌍한 바보들은 군대를 이길 수 없어. 그러니까, 로라, 집 안에만 있어. 그러면 우리가 최대한 빨리 그쪽으로 갈

게. 절대로 바보 같은 짓 하지 마, 알아듣지?"

나는 예전의 그 목만 까딱이는 강아지 인형처럼 네, 네 하면서 계속 고개를 끄덕였다.

몇 분 후 클레어가 도착했다. 우리는 함께 경찰들이 줄 지어 서서 폭동을 일으키는 시위자들에게 최루탄을 쏘는 모습을 지켜봤다. 왜 오늘이야? 왜, 왜? 우리의 시간이어야 했는데, 앞으로 5일간은 우리의 날들이어야 했는데. 이것만이 이 바보 같고 거지 같은 곳에서 참으며 지낼 수 있는 이유였는데.

12월 2일 토요일

스테이시 침대에서 잠이 들었나 보다. 스테이시가 떠드는 소리에 잠이 깼다. "얘들아, 저것 좀 봐! 이 도시가 완전 둘로 갈렸어. 시장이랑 지방 의회가 정부에 대항하고 나와서 시청을 접수했어! 그게 다가 아냐. 군대에서도 엄청난 인원이 싸우기를 거부했고, 심지어 몇 명은 시위자들 쪽으로 넘어왔어."

클레어가 가쁜 숨을 쉬었다. "내전이 벌어진 거야."

갑자기 누군가가 문을 쾅쾅 두드렸다. 스테이시가 뛰어가 문을 열었다. 샘과 에만이 숨을 헐떡이며 달려들어 왔다. "저기…… 우리 기숙사가 급습당했어……. 우린 다행히 먼저 빠져나왔고……. 애들 말이 학생들 기숙사를 쓸어 버릴 거래……. 특히 그 뭐냐…… 알지? 품행 계약서를 쓴…… 학생들 말야. 우리 빨리 여길 떠야 돼!"

스테이시가 손가락으로 머리카락을 쓸었다. "어디로? 길은 다 차단됐고, 친구들은 우리랑 다 같은 처지고, 우리 이모랑 클레어 부모님은 서쪽 끝에 사시는데."

"키란 아저씨네." 내가 말했다. "여기서 몇 킬로미터만 가면 되는 데다가 제1구역 밖이잖아. 그마저도 막혀 버리기 전에 지금 가자. 뒷골목은 아직 막지 못했을 거야."

에만은 고개를 저었다. "난…… 어…… 도망…… 안 칠래. 내 말은…… 어 우리…… 어……. 시청으로…… 가서…… 어 싸우자고."

기숙사 여자애 하나가 문 안쪽을 빼꼼 들여다봤다. "무슨 일이야?"

"암것도. 우리 일에 상관 마셔." 스테이시가 내뱉듯 말하고 에만을 보고 말했다. "급한 불부터 끄자. 일단 여기서 벗어난 뒤에 싸우러 가도 가야지, 안 그럼 곧 경찰차 뒷자리에 앉아 있게 될지도 몰라."

5분 뒤, 우리는 기숙사 계단을 뛰어 내려갔다. 보안 게이트가 열리길 기다리는 동안 내가 스테이시를 쿡 찔렀다. "아까 걔가 우리 얘기 들었을까?"

스테이시는 어깨만 으쓱했다. "모르지. 들었대도 상관없어. 우리는 키란네라고만 했지 어디라고는 안 했으니까. 절대로 못 찾을 거야." 그러더니 갑자기 씩 웃었다. "로라, 우리 드디어 고삐를 벗어 버리는구나!"

이제 겨우 날이 밝았을 뿐인데 벌써부터 사람들이 역에 많이 나와 있었다. 경찰들이 순찰하고 있었지만 군대는 보이지 않았다. 사람들은 제복을 입은 사람들, 특히 경찰들한테 무척 화가 나 있는 것 같았다. 우리가 워털루 역 뒤쪽을 지나가고 있을 때는 런던 노동자들이 폐쇄된 전철 게이트 밖에 서서 경찰들에게 소리를 질러 대는 게 보였다. 내가 멈춰 섰다.

"쟤들도 안 됐다. 저렇게 미움 받는 것도 쉽지는 않을 거야."

"그럼 경찰 짓 안 하면 되겠네." 스테이시의 말투가 격해졌다. "그렇잖아. 사실 난 늘 쟤들을 긍정적으로 좋게 보려고 노력했어. 저것도 참 더러운 직업이다, 너무들 쉽게 경찰들 까 댄다, 그런 생각했었거든. 근데 쟤들 중 그래도 누군가는 '이러면 안 된다, 내가 보호해야 할 사람들은 따로 있다.' 뭐 이런 생각 정도는 해야 되는 거 아니니?"

샘이 한숨을 쉬었다. "그래, 하지만 그런 생각을 한다고 누가 경찰 월급 더 주진 않잖아. 정부에서 주지."

클레어가 두 손을 들었다. "그만, 우리 정신 바짝 차려야 돼. 루이샴 경찰서가 바로 저기야."

황량한 거리를 따라, 셔터를 모두 내리고 줄 지어 문 닫은 가게들 앞을 지나 한 구역만 더 가면 곧 찰튼이었다. 나와 샘은 마치 다른 그 무엇보다도 우리가 헤어진 게 가장 중요한 문제라도 되는 것처럼 내내 최대한 멀리 떨어져 걸었다.

결국 우린 지금 키란 아저씨네에 와 있다. 머릿속에서 어찌나 여러 개의 목소리가 들리는지 정말 어쩔 줄을 모르겠다. 아빠는 계속 '절대로 밖으로 안 나간다고 약속해, 약속해.'라고 말하고 있고, 에인절스는 '이건 우리의 싸움이 아니야, 우리가 있어야 할 곳은 녹음실이야. 우린 너무 어리잖아.'라고 말한다. 이탈리아에선 수용소의 악취와 함께 간수들 소리치는 소리가 살아나는 것 같다. 타노, 그웬 선생님, 아서 할아버지, 캠프에서 만난 가족을 잃었던 소녀의 목소리도 들려온다…… 그리고 그 사이 광기는 점점 더 심해지고 있다. 런던 도심 중에는 완전 아수라장이 된 곳도 있다. 경찰들, 시위대, UF, 약탈자들. 이 시위는 얼마나 지속될 수 있을까? 지금 저항의 거점이 된 시청 주위로 모여든 사람들이 적어도 10만 명 이상이고 그 인파는 사우스 뱅크 쪽으로 흘러 넘치고 있다. TV에서는 걷잡을 수 없이 치솟는 불길을 줌인해서 보여주고 있는데 도시의 스카이라인을 따라 엄청난 연기가 올라가고 있다.

에만이 벌떡 일어났다. "어떻게…… 어…… 우리가 그냥…… 이렇게……. 어 여기 앉아서…… 어 이걸 보고……. 아…… 어…… 만 있어? 우리도…… 그니까……. 아…… 저기로 나가야만 해."

스테이시가 에만을 쳐다봤다. "그리고 다같이 두들겨 맞자고? 너무 멀리 갔어. 이건 우리가 이길 수 있는 싸움이 아니야, 에만."

"하지만 저 사람들을……. 좀 봐……. 저기도 우리 같은 학생들이 있어……. 나랑 같이…… 갈 사람?"

클레어가 시선을 떨구며 엄지손가락을 깨물더니 머리를 떨어뜨렸다. "여기 이러고 있는 나도 죽겠어. 하지만 우린 열아홉 살이야, 친구. 그리고 우린 벌써 이런 일을 두 번, 아니 세 번이나 겪었다고. 그치 않니?"

에만이 고개를 흔들었다.

밤 10시. 키란이 음식을 사러 나갔지만 나가자마자 곧장 그냥 돌아왔다. 키란은 부엌문에 기대서 가쁜 숨을 몰아쉬었다. "경찰들이 시내 중심가에 바리케이드를 쳤거든. 그랬더니 여기 사람들도 이 동네 길 끝에 자기들끼리 바리케이드를 치기 시작했어…… 상자랑 매트리스,

식탁, 의자······ 잡히는 대로 들고 나왔나 봐. 음식은 살 수가 없었어. 코스트 커터 슈퍼마켓까지 가기도 전에 순찰대가 집 안으로 들어가라고 명령하더라고." 그러더니 전단지를 한 장 식탁에 내려놨다. "이게 사방에 날아다니고 있어."

국방부 대국민 통고

전군에게 다음과 같이 명령한다:

1. 정부 기관 보호에 힘쓰는 경찰 병력을 전력 지원한다.
2. 순찰대를 조직하여, 거리 시위에 참가하고 있는 사람들을 포함해 범죄자, 반체제 인사들을 즉각 체포한다.
3. 무장 인력을 동원해서 불법적인 모임이나 시위를 시작과 동시에 진압한다.
4. 체제 전복 활동에 대한 정보를 입수하는 대로 즉각 보고한다.

2017. 12. 2.

우리는 역겨움을 삼키며 조용히 읽어 내려갔다. 키란이 우릴 둘러봤다. "기운 내, 애들아. 내가 먹을 걸 좀 만들어 줄 테니까 먹고 나서 잠을 좀 자자. 그리고 아침에 다시 상황을 보자고."

1시간 후 우리는 강낭콩과 쿠스쿠스 요리를 앞에 놓고 앉았다. 키란이 캐서롤 냄비를 통째로 가져와 식탁에 놓고 뚜껑을 열자 애완동물 가게에서 나는 냄새가 났다. 그 누구도 포크를 집어 들거나 '우오오', '좋은데' 같은 말은 하지 않았다. 키란이 두 손을 들어 보였다. "이런 싸가지 없는 것들! 내가 냉장고를 빵빵하게 채워 놓고 사는 사람처럼 보이니? 이 사태가 빨리 끝나길 기도해야 할 것이다. 왜냐하면 다음 메뉴는 죽순 깡통일 테니까. 그리고 그다음은 치약이야."

12월 3일 일요일

오전 9시. 네이선이 떨리는 목소리로 전화를 했다. "로라?"

"네이선?"

"내가 길거리에서 하루를 보내고 친구랑…… 집으로 가는 길이었거든……. 리버풀 역 앞을 지나가는데…… 난리도 아니더라고. 보안 요원들이 쫙 깔려 있고……. 근데 어떤 남자애가, 후드티를 입고, 스니커즈를 신고…… 걔가 눈에 들어왔어……. 왠진 모르겠는데……. 그리고 한 30초쯤 후에…… 거기가…… 그냥…… 통째로 폭발했어."

전화기를 잡은 손에 힘이 꽉 들어갔다.

"무지막지한 폭발음이 났다는 것밖엔 모르겠더라……. 사람들이 사방에서 비명을 지르고 머리카락 타는 냄새가 났어……. 그런데 그때 걔의 스니커즈 한 짝이……. 내 바로 앞에…… 그 애의 발이 떨어져 있었어. 아…… 난 움직일 수가 없어서 거기 그냥 마냥 누워 있었다. 그러다가 달리기 시작했고."

"다치진 않았니?"

"응. 대체 어떻게 된 일인지 모르겠어. 왜 내가 아니고 개가⋯⋯."

"네이선, 이리로 와. 지금. 나 키란 아저씨네에 와 있어. 우리 옛날 집 바로 옆집이야. 기억나?"

"응. 달리 전화할 사람이 생각이 안 났어. 아무라도 같이 있고 싶어."

"우리가 널 데리러 갈까?"

"아냐. 내가 최대한 빨리 갈게. 하지만 몇 시간 걸릴지도 몰라."

"여기서 기다릴게. 약속해."

전화를 끊고 나니 모두가 깨어 있었다. 내가 소식을 전했다.

스테이시가 고개를 흔들었다. "대체 언제나 끝이 날까?"

"끝나지 않을지도 모르지." 샘이 입을 열었다.

스테이시가 손으로 얼굴을 훔쳤다. "그만해!"

갑자기 클레어가 비명을 질렀다. "저게 웬일이니!" 클레어가 소릴 죽여 놓은 TV 화면을 가리켰다.

탱크들이 줄을 지어 덜컹거리며 워털루 다리를 건너고 있었고, 도시 위로 태양이 막 떠오르는 가운데 군함들이 검은 연기를 자욱하게 피워 올리며 템스 강을 따라 올라오고 있었다.

키란이 손으로 입을 막았다. "드디어 시작됐구나. 이제 국토 방위군도 아니고, 진짜 군대야. 저 불쌍한 사람들을 다 때려잡을 생각인 거야."

방 안에는 무거운 침묵만 흘렀다. 그때 에만이 주먹으로 벽을 내리쳤다. "더는 못 참아! 난⋯⋯ 어⋯⋯ 더는 이러고 있을 수가 없어. 나⋯⋯ 어⋯⋯. 혼자라도⋯⋯ 가야겠어."

　나는 다른 애들을 쳐다봤다. 아무 말 없이 모두들 차례로 고개를 끄덕였다.

　"키란 아저씨도 가게요?"

　"그래. 너희 부모님이 날 잡아 죽이겠지만." 키란 아저씨는 짧게 숨을 뱉었다. "그래도 가지 않으면 나중에 일이 끝난 뒤에 무슨 말을 할 수 있겠어? 우린 부엌에 숨어서 식탁에 둘러앉아만 있었다고 말할 순 없잖아."

　마치 벼랑 끝에 서 있는 기분이었다. 한 발짝만 나아가면 무서운 현실이 기다리는 거다. 그런데 갑자기 흥분감, 두려움, 현기증이 솟구치는 느낌이 들었다……. 나는 어디로 가고 있는 걸까? 모르겠다. 그리고 그게 무엇이든 상관이 없다. 정말 이상한 느낌이다. 마치 내가 다시 어려진 느낌이랄까. 나는 씩 웃었다. "좋아, 나도 갈래."

스테이시가 목청을 가다듬었다. "그래, 하지만 우리가 정말로 뭘 할 수 있을까? 키란 아저씨 미용 가위를 들고 돌진이라도 할까?"

키란 얼굴이 찌그러졌다. "싸움은 안 돼! 정말 피치 못할 상황이 아닌 한." 그러곤 손을 들었다. "너희들 모두. 사고 치지 않겠다고 약속해." 솔직히 키란은 너무 드라마틱한 걸 좋아한다. 자기를 무슨 슈퍼스타 섹시 가이로 착각하는 경향이 있다니까.

나는 고개를 저었다. "하지만 지금은 못 가. 네이선한테 기다리겠다고 했거든."

"얼마나 걸릴 것 같은데?"

"몰라. 하지만 네이선이 올 때까지 난 여기서 꼼작도 안 할 거야. 혼자 남아 여기서 기다려야 한다면 그렇게 할게."

키란이 웃었다. "어이 진정해, 부티카(고대 브리튼의 여왕으로 로마군에 대항해 반란을 주도함-옮긴이). 네이선이 올 때까지 여기서도 할 일은 많아. 뭉쳐 있자고."

그렇게 우리는 인파가 꾸준히 늘어나고 있는 길거리로 나갔다. 그런데 나의 예전 이웃이었던 소심이 아줌마가 별안간 눈에 띄었다. 그 아줌마는 나보고 오라는 손짓을 하더니 나를 꽉 붙잡았다. "도우러 나온 거니?"

내가 고개를 끄덕이자, 아줌마는 자기 집 현관에 기대 세워 놓은 매트리스를 가리켰다. "우린 지금 길을 막을 바리케이드를 만들고 있어.

군대가 맘대로 쑤시고 다닐 수 없게 할 생각이야."

"알겠어요."

아줌마는 어떤 남자애 어깨를 두드렸다. "그럼 여기 제이크랑 같이 모서리를 들어올려 봐. 얘는 다른 애들처럼 할아버지 할머니 댁으로 피하지 않고, 여기서 나와 함께 있겠다고 했어." 그러더니 길바닥으로 시선을 떨어뜨렸다. "너희 엄마도 이제 우리를 자랑스러워 하시겠구나. 이젠 너희 엄마와 맞먹을 정도로 우리도 급진적이 됐네."

나는 억지로 미소를 지어 보였다. 불과 한 시간 전, 엄마와 통화하며 키란의 집에서 꼼짝도 하지 않겠다고 약속한 게 떠올랐다. 학생들, 노인들, 주부들, 아이들이 한데 섞인, 이미 제정신이 아닌 사람들 20여 명과 함께 길을 가로질러 바리케이드를 치고 있는데 1시쯤 네이선이 나타났다. 모두 다 함께 출발하기 전에 우리는 일단 키란 아파트에 모였다. 키란 집을 뒤로 하고 모퉁이를 도는데 심장이 쿵쿵 뛰었다. 한 시간 반 뒤에도 우리는 그리니치도 못 벗어났지만, 그 뒤에는 샘과 네이선이 공원에서 슬쩍해 온 자전거 덕분에 속도를 낼 수 있었다. 거기서 올드 켄트 로드에 내려갈 때까지는 어떤 제지도 없었다. 올드 켄트 로드에서도 경찰차 몇 대만이 표지판을 세워 놓고 길을 막아 섰을 뿐이었다.

키란이 한숨을 쉬었다. "여기에서 애와 어른이 갈리겠구나. 다들 계속 가도 되겠어?"

우리는 고개를 끄덕였다.

"네이선, 너도? 네가 안 간다고 해도 충분히 이해……."

네이선이 고개를 가로 저었다. "아뇨, 끝까지 같이 갈래요."

"그럼 모두들 날 따라와. 집으로 가는 막차를 하도 많이 놓쳐 봐서 여기 골목길은 눈 감고도 갈 수 있어."

20분 후, 겹겹이 설치된 바리케이드가 시청으로 가는 길을 막고 있어서 더 이상은 갈 수 없었다. 한참을 헤매다 겨우 어떤 학생들 무리를 만났는데 그 애들이 새로 결성된 시위대가 워털루 다리 밑에서 비밀리에 모인다고 알려 줬다. 그곳까지 걸어서 도착한 끝에 우리는 거의 마지막 순서로 입장할 수 있었다. 시위자들은 주요 도로의 경찰들을 차단하기 위한 거대한 바리케이드를 쳐 놓았는데 우리가 갔을 때는 작은 도로들을 막는 마지막 작업 중이었다. 우리는 도착하자마자 사람들을 도와 골목길 두어 곳을 막았다. 몇 시간 동안 물건을 끌고 쌓고 해서 일을 마무리 하고 나니 팔에 빨간 완장을 찬 젊은 남자가 확성기를 잡고 우리를 주목시켰다.

에만이 팔꿈치로 날 쿡 찔렀다. "어……. 어…… 나 전에 쟤 봤어……. 쟤…… 어……. 2단원이야."

"그럼 우린 왜 저 사람 말을 듣고 있는 거야?"

"왜냐하면…… 내 생각엔……. 어 지금은…… 우리도 어…… 저 사람들만큼…… 과격해…… 어…… 졌으니까."

그 남자가 말을 하기 시작했다. "방금 들어온 소식에 따르면 군대가 무력으로 시청을 진압했다고 합니다." 사람들이 웅성대기 시작했다. 그 남자가 손을 번쩍 들었다. "또한 믿을 만한 정보통에 따르면 내일 아침 일찍 군대가 도시 전체를 쓸어 버리기 위해 흩어져 움직일 거라고 합니다. 그렇게 되면 시청을 지키는 인원이 줄어듭니다. 밤사이 세 곳의 공격로를 모두 차단하는 데 성공했기 때문에 우리는 내일 새벽, 경계가 허술해진 틈을 타서 부둣가와 버로우 마켓을 거슬러 올라가 시청을 탈환할 계획입니다. 우리가 성공하면 아직도 런던에서, 온 나라에서 싸우고 있는 사람들에게 우리가 아직 죽지 않았다는 강력한 메시지를 전달하게 되는 겁니다. 우리는 수단과 방법을 가리지 않고, 손에 잡히는 모든 무기를 동원해서 우리의 자유를 지켜 낼 것입니다. 우리는 죽어 가는 개처럼 당하고 있지 않을 겁니다!"

일찍 찾아든 겨울의 황혼도 어느새 땅거미가 내리고 있다. 나는 마지막 빛에 의지해 글자를 적는다. 손가락이 얼어붙는 것 같다. 우리는 모두 신분증을 코트 안감에 옷핀으로 꽂고 변호사 전화번호는 팔에 적었다.

우리 뒤쪽으로, 두 블록 떨어진 쉘 빌딩 꼭대기에서 타오르는 불길이 이 저녁을 환히 밝히고 있다. 광기와 평범함이 묘하게 뒤섞여 있는 밤이다. 내 옆의 나이 든 두 남자는 여기가 마치 교외의 자기 집 뒷마당이라도 되는 듯 차를 마시며 오늘 하루 있었던 일에 대해 이야기하고 있다. 같은 시간, 헬기들이 검은 독수리떼처럼 우리 머리 위를 뱅뱅

돌고 있다. 나는 시위대를 둘러본다. 모두가 너무나도 평범한 사람들이다. 겁먹은 얼굴들이지만 결연함이 서려 있다. 웃고 농담하는 사람들도 꽤 많다. 그리고 나는 내 친구들을 둘러봤다. 스테이시가 눈을 찡그린다. "이번 일을 견뎌 내면 우리는 평생에 한 번 나올까 말까 한 데모 음반을 만들게 될 거야."

클레어는 자기 팔로 몸을 감싼 채 내 옆에 앉아 있다. 네이선이 클레어의 어깨에 팔을 둘렀다. 키란은 불 옆에서 손을 녹인다. "내가 왜 뉴욕을 떠났더라?"

"지루하다고 했잖아요."

"아, 그래. 그건 확실히 치유됐군."

네이선이 웃음을 터뜨렸다. "근데 우린 무기도 아무것도 없잖아요. 이건 내가 한 짓 중에도 최고로 미친 뻘짓이에요."

샘이 올려다봤다. "아무도 다치지 않을 거야. 내일의 계획은 무장 병력을 피하는 거야. 그리고 우리가 그런 상황을 만들지 않는 한 우리처럼 무고한 사람들을 공격하진 않을 거야."

클레어가 고개를 저었다. "넌 아직도 뭘 모르는구나. 넌 아직도 그들이 우리 편이라고, 이 체제를 믿고 있는 거야."

"클레어……."

"쟨 어린애일 뿐이야. 우리랑 진짜로 섞이진 않는다고."

"걜 좀 그냥 내버려 둬!"

샘의 어깨가 더 움츠러들었다. "신경 쓸 거 없어. 어차피 다 맞는 말이잖아. 너희 중 누구도 날 진정으로 받아들여 주지 않았어……. 그녀석…… 이 간 뒤에."

키란이 손바닥을 문질렀다. "얘들아, 그만해라……. 골치 아픈 일은 이미 넘치거든."

샘이 키란 아저씨를 향해 쏩쏠한 표정을 지어 보였다. "좋아요. 이 상황이 좋으면 난 사라져 줄 테니까."

나는 샘의 얼굴을 흘깃 보았다. 내가 도대체 저 아이에게 무슨 짓을 했단 말인가. 여기까지 말려들게 하고.

부모님께 메시지를 보냈다. 꽁꽁 숨어 있다고 말씀드렸다. 사실상 100퍼센트 진실이다. 워털루 역 옆의 더러운 다리 밑에서 잠을 자는데 누가 찾아낼 수 있겠는가.

12월 4일 월요일

늦은 오후, 나는 시위 라인 뒤쪽의 이미 다 털린 가게 안에 한 시간 반가량 들어와 있다. 샘이 후들후들 떨며 안으로 들어왔다. "당장 그만둬야 해, 미친 짓이야. 방금 어떤 남자 머리에서 뇌가 쏟아져 나오는 걸 봤어." 그러더니 계산대 뒤로 몸을 굽히고 막 토했다.

나는 손을 뻗어 샘의 어깨 위에 손을 얹었다. "넌 이미 충분히 했어. 그냥 여기 있어."

샘이 돌아서더니 입가를 닦았다. "난 너무 두려워."

내가 다가섰다. "그게 뭐? 그건 네가 아직 돌지는 않았다는 뜻이야."

샘의 얼굴 위로 언뜻 미소가 지나갔다. "그건 아닌 것 같은데. 미치지

437

않고서야 내가 왜 아직도 이 사이코 여자애들이랑 붙어 있겠어?"

나는 샘을 꽉 끌어안으며 고개를 흔들었다. 이 아이는 너무나 사랑스럽다. 이 지경에서도 나를 웃기려고 농담을 하려 애쓴다. 그건 그렇고 다시 밖으로 나가기 전에 얼른 이 글을 마무리해야겠다.

고작 몇 분 겨우 눈을 붙인 기나긴 밤이 지나고, 새벽이 채 밝기도 전에 모두들 시청까지 갈 준비를 마치고 모여들었다. 사방을 둘러보니 5,000명쯤 되는 것 같았다. 창백하고 겁먹고 지친 얼굴들이었지만, 모두 그곳에 나와 있다는 게 중요했다. 큰 도로를 따라 죽 늘어선 경찰들에게 벽돌을 날리는 것으로 하루를 열었다. 경찰들도 우릴 공격하기 시작해 잠깐 뒤로 물러섰다가 불현듯 우리가 그쪽보다 수적으로 우세하다는 사실을 깨달았다. 계획대로 되고 있었다. 어젯밤에 그 남자가 말한 대로 병력이 밤사이 다른 곳으로 재배치되거나 이동한 것이 틀림없었다. 우리는 더 이상 뒤로 물러나지 않고, 마치 스프링을 잡았다가 놓기라도 한 듯, 앞으로 돌진했다! 비명을 지르고, 고함을 치며 벽돌을 던졌다. 경찰들이 겁을 먹고 하더니 뒤로 물러나기 시작하더니 갑자기 마구 도망가기 시작했다.

어떤 애들이 경찰 밴 위로 뛰어올라 불을 질렀고 우리는 웃고 환호하며 버로우 마켓과 템스 강 쪽으로 몰려나갔다. 하지만 시장 뒤쪽까지 갔을 때 군인 한 부대가 나타나 자갈 깔린 좁은 길을 따라 우릴 뒤쫓으며 잡히는 대로 때렸다. 나와 스테이시는 좁디좁은 골목길로 뛰어들어가 잠시 웅크리고 있었다. 사방에서 유리창 깨지는 소리가 들렸고, 길바닥에는 옷가지, 책, 그리고 약탈품들이 널려 있었다. 우리 앞에는 경찰 밴이 죽은 짐승처럼 옆으로 쓰러져 있었다. 우리는 서로 꼭 껴안고 어린아이처럼 덜덜 떨며 웃고 있었다. 이보다 더 살아 있다는 느낌을 받은 적이 있었던가!

어느새 싸움이 그치고 내가 속한 커다란 무리는 다시 앞으로 전진할 기회를 잡았다. 한 블록 한 블록 우리는 앞으로 나아갔고 마침내 그것이 모습을 드러냈다. 시청! 주위를 따라 연기와 불꽃이 올라오는 가운데 그것은 고대 전투의 기념물처럼 서 있었다. 수천 명의 시위대가 거대한 파도처럼 앞으로 밀려들며 경찰, 군인, 말, 방패와 물대포로 이루어진 거대한 열을 쳐부수고 있었고, 우리 행렬은 사람들이 얻어맞고 끌려가면서 계속 흐트러졌다. 하지만 한 사람이 쓰러질 때마다 다음 줄 사람이 그 자리를 대신했다. 내 옆에 있던 클레어가 울음을 터뜨렸다.

"저 사람들 좀 봐……. 반죽을 지경까지 패잖아."

우리는 말문이 막힌 채 쳐다만 보았다. 시청 탈환은 불가능했다. 병력이 도시로 많이 빠졌대도 이곳을 통제할 인원은 충분히 남아 있었다.

내가 속한 무리는 적을 대하고도 확신이 서질 않아서 그냥 잠시 머뭇거리고 있는데, 별안간 차가운 물줄기가 무서운 기세로 날아와 우리를 깡그리 날려 버렸다. 우리는 미끄러지면서도 자리를 지켜내려고 바닥을 손톱으로 긁고 있는데, 그때 뒤쪽에서 총소리가 들려왔다. 어깨너머로 돌아보니 다리 밑을 돌아서 군인들이 나타나기 시작했다. 그들은 자기들 앞을 막아서는 무리들을 쓸어 내며 우리 정면으로 달려왔고 몇몇은 총을 쏘기 위해 잠시 멈춰 서기도 했다. 나는 몸을 일으켜

세워 뛰기 시작했다. 넘어지는 순간에는 앞으로 밀려오는 군중들 무리에 짓밟힐 게 뻔했다.

그다음 일은 기억이 희미하다. 경찰들은 우리를 계속 뒤쫓으며 시청 왼쪽 편으로 몰아넣고 고무탄을 쏘아 댔다. 갑자기 누가 내 등을 엄청 세게 가격했고 그와 동시에 에만이 비명을 지르며 넘어졌다. 에만 목에 난 상처에서 선명한 피가 흘러내렸다. 모두들 달리며, 울부짖으며 잡히지 않으려고 사투를 벌였다. 내 옆에 있는 여자는 눈을 맞아서 얼굴 전체가 말도 못하게 부어올랐고, 어떤 남자는 뒤통수가 터져 있었다. 원초적인 공포와 두려움이 이곳을 온통 지배했다.

그 와중에도 우리는 함께 있었다. 모두들 어찌할 바를 몰랐고, 계획 따윈 전무했지만 우리는 모두 한몸처럼 움직였다. 군인들이 있는 곳이면 우리는 어디에서나 어깨를 걸고, 장벽을 만들어 저항했다. 어떤 무리는 장애물 뒤에서 달려 나와 경찰 기마대로 돌격해 말 탄 경찰들을 바닥으로 떨어뜨리다 몽둥이찜질을 당했다.

믿을 수가 없었다. 그런 용기, 그런 저항은 단 한 번도 본 적이 없었다. 나는 사람이 그렇게 강할 수도 있다는 걸 처음 알았다. 나는 거기에 나가 있다는 것이, 그들의 일부라는 것이 정말 자랑스러웠다.

이제 더 이상 쓰고 있을 시간이 없다.

다시 나가 봐야 한다. 클레어와 스테이시가 막 들어왔으니 자리를 내줘야 한다.

지금은 키란의 아파트. 자정이다. 우리는 여기로 돌아와야 했다. 약 3시간 전 남은 사람들끼리 버몬씨의 불타버린 화물 트럭 뒤에 함께 모여 있었다. 우리는 에만과 키란 아저씨를 잃어버렸다. 상황은 절망적이다. 현재 시청은 군대가 점거했다. 그들은 폭도들을 쓸어 버리기 위해 근처의 모든 길에 거대한 물대포를 쏘아대고 있었다. 모두들 상처가 났거나, 멍이 들었거나, 고무 탄알에 맞았거나 지쳐 빠져 있었다. 더 이상 버틸 수가 없었다. 키란의 아파트로 도망쳐 오는 데에도 몇 시간이 걸렸고 두 번이나 잡힐 뻔했다. 더이상은 못 쓰겠다.

12월 5일 화요일

오, 하느님…… . 아침에 거리 상황이 어떤지 알아보려고 지친 몸을 끌고 밖으로 나왔는데 난데없이 최루탄, 공포탄이 터졌고, 군인들, 무장 지프차, 군인 부대가 사방에서 나타났다. 같이 모여 있던 우리는, 달리고 피하다가 삽시간에 사방으로 뿔뿔이 흩어졌다. 도망쳐야 한다는 생각뿐이었다. 나는 예전 우리 집으로 무작정 달렸다. 군인 하나가 양팔을 벌려 길을 막았다. 나는 마지막 순간에 골목길로 몸을 틀었다. 난간을 아슬아슬하게 지나서 아서 할아버지네 지하 마당으로 뛰어내렸다. 콘크리트 바닥에 세게 떨어지며 뼈에서 우두둑 소리가 났다. 나는 거기 그대로 누워 겁에 질린 강아지처럼 헐떡거리며 그 남자가 쫓아오는지를 살폈다. 구석으로 쭈그러들어…… 얼굴을 손으로 가리고…… 살폈다…… . 하지만…… 아무도 쫓아오지 않았다. 주먹을 꼭 쥔 채 일어나 앉았지만, 여전히 아무 기척도 없었다. 너무 눈에 띌 것 같아서 구석에서 플라스틱판을 찾아내 위에 덮고, 무릎을 가슴에 붙이고 최대한 웅크렸다. 모든 게 어서 끝나기만을 바라며 몇 시간을 그렇게 기다렸다. 비명 소리와 때리는 소리, 고함 소리와 엔진 우르릉거리는 소리들이 모두 사라지길, 끝나 버리길.

그리고 이제는 극도의 고통이 몰려온다. 내 눈으로 확인한 내 발목. 발이 이상한 방향으로 붙어 있었다. 다른 한 발로 겨우겨우 일어섰지만 기어나갈 방법이 없었다. 벽이 적어도 2미터 높이는 돼 보였다. 도와달라고 소리쳤다. 뛰어오는 발자국 소리. 몸이 얼어붙었다. 누군가 내 이름을 불렀다…… . 샘! 나는 다시 소리쳤다…… . 바로 그 순간 샘이 난간 사이로 몸을 통과했다. 다른 사람들은 모두 떠나고 거리는 쥐 죽은 듯 텅 비어 있었다. 샘은 나를 끌어낼 도구를 찾으러 다시 돌아갔다. 샘이 돌아올 때까지 진정해야 한다. 한 글자 한 글자 천천히 쓰며 기다리자. 전화기 배터리가 남아 있는지 확인했다. 발자국 소리가 들린다! 하지만 샘의 발소리보다 훨씬 무거운 소리다. 뭔지 봐야겠다.

젠장! 거의 들킬 뻔했다. 머리를 난간 높이까지 올렸는데 그 순간 군인 하나가 멈춰 서서 무전 메시지를 확인하고 있었다. 그는 다른 쪽을 보고 있긴 했지만 너무나 가까웠다. 손을 뻗었으면 그를 칠 수도 있었다. 나는 그의 얼굴을 몰래 올려다봤다. 그는 무슨 생각을 하고 있는

걸까? 그는 여기서 자기 나라 사람들과 싸우게 될 거라고 상상이나 해 봤을까? 나는 천천히 전화기를 들었다.

15분째. 시간이 계속 흐르고 있다. 힘내, 로라. 계속 쓰자. 한 글자, 그리고 다음 글자…… 샘은 반드시 돌아온다. 샘이 약속했다. 오토바이 엔진 소리가 길거리에 울렸다. 샘이 온 거야! 샘은 내가 기어 나올 수 있도록 난간에 밧줄을 묶고 있다. 나는 너무 기뻐서 울고 있다. 이제 나갈 수 있어!

12월 16일 토요일

애디가 나를 찾으러 왔었다니 믿기질 않는다.

여기는 애빙던. 나흘 전에 퀸 엘리자베스에서 퇴원한 뒤 아빠가 나를 데리고 오셨다.

모든 게 너무나 생생하다. 샘이 모는 오토바이는 총알처럼 찰튼 로로 접어들어 곧장 군에서 설치한 바리케이드로 돌진했지만 군인들이 행동을 취할 새도 없이 샘이 오토바이를 급하게 돌려 옆길로 꺾어 들어갔고, 오토바이가 좀 돌아가긴 했지만 다시 돌려 그 길을 빠져나왔다! 샘이 함성을 지르며 계기판을 완전히 틀자, 오토바이가 앞으로 덜컹했다. 나는 샘을 꽉 붙들었다.

순간, 마치 내 영혼이 유체이탈을 해서 저 위에서 나를 내려다보는 것만 같았다. 나는 몸이 반쯤 화물트럭 밑으로 들어간 채 찻길에 누워 있었는데 내 몸통과 팔이 경련하는 것이 보였다. 군인들이 달려가

로라

　내가 여기 더 있을 수가 없어서 이렇게 편지를 써. 그래야 내가 그냥 떠나지 않았다는 걸
네가 알 것 같아서. 이 사태가 터지고 나서 난 네가 무사한지 확인해야만 했어. 네 기숙사
로 갔지만 너는 없어. 거기 있는 애가 네가 2, 3일 전에 키란 어쩌고 하면서 떠났다고 알
려 주더라.

　너에게 전화를 했지만 받지 않아서 군용 바리케이드를 넘어 찰튼으로 갔는데 아파트는
비어 있었고, 그 어디에도 너의 흔적은 없어. 거리는 아수라장이었고 사방에 바리케이드
가 쳐져 있었고 사람들은 울부짖으며 뛰어다니고 있었어. 난 미친 듯이 뛰어다니며 아무나
붙잡고 널 봤냐고 물었어. 계속 소리치며 뛰어다녔지. 그러다 보니 어느새 어두워졌고 통행
금지 시간이 됐어. 정말 돌아 버리는 줄 알았어. 그런데 그때 널 발견했어. 넌 의식을 잃은
채 찰튼을 살짝 벗어난 후미진 골목길에 누워 있었고, 박살난 오토바이가 500미터쯤 떨어
진 곳에 나뒹굴어져 있었어.

　가장 가까운 병원인 퀸 엘리자베스 병원으로 널 데려갔어. 의사 말로는 내출혈이라더라.
상태가 심각하다고. 너는 몇 시간에 걸쳐 수술을 받았어. 다른 애들은 체포된 것 같아. 아무
도 전화를 받지 않아. 네 전화기도 없어졌어. 도시 전체가 완전히 폐쇄됐어. 시민운동은 철
저하게 금지됐고, 정부와 군대가 도시를 통제하고 있어.

　나는 네 곁을 지키면서 신이 있는지 모르지만 밤새 널 위해 기도했어. 그리고 간신히 너희
아빠와 통화가 됐는데 너희 아빠는 M40 바리케이드에 가로막혀 오질 못하시더라고. 울고
또 우셨어. 뭐라고 말씀하시는지도 거의 알아들을 수가 없었어. 아마 여기까지 오시려면
내일은 돼야할 거야.

　로라, 네가 내 목소리를 들을 수만 있다면, 네가 깨어날 수만 있다면. 나 이제 떠나야 해. 아
니면 바로 붙잡힐 거야. 너희 아빠가 거의 다 오셨대. 난 가야만 해, 이해하지? 지금 모든
병동에서 신원 검사를 하고 있어. 넌 이제 괜찮을 거야.

　사랑해.
　애디.

는 게 보였고, 그들이 샘을 때리고 발로 찰 때 샘의 고통스러운 비명도 들렸다. 나는 곧 정신을 잃었다. 한참 뒤 정신이 돌아왔을 때는 온몸이 떨리고 있었다. 시칠리아에서, 수용소에서 공포를 경험해 보긴 했지만 그래도 그때는 어느 정도 내 두려움을 통제할 수 있었다. 이번에는 달 랐다. 이제 공포가 무엇인지 제대로 알게 됐다.

어떻게 나만 체포되지 않았는지 잘 몰랐었는데 아마도 화물트럭 뒤에 가려 보이지 않았던 것 같다. 샘을 두들겨 패던 군인이 내 마 지막 희망이었기에 내가 어떻게든 몸을 움직였어야 했다는 걸 안 다. 하지만 너무나 큰 충격을 받아 통증은 느껴지지도 않았고, 몸에 기운이 하나로 없어서 움직일 수 있을 것 같지가 않았다. 그렇게 철 저하게 혼자라고 느낀 적은 없었다. 그곳엔 나뿐이었다. 가슴 부위 가 으스러진 것 같았고 어깨에서 피가 솟아나고 있었다. 왼팔은 감 각이 없었고 빨간 피가 뚝뚝 흘러나오고 있었지만 오른팔은 움직일 수 있었다. 고통 속에서 천천히 재킷을 가만히 벗어 지혈을 위해 왼 쪽 어깨에 감아 보았다. 그리고 일어나 보려고 하다가 다시 정신을 잃었다.

정신이 들었을 때, 나는 죽은 팔을 내 몸 위에 받치고 다시 일어났고 큰길 쪽으로 절룩거리며 걷기 시작했다. 몇 미터 못 가 눈앞이 흐려져 다시 주저앉았다. 내가 할 수 있는 일이란 털썩 주저앉아 시력이 회복 되길 기다리는 것뿐이었다. 잠시 후 나는 다시 일어나 힘겹게 앞으로 나아갔다. 왼쪽 오른쪽, 두 다리를 차례로 앞으로 끌고 갔다. 거의 다 온 것 같았지만 기력도 점점 떨어져 갔고, 한 발자국 나갈 때마다 앞은 더 희미해져서 중간중간 쉬는 시간이 조금씩 길어져 결국은 완전히 정신을 잃고 말았다.

그들이 샘을 얼마나 심하게 구타했는지 샘은 아직도 중환자실에 있다. 열아홉밖에 안 된 아이다. 이걸 쓰는 지금도 내 손가락이 덜덜 떨린다. 나는 앞으로도 영원히 이 충격을 잊어버리지 않길 바란다.

12월 17일 일요일

런던의 우리를 지지하기 위해 노르웨이, 독일, 스웨덴, 스페인, 브라질, 멕시코, 베네수엘라, 중국에서 전면적인 시위가 시작됐다. 키란은 어젯밤 여기로 왔다. 오늘 아침에 다른 애들과 함께 풀려났다고 했다. 다들 엉망이긴 하지만 그래도 괜찮다고 한다. 아저씨는 내 침대에 앉아 아무 말 없이 내 손을 잡았다. 나는 간절히 애디를 원하지만 그 애랑 연락이 닿을 방법이 없다. 내가 할 수 있는 일이란 그저 다치지 않고, 잡히지 않기만을 기도하는 거다.

오늘 낮에 웨스트민스터 사원에서 추도식이 열렸다. 사망자 97명, 부상자 12,000명, 그리고 아직도 죽음과 사투를 벌이고 있는 사람들을 위한 기도를 계속하고 있다. 우리 식구들은 내 방에 모여 조용히 추도식을 지켜봤다. 군악대가 '어메이징 그레이스' 연주를 시작하자 사람들이 너도나도 따라 부르기 시작하더니 얼어붙은 땅 위에 나와 있던 수많은 사람들이 다 함께 불렀다. 우리는 모두 흐느꼈다. 엄마는 언니의 어깨에 얼굴을 묻었고, 키란은 어깨를 들썩이며 팔로 얼굴을 가렸다.

12월 19일 화요일

정부가 무릎을 꿇었다! 국회에서 이틀간 치열한 싸움이 이어진 끝에 야당에서 불신임 투표를 강행했다. 자기 국민들을 때려서 굴복시키려던 거짓말쟁이, 사기꾼들은 끝장이 났다. 나는 동네 교회의 종소리가 울리는 것을 듣고 이 사실을 처음 알았다. 사람들은 길거리에 나와 춤추고 불꽃놀이를 하며 온 동네가 난리가 났다. 아무도 이게 믿기질 않는 모양이다. 우리가 이겼다!

눈물이 멈추질 않는다.

12월 21일 목요일

오늘 스테이시가 기숙사에 있던 내 베이스와 옷을 몇 벌 가지고 나를 보러 왔다. 키란과 그랬던 것처럼 우리는 별말 없이 그냥 조용히 함께 음악만 들었다. 그래도 스테이시가 옆에 있는 게 정말 좋았다. 오후 늦게 스테이시가 가겠다며 일어나다가 배낭 깊숙이 손을 넣어 엽서 한 장을 꺼냈다.

"이거 너한테 온 것 같아서……. 기숙사에 물건을 가지러 가 보니 이게 있더라……. 자, 여기."

나는 엽서를 받아 뒤집었다.

아 하느님. 눈물이 볼을 타고 흐르기 시작했다.

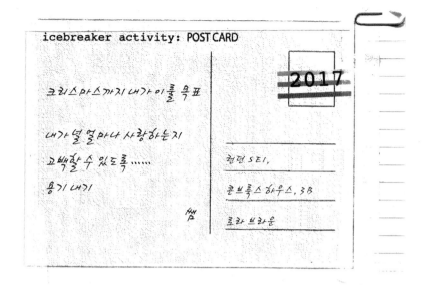

icebreaker activity: POST CARD

2017

크리스마스까지 내가 이룰 목표

내가 널 얼마나 사랑하는지
고백할 수 있도록……
용기 내기

험던 5티,

콘빅투스 하우스, 3B

로라 브라운

스테이시가 고개를 흔들었다. "로라, 네 잘못이 아니야."

"아냐, 내 잘못이야! 걔가 거기 있었던 건 오로지 나 때문이었어…….
근데 난 걜 사랑하지도 않아……."

"너 때문만은 아니었어. 거기 간 건 그 애 선택이었어. 그리고 절대로
샘을 포기하지 마. 우리 모두들 그 앨 만나고 왔어. 그리고 너도 회복
되면 그렇게 할 거야. 샘은 이겨 낼 거야. 하지만 그 어느 때보다도 널
필요로 해."

"내가 해 줄 수 있는 게 뭔데?"

스테이시는 나를 잠시 노려봤다. "네가 지금 아프니까 그 말은 그냥
넘어가 줄게. 하지만 앞으로 2주 줄 거야. 2주 내로 네 안에서 자기 연
민 따윈 모두 지워 버려." 그러더니 씩 웃었다. "한 가진 확실해졌어. 샘
은 이제 진짜 에인절스가 됐다고."

12월 22일 금요일

아침에 일어나 보니 엄마가 내 침대 옆의 의자에 앉아 허공을 응시하고 있었다.

나는 억지로 미소를 지었다. "엄마."

엄마는 꼼짝도 하지 않았다.

"엄마?"

엄마 손이 불쑥 다가오더니 내 손을 잡았다. "1년에 두 번씩이나 널 잃을 뻔했어." 엄마 얼굴이 일그러졌다. "두 번이나!"

"대체 뭘 노리는 거니? 메달? 왕관?"

잠시 얼음. 그러다가 동시에 박장대소를 터뜨렸다. 완전 시원하게.

12월 23일 토요일

잠드는 게 끔찍하다. 매번 똑같은 애디 꿈을 꾸기 때문이다. 나는 시위 현장에 나가 있고 애디가 도와달라고 나를 부르는데 목소리만 들릴 뿐, 그 애를 찾을 수가 없다. 나는 뒤틀린 시체와 잔해 사이를 휘청거리며 더듬고 다니지만 무슨 짓을 하든 어디를 가든 도저히 그 애를 찾을 수가 없다.

12월 24일 일요일

크리스마스 이브.

어둠이 깔리기 시작할 무렵, 아빠가 방에 들어오셨다. "준비됐니?"

"무슨 준비요?"

"됐어, 안 됐어?"

나는 한숨을 쉬었다. 하지만 아빠가 마치 소년처럼 너무나 들떠 있는 것 같아 고개를 끄덕였다. "준비됐어요."

아빠가 문 쪽을 바라보자 엄마와 키란이 웃으며 뛰어들어 와 내 어깨에 담요를 둘렀다. 그러자 아빠가 나를 번쩍 들어 창문 옆의 의자에 앉혔다. 언니가 어디서 불쑥 나타나더니 유리창을 열었고…… 나는 앞으로 몸을 내밀었다가 헉 소릴 냈다. 마당 전체에 반짝거리는 전구들과 양초들이 빛나고 있었고 그 아래, 스무 명쯤 되는 어린아이들이 추위 속에서 꼼지락거리고 있었다. 내가 머리를 내밀자마자 아이들은 기다렸다는 듯 '고요한 밤, 거룩한 밤'을 부르기 시작했다. 은은한 불빛을 받아 환한 아이들의 얼굴에서 차가운 입김이 조그맣게 몽글몽글 피어올랐다. 살면서 이보다 더 뻔하고 유치찬란한 광경은 처음이었다. 엄마는 나를 꼭 잡고 있었고, 아빠는 얼굴을 유리에 갖다 붙이고 있었고, 키란은 기괴한 소프라노 음성으로 '어둠에 묻힌 밤……'을 따라 부르고 있었다. 그러고 보니 나는 어느새 낄낄거리고 있었다.

언니가 나를 꼬집었다. "오늘 저녁 이 동네 이스트 윙에 공급되는 전력을 모두 끌어다 쓴 거야. 웃고 손도 좀 흔들어 줘, 이 철부지 동생아."

이걸로 충분하다. 내일은 털고 일어나야겠다.

12월 25일 월요일

너무너무 추운 크리스마스 날이다. 내가 밥상에 앉자 아빠가 갑자기 활짝 웃더니 잔을 높이 들었다. "우리가 놈들을 무찔렀어! 우리가 이겼다고! 앞으로 계속될 승리를 위하여!"

엄마가 한숨을 쉬었다. "그래요. 하지만 그 대가가 뭐였죠?"

아빠가 손으로 식탁을 내리쳤다. "값비싼 대가였지, 인정해. 하지만 헛되지 않게 만들어야지. 다음 선거에서는 거대 기업들이 원하는 대로 하는 정부가 아니라 우리들이 원하는 대로 하는 정부를 들이는 거야. 우리도 할 수 있다는 걸 이번에 증명했잖아!" 아빠는 잔을 높이 들었다. "우리를 위하여."

모두들 벌떡 일어나 잔을 부딪히고 그 지독하고도 지독한 당근 와인을 억지로 한 모금씩 넘겼다. 엄마는 건배하는 척하며 와인을 찰랑이게 해서 자기 잔에 있는 걸 거의 다 쏟았다. 아, 우리 모친은 찬스에 너무나 강하다.

하지만 최고의 선물은 그다음에 찾아왔다. 한 통의 메시지.

12월 27일 수요일

하루 종일 기다리고 또 기다렸다. 그리고 마침내, 어두워질 무렵, 문 두드리는 소리가 났다. 그 아인 너무나 말라 있었다…… 엄마는 애디 를 보자마자 눈물을 쏟았다. 그러더니 애디를 부엌으로 끌고 가 칠면 조 다리 하나를 통째로 다 먹도록 했다. 그동안 우리 식구들은 모두 식탁에 둘러앉아 무슨 크리스마스 영화를 보듯, 애디가 먹는 모습을 구경했다.

그리고 나중에 우리 둘이만 있게 되자 갑자기 너무나 수줍어지는 느낌이었다. 정말 이상한 기분이었다. 평생 알고 지냈으면서도 여전히 낯선 사람과 같이 있는 그런 기분.

"애디, 정말 믿을 수가……."

"로라. 우리 오늘 밤에 얘기는 하지 말자. 그냥 예전의 우리처럼 지내 자. 제발?" 애디가 나를 끌어당겼고 우리는 키스했다. 내 평생 가장 길 고 가장 깊은 키스였다. 바로 그 순간에도 그 순간을 언제까지나 기억 하게 될 것임을 알 수 있는 강렬하고 마법 같은 그런 시간이었다.

12월 28일 목요일

아침에 일어나 보니 내 방 창밖으로 눈이 내리고 있었다. 잠깐 창밖 을 보고 있는데, 애디도 깨서 날 보고 있다는 걸 문득 알게 됐다. 나는 천천히 돌아앉아 애디의 품으로 파고들었다.

애디가 내 머리카락을 넘겼다. "로라, 너 나랑 함께 갈래?"

"그들과 함께?"

애디는 천천히 고개를 끄덕였다.

다시 가슴을 먹먹하게 만드는 큰 아픔과 이대로 영원히 있었으면 하는 바람이 내 안을 흔들고 지나갔다.

"로라?"

나는 고개를 저었다. "아니."

애디는 한숨을 쉬었다. "널 사랑해. 나한텐…… 오직 너밖에 없어."

"나도 마찬가지야."

"하지만 난 예전처럼 너와 함께, 여기에 머물 수가 없어."

"알아."

눈물이 차올라 애디의 뺨을 타고 흘렀다. "아직도. 그 많은 일을 겪고도 이렇게 숨고 싶은 거야?"

"숨는 게 아니야. 오히려 그 반대지. 진짜 제대로 사는 거야. 총이나 폭탄 없이 할 일을 하는 거야."

"그러면 아무것도 바뀌지 않아! 우리가 없었으면 정부가 물러섰을 것 같아?"

"결국에는 그랬을 거야. 400만 명이 거리로 나왔어. 그들이 한 거지, 네가 한 게 아니야."

애디가 끙 소리를 냈다. "우리 평생 이걸로 싸워야 하는 거니?"

"아마도. 내가 너를 바꿀 수 없다는 건 분명히 알고 있어. 너는 네 길을 갈 거고, 나도 내 길을 갈 수밖에 없겠지."

"그게 어떤 건데?"

"난…… 난 아직 만들어 가는 중이야……. 하지만 내 안 깊은 곳에 확실히 자리 잡은 게 있어. 그동안의 싸움을 허사로 만들진 않을 거야. 에인절스가 내 길이 될 거야."

"하지만…… 밴드일 뿐이잖아."

나는 똑바로 앉았다. "너, 남 비판하는 거 이제 그만해. 사실 이렇게 해명할 이유도 없어. 더 클래쉬, 피스톨스, 마이너 스레트, 유스 오브 투데이—이들은 다른 설명이 필요 없잖아."

애디가 두 손을 들었다. "하지만 어떡해? 우린 함께 있을 수도 없고…… 또 헤어질 수도 없는데. 우린 엉망이야."

눈이 따끔거리며 부옇게 흐려졌다. "나도 모르겠어. 답을 찾는 건 포기했어."

"하지만 날 사랑하지?"

"그래……. 이…… 멍청한 놈아. 사랑하지 않을 수만 있다면."

"그럼 우리 어떡해……."

나는 애디를 가까이 당겼다. "이제 그만해. 그냥 되는 대로 하는 수밖에 없어. 그게 우리가 할 수 있는 전부야. 알았지?"

우린 눈물범벅이 된 채 서로를 응시하다가 웃음을 터뜨렸다. 어쩌다가 우리가 이 지경이 됐을까?

12월 29일 금요일

애디는 오늘 아침에 떠났다. 내 방 창문 앞에 서서 새하얀 겨울 들판을 바라보고 있는데 클레어에게서 전화가 왔다.

"포트 다운로드 차트로 들어가 봐, 지금!" 클레어가 소릴 질렀다.

"왜?"

"들어가라면 들어가 봐, 로라!"

나는 모니터를 켰다.

"어떤 나쁜 놈이 우리 해크니 엠파이어 공연을 찍어서 다운받을 수 있게 올려놨어. 하지만 무슨 상관이야? 그 덕에 그날 행진에 참가했던 시위자들은 모두 우리 노랠 듣고 있는데. 아직 안 떴어?"

"아직. 100년은 걸리네."

전화기에 대고 클레어가 악을 썼다.

자유는 보이지 않아
착취만 보일 뿐이야
자기 나랄 등쳐먹어
나랏님들 배만 채워

이것이 기준이라면 난 거역할래
이것이 그 값이라면 난 내지 않아
이것이 발전이라면 난 거부할래

숨이 턱 막혔다. 예스!! 오 예스!! 클레어와 나는 웃으며 소리치며 흐느꼈다. 1위야!

THE PORT

순위	지난 주	가수	곡명
1	***	더티 에인절스	디나이 잇(DENY IT)
2	5	플라스틱 랩	타이 미 업(TIE ME UP)
3	1	아임 더 킹	프린세스 루저(PRINCESS LOSER)
4	***	시티 게이트	록 다운(LOCKDOWN)
5	15	미쓰 미	쏘 인 러브 윗 마이셀프 (SO IN LOVE WITH MYSELF)

12월 31일 일요일

희망이 용솟음침을 느낀다. 우리는 다시 기회를 얻었고 절대로 이 기회가 손가락 사이로 빠져나가게 놔두진 않을 거다. 베이스를 옆에 놓고 나는 침대에 누워 있다. 한 가지는 정말로 분명해졌다. 내 인생의 일부는 끝이 났다. 체제에 적응하려 노력하고, 예전대로 모든 걸 유지하려 애쓰던 때의 삶. 이제 더 이상 그런 짓거리는 하지 않겠다. 어떤 미래가 찾아올지 나는 모르지만, 어떻대도 상관없다. 나, 내 가족, 내 친구들, 에인절스, 메시지, 그리고 싸움만이 중요할 뿐. 폭탄, 총, 회피는 사양한다. 나는 두 얼굴의 비뚤어진, 거짓말쟁이 사기꾼들과 정면 대응을 원할 뿐이다. 이제 내게 의미 있는 건 이것뿐이다. 혁명!

십대 소셜 웹사이트,
칙리쉬에서 발췌한 새시 로이드 인터뷰

『카본 다이어리 2015』에서 개인적으로 제일 좋았던 인물은 로라의 아빠였습니다. 새로운 환경에 적응하려고 노력하며 변화해 가는 모습이 좋았기 때문이죠. 이 책을 쓰면서 어떤 인물이 제일 정이 가던가요?

흠. 아주 어려운 질문이네요……. 저는 사실 모두 다 좋았어요. 저에겐 모두들 너무나도 진짜처럼 느껴졌거든요. 모두들 자기 나름의 방법으로 배급제와 새로운 삶에 적응하려고 고군분투했고, 그 전 과정이 정말 즐거웠어요. 그래도 아서 할아버지에게 좀 더 애착이 가긴 한 것 같아요……. 저의 할아버지를 연상시키는 부분이 많은 인물이죠.

당신이 로라였다면 어떻게 했을 것 같아요?

로라가 한 그대로 했기를 바랄 뿐이에요. 온갖 거짓말들을 혐오하고, 웃음을 잃지 않으며, 아주 돌아 버리지는 않되, 사랑해선 안 될 사람을 사랑하고, 꿈을 잃지 않으면서.

돼지를 등장시킬 생각은 어떻게 하신 거죠? 정말 매력적인 캐릭터던데.

제가 어릴 때 돼지를 키웠어요. 같은 지역 농부에게 그 녀석을 얻으러 갔는데 밴 뒷자리에 싣는 순간부터 에이미 와인하우스처럼 울어대더라고요. 그 녀석을 집으로 데려온 날, 윌리엄 왕자가 태어났죠. 우리가 그 돼지 이름을 뭐라고 붙였을까요?

새시 로이드는 카무플라주 필름(Camouflage Films)의
스크립트 에디터로 일하며 콜롬비아 트라이 스타와
공동 제작한 2억 달러짜리 프로젝트 '에이미 포스터(Amy Foster)'를
비롯한 여러 프로젝트에 참여했다.
현재 뉴햄 식스폼 컬리지(Newham Sixth Form College)의
미디어 학과장을 맡고 있다.

식수전쟁 2017

펴낸날	초판 1쇄 2011년 8월 30일
	초판 7쇄 2016년 8월 10일

지은이	새시 로이드
옮긴이	김현수
펴낸이	심만수
펴낸곳	(주)살림출판사
출판등록	1989년 11월 1일 제9-210호

주소	경기도 파주시 광인사길 30
전화	031-955-1350 팩스 031-624-1356
홈페이지	http://www.sallimbooks.com
이메일	book@sallimbooks.com

ISBN 978-89-522-1619-9   43800
살림Friends는 (주)살림출판사의 청소년 브랜드입니다.